Michael Kibler

# Zarengold

**Ein Darmstadt-Krimi**

Piper
München Zürich

ISBN 978-3-492-05029-6
© Piper Verlag GmbH, München 2007
Textlektorat: Peter Thannisch
Gesetzt aus der Aldus
Umschlaggestaltung: creativ connect
Karin Huber, München
Umschlagabbildungen: Duccio da Buoninsegna
The Art Archive/corbis (Ikone); José F. Poblete/corbis (Kirche)
Autorenfoto: Helmut Henkensiefken
Satz: Filmsatz Schröter, München
Druck und Bindung: Pustet, Regensburg
Printed in Germany

*www.piper.de*

*Für meine Freunde in Gomel*

**Prolog**

Es war, als würde ein Vorhang geöffnet, nur ein wenig, doch sie sah kein Licht. Ihr Kopf schmerzte, pochte. Etwas war schiefgelaufen, soviel war klar.

Sie versuchte sich zu bewegen. Es gelang ihr nicht. Jedes Mal, wenn sie auch nur einen Muskel spannte, schoss der Schmerz durch ihren Körper.

Hatte sie die Augen geschlossen oder geöffnet? In der Dunkelheit machte es keinen Unterschied.

Draußen tanzten Schneeflocken durch die eiskalte Luft, das wusste sie. Sie liebte den Schnee. Und sie fragte sich, ob sie ihn jemals wieder sehen würde.

Sie hörte das Lied. Ihr Lieblingslied. *S perwym snegom ja uletaju – Mit dem ersten Schnee fliege ich davon...*

Der dritte Advent stand bevor. Zum ersten Mal, seit sie in der neuen Wohnung lebte, hatte sie einen Adventskranz, auch wenn sie Weihnachten nach ihrem orthodoxen Glauben erst am sechsten Januar feiern wollte. Und zum ersten Mal seit Jahren war ihr der Gedanke an die Vorweihnachtszeit kein Gräuel mehr. Sie stellte fest, dass ihre Augen wirklich geöffnet waren. Aber sie konnte nichts sehen. Es war finster. Neben Schmerz und Übelkeit spürte sie nun auch die Kälte, die ihr Körper wie ein Schwamm aufzusaugen schien. Der Boden, auf dem sie lag, war feucht. Und es gab kein Licht mehr.

Am Morgen noch hatte sie am Fenster gestanden, als es dämmerte. Sie mochte das Licht der Straßenlaternen, wenn es vom Weiß des Schnees reflektiert wurde. Eine Straßenbahn hatte sich Berufspendler einverleibt, so wie ihr Körper jetzt die Kälte. Mehrere tausend Menschen wohnten in den Hochhausblöcken im Osten Darmstadts auf engstem Raum zusammen und doch voneinander getrennt. Sie erinnerte sich. Sie hatte darüber nachgedacht, dass sie bald diese Wohnung verlassen würde, dieses Haus, diesen Stadtteil. Lange hatte sie darauf gewartet, sehr lange. Viel hatte sie dafür getan. Viel geopfert. Aber jetzt …

Weihnachten. Sie würde viele Kerzen anzünden, würde in einem Meer aus Licht baden. Vielleicht würde sie danach sogar ihren Bruder besuchen fahren. Mit seiner Familie gemeinsam das orthodoxe Fest in der alten Heimat feiern. Mit ihren Nichten lachen. Mit ihrer Schwägerin backen. Dort – das war nicht mehr Heimat. Und hier – das war noch keine.

Hier unten, im Dunkel, das war – Tod. Sie musste raus aus dem Dunkel. Sonst würde sie sterben, das wusste sie. Wenn es ihr doch nur gelänge aufzustehen. Sie hob den Kopf. Der Schmerz. Und dennoch, wieder die Melodie: *Angely letjat na Jug s utra …* – Die Engel fliegen nach Süden am Morgen …

Dann das Geräusch.

Begleitet von gleißendem Licht, das schmerzte wie die Bewegung. Licht, das die Netzhaut verbrennen wollte.

*Kto sche ja? Gde sche ja? Tschto eto so mnoi?* – Aber wer bin ich? Wo bin ich? Was ist mit mir?

Der Schlag löschte nicht nur die Melodie in ihrem Kopf.

Er beendete auch ihre Hoffungen.

Er beendete ihr Leben.

## Montag, 12.12.

Darmstadts Berufsverkehr hatte schon seit jeher erzieherischen Wert. Man mochte sich noch so aufregen über den Stop-and-Go-Verkehr – am Ende siegte die Gelassenheit. Oft aufgrund reiner Ermattung nach langen Schimpftiraden.

Hauptkommissarin Margot Hesgart ließ sich von ihrem Freund Rainer Becker ins Präsidium fahren. Die Wagen auf der Dieburger Straße stauten sich in Richtung Innenstadt schon auf Höhe des Biergartens, noch fast einen Kilometer von der nächsten Ampel entfernt. An den Straßenrändern türmten sich kleine Schneehügel. Der Winter hielt die Stadt fest im Griff.

»Ich fand das wirklich interessant, was dein Vater gestern erzählt hat«, erklärte Rainer, während er den Wagen wieder fünf Meter nach vorn rollen ließ.

»Ich kann es bald nicht mehr hören«, entgegnete sie und seufzte.

Im Gegensatz zu Rainer hatten andere Männer das Problem, vom Vater der Lebensgefährtin kategorisch abgelehnt zu werden oder sich sogar vor einem Hinterhalt mit Schusswaffe fürchten zu müssen. Margot hätte sich gewünscht, *ihr* Vater würde zumindest ein kleines bisschen mehr in Richtung Schrotflinte tendieren, denn manchmal hatte sie das Gefühl, als würde sich Rainer besser mit ihm verstehen als mit ihr.

»Sei doch froh, dass er so aktiv ist«, erwiderte Rainer gelassen. »Ich finde es klasse, was er so alles auf die Beine stellt.«

Der neueste Tick ihres Vaters war sein Interesse für Russland respektive für die Geschichte des letzten russischen Zaren. Im vergangenen Jahr hatte er sich in einem Komitee engagiert, das eine Ausstellung über Zar Nikolaus II. und dessen Familie konzipierte. Okay, Nikolaus hatte die Darmstädter Prinzessin Alexandra geheiratet. Doch Margot hatte für derartige Heldenverehrung so viel übrig wie ihr Vater für ihre – inzwischen überwundene – Bergsteigerbegeisterung. »Alle sind derzeit auf dem Russlandtrip. Papa organisiert seine Ausstellung, Kollege Horndeich sprach vor seinem Urlaub mit Freundin Anna in Moskau von nichts anderem mehr, mein Sohnemann erzählt nur noch über seine Studienarbeit über orthodoxe Ikonografie – ich habe fast den Eindruck, mein Leben steht kurz vor einer feindlichen Übernahme. Jetzt erzähl nur du mir noch, dass du dich für ein Forschungssemester nach Sibirien zurückziehst.«

Wieder zehn Meter weiter. Zwei Fahrräder fuhren rechts an Margot vorbei. Einziger Nachteil dieser Fortbewegungsart waren die rotgefrorenen Ohrläppchen und die aufgesprungenen Lippen. Rainers BMW war zwar langsamer, aber wenigstens warm.

»Ich wollte nur sagen, dass ich das Thema interessant finde. Und dass ich es bewundere, wie sich dein Vater da reinkniet. Wenn er was macht, macht er es richtig.«

Da mochte Margot ihrem Freund nicht widersprechen. Vor eineinhalb Jahren hatte sich ihr Vater in den Kopf gesetzt, Rainer und sie zu verkuppeln. Auch dieses Projekt hatte er mit einer unglaublichen Gründlichkeit vorbereitet. Nicht dass Margot und Rainer in den fünfundzwanzig Jahren davor einander nicht gekannt hätten. Doch in Bezug auf eine gemeinsame Beziehung war ihr Timing schlichtweg miserabel. In langjährigen Episoden zuvor waren sie füreinander jeweils nur ein Seitensprung gewesen. Nachdem sie dann beide frei gewesen waren, hatten Rainer und ihr Vater schließlich das Komplott zur finalen Eroberung von Margot geschmiedet. Was gelungen war. Und was Margot auch bisher nicht bereut hatte. Keinen Moment. Zumal Ben ihr gemeinsamer Sohn war, wie ein DNA-Test bewiesen hatte. Als Polizistin saß man da ja an der Quelle.

Margot hing ihren Gedanken nach, während Rainer den Wagen Zentimeter für Zentimeter in Richtung Ampel kriechen ließ. Als sie dann links in die Pützerstraße abbogen, war der Weg endlich frei. Verkehrstechnisch lag das Hauptpräsidium der Polizei günstig.

Rainer fuhr die Nieder-Ramstädter-Straße zügig nach Süden.

»Achtung, heute blitzen sie.« Noch so ein Vorteil, wenn man bei der Polizei arbeitete.

Rainer nahm den Fuß vom Gas. Sofort bremste der Wagen um zwanzig Stundenkilometer ab. Also nur noch 10 km/h zu schnell.

Wenige Minuten später ließ Rainer den Wagen auf den Parkplatz vor Margots Arbeitsstätte rollen. Er schaltete in den Leerlauf und zog die Handbremse an. »Tschüss, mein Schatz.«

Rainers Hand streichelte sanft Margots Wange, zärtlich, liebevoll. Sie gab ihm noch einen Kuss, den er leidenschaftlicher erwiderte, als sie es erwartet hatte. Sie löste ihre Lippen von den seinen, zögerte und ließ dann ihre Zunge nochmals frech die seine stupsen, bevor ihre linke Hand den Sicherheitsgurt löste.

»Schade«, meinte Rainer.

»Wie ›schade‹?«

»Sehr schade. Habt ihr hier nicht ein Gebüsch für Notfälle?«

»Klar, gleich vor den Fenstern der Ausnüchterungszellen. Gäbe für die Radaubrüder ein tolles Erwachen. Allerdings sagt dein schlaues Auto, dass, wenn ich jetzt gleich die Tür öffne ...« – sie beugte sich in seine Richtung, um einen Blick auf die Temperaturanzeige im Armaturenbrett zu werfen – »... minus acht Grad hereinwehen.«

»Wir könnten auch noch mal zurückfahren und ...«

»Kannst du gern machen. Ich jedenfalls muss jetzt hoch in den zweiten Stock.«

»Gut, ich gebe auf. – Liese, tu Gutes, eil!«

Schade, sagte auch Margot Hesgarts innere Stimme, zum Glück nur stumm, während ihre rechte Hand bereits die Tür öffnete. »Ciao.«

Margot stieg aus dem Wagen, ließ die Tür ins Schloss fallen und klopfte auf das Dach des Autos – eine blöde Angewohnheit. Sie ging rückwärts auf den Haupteingang des Polizeipräsidiums Darmstadt zu, während Rainer den Gang einlegte und den Wagen langsam vom Parkplatz rollen ließ. Sie warf ihm noch eine Kusshand zu.

Das Thermometer des BMW funktionierte. Minus acht Grad traf wohl ziemlich genau die Temperatur, die ihr der Wind ins Gesicht blies. Aber es gab Stellen ihres Körpers, die die Kälte der Luft ignorierten und wohlige Wärme ausstrahlten. Die Gegend um ihr Herz herum. Na ja, und die irgendwo in der Mitte zwischen Nase und Zehen ...

Erst als sie im Büro den Mantel ablegte, erkannte sie, weshalb sich Rainer mit diesem komischen »Liese, tu Gutes, eil!« verabschiedet hatte. Es war ein Palindrom, ein Satz, denn man von hinten wie von vorn lesen konnte. Schon seit sie sich kannten, war es ein Spiel zwischen ihnen, wem als Nächstes ein neues einfiel.

Sie legte ein Kaffeepad in die Kaffeemaschine, stellte einen Becher unter den Auslauf und drückte den großen roten Knopf. Die Maschine brummte, zischte, presste das Wasser durch Kaffee und Sieb. Kaffeearoma verbreitete sich im Raum. Ein Lächeln ließ Margots Gesicht erstrahlen. Vor zwei Wochen hatte sie die schlechteste Kaffeemaschine der Welt gegen eine neue, hochmoderne getauscht. Die kam in poppigem Blau daher, mit großem rotem Startknopf als Zierde. Ein Druck darauf, und die Tasse füllte sich mit aromatischem Bohnensud. Das Ganze schnell, lecker und erschreckend unkompliziert. Sie fragte sich, wieso sie die alte Maschine nicht schon vor einem halben Jahrzehnt in Pension geschickt hatte.

Margots Becher zierte ein gelber Smiley. Rainer hatte ihr die Tasse geschenkt, vor eineinhalb Jahren. Seitdem waren sie ein Paar. Endgültig. Hoffte Margot zumindest. Das vergangene Wochenende sprach dafür. Und die Reaktion ihres Körpers auf einen simplen Abschiedskuss ebenfalls. Sie waren freitags gen Süden gefahren, hatten sich in Füssen ein Musical über den Märchenkönig Ludwig angesehen, und eine gleichsam märchenhafte Nacht war gefolgt. Samstags waren sie mit der Seilbahn auf die Zugspitze gefahren. In dem Moment, in dem sie die Besucherterrasse betreten hatten, war die Wolkendecke aufgerissen, und sie hatten einen fantastischen Blick gen Norden gehabt, über Seen und Wälder, fast bis nach Ulm. Es war einer der Momente gewesen, in dem sie auf die Frage, ob sie Rainer heiraten würde, ein bedingungsloses »Ja« gehaucht hätte. Na gut, vielleicht ein »Ich denke darüber nach«. Gekoppelt an nur ganz wenige Bedingungen. Aber Rainer hatte ja auch nicht gefragt. Schade eigentlich.

Nach seinem Chauffeurdienst zum Polizeipräsidium war er direkt nach Kassel gestartet. Er lehrte als Professor für Kunstgeschichte an der dortigen Uni. Deshalb war er meist die Hälfte der Woche dort. Als er in Margots Haus im Darmstädter Komponistenviertel eingezogen war, hatte er die große Wohnung in Kassel gegen ein kleines Ein-Zimmer-Apartment getauscht. Er würde am kommenden Donnerstag wieder nach Hause kommen.

Nachdem Ben ebenfalls ausgezogen war und mit seiner Freundin Iris in Frankfurt lebte, war ihr Haus unter der Woche ziemlich leer. Dafür würde Weihnachten, so hatte Margot beschlossen, dieses Jahr einfach wunderbar werden. Ben und Iris würden da sein, Margots Vater – und Rainer hat sich sogar angeboten, einen Karpfen zuzubereiten.

Margot seufzte, fingerte nach dem benutzten Kaffeepad, warf es in den nebenstehenden Papierkorb, streute einen halben Löffel Zucker in den Kaffee – gegen die Bitterkeit – und setzte sich an ihren Schreibtisch.

Akten türmten sich neben dem Bereich, den sie »Schreibzone« nannte. Zwar waren im Zeitalter der Computer die Papierberge niedriger geworden, aber vom papierlosen Büro trennten die Mordkommission in Darmstadt sicher noch zehn randvolle Altpapiercontainer.

Den Löwenanteil der Berge nahmen Niederschriften zum jüngsten Mordfall in Darmstadt ein. Ein Unbekannter hatte zwei Wochen zuvor vor der russischen Kapelle einen Wachmann erschlagen. Margot und ihr Team waren der Lösung des Falls seitdem keinen Schritt näher gekommen. Umso mehr freute sich Margot Hesgart, dass ihr Teamkollege Kommissar Steffen Horndeich an diesem Morgen aus seinem dreiwöchigen Urlaub zurückkehren würde. Vielleicht würde ja er in den unzähligen Notizen, Berichten, Aufzeichnungen, Fotos und Zeichnungen auf etwas stoßen, das ihr und den

Kollegen Sandra Hillreich und Heribert Zoschke entgangen war.

Margot schaute auf die Uhr: Es war schon kurz nach acht. Eigentlich kam Horndeich immer vor ihr ins Büro. Hoffentlich war die Maschine aus Moskau pünktlich in Frankfurt gelandet.

Margot ertappte sich, dass sie an ihren Kollegen wieder nur mit dessen Nachnamen gedacht hatte. Sie hatte bereits etliche Versuche hinter sich, ihn »Steffen« zu nennen. Doch Horndeich war einfach Horndeich. Fast wie ein Markenname...

Margot fühlte sich immer unwohl, wenn sie in Länder reiste, in denen ein Visum Pflicht war. Noch unwohler fühlte sie sich, wenn sie die Sprache des Landes nicht einmal in Ansätzen beherrschte. Ein Aus-Kriterium für ein Urlaubsziel war eine Schrift, die sie nicht lesen konnte. Insofern rangierte Russland für sie auf einer Ebene mit China und den Arabischen Emiraten.

Margot durchsuchte gerade den rechten Aktenstapel, als ihr Blick auf die Grünpflanzen auf dem Fensterbrett fiel. Diese Bezeichnung allerdings wurde dem Erscheinungsbild nicht mehr gerecht, zumindest nicht bei dem Zyperngras, das durch eine Variation verschiedner Brauntöne entzückte. Die Grünlilie hingegen machte ihrem Namen zwar noch keine allzu große Schande, doch die grasartigen Blätter gehorchten der Schwerkraft, als ob sie die bedingungslose Kapitulation unterzeichnet hätten.

Margot überlegte, ob sie die braunen Blätter zupfen sollte, doch dann hätte sie die Pflanzen auch gleich mit einer Heckenschere kappen können. Also doch gießen – vielleicht erholten sie sich ja noch, bevor Horndeich auftauchte.

Kollege Steffen Horndeich betrat das Büro, als sie gerade das Gießkännchen über dem ausgetrockneten Boden des Zyperngrases entleerte. Es gab vieles, was ihren Kollegen einfach unverzichtbar machte...

Horndeichs Bartstoppeln und die gleichfarbigen Augenringe zeugten davon, dass er nicht allzu viel Schlaf genossen hatte. Deutlichstes Indiz dafür war jedoch, dass er nach einer knappen Begrüßung kein Wort über die verkümmerten Pflanzen verlor.

»Na, bist du wieder gut zurückgekommen aus dem Reich der Zaren?«, wollte Margot wissen.

Horndeich ließ sich auf seinen Stuhl fallen und seufzte. »Frag mich mal, wie der Flug war«, sagte er.

»Wie war der Flug?«

Horndeich seufzte erneut und winkte ab. »Frag nicht!«

Dann berichtete er über die Rückreise von Moskau: Sicherheitscheck bis auf die Unterhose, Bombendrohung, daraufhin ein Start mit sechs Stunden Verspätung. »Und es war ein erhebendes Gefühl, in 10 000 Meter Höhe darüber nachzudenken, ob es wirklich nur falscher Alarm gewesen war.«

»Soll ich dir einen Kaffee machen?«

Sein abermaliges Seufzen interpretierte sie als Ja.

Margot legte ein Pad in das Kaffeesieb, verriegelte die Maschine und drückte auf den roten Knopf. Wenige Sekunden später reichte sie dem Kollegen den Becher.

»Neu?«, fragte der und deutete mit dem Kinn in Richtung des blauen Bürogesellen.

Margot erklärte, dass sie das unsägliche Gebräu, das die alte Maschine produziert hatte, nicht mehr habe trinken wollen. Dann wechselte sie das Thema: »Abgesehen von der Rückreise – hattest du einen schönen Urlaub?«

Offenbar wirkte der Kaffee aus der neuen Maschine Wunder, denn schon nach dem ersten Schluck erwachten Horndeichs Lebensgeister, und es sprudelte aus ihm hervor: »Es war klasse. Eine Riesenstadt. Und Annas Verwandte haben mir alles gezeigt. Museen und Geschichte bis zum Abwinken. Und immerhin eine Woche schönes Wetter – wenn auch kalt.« Horndeich nahm einen weiteren Schluck Kaffee. »Und? Was habe ich verpasst in den letzen vier Wochen?«

Margot setzte sich auf ihren Bürostuhl. »Wir haben eine Leiche.«

Horndeich zuckte mit den Schultern. »Geht doch.«

»Wie meinst du das?«

»Na, in vier Wochen eine Leiche ...«

»So kann man's auch sehen«, sagte Margot. »Vor fast genau zwei Wochen«, erläuterte sie. »Ein Wachmann. Ist erschlagen worden. Auf der Mathildenhöhe, vor der Russischen Kapelle. Peter Bender. Fünfundfünfzig. Vom Wachdienst ›Torfeld‹. Mit denen hat die Stadt einen Vertrag.«

Aus Horndeichs Blick war allmählich jegliche Müdigkeit verschwunden. Sogar die Augenringe schienen heller zu sein. »Was muss ich wissen?«

»Okay, hier die Kurzfassung. Am Sonntag, dem ersten Advent, um drei Uhr morgens, stieg ein Einbrecher mit einer Leiter in die russische Kapelle ein.«

Die Russische Kapelle war das Schmuckstück der Darmstädter Mathildenhöhe. Inmitten der Jugendstilbauten nahm sich die Basilika etwas fremd aus – jedoch nur für Touristen. Für Einheimische gehörte die Kirche zum Park wie Schneewittchen zu den sieben Zwergen. Als sie gebaut wurde, war der Hügel noch eine einfache Grünanlage, mit ein paar Gartenhäuschen und Pavillons ausstaffiert. Einzige Attraktion war der Platanenhain, Lustgarten der Fürstenfamilie. Erst einige Jahre später wurde das Areal zum deutschen Zentrum des Jugendstils.

»Der Einbrecher wollte in die Chorempore der Kirche«, fuhr Margot fort. »Die liegt quasi im ersten Stock, über dem Eingangsbereich. Und man kommt nur durch die Seitentür von außen dorthin. Da der Einbrecher offenbar keinen Schlüssel hatte ...«

»Haben die meisten nicht«, kommentierte Horndeich fachmännisch, »deshalb brechen sie ein.«

»... hat er eine Leiter benutzt«, fuhr Margot unbeeindruckt fort, »und oben das Seitenfenster eingeschlagen.«

»Und was gab es dort zu klauen?«

»Das fragen wir uns auch. In dem Raum lagern die ganzen Kisten mit Büchern, Madonnenbildern und Notenheften, die unten im Vorraum der Kirche von der russisch-orthodoxen Gemeinde verkauft werden.«

»Und? Was davon hat er mitgehen lassen?«

»Nichts.«

»Nun«, sagte Horndeich, »besser das Gewissen meldet sich spät als nie...«

»Die Leute aus der Kirche sagen zumindest, dass nichts fehlt. Der Täter hat den Raum verwüstet und ist wieder gegangen. Vielleicht aus Frust, vielleicht ... Ich habe keine Ahnung. Unten angekommen, wurde er von Wachmann Peter Bender erwartet. Der war in der Nähe, als seine Zentrale meldete, dass die Alarmanlage angeschlagen hat. Er erwartete den Dieb wohl am Fuß der Leiter. Der Einbrecher sah den Wachmann und griff anscheinend sofort an. Es kam zum Kampf. Der Einbrecher konnte ihm den Schlagstock entreißen. Dann schlug er zu. Drei harte Schläge auf den Kopf, und dann ist Bender noch mit dem Schädel auf den gefrorenen Boden geknallt. Danach hat der Täter seine Leiter mitgenommen und ist verschwunden.«

»Ist Bender an den Schlagstockhieben gestorben, oder weil er mit dem Kopf aufschlug?«

Margot zuckte mit den Schultern. »Er starb an einer Hirnblutung infolge der Schläge.«

»Irgendwelche Spuren?«

»Ja. Ein ganzer Berg. Der Täter hat sich an einer Glasscherbe im Fensterrahmen geschnitten und dabei DNA-Spuren hinterlassen. Da die Kirche ja gerade renoviert wird, haben die Kollegen auch eine Menge anderer Spuren eingesammelt: Zigarettenkippen, Bierflaschen, sogar eine neue Leiter in einem angrenzenden Gebüsch. Aber all das hat zu nichts geführt.«

Horndeich stand auf und ging zum Fenster. »War es vielleicht nur ein fingierter Einbruch? Könnte es persönliche Motive für einen Mord geben?« Horndeich war ganz bei der Sache. Sonst hätte er sich spätestens jetzt über die Pflanzenleichen auf dem Fensterbrett beschwert.

»Sieht nicht so aus. Bender war verheiratet, hatte zwei Kinder, einen Sohn und eine Tochter, beide bereits erwachsen, und im gesamten Familien- und Bekanntenkreis fanden wir keinen einzigen Hinweis auf ein mögliches Motiv – kein Streit, keine Eifersucht, Schulden oder ähnliches. Er war auch nicht vermögend und hatte sich die kleine Lebensversicherung, die er abgeschlossen hatte, bereits auszahlen lassen. Es läuft wohl wirklich darauf hinaus, dass er einen Einbrecher überraschte. Der hat einfach nicht mit einem Wachmann gerechnet – um drei Uhr nachts bei fast zehn Grad minus.«

»Und?«

»Nichts weiter.«

Horndeich schüttelte den Kopf. »Ich meine, wie gehen wir jetzt weiter vor?«

»Ich schlage vor, du schaufelst dich erst mal durch die Akten. Vielleicht fällt dir ja was auf, was wir anderen gewöhnlichen Sterblichen übersehen haben.«

Horndeichs Blick wanderte zu den beiden Aktenstapeln auf dem Schreibtisch seiner Vorgesetzen; sie riefen in ihm eine vage Assoziation mit den Petrona-Twin-Towers im malaysischen Kuala Lumpur hervor, insbesondere deshalb, weil die beiden einstmals weltweit größten Hochhäuser im einundvierzigsten Stock mit einer Brücke verbunden waren. Im Falle der Bürokonstruktion ragte aus dem linken Stapel eine rote Aktenmappe heraus und stützte so den rechten ab.

Margot folgte seinem Blick und sagte: »Vorsichtig, ganz vorsichtig.«

»Warum?«

»Ist auch ohne Erdbeben einsturzgefährdet.« Sie schaute auf ihre Armbanduhr. »Ich habe einen Termin mit einem gewissen Herrn Plawitz. Er ist Experte für russische Kunstgegenstände – vielleicht weiß er etwas über wertvolle Schätze in der Russischen Kapelle, von denen wir nichts wissen.«

Horndeich schien überrascht. »Meinst du etwa *Caspar* Plawitz?«

»Kennst du ihn?«

»Anna ist mit den beiden ukrainischen Schwestern befreundet, die den Stand der Partnerstadt Uschgorod auf dem Weihnachtsmarkt betreuen. Die Schwestern und ein Bekannter übernachten bei Plawitz, hat mir Anna erzählt. Er nennt offenbar eine hübsche Hütte sein Eigen, mit reichlich Platz und einem eigenen Gästehaus.«

»Genau der«, sagte Margot und drehte sich zur Tür um. »Ich bin auf dem Handy zu erreichen und gegen elf wieder hier.«

»Alles klar.« Horndeich wagte sich ans Umschichten der Petrona-Towers, machte daraus erst mal vier kleinere Aktenberge und wuchtete einen davon auf seinen Schreibtisch.

»Margot?«

»Ja?«

»Wenn du an einem Gartengeschäft vorbeikommst – drei neue Töpfe mit Zyperngras wären nicht schlecht ...«

Margot hielt ihre Hände von sich gestreckt und schaute auf ihre nach oben gerichteten Daumen. »Sorry, meine sind nicht grün.«

Caspar Plawitz residierte in einer riesigen Villa an der Heidelberger Straße am Südrand Darmstadts. Das Gästehaus daneben wirkte im Vergleich zur Villa geradezu winzig. Der Garten lag unter einer Decke von Schnee – einer weiten weißen Fläche, die sich hinter dem Haus sicher vierzig Meter in die Tiefe zog. Von der Straße aus war die Größe des Anwesens gar nicht richtig abzuschätzen. Die Fachwerkvilla hatte drei Stockwerke. Zwei Türmchen ließen das Gebäude wie ein Schlösschen wirken.

Plawitz empfing Margot Hesgart zuvorkommend. »Darf ich Ihnen einen Kaffee anbieten?«, fragte er, als er sie durch eine Empfangshalle in sein Arbeitszimmer im ersten Stock geleitete.

»Gerne«, antwortete sie.

Plawitz verschwand für einen Augenblick, den Margot dazu nutzte, sich umzuschauen. Sie hatte sich durch das gediegene Ambiente der Hausfassade täuschen lassen und ein Arbeitszimmer mit dunklen schweren Möbeln erwartet. Doch Chrom und Glas dominierten den hellen und großen Raum. Der Schreibtisch war aufgeräumt, ein Foto in goldenem Rahmen war der auffälligste Gegenstand. Eine Frau mit dunklen, langen Haaren lächelte den Betrachter aus wachen, intelligenten Augen an.

»Meine Frau Galina«, erklärte Plawitz, als er wieder eintrat und Margot vor dem goldgerahmten Foto stehen sah.

Sie setzten sich in bequeme Sessel, die um einen kleinen Couchtisch gruppiert waren.

Margot erkundigte sich nach eventuellen Kunstschätzen in der Russischen Kapelle. »Gibt oder gab es Ihres Wissens nach Gegenstände, an denen ein Dieb hätte interessiert sein können?«

»Nein, da muss ich Sie enttäuschen. In der Chorempore befinden sich keine Kunstgegenstände«, antwortete Plawitz. »Im Kirchenraum stehen einige liturgische Gegenstände, die der Gemeinde für den Gottesdienst dienen, aber das sind keine Kunstschätze mit besonderem Wert. Die Ikonostase ist sicher das Wertvollste, aber ...«

»Die was?« Margot kannte die Kapelle auch von innen und hatte sie während der Ermittlungen öfter besucht als in ihrem ganzen Leben zuvor. Was jedoch nicht bedeutete, dass sie Expertin war.

»Die Ikonostase ist die mit Ikonen geschmückte Eichenwand. Sie trennt die Gläubigen von dem Altar, an dem der Priester die Mysterien feiert.«

Margot war die reichlich verzierte Wand in der Kirche durchaus aufgefallen, und sie hatte sich darüber gewundert, dass die Kirche quasi geteilt war. »Die Tür darin ist immer geschlossen?«

Plawitz lachte. »Nein, während des Gottesdienstes ist sie geöffnet, damit die Gemeinde freien Blick auf den Altar hat.«

Es klopfte an der Tür. Eine Hausangestellte trat ein und brachte zwei Tassen Cappuccino. In ihrem schwarzen Kleidchen mit der weißen Schürze passte die junge Frau weit besser in das Haus als die modernen Möbel.

»Und sonst gibt es dort nichts Wertvolles? Etwas, das nicht die Ausmaße von drei Kleiderschränken hat?«

»Nun, die Mosaiken haben schon einen gewissen Wert. Sie sind sehr filigran ausgeführt. Aber die sind ja noch da. Und auch der kleine Stein-Sarkophag ist nur für die Liturgie wichtig. Und ebenfalls noch vorhanden ...«

»Nochmals zurück zu der Chorempore. Gab es dort vielleicht irgendwelchen Schmuck?«

»Nein, ganz gewiss nicht. Nicht einmal, als die Empore noch Fürstenloge hieß.«

»Fürstenloge?« Margot hatte den Begriff noch nie gehört, obwohl sie in den vergangenen Wochen einiges über die Kapelle gelernt hatte. 1897 war der Grundstein gelegt und zwei Jahre später war die Kirche eingeweiht worden. Alexandra, die Tochter des regierenden Darmstädter Fürsten Ludwig, hatte 1894 den Thronfolger Russlands geheiratet. Nach der Hochzeit wollte das russische Herscherpaar, wenn es die Verwandtschaft in Darmstadt besuchte, nicht auf Gottesdienste nach russisch-orthodoxem Glauben verzichten. Also ließ der Zar die Kapelle bauen – aus privaten Mitteln. Einige wenige Messen wurden in der kleinen Kirche abgehalten, doch mit Beginn des Ersten Weltkriegs standen die Familienmitglieder plötzlich auf verschiedenen Seiten der Schützengräben – der Zar hatte Darmstadt in dieser Zeit aus naheliegenden Gründen nicht mehr besuchen können. Die Russische Kapelle war erst lange nach dem Zweiten Weltkrieg wieder für Gottesdienste genutzt worden.

»Das, was wir heute Chorempore nennen, war seinerzeit die Fürstenloge«, klärte Plawitz die Kommissarin auf. »Während der Gottesdienste nahm die Zarenfamilie dort oben Platz.«

»Und man schmückte die Empore nicht mit Kunstgegenständen aus, die die Position der Familie unterstrichen hätten?«

»Nein, im Gegenteil. Weder der Zar noch seine Gattin legten gesteigerten Wert auf Pomp. Alexandra war eine tiefgläubige Frau. In der Kirche suchte sie Gott, nicht irdische Herrlichkeit.«

»Also kein Gold?«

»Definitiv kein Gold.«

Margot seufzte. Sie kam in diesem Fall keinen Schritt weiter. Sie stellte gerade die leere Tasse ab, als sich ihr Handy meldete.

Sich durch Aktenberge zu wühlen zählte nicht gerade zu Horndeichs Lieblingsbeschäftigungen. Auf der Skala der zehn meist gehassten Tätigkeiten nahm Aktenstudium einen der vorderen Plätze ein. Zwar hinter Bügeln, aber noch deutlich vor Wäschewaschen. Ganz anders sah es seit etwa einer Stunde mit dem Projekt »Essen fassen« aus, was Horndeichs Magen bereits mehrmals lautstark kundgetan hatte. Doch wenn sie den Kerl schnappen wollten, der Peter Bender auf dem Gewissen hatte, blieb Horndeich nichts anderes übrig, als sich mit den Fakten vertraut zu machen. Und so musste das Essen warten, zumindest bis die werte Kollegin wieder im Büro war.

Horndeich gewann immer mehr den Eindruck, als wäre Peter Bender einfach nur zur falschen Zeit am falschen Ort gewesen. Seine Kollegen beschrieben ihn als sehr gewissenhaft. Die letzte Runde über die Mathildenhöhe – wenn man den Aussagen der Kollegen Glauben schenken durfte – hätte kein anderer mehr freiwillig gemacht. Im Sommer waren die Grünflächen der Anlage dicht bevölkert und die Bänke stets besetzt. Gitarrenspieler zupften – oder traktierten – dann dort die Saiten, begleitet von den Gesängen ihrer Fanclubs. Jugendliche feierten friedlich von Freitagnachmittag bis Montag früh. Deren Vergehen lag meist darin, dass sie davon ausgingen, leere Bierflaschen und Zigarettenkippen würden den Weg zum Mülleimer selbst finden. Im Winter war die Mathildenhöhe ein sehr ruhiger Ort. Ab und an traf man Liebespärchen an, die romantischen Gedanken nachhingen oder sich sogar gegenseitig wärmten; einmal hatte Bender – so ein Kollege – ein Pärchen erwischt, das sich in den zugewachsenen Pfeilergängen am Hügel vor dem Ausstellungsgebäude geliebt hatte. Im November. Das musste wahre Liebe sein. Im vergangenen Dezember war da noch der Sprayer gewesen, der davon überzeugt gewesen war, dass das Ausstellungsgebäude deutlich an Attraktivität gewinnen würde, wenn er es mit seinem ein Quadratmeter großen Logo in feschem Lila schmückte. Aber das markierte auch schon das obere Ende der Skala an kriminellen Ereignissen, mit denen es Bender in der letzten Zeit zu tun gehabt hatte.

Der letzte Einbruch auf der Mathildenhöhe hatte sich im vergangenen Jahrhundert ereignet. 1987 hatten Einbrecher offenbar Gemälde aus dem Ausstellungsgebäude stehlen wollen. Der Versuch war jedoch schon an der Alarmanlage gescheitert.

Auch das private Umfeld von Rainer Bender ergab keinerlei

Hinweise auf ein mögliches Mordmotiv: Die Ehe schien intakt, die Kinder waren erwachsen und beide berufstätig, das Haus war abbezahlt, das Auto auch – eigentlich hätte Bender den Rest seines Lebens genießen können. Seine Frau arbeitete als Grundschullehrerin und hatte deutlich mehr verdient als ihr Mann. Sie hatte noch zwei Lebensversicherungen laufen, bei denen er der Begünstigte gewesen wäre. Hätte Bender seine Frau umgebracht, man hätte ein mögliches Motiv gehabt. Aber umgekehrt?

Horndeich wühlte sich durch die papierne Manifestation fehlender Spuren. Vielleicht, so überlegte er, sollte er seine Einstellung zum Bügeln nochmals kritisch hinterfragen. Schlimmer als das hier konnte es kaum sein.

Er stand vom Schreibtisch auf, wandte sich der Kaffeemaschine zu, legte ein Kaffeepad ein, stellte seinen Becher unter die Düse und drückte die große rote Taste. Die Maschine erwachte zum Leben, räusperte sich – und kredenzte wenig später den herrlich duftenden Trank. Praktisch, dachte er, nahm den vollen Becher und begann eine Wanderung durchs Büro. Die wurde erneut akustisch vom Brummen seines Magens untermalt. Es war definitiv Zeit für ein Häppchen. Aber er wollte noch auf Margot warten.

Er nippte am flüssigen Ersatz. Die Akten offerierten ihm auf den ersten Blick keinen neuen Ansatz. Er fragte sich, wie er den Fall weiterverfolgen sollte. Noch hatte er keine Ahnung. Aber zumindest hatte er feststellen können, dass ihn die neue Kaffeemaschine bei seiner schweren geistigen Arbeit unterstützte und nicht behinderte. Er leerte den Becher in dem Moment, als das Telefon klingelte.

»Steffen Horndeich, Polizei Darmstadt, K 10.«

Margots Stimme drang aus dem Telefon. »Horndeich? Setz dich in den Wagen, und komm zum Biergarten in der Dieburger Straße.«

»Ist's dort nicht ein bisschen kalt? Wollen wir nicht lieber einen Döner bei Efendi –?« Die Neandertalerinstinkte hatten voll durchgeschlagen. Sein Körper war inzwischen so auf Nahrungsaufnahme programmiert, dass er erst mit etwas Verzögerung bemerkte, dass Margot gewiss nicht von einem gemeinsamen Mittagessen gesprochen hatte. Er schaltete das Programm wieder auf »Job« um.

»Gibt's etwa noch 'ne Leiche?«

»Offenbar bist du unter die Hellseher gegangen«, stöhnte Margot.

»Verdammt.« Horndeichs Magen war schlagartig still. Gut dressiert. Doch nicht nur Neandertaler. »Bin gleich da.«

Zwei Leichen in vier Wochen, dachte Horndeich, während er den Hörer sinken ließ. Nein, innerhalb von zwei Wochen, wenn man es genau nahm. Das war dann doch etwas viel ...

Als Horndeich das Auto aufschloss, fielen ihm die ersten Flocken auf die Stirn. Nachdem er von der Klappacher Straße auf die Nieder-Ramstädter Straße abgebogen war, musste er bereits die Scheibenwischer einschalten. Am Roßdörfer Platz gab er den Wischern die Sporen, um die Fahrbahn durch den weißen Wirbel hindurch noch zu erkennen. Darmstadt lag nicht häufig unter Schneemassen verdeckt. Doch dieser Winter schien im Hohen Norden Nachhilfeunterricht genommen zu haben.

Auf einem Grundstück an der Kreuzung der Dieburger Straße mit dem Fiedlerweg befand sich der Biergarten. Eine drei Meter hohe Mauer zog sich hinter dem Bürgersteig entlang, so dass das Freiluftgasthaus quasi im ersten Stock lag. Im Winter waren die Zugangstüren zu den Treppenaufgängen verschlossen, ebenso die Tür zum ebenerdigen Zugang auf der anderen Seite. Im Sommer tummelten sich dort Gäste zwischen sechzehn und sechzig unter den großen alten Kastanienbäumen. Bei frisch gezapftem Bier und Fleisch vom Grill hatte auch Horndeich im zurückliegenden Sommer einige Abende dort genossen. Doch im Winter sah das Gelände trostlos aus, wenn auch der Schnee den Bäumen zumindest die Nacktheit nahm. Die Kennlichter der Einsatzfahrzeuge warfen blaue Blitze in das Schneetreiben.

Horndeich stellte den Wagen am Ende der Schlange von Polizeifahrzeugen ab und ging zu den Kollegen, die bei dem

Eingang standen, der in die Mauer eingelassen war und den Horndeich bislang nie bewusst wahrgenommen hatte. Die geöffnete Gittertür führte nämlich nicht nach oben in den Biergarten, sondern über eine Treppe in die Tiefe. »Runter?«, fragte er den uniformierten Kollegen, der den Zugang wie ein Türsteher bewachte.

Der Polizist nickte, und Horndeich stieg die Treppenstufen hinab. Etwa vier Meter tiefer gelangte er durch einen gemauerten Türrahmen auf einen Treppenabsatz. Seine Kollegin Margot stand dort, war kreidebleich und hielt eine qualmende Zigarette in der Hand. Das hatte Horndeich noch nie an ihr gesehen.

»Was haben wir?«, fragte Horndeich sachlich.

»Keinen schönen Anblick.« Wenn Margot das Gespräch so eröffnete, dann musste die Szenerie wirklich unappetitlich sein. Margot inhalierte einen tiefen Zug des Glimmstängels. »Eine junge Frau. Mitte zwanzig. Erschlagen. Baader und Häffner sind noch bei der Spurensuche. Du kannst aber schon mal einen Blick von oben draufwerfen. Die Kollegen wollen erst mal alles sichern, bevor wir ihnen zwischen den Füßen rumlaufen.«

Einen Meter neben Margot befand sich in der Steinwand ein weiterer Durchgang, von dem aus die Treppe weiter nach unten führte. Horndeich sah unten Licht schimmern. Er stieg die Stufen in das Kellergewölbe hinab, das von mehreren Scheinwerfern taghell erleuchtet war. Noch bevor er den Fuß der Treppe erreichte, konnte er den Raum überblicken. Der Anblick traf ihn trotz Margots Warnung mit voller Härte. Das Gewölbe war etwa acht Meter breit, führte sicher zwanzig Meter in die Tiefe und war vier Meter hoch. Horndeich schätzte, dass er sich acht bis neun Meter unter der Straße befand.

In der Mitte des Raums lag eine Frau. Horndeich erkannte mit einem Blick, dass sie nicht mehr lebte. Abgesehen von dem Blut, das sich mit den Wasserpfützen des Bodens vermischt hatte, gab es ein weiteres und recht eindeutiges Indiz: Der Dame fehlte der linke Teil ihres Gesichts. Wo einst Wange, Auge und Schläfe gewesen waren, befand sich nur noch eine braune Masse. Jemand hatte ihr den Schädel eingeschlagen. Horndeich schluckte.

Die Frau war fast nackt. Ihre blaue Hose lag drei Meter links neben ihr, Slip und Turnschuhe rechts. Horndeich war sich sicher, dass sein Teint in diesem Moment durchaus mit dem von Margot konkurrieren konnte. Denn er wurde auch blass, wenn er wütend wurde, und Schock und Zorn gaben sich bei ihm soeben ein Stelldichein.

Die Beamten der Spurensicherung verrichteten ihren Job mit geübter Routine. Doch auch ihnen schien das Bild gehörig an die Nieren zu gehen. Außer knappen Anweisungen wie »Licht!« oder »Foto!« schwiegen sie.

Horndeich ging zurück zu Margot.

»Wer hat sie gefunden?«, fragte Horndeich.

»Die Kollegen vom ersten Revier haben einen anonymen Anruf bekommen, dass hier unten eine Tote liege. Zwei Beamte kamen her, aber der Eingang war natürlich zu. Sie riefen den Besitzer des Biergartens an, der schickte eine Assistentin mit einem Schlüssel vorbei. Sie öffnete das Tor, und eine Minute später standen die Kollegen vor der toten Frau.«

»Was ist das hier unten eigentlich?«

»Keine Ahnung. Das muss uns der Besitzer erklären. Er heißt Konrad Stroll und sollte gleich eintrudeln.«

»Haben die Kollegen den Anruf zurückverfolgen können?«

»Nein. Und der Kollege meinte auch, der Typ – wahrscheinlich war es ein Mann – hätte sich wohl irgendwas vor den Mund gehalten. Hat auch nicht viel gesagt. Eben nur, dass in den Kellern unter dem Biergarten eine tote Frau liege.«

In diesem Moment stieß ein kleiner, etwas untersetzter Mann zu Horndeich und Margot.

»Hallo, Kollege Hinrich«, grüßte Margot den Herrn. Martin Hinrich war Gerichtsmediziner in Frankfurt. Immer wenn in Darmstadt Leichen gefunden wurden, deren Todesursache auf ein Verbrechen schließen ließ, schaute sich der Pathologe aus Frankfurt die Toten an.

»Hallo. Wo liegt sie?«

Noch bevor Margot antworten konnte, kam Paul Baader die

Treppe hoch und sagte: »Ihr könnt jetzt zu ihr.« Sein Tonfall verriet, dass ihn das Bild der Toten noch lange beschäftigen würde.

Gemeinsam mit Hinrich und Baader stiegen Margot und Horndeich zu der Leiche hinab. »Oh-oh«, entfuhr es auch dem hartgesottenen Arzt. Während er sich neben die Tote kniete, warf Margot einen Blick auf die Kleidung, die sie beim ersten Hinschauen nur flüchtig wahrgenommen hatte.

Baader trat neben sie. »Seltsame Klamotten«, flüsterte er, als ob er fürchtete, die Frau könne ihn noch hören. »Das ist keine Hose, das ist ein richtiger Blaumann, wie ihn die Arbeiter auf dem Bau tragen. Noch fast neu. Die Hose passt nicht zu der Bluse und dem Rest der Kleidung. Und die Jacke ist alt und schmuddelig. Seltsames Bild. Und da hinten liegt noch eine zerbrochene Taschenlampe.«

Margot besah sich die Kleidungsstücke, während Hinrich begann, die Tote zu untersuchen.

Horndeich kniete neben dem Arzt. Der hatte inzwischen die Körpertemperatur gemessen und den Kopf der Toten genau betrachtet. Hinrich atmete hörbar aus – ein Zeichen, dass er einen Gedankengang beendet hatte.

»Und? Was können Sie sagen?«

»Sie ist etwa seit zwei Tagen tot. Ich denke, sie wurde am vergangenen Samstag umgebracht. Ob früh oder spät – das kann ich euch sagen, wenn ich sie in Frankfurt auf dem Tisch hatte.«

Mit dem Gedanken an Hinrichs »Tisch« wollte sich Horndeich nicht eingehender beschäftigen. Auch er hatte schon einer Obduktion beiwohnen müssen. Ein Hobby war etwas anderes ...

Margot hockte sich neben Horndeich.

»Sie hat zwei Wunden am Kopf«, dozierte Hinrich. »Eine rechts am Hinterkopf. Sieht so aus, als sei sie mit dem Schädel auf den Stein hier geschlagen.« Er deutete auf einen flachen Klinker, der ein paar Zentimeter rechts aus dem Bodenpflaster hervorlugte. Die dunkelbraune Schicht darauf schien Hinrichs Theorie zu erhärten.

»Tja, und dann diese Wunde.« Der Pathologe deutete auf die fleischig braune, von verklebten Haaren umgebene Masse, die einmal die linke Gesichtshälfte gewesen war. »Stumpfer Gegenstand, wahrscheinlich dieser hier.« Hinrich deutete einen Meter neben den Kopf der toten Frau. Dort lag ein Stein von der Größe einer Wasserflasche. Er wies an der Unterseite ebenfalls die braunschwarze Färbung auf.

»Die vordere Wunde war wohl die tödliche, wenn ihr nicht jemand vorher Gift gegeben hat.«

»Sonst noch was?«

Hinrich hob den linken Arm der Toten an, betrachtete die Hand. »Ich ziehe die Vergiftungsthese zurück. Sie hat sich gewehrt. Wer immer ihr das angetan hat – hier unter den Fingernägeln hat er sich verewigt. Findet jemanden mit Kratzspuren, checkt die DNA – dann habt ihr den Drecksskerl.« Es kam nicht oft vor, dass hinter Hinrichs flapsiger, bisweilen zynischer Fassade Gefühlsregungen hervorblitzten. Keine Sekunde später hatte er sich auch schon wieder im Griff. »Hier sind ein paar Würgemale – vor dem Tod zugefügt. Ich nehme an, Jane Doe hat sich mit dem Täter einen heftigen Kampf geliefert.«

Jane Doe. Sie hatten noch keine Ahnung, wer die junge Frau war. Jane Doe nannten die Amerikaner ihre unbekannten weiblichen Leichen, und Hinrich hatte es irgendwann übernommen. Baaders Team hatte in der Kleidung keinen Ausweis gefunden. Abgesehen von einem Schlüsselbund waren die Taschen leer gewesen. Margot hoffte, dass sie »Jane« bald ihren richtigen Namen zurückgeben konnten.

»Ist sie ...?« Horndeich mochte es nicht aussprechen, deutete mit dem Kinn in Richtung des Slips.

»Keine äußeren Verletzungen. Aber Genaues kann ich euch erst sagen, wenn ich sie auf meinem ...«

»Schon klar«, unterbrach ihn Horndeich, der nicht nochmals daran erinnert werden wollte, was der Arzt mit der Toten in Frankfurt alles anstellen würde.

»Können Sie sonst noch was sagen?«, fragte Margot.

»Nichts, was Sie nicht auch erkennen: Sie ist Mitte zwanzig.

Die Gesichtszüge – also der rechte Gesichtszug ... er wirkt slawisch; sie stammt wahrscheinlich aus Osteuropa. Alles Weitere kann ich euch wirklich erst sagen, wenn ich sie auf dem ...«

»Danke!«, unterbrach ihn Horndeich.

Ralf Marlock, ebenfalls in Margots Team, trat auf sie zu. »Da ist ein Herr Stroll. Sagt, Sie wollten ihn sprechen. Soll ich ihn runterschicken?«

»Nein, ich hole ihn ab. Der Anblick ist schon für uns schwer zu ertragen.« Margot begleitete Marlock zu dem kleinen Absatz zwischen den Treppengängen, wo sie kurz vorher nach über drei Jahren Pause wieder dem Verlangen nach einer Zigarette erlegen war. Ein rundlicher Herr von etwa sechzig Jahren sah sie freundlich an. Er trug Anzug und Krawatte. Die nassen Flecken auf dem Mantel kündeten davon, dass es draußen immer noch schneite.

Margot stellte sich vor.

»Sehr angenehm«, erwiderte Stroll. »Sie haben hier unten eine Tote gefunden?«

»Ja.«

»Mein Gott, das ist ja schrecklich!«

»Ich möchte Sie bitten, sich die Leiche kurz anzusehen. Vielleicht kennen Sie sie.«

»Ja. Natürlich.«

Margot begleitete den Mann nach unten. Sie schaute nicht hin, doch den Moment, in dem Stroll die Tote sah, konnte sie akustisch ausmachen.

»Mein Gott!«, hauchte er.

»Sie kennen sie?«

»Nein. Ich sehe sie zum ersten Mal. Wer macht so was?«

Das würde ich auch gern wissen, dachte Margot. Bis zu diesem Zeitpunkt war es ihr gelungen, gegenüber der Szene, die sich ihr bot, professionelle Distanz zu wahren – von der Zigarette und der Leichenblässe in ihrem Gesicht einmal abgesehen. Doch in diesem Moment drängten die Emotionen mit aller Macht an die Oberfläche. In ihrer Halb-Nacktheit war die junge Tote jeglicher Würde beraubt worden. Margot war froh darüber, dass der Täter in diesem Moment nicht in ihrer Nähe war. Sie war sich nicht sicher, ob sie sich wirklich hätte beherrschen können. Ob sie nicht auf ihn losgegangen wäre ...

»Muss ich noch näher ran?«, fragte Stroll. »Ich kenne sie wirklich nicht.«

»Nein, entschuldigen Sie.«

Beide verließen den Keller und standen bald darauf auf dem Bürgersteig.

»Ihnen gehört dieser Keller?«, fragte Margot.

Obwohl die Temperatur deutlich unter null lag, tupfte sich Stroll mit einem Taschentuch die Stirn ab. »Ja und nein. Also, der Keller, in dem die Tote liegt, gehört mir, weil mir der Biergarten darüber gehört. Doch das hier ist nur ein kleiner Teil der Katakomben.«

»Katakomben?«

»So nennen wir die Gewölbe. Reines Marketing. Hier unten gibt es natürlich keine echten Leichen.« Kaum hatte er es ausgesprochen, wurde Stroll klar, dass die Leiche im Keller durchaus echt war. Er errötete. »Also – ich meine ...«

»Was sind das für Gewölbe?«, überging Margot den Fauxpas.

Stroll schien dankbar, dass sie ihn aus dem Fettnäpfchen zog. »Der Keller dort unten gehört zu einem großen unterirdischen System. Vor hundertfünfzig Jahren haben die Brauereien diese Keller in den Fels schlagen lassen – vor der Erfindung der Kühlmaschinen war dies der ideale Ort, um Bier zu lagern. Dort unten beträgt die Temperatur konstant neun Grad, im Sommer wie im Winter. Das war für die Brauereien ideal. Zwölf von ihnen haben damals ihr Bier dort untergebracht. Unser Keller gehörte zur Wiener Brauerei. Die gibt's seit fünfunddreißig Jahren nicht mehr. War eine der wenigen, die nach dem Krieg an dem Standort überhaupt weitergemacht haben.«

»Das heißt, es gibt noch weitere Keller?«

»Zahlreiche.«

»Sind die miteinander verbunden?«

»Ja. Aber durch Krieg und Neubauten sind nicht mehr alle zugänglich. Sie reihen sich mehr oder weniger entlang des Brauertunnels, der von hier bis zum Schloss führte. Den Tunnel gibt es schon viel länger. Durch ihn wurde früher mal der Schlossgraben bewässert.«

Margot entfaltete in ihrem Kopf einen virtuellen Stadtplan. Das Schloss lag etwa einen Kilometer westlich.

Stroll fuhr fort: »Und für die Brauereien diente er als Abfluss für das Schmelzwasser des Kühleises.«

»Werden die Keller heute noch genutzt?«

»Sie sind nur noch Touristenattraktion – im Sommer veranstalte ich sogar Führungen.«

»Und wie sieht es im Winter aus? Ich meine, es ist dort unten doch sowieso immer gleich kalt und gleich finster.«

»Im Winter soll eigentlich keiner hier herumlaufen. In einigen Seitenkellern halten ganze Geschwader von Fledermäusen Winterschlaf.«

»Ist dieser Eingang der einzige Zugang zum Kellersystem?«, fragte Margot.

»Nein, es gibt noch weitere. Aber das ist der einfachste Zugang.«

»Haben Sie einen Plan von den Kellern?«

»Ja, in meiner Wohnung.«

»Könnten Sie uns den aufs Revier bringen? Sie könnten uns dann auch vielleicht genauer erklären, welche Keller von wo aus zu erreichen sind. Denn ich fürchte, wir werden uns dort ziemlich gründlich umsehen müssen.«

»Selbstverständlich. Wann soll ich zu Ihnen kommen?«

»Sagen wir, in einer Stunde«, sagte Margot.

Horndeich sah sich noch im Raum um, als wenig später zwei Kollegen einen Plastiksarg ins Gewölbe trugen. Margot begleitete sie. Unwillkürlich wurde Horndeich an die Zeit erinnert, als er seinen Zivildienst absolviert hatte. Er war auf einem Rettungswagen mitgefahren. Er erinnerte sich, wie er mit Kollegen eine Hundert-Kilo-Frau aus einem engen Dachgeschoss durch ein schmales Treppenhaus gewuchtet hatte. Drei Jungs waren sie gewesen. Als die Dame endlich im Sanka lag, waren sie alle nass geschwitzt.

Die Beamten legten die Tote in den Sarg; Horndeich konnte den Blick nicht von dem Geschehen abwenden. Sie schlossen den Deckel, hoben den Kunststoffbehälter an. Horndeich sah ihnen nach, als sie wieder den Keller durchquerten. Nachdem der vordere Beamte die ersten Treppenstufen erklommen hatte, geriet der Sarg zunehmend in Schräglage. Ein Rumpeln dröhnte aus dem Innern durch den stillen Raum.

Gefolgt von einem lautstarken Knurren von Horndeichs Magen.

Es gab Momente, in denen hasste er seinen Job. Dieser gehörte dazu.

Auf Horndeichs Schreibtisch – inzwischen von den Schichten der Petrona-Twin-Towers befreit – lag eine farbige Karte. Sie zeigte die Region zwischen Biergarten und Schloss. Mehrere verschiedenfarbige Kästchen markierten die Keller und Gewölbe des unterirdischen Systems.

Margots Blick und der ihres Kollegen folgten Konrad Strolls Zeigefinger, der gerade über einen gelben Streifen fuhr, der unter der Bezeichnung »Dieburger Straße« gezogen war.

»Das ist der Brauertunnel, von dem alle Keller abzweigen. Und hier haben Sie die Tote gefunden«, erklärte Stroll.

Der Fundort der Leiche befand sich in einem gelben Kästchen. Gleich daneben waren einige Rechtecke rot markiert.

»Die hier sind verschüttet«, erklärte Stroll und tippte mit der Fingerkuppe darauf. »Dann gibt es hier und hier wahrscheinlich noch Keller«, fuhr er fort, mit dem Finger auf blaue Bereiche deutend, »aber das ist nicht ganz sicher.«

»Nicht ganz sicher?« Horndeich blickte auf. Inzwischen hatte eine handverlesene Auswahl kulinarischer Spezialitäten des Burger King Drive-in seinen Magen ruhig gestimmt.

»Durch Krieg und Bauarbeiten sind einige Zugänge verschüttet oder einsturzgefährdet. Durch die wagt sich keiner freiwillig. Was dahinter liegt, wissen wir nicht genau. In alten Unterlagen sind noch weitere Keller erwähnt, aber wir können ihre Lage nur erahnen. Wissen Sie, genau genommen interessiere ich mich für die Katakomben erst seit zehn Jahren.«

»Wegen der Touristenführungen?«, vermutete Horndeich.

»Auch«, bestätigte Stroll, »aber ich bin auch ganz privat einfach neugierig. Inzwischen habe ich ein paar Mitstreiter, aber wir stehen noch ziemlich am Anfang der Forschung.«

»Wo sind denn die anderen Zugänge, die Sie vorhin erwähnten?«

»Hier kann man durch noch eine Tür nach unten gelangen.« Stroll zeigte die entsprechende Stelle auf der Karte. Der Eingang lag etwa hundertfünfzig Meter westlich, ebenfalls in der Dieburger Straße.

Margot schaute auf die Markierung. »Aber zwischen den Kellern, zu denen die Türen jeweils führen, gibt es keine direkte Verbindung, oder?«

»Doch, über den Brauertunnel. Wobei die Verbindungen zwischen Tunnel und Keller nur schmale Röhren sind. Da müssen Sie auf allen vieren durchrobben.«

»Ist diese andere Tür auch abgeschlossen?«

»Ja, und einen Schlüssel dafür habe ich nicht. Den hat der Besitzer des Grundstücks, Herr Dellberg. Ich kann Ihnen die Telefonnummer geben.«

»Gibt es noch weitere Zugänge?«

»Nein, keine direkten. Von einigen Altbauten in der Dieburger Straße führten zwar mehrere direkte Zugänge zum Tunnel, aber die Hausbesitzer haben sie inzwischen alle zugemauert. Sie hatten irgendwann die Nase voll von neugierigen Hobby-Höhlenforschern, die plötzlich durch eine Tür in ihre Waschküche schlurften.«

»Und wo endet der Tunnel?«, fragte Horndeich. »Gibt es dort einen Zugang?«

»Sehen Sie hier – vom Biergarten aus führt er noch etwa fünfhundert Meter westlich in Richtung Stadt bis zur Pützerstraße. Als die gebaut wurde, krachte der Tunnel dort ein. Und am anderen Ende, keine fünfzig Meter von unserem Eingang entfernt, wo die Odenwaldbrücke über die Bahngleise führt, da gab es einen Zugang vom Bahndamm her. Ist aber auch zugemauert.«

»Was ist mit den Kellern passiert, nachdem die Brauereien Kühlhäuser gebaut hatten?«, wollte Horndeich wissen.

»Nun, die Nationalsozialisten wussten die dicken Felsmauern durchaus zu schätzen, zumal die Schreie unter der Erde nicht nach oben drangen. Als dann die Bomben fielen, waren die Keller Bunker. In der Brandnacht, als die Briten Darmstadt fast von der Landkarte tilgten, überlebten viele, weil sie sich in den Kellern versteckt hatten.«

»Und dann?«, fragte Horndeich.

»Die Keller waren bis in die fünfziger Jahre hinein Unterschlupf für die, die alles verloren hatten. Danach gerieten sie völlig in Vergessenheit. Vor zehn Jahren habe ich sie sozusagen aus dem Dornröschenschlaf geweckt, aber erst vor drei Jahren hatte ich die Idee mit den Führungen.«

Horndeich schüttelte sich. Dass in diesem Keller ein grausiger Mord geschehen war, würde die Attraktivität nur steigern ...

Margot lenkte die Überlegungen wieder auf die aktuellen Ereignisse. »Unsere Kollegen von der Spurensicherung haben festgestellt, dass das Schloss der Eingangstür nicht beschädigt war. Die Tote trug einen Schlüsselbund bei sich. Und an dem befand sich ein Schlüssel zur Tür. Jetzt fragen wir uns: Wie kam sie an den Schlüssel?«

Stroll zuckte mit den Schultern. »Ich habe einen Schlüssel. Und ein paar Leute, die entweder dort forschen oder die im Sommer die Führungen machen.«

»Könnten Sie uns eine Liste dieser Leute geben?«

»Kein Problem. Ich kann Ihnen in einer Stunde eine Mail schicken.«

»Das wäre schön.« Margot bedachte Herrn Stroll mit einem Lächeln.

»Okay, was haben wir?«, fragte Margot in die Runde. Sie hatten sich im großen Besprechungsraum versammelt. Die Uhr über der Tür zeigte bereits halb sechs abends.

Jeder hatte einen Becher dampfenden Kaffee vor sich stehen. Margot schmunzelte, als sie das Panoptikum der Kaffeebecher wahrnahm. Sandra Hillreichs Becher wurde von hellen Fantasieblumen auf blauem Grund geziert, was ganz ihrem unbekümmert-fröhlichen Naturell entsprach. Seit zwei Jahren gehörte die Sechsundzwanzigjährige zum Team. Sie war die ungekrönte Königin der Recherche. Und wenn es galt, irgendeinem Computer Geheimnisse zu entlocken, dann war sie in ihrem Element, was die männlichen Kollegen inzwischen mehr schätzten als ihre langen blonden Haare.

Paul Baaders Kaffeebecher war weiß wie die Overalls, die er als Experte der Spurensicherung trug. Mitstreiter Hans Häffner trank seinen Kaffee aus dem letzten Überbleibsel eines Porzellanservices seiner Großmutter. Die filigrane Tasse bekam auf der Polizeiwache nicht nur ihr Gnadenbrot, sie schien auf wundersame Weise alle anderen Becher zu überleben.

Otto Fenskes Becher verriet den Job ihres Eigentümers: Ein dicker gelber Fingerabdruck zierte den schwarzen Grund. Die Kommissare Heribert Zoschke, Ralf Marlock und Joachim Taschke hatten jüngst durch Ikea zum Becher-Einheitslook gefunden. Und Horndeichs Becher konnte als Prototyp eines Polizeibechers herhalten: Neben den »Sesamstraße«-Figuren Ernie und Bert prangten darauf die Fragen: »Wieso? Weshalb? Warum?«

Margots Becher mit dem gelben Smiley gab an diesem Tag allerdings nicht ihre Stimmung und Gemütsverfassung wieder.

Da riss Horndeichs Stimme sie aus ihren Tagträumen. »Vermisstenanzeigen negativ. Nichts Passendes in Darmstadt, nichts im Landkreis, nichts in Hessen. So viel kann ich mit Sicherheit schon sagen. Über andere Bundesländer weiß ich noch nichts.«

Margot griff zum nächsten Strohhalm. »Haben die Spuren vor Ort was ergeben?«

Baader antwortete: »Der Fundort ist der Tatort. Auf der Treppe keinerlei Blutspuren, keine Schleifspuren – das ist eindeutig. Wir haben uns auch schon in den benachbarten Kellern umgeschaut, aber da sind überhaupt keine Spuren zu finden: kein Blut, keine anderen Dinge, die in irgendeiner Verbindung zu der Toten stehen können. Nur altes verschimmeltes Gerümpel.« Damit war Margots Strohhalm geknickt. »Es sieht im Moment so aus, als ob sich das Drama wirklich nur in diesem einen Keller abgespielt hat.«

Nächster Strohhalm. »Was haben die Kleider ergeben?«

Häffner ergriff das Wort. »Die blaue Arbeiterhose ist Standard, ziemlich neu. Gibt's aber in allen Baumärkten. Die restlichen Klamotten und der Rucksack sind ebenfalls Massenware. Den Rucksack gibt's im Kaufhof, die Klamotten bei H&M. Die Jacke … tja, da haben wir keine Ahnung. Sehr alt, kein Etikett mehr drin.«

Das Spiel hieß Strohhalmknicken. Dem zum Trotz nickte Margot und sagte: »Gut. Damit kommen wir also derzeit nicht weiter. Hat sich vielleicht schon was mit dem Schlüssel ergeben?«

Nun war es wieder Baader, der sprach, nachdem er aus dem Blätterstapel vor sich eine Seite hervorgezogen hatte. »Das Schloss der Tür war nicht beschädigt. An dem Schlüsselbund, den wir in ihrer Tasche gefunden haben, befand sich wie gesagt ein passender Schlüssel. Woher sie den hatte – keine Ahnung.«

Zoschke schaltete sich ein. »Stroll, der Biergartenbesitzer, hat uns schon die Liste mit den Leuten zugemailt, die im Besitz solcher Schlüssel sind. Wir telefonieren bereits herum, aber es gibt noch kein positives Ergebnis. Drei Leute gaben an, dass ihr Schlüssel an seinem Platz sei und nicht fehle.«

»Konnten die anderen Schlüssel zugeordnet werden?«, fuhr Margot fort.

Taschke nickte. »Zwei Schlüssel für Haustür und Wohnungstür. Ein Schlüssel ist wohl ein Briefkastenschlüssel, ein anderer könnte zu einem Kellerschloss passen oder zu einem Speicher. Dann hängt noch ein VW-Autoschlüssel dran.«

»Und was ist mit dem?«

»Es handelt sich um einen Schlüssel für einen älteren VW. Aber das Autohaus sagt, man kann den Typ anhand des Schlüssels nicht genau feststellen. Golf, Polo, Passat – alles, was älter ist als etwa fünfzehn Jahre, ist möglich.«

Margot hatte längst aufgehört, die geknickten Strohhalme zu zählen. Nachher würde der Reinigungstrupp einiges zu fegen haben … »Fenske, haben die Fingerabdrücke was Brauchbares ergeben?« Sie hatte sich deutlichere Hinweise auf die Identität der Toten erhofft.

»Nada. Der Rechner kennt die Fingerabdrücke der Toten nicht. Der Griff der Zugangstür wurde abgewischt, wahrscheinlich vom Mörder – er ist also auch durch diese Tür raus. Aber das trägt nicht dazu bei, seiner Identität näher zu kommen.«

»Wahrlich nicht«, brummte Margot.

Horndeich ergänzte: »Hinrich wird in Frankfurt ein DNA-Profil der Toten erstellen lassen – aber das Ergebnis liegt frühestens übermorgen vor. Wenn ihre DNA also bei irgendeinem anderen Verbrechen mit im Spiel war, erfahren wir vielleicht dadurch was.«

»Ich fasse also zusammen«, brummte Margot. »Wir haben gar nichts! Gab's denn keine weiteren Spuren – Fußabdrücke, Zigarettenkippen, ein Bekennerschreiben mit Absender, ein Personalausweis, den der Täter verloren hat?«

Baader ergriff wieder das Wort, aber schon der Tonfall der ersten Silbe signalisierte das Nein als Antwort. »Auf dem Steinboden gab's keine verwertbaren Fußabdrücke. Eins haben wir noch eingesammelt: ein kleines hellblaues Plastikstück. Könnte von einem Handy stammen. Ist schon unterwegs zum LKA in Wiesbaden. Genaues auch erst in ein paar Tagen. Wir haben nach Strolls Hinweis auch die zweite Zugangstür hundert Meter die Straße runter untersucht: Daran hat sich niemand zu schaffen gemacht. Und ob sich an den zugemauerten Eingängen von den Kellern aus jemand als Bergarbeiter betätigt hat, werden wir morgen überprüfen.«

»Okay. Ist das alles?« Margot wartete ganze drei Sekunden. »Gut, dann nehmt jetzt das Foto des Opfers, aber bitte das auf ›gnädig‹ retuschierte, und schickt es raus. Auch Bilder von den Klamotten. Großer Verteiler – Zeitungen und Hessischer Rundfunk. Frage: Wer kennt diese Frau? Wer hat am Samstag in der Nähe des Biergartens etwas Verdächtiges beobachtet? Wer hat jemanden an der Tür gesehen? Mal schauen, ob Kollege Zufall nicht besser ist als wir und wir morgen etwas mehr wissen.«

Später saßen Horndeich und Margot in ihrem Büro. Margot sah ihren Kollegen an. »So hast du dir den ersten Arbeitstag nicht vorgestellt, was?«

Horndeich versuchte ein Lächeln. »Nein, wahrlich nicht. Passiert auch selten, dass hier zwei Morde so kurz aufeinander folgen.« Zumal Darmstadt in der Kriminalstatistik noch nie einen Spitzenplatz belegt hatte. »Meinst du, die haben etwas miteinander zu tun?«

»Ich weiß es nicht. Auf den ersten Blick gibt's kaum Gemeinsamkeiten.« Margot blickte zum Fenster. »Tja, an neue Pflanzen habe ich auch nicht mehr gedacht. Tut mir leid, dass die hier meine Pflege nicht überlebt haben.«

»Na, da haben wir doch heute wenigstens einen Ermittlungserfolg. Die Täterin ist sogar geständig.«

Margot erhob sich. »Hoffentlich erkennt jemand die Frau. Ich möchte wissen, wer sie ist. Und ich möchte den Typen kriegen, der das angerichtet hat.«

Horndeich nickte nur, stand ebenfalls auf und schlüpfte in seine Jacke. »Wir kriegen ihn!«, versicherte er. Aber er war nicht halb so überzeugt, wie er sich gab. Die meisten Tötungsdelikte fanden im familiären oder im nahen Umfeld der Opfer statt. Eifersucht, Geldsorgen, Verzweiflung – das waren die Motive, die den Täter schnell überführten. Doch in diesem Fall lag die Sache anders, das spürte Horndeich. »Was hat sie da unten gemacht?«, fragte er sich laut.

Eine Antwort darauf wusste er nicht, und auch Margot konnte ihm keine geben.

Horndeich war kurz nach Hause gefahren, hatte sich frische Klamotten angezogen und war dem Stoppelbart mit einer Rasierklinge zu Leibe gerückt. Noch eine Spur Drakkar Noir, dann machte er sich auf zum Weihnachtsmarkt auf dem Darmstädter Marktplatz. Der Markt konnte zwar nicht mit der Größe des Frankfurter Pendants oder mit dem Renommee der Buden in Erbach konkurrieren, doch Horndeich mochte die Intimität des kleinen Platzes.

Anna hatte ihm am Nachmittag noch eine SMS geschickt

und ihm darin mitgeteilt, dass sie sich abends wie verabredet mit ihm treffen werde. Ganz sicher war sie nicht gewesen. Nach der strapaziösen Rückreise aus Moskau war sie zunächst in die Praxis gegangen, in der sie als Arzthelferin arbeitete, dann hatte sie am frühen Nachmittag die Gäste aus der Ukraine vom Bus abgeholt. Sie kamen aus der Partnerstadt Uschgorod.

Es war seit vielen Jahren Tradition, dass auf dem Darmstädter Weihnachtsmarkt die europäischen Partnerstädte in Holzständen Kunsthandwerk und Waren aus ihrem Herkunftsland anboten. In diesem Jahr erwartete Darmstadt Gäste aus sieben Partnerstädten. Horndeich mochte diese Stände, denn sie hoben sich ein wenig vom Angebot der Schokonikoläuse und Christbaumkugeln ab. Die Ukrainer waren seit vielen Jahren mit von der Partie. Die beiden Schwestern Tatjana und Irina Steschtschowa betreuten den Stand von Anfang an, ebenso Leonid Prassir. Anna hatte sich mit ihnen vor fünf Jahren angefreundet und ließ es sich nicht nehmen, die Gäste jedes Jahr persönlich bei ihrer Ankunft zu empfangen, wenn sie mit dem kleinen Ford-Transit-Bus am Hauptbahnhof ankamen.

Horndeich erreichte die Krippe an der Marktplatzmauer, ihren Treffpunkt. Er mochte den lebensgroßen Esel, der im Stroh lag, neben dem die heilige Familie saß. Na gut, das Stroh bestand in diesem Fall aus Tannenzweigen, der Ochse fehlte und schien mal eben für kleine Rinder zu sein – aber mit derlei Geschichtsfälschung konnte Horndeich gut leben. Eigentliches Wahrzeichen des Marktes war die große Weihnachtspyramide, die sich jedes Jahr dreistöckig über dem Marktplatzbrunnen erhob.

»Hallo«, begrüßte ihn Anna, die ihn bereits erwartet hatte, und hauchte ihm einen Kuss auf den Mund. Horndeich hakte sich unter und fragte: »Wohin?«

»Sie fangen so in einer halben Stunde an zu spielen. Wenn du magst, können wir ja noch eine Runde über den Markt drehen.«

Sie hatten sich auf dem Weihnachtsmarkt verabredet, weil

die beiden ukrainischen Schwestern Tatjana und Irina als »Königinnen der Nacht« im Hamelzelt ein kleines Konzert geben würden. Das Zelt neben dem »Café Wunderbar« war die kleine Variante des großen Hamelzeltes. Dieses war im Sommer beim Heinerfest, dem traditionellen Volksfest der Darmstädter, Dreh- und Angelpunkt für Bierdurstige.

Horndeich hatte die beiden Schwestern schon im vergangnen Jahr singen gehört. Die oft melancholischen Weisen berührten ihn – trotz Festzeltatmosphäre – immer wieder an der Stelle, an der man sich nicht kratzen konnte, wie Anna es einmal treffend ausgedrückt hatte.

Horndeich und Anna stellten sich an einem der Glühweinstände unter. Ein Gasbrenner wärmte Horndeich den Rücken. Wenig später prostete Anna ihrem Liebsten mit einem Becher dampfenden Glühweins zu.

»Und bei dir? Alles ruhig angelaufen?« Anna biss herzhaft in ein Fischbrötchen, das sie in der linken Hand hielt. Horndeich würde es immer ein Rätsel bleiben, wie sich Brathering mit Glühwein vertragen konnte.

»Nein, alles andere als ruhig. Vor zwei Wochen ein noch ungeklärter Totschlag auf der Mathildenhöhe und heute eine weibliche Leiche.«

»Eine Leiche? Was ist passiert?«

»Erstens wissen wir das noch nicht, zweitens mag ich dir nicht den Abend verderben, und drittens will ich daran jetzt selbst nicht denken. Und schon gar nicht darüber reden.«

Anna nickte nur. Dass Horndeich einen Weihnachtsmarkt nicht als passendes Ambiente empfand, um über Mord und Totschlag zu berichten, konnte sie nachvollziehen. Also widmete sie sich wieder dem Verzehr ihres toten Fisches und wechselte kurz darauf das Thema. Sie erzählte, wie sie die Ukrainer am Bus abgeholt hatte. Der hatte Verspätung gehabt und war erst um vier Uhr angekommen.

Horndeich und Anna tranken aus, schlenderten noch zwischen den Ständen umher und durch Kräuter- und Lebkuchendüfte, bevor sie schließlich das kleine Hamelzelt betraten. Leonid, der dritte im Bunde der Ukrainer, winkte ihnen von einem reservierten Tisch aus zu. Horndeich erkannte den kräftigen Mann wieder. Auf dem letztjährigen Weihnachtsmarkt hatte er ihn auch am ukrainischen Stand und im Zelt getroffen. Leonid begrüßte Anna mit einem Kuss rechts und links auf die Wangen und Horndeich mit einem so kräftigen Händedruck, dass Horndeich für den Bruchteil einer Sekunde überlegte, ob er nicht auch den Wangenkuss vorgezogen hätte.

»Wie geht es Ihnen?«, fragte er in gutem Deutsch, das ein wenig von slawischem Akzent gefärbt war.

»Gut«, antwortete Horndeich, dem die Hand schmerzte. Manchmal lügt man eben auch aus Höflichkeit. Zudem konnte er das Bild der toten jungen Frau einfach nicht von seiner inneren Leinwand verdrängen – die umhergeworfenen Kleidungsstücke, das verunstaltete Gesicht, die Blöße ihres Körpers. Er schüttelte sich, als ob er damit einen Vorhang vor die Perlwand ziehen könnte, und für den Fall, dass Leonid dies bemerkte, fügte er hinzu: »Ein bisschen kalt hier.«

»Trink doch noch einen Glühwein«, regte Anna an. Entweder überspielte oder ignorierte sie den Umstand, dass das Zelt eher einer Sauna denn einem Kühlschrank glich.

»Ich bin mehr für Bier.«

»Oder einen Wodka!«, schlug Leonid vor. »Der wärmt von innen!«

Horndeich winkte lachend ab. »Oh, das lieber nicht. Ich bin gestern Abend aus Moskau zurückgekehrt, und dank des Restalkohols dürfte ich sicher die kommenden zwei Wochen nicht Auto fahren.« Dabei traf auf Annas Verwandtschaft das Vorurteil, alle Russen seien maßlose Wodkasäufer, eigentlich nicht zu – wenn man die Großmutter nicht mit einrechnete. Beim Abschiedsessen war es Babuschka Kalenska gewesen, die immer noch einen weiteren Trinkspruch auf Lager gehabt hatte, auch als alle außer Horndeich bereits schlafen gegangen waren. Erst, als sie zum vierten Mal auf ihre kommenden Urenkel hatte trinken wollen, hatte Horndeich kapituliert und war vom Stuhl gekippt. Und er hatte am kommenden Morgen festgestellt, dass er in einem solchen Zustand ernsthafte Schwierigkeiten hatte, zur Erfüllung des Herzenswunsches von Annas Großmutter beizutragen ...

Leonid lachte und schlug Horndeich mit seiner Pranke auf die Schulter, so dass dieser leicht in die Knie ging.

Sie setzten sich, Anna zwischen Horndeich und Leonid. Die beiden unterhielten sich auf Russisch, und Horndeich merkte, dass er zu müde war, um jetzt noch aufmerksam russischer Konversation zu lauschen – oder um sich gar aktiv daran zu beteiligen. Seit er eineinhalb Jahre zuvor Anna kennen- und lieben gelernt hatte, hatte er begonnen, Russisch zu lernen. Anna stammte aus Moskau und war erst seit zehn Jahren in Darmstadt. Er lernte ihre Muttersprache nicht allein ihr zuliebe. Er konnte es sich selbst nicht erklären, aber die anfängliche Neugier war strukturiertem Lernen gewichen. Und inzwischen schlug er sich mit seinem Russisch schon ganz wacker in Alltagssituationen.

Das Zelt füllte sich. Einige Angestellte der Stadt gesellten sich zu ihnen an den Tisch. Horndeich hatte die Gesichter schon ein paarmal gesehen, grüßte aber nur mechanisch, denn er hing seinen Gedanken nach. Besonders die Frage, wer oder was die Tote in den feuchten, kalten Keller getrieben hatte, beschäftigte ihn. War sie von ihrem Mörder gezwungen worden, in den Keller hinabzusteigen? Aber wieso war dann ein Schlüssel zur Eingangstür an ihrem Schlüsselbund gewesen? Wäre sie in den Keller gezwungen worden, wäre es doch viel wahrscheinlicher, dass der Täter die Tür aufgeschlossen hatte. Oder hatte sie auf jemanden gewartet? Was, in aller Welt, hatte sie dann dort unten gewollt? Es gab sicher gemütlichere Orte für ein Schäferstündchen. Auch für ein wie auch immer geartetes konspiratives Treffen war jeder andere Ort nach Horndeichs Meinung besser geeignet als dieses Kellerloch. Vielleicht probte dort unter ja auch nur eine Laienspielgruppe. Und als die junge Frau die Rolle als Leiche versiebt hatte, war der Regisseur ausgerastet ...

Horndeich spürte Annas Hand auf der seinen. »... dir mitbringen?«

»Wie bitte?«

»Ich wollte wissen, ob ich dir ein Bier mitbringen soll.«
Er war müde, hatte zu wenig geschlafen. Dennoch entschied er: »Ja, ein Bier wäre toll.«

Leonid sprach ihn auf Russisch an: »Sie haben jetzt unsere Sprache gelernt? Anna hat Sie sehr gelobt!«

Horndeich antwortete ebenfalls auf Russisch. »Ja, ich habe ein bisschen Russisch gelernt. Wir waren bei Annas Familie in Moskau. Sie sprechen nur Russisch. Da konnte – und musste – ich üben.«

»Sie sprechen sehr gut!«, lobte ihn Leonid.

Horndeich bedankte sich.

Anna kehrte mit drei Gläsern Bier zum Tisch zurück. Sie prostete den beiden Männern zu. »Na sdarowje.«

Leonid erhob sein Glas, und Horndeich bemerkte, dass auch der Ukrainer müde wirkte. »Sie sind den ganzen Weg von Uschgorod mit dem Bus gefahren?«

Leonid nickte.

Von Uschgorod nach Darmstadt waren es ungefähr 1300 Kilometer, rechnete Horndeich hoch – sicher kein Vergnügen... »Wie lange sind Sie gefahren?«

»Fast zwanzig Stunden. Wir standen lange an der Grenze nach Ungarn. Und auf der A3 mehrfach im Stau.«

»Aber jetzt seid ihr hier!«, sagte Anna glücklich und erhob abermals ihr Glas.

Mit den beiden Schwestern aus Uschgorod trat auch Caspar Plawitz ins Zelt, Gastgeber der Delegation aus Uschgorod und graue Eminenz der Städteverschwisterung. Er wurde von allen begrüßt.

Ein Lokalmatador, dachte Horndeich und überlegte, ob er den Mann sympathisch fand, als Tatjana und Irina anfingen zu singen. Irina begleitete dazu auf dem Akkordeon. Horndeich erkannte die Melodie. »*Wot kto to s gorochki spustilsja*«, stimmten sie an: *Es stieg jemand den Berg hinab.* Und einige der Umsitzenden, die aus Russland kamen, stimmten ein. Das war ihm in Russland sehr schnell aufgefallen: Die Menschen sangen in Gesellschaft – und alle kannten die Lieder, die sie quasi mit der Muttermilch aufgesogen hatten. Er selbst hatte schon bei

*Marmor, Stein und Eisen bricht* Schwierigkeiten, außer dem Refrain noch ein paar Worte des Textes mitzusingen ...
   Auch das nächste Lied erkannte er. *Kakim ty byl – Wie du gewesen bist.*
   »Spiel auch ein Lied, Steffen!«, bat ihn Anna, als die Schwestern ihren verdienten Applaus erhielten. Steffen Horndeich hatte Anna einmal erzählt, sein Vater sei darauf erpicht gewesen, dass sein kleiner Sohn wenigstens ein Instrument spielte – und so hatte er gelernt, mit Tasten und Knöpfen umzugehen. Annas Onkel hatte ihm in Moskau ein paar Melodien und Tricks auf dem Akkordeon gezeigt. Und Horndeich hatte festgestellt, dass für ihn Akkordeonspielen mit Fahrradfahren vergleichbar war – man verlernte es nicht.
   Doch heute Abend war ihm nicht nach spielen zumute.
   »Bitte!«, bat ihn Anna.
   »Trau dich!«, forderte ihn auch Leonid auf Russisch auf.
   Als Tatjana ihm wortlos das Akkordeon reichte, zierte er sich nicht länger. Er hängte sich das große Instrument um, legte die Finger auf Tastatur und Akkordknöpfe und zog den Balg auseinander, dann begann er zu spielen. Anna erkannte das Lied und sang: »*Oi, Moros, moros, ne moros menja!*« – *Oh, Frost, Frost, lass mich nicht erfrieren!* Das passende Lied zu den winterlichen Temperaturen, von denen sie im Zelt zum Glück verschont blieben.
   Tatjana und Irina stimmten ein. Lohn des Spiels war ein Küsschen von Tatjana und Irina auf je eine seiner Wangen und eines auf den Mund von Anna. Nur Leonid wollte ihm wieder die Hand reichen ...
   Anna bat ihn weiterzuspielen, aber er wollte nicht.
   Tatjana intonierte eine weitere Weise, die Horndeich diesmal nicht kannte. Sein Blick streifte umher und traf sich kurz mit dem einer jungen und attraktiven blonden Frau am anderen Ende des Zeltes. Sie saß am Tisch mit anderen Menschen, wirkte jedoch seltsam isoliert – fast wie ein Geist, den niemand außer Horndeich wahrnahm. Nur Plawitz beachtete die Dame – wie Horndeich auffiel – ebenfalls, und das immer wieder. Täuschte er sich, oder ging sie auf den dezenten Flirt ein? Be-

vor er weiter darüber nachdenken konnte, forderten der lange Tag und der Sauerstoffmangel in dem inzwischen überfüllten Zelt ihr Recht: Horndeich gähnte. Als Tatjana eine Pause einlegte, raunte er Anna zu: »Ich gehe nach Hause.«

»Schon? Aber hier wird es doch gerade erst gemütlich!«

Horndeich küsste ihre Wange. »Ich bin völlig fertig und habe morgen einen Monstertag vor mir. Sei mir nicht böse, bitte.«

Er ging zu Fuß nach Hause; die frische Luft tat ihm gut.

Auch wenn Anna vielleicht doch haderte, dass er so früh gegangen war, so war er sicher, dass ihr Verständnis den Groll überwog. Und ganz sicher war der Abend, auf den sie sich schon so lange gefreut hatte, ohne einen Trauerkloß an ihrer Seite erquicklicher. Denn Horndeich konnte das Bild von der unbekannten Toten einfach nicht ausblenden. Und damit war an Smalltalk und lockeres Plaudern nicht zu denken.

Als Margot nach Hause kam, wunderte sie sich darüber, dass auf dem Anrufbeantworter die Nachrichtenleuchte nicht blinkte. Rainer hatte auch keine SMS geschrieben. Das war ungewöhnlich. Nun ja, vielleicht hatte er ja einen ähnlich schrecklichen Tag hinter sich wie sie.

Kurz überlegte Margot, ob sie noch einen kleinen Spaziergang machen sollte, denn das Haus kam ihr schrecklich leer vor. Seit Ben, ihr Sohn, ausgezogen war, empfand sie ihr Domizil oft als zu groß, besonders an den Tagen, an denen Rainer nicht da war. Sehr schnell hatte sie sich daran gewöhnt, dass Rainer hier wohnte; schon nach wenigen Wochen ihres Zusammenlebens war es ihr wie selbstverständlich erschienen. Die Abende, wenn er während des Semesters in Kassel weilte, waren im Winter besonders einsam. Nicht dass sie ohne Rainer in Depressionen versunken wäre. Aber an Tagen wie diesen, die ihr das Schlechte im Menschen wieder so deutlich vor Augen führten, dass die Seele darunter litt – an solchen Tagen war es schön, den Kopf an eine starke Schulter lehnen zu können. Oder sich Ärger, Zweifel und Wut einfach wegküssen zu lassen.

Sie wählte die Nummer von Rainers Anschluss in seinem Apartment in Kassel. Ihr Freund ging nicht an den Apparat, nur der kleine Plastik-Sklave meldete sich mit einem schlechten Abklatsch von Rainers sonorem Tonfall: »Ich bin leider nicht erreichbar, Nachrichten nach dem Beep.«

Kurz und knackig.

»Hallo, mein Schatz«, begann Margot den Monolog. »Schade, dass du nicht da bist. Ich hatte heute einen richtig unerfreulichen Tag. Wieder eine Leiche. Eine junge Frau, übel zugerichtet. Ach, ich wünschte, du wärest hier. Na gut, dann hoffe ich für dich, dass dein Tag erfreulicher war. Schlaf gut.«

Sie hauchte noch einen Kuss in den Hörer, von dem sie sicher war, dass er von der elektronischen Heiserkeit des Anrufbeantworters bei der Wiedergabe verschluckt werden würde.

Margot gönnte sich ein Vollbad bei einem Glas schwerem Montepulciano. Sie wäre fast im Wasser eingeschlafen. Im Bademantel bereitete sie sich in der Küche noch ein kleines Mahl aus Tomaten und Mozzarella zu.

Sie setzte sich aufs Sofa, wollte noch ein paar Seiten lesen. Doch zu mehr als einem kurzen Durchblättern einer alten »Brigitte« reichte es nicht mehr. Noch vor der letzten Seite schlief sie auf dem Sofa ein.

## Dienstag, 13.12.

»Möchten Sie einen Kaffee?«, fragte Margot und schritt zielstrebig auf die Kaffeemaschine zu.

»Nein, danke, ich habe schon gefrühstückt«, antwortete der junge Mann im Anzug, der auf dem Besucherstuhl in Margots und Horndeichs Büro Platz genommen hatte.

»Du?«, fragte sie ihren Kollegen.

»Gern.«

Margot fütterte die Maschine mit zwei Pads, stellte aber nur Horndeichs Kaffeebecher darunter.

Horndeichs Finger huschten über die Tastatur seines Computers. »Habe ich das richtig aufgenommen? Ihr Name ist Bernd Rössler, geboren 1975 in Darmstadt, derzeit wohnhaft in der Elisabethenstraße 67.«

Der Angesprochene nickte.

»Gut, dann erzählen Sie uns doch bitte, was Sie gesehen haben.«

Bernd Rössler war bereits um halb acht auf dem Revier erschienen, meinte, er habe an dem Samstag, als die junge Frau ermordet worden war, etwas in der Dieburger Straße bemerkt. Horndeich war wenig später auf dem Präsidium angekommen und hatte Rössler mit ins Büro genommen.

»Also, ich habe das heute früh in der Zeitung gelesen, dass Sie eine tote Frau in den Kellern unter dem Biergarten gefunden haben. Ich wusste gar nicht, dass da unten Keller sind. Ja, und dann ist mir eingefallen, dass ich am Samstag jemanden an der Tür zu den Kellern gesehen hab. Ich nehme jedenfalls an, dass es die Tür zu den Kellern war, denn ...«

»... Sie wussten ja nicht, dass dort unten Keller sind«, vollendete Horndeich.

»Richtig.«

»Also um welche Tür handelte es sich?«

»Die Tür neben den Treppen, wo es zum Biergarten hochgeht.«

»Wann war das?«

»Wann war was?«, fragte Herr Rössler.

»Wann haben Sie jemanden an der Tür zu den Kellern gesehen?«, präzisierte Horndeich.

»Wenn es tatsächlich die Tür zu den Kellern war«, schränkte Rössler noch einmal ein.

»Es *ist* die Tür zu den Kellern. Also wann?«, wiederholte Horndeich seine Frage und versuchte, es nicht zu unhöflich klingen zu lassen.

»Um zehn nach vier.«

»Genau zehn nach vier?«

»Ungefähr. Ich war schon zu spät dran, wollte einen Freund im Café am Oberwaldhaus treffen. Ich habe nicht auf die Uhr geschaut. Aber ich bin gegen vier ins Auto gestiegen. Wegen des Schnees kam ich nicht so schnell voran.«

»Und was haben Sie genau gesehen?«

Das Lächeln verschwand, Bernd Rössler konzentrierte sich wieder. »Ich fuhr die Dieburger Straße stadtauswärts, sah, dass die Ampel am Biergarten gerade auf Rot schaltete. Es schneite, ich bremste also vorsichtig und ließ den Wagen langsam auf die Ampel zurollen. Und da habe ich ihn gesehen.«

»Wen?«

»Den Mann. Er schloss die Tür und ging an der Biergartenmauer entlang. Dann bog er nach rechts ab, in den Fiedlerweg.«

»Was genau hat der Mann gemacht?«

»Weiß ich nicht. Ich habe ihn nur aus den Augenwinkeln wahrgenommen. Ich habe mich auf die Ampel konzentriert. Er kam raus und ging.«

»War die Tür davor zu?« Margot reichte Horndeich den Becher mit dem Kaffee und begann gleich darauf, sich selbst einen zuzubereiten.

»Die Tür war offen. Nein – sie war geschlossen. Ich weiß es nicht mehr. Wissen Sie, ich habe ja nicht auf den Mann geachtet. Kann sein, dass die Tür offen war, kann auch sein, dass sie geschlossen war. Ich weiß es nicht.«

»Können Sie den Mann beschreiben?« Horndeichs Stimme klang bereits etwas ungeduldig.

»Keine Ahnung – ich weiß nicht genau, wie er aussah. Außerdem hat es geschneit.«

»Schließen Sie die Augen.«

»Warum das denn?«

»Schließen Sie einfach die Augen.« Horndeich wollte in diesem Moment keinen Vortrag darüber halten, dass viele Zeugen sich besser erinnerten, wenn sie nicht durch die reale Umgebung abgelenkt waren. Er wollte einfach nur Antworten. Zahlreich. Präzise. Und verdammt noch mal heute noch.

Wie durch ein Wunder tat Rössler, wie ihm geheißen.
»Trug der Mann einen Bart?«
»Nein, keinen Bart.«
»Eine Brille?«
»Nein, auch keine Brille.«
»Trug er eine Kopfbedeckung?«
»Ja, er hatte eine Mütze auf.«
»Was für eine?«
Rössler zuckte mit den Schultern.
»Ein Hut? Ein Käppi? Eine Kasperlemütze?« Dem Kerl musste man wirklich jede Silbe aus der Nase ziehen.
Rössler öffnete die Augen, schmunzelte, doch die Mundwinkel federten sofort wieder in Neutralstellung, als er erkannte, dass Horndeichs Miene bitterernst blieb. Der Anblick schien so bedrohlich, dass er die Augen augenblicklich wieder schloss.
»Eine einfache dunkle Mütze, die Kopf und Ohren bedeckte.«
»Wie groß war er?«, fragte Margot, während sie sich – ebenfalls einen Kaffeebecher in der Hand – auf ihren Bürostuhl niederließ. Sie warf Horndeich einen Blick zu, der ihm sagen sollte: Ganz ruhig, mit Ungeduld kommen wir hier gar nicht weiter.
»Ich weiß es nicht genau«, antwortete Rössler und war froh, einen Ansprechpartner zu haben, der ihm offenbar wohler gesonnen war.
»War er größer als Sie? Kleiner?«
»Ich denke, etwa so groß wie ich selbst. Eins fünfundsiebzig. Ja, ich denke, das kommt hin.«
»War er dick, dünn?«
»Weiß ich nicht. Er trug einen Mantel. Bei der Kälte wirkt kaum jemand dünn.«
»Aber er war auch nicht fett.«
»Nein, ganz normal.«
»Wie alt?«, fragte Horndeich, und während Rössler kurz nachdachte und ihn dabei nicht ansah, verdrehte Horndeich die Augen und formte mit den Lippen tonlos den Satz: »Weiß ich nicht.«
»Weiß ich nicht«, bekam er dann auch gleich darauf das akus-

tische Pendant in Rösslers Stimmlage zu hören. »Nicht ganz jung. Vielleicht so alt wie ich, vielleicht auch älter. Aber ich kann es nicht genau sagen.«

»Und die Kleidung?«, fragte Margot.

»Sagte ich doch schon.«

»So? Was denn?«, fragte Horndeich mürrisch.

»Na, ein Mantel.«

»Was für ein Mantel?«, bohrte Horndeich nach. Noch ein Weiß-ich-nicht, und er würde schreiend aus dem Fenster springen. Und Rössler zuerst rauswerfen, damit er selbst weich landete. »Ein Wintermantel.«

»Was für ein Wintermantel?«, hakte Margot freundlich nach. Ein Geduldsfaden so lang wie von Darmstadt nach Griesheim, dachte Horndeich. Ich sollte sie für den Titel »Mutter der Nation« vorschlagen.

»Ein dunkler Wintermantel.«

Lang lebe der Erfinder des Adjektivs …

»Und die Hosen?«, fragte Margot, immer noch die Freundlichkeit in Person. »Jeans? Anzughosen?«

»Weiß ich wirklich nicht mehr, tut mir leid. Er war dunkel gekleidet, aber mehr kann ich Ihnen nicht sagen, oder ich müsst' was erfinden.«

»Würden Sie ihn wiedererkennen, wenn Sie ihn sehen?«, fragte Margot.

Rössler zuckte mit den Schultern. »Weiß ich nicht.«

»Wir zeigen Ihnen ein paar Fotos, vielleicht ist er ja auf einem zu sehen. Wenn Sie ihn nicht erkennen, dann möchten wir Sie bitten, dass Sie mit unserem Kollegen ein Phantombild anfertigen.«

Rössler nickte. »Könnte ich dann vielleicht doch einen Kaffee haben?«

»Klar.« Margot erhob sich.

»Es tut mir leid, wenn ich Ihnen nicht weiterhelfen kann. Ich habe nicht auf den Mann geachtet, ich habe mich wirklich erst heute früh daran erinnert, als ich in der Zeitung von diesem abscheulichen Mord las. So etwas ist wirklich abstoßend, widerlich, ekelerregend. Ich frage mich, wer so etwas macht, so etwas Entsetzliches. Das muss eine Bestie sein, ein Tier. Ich ...«

Margot sah Horndeichs Blick, der sich von seinem Stuhl erhoben hatte, und bevor er auf die Idee kommen konnte, sich auf Rössler zu stürzen, unterbrach sie den Zeugen: »Sie brauchen sich nicht zu entschuldigen, Herr Rössler ...« Als Rössler sie mit einer Mischung aus Irritation und Panik anstarrte, fügte sie schnell hinzu: »Dass Sie sich nicht mehr so genau erinnern können, meine ich.« Sie registrierte, wie er innerlich aufatmete.

Horndeich verließ wortlos den Raum.

»Wir sind Ihnen sehr dankbar, dass Sie zu uns gekommen sind, wirklich«, sagte Margot zu dem Zeugen, und das freundlich-mitfühlende Lächeln hielt sich in ihrem Gesicht wie eingemeißelt. »Dieser Fall nimmt uns alle mit. Deshalb ist mein Kollege zurzeit etwas ...« Sie suchte nach dem richtigen Wort. »... *ungeduldig*.«

Rössler nickte, offenbar froh über die Absolution und den Kaffee. Margot fiel auf, dass sie ihren Becher so hielt, dass der Smiley darauf Herrn Rössler freundlich zulächelte. Ob ihr so was wohl schon öfter passiert war und Zeugen dazu bewogen hatte, freier zu sprechen, ohne dass sie es gemerkt hatte? Sie überlegte, ob sie die Sache mit dem Smiley nicht zukünftig als Trick anwenden sollte.

Als ob er gelauscht hätte, kehrte Horndeich wenige Minuten später mit einer wesentlich freundlicheren Miene zurück. Vielleicht hatte er sich an Margot ein Beispiel genommen und vor dem Toilettenspiegel geübt. Jedenfalls glich sein Gesichtsausdruck schon fast dem Smiley auf Margots Becher. »Herr Rössler, wenn Sie mich begleiten würden. Mein Kollege Kommissar Marlock zeigt Ihnen dann unser Schönheiten-Album.«

Nachdem er Rössler bei Marlock abgeliefert hatte, kam er zurück und trank den Rest seines Kaffees aus, der inzwischen fast kalt war.

»Was ist los, Horndeich? Hast du erwartet, dass er Namen und Adresse des Täters kennt? Mensch, wir können doch froh sein, dass er überhaupt gekommen ist.«

»Du hast ja recht.«

»Also?«

Horndeich sah seine Kollegin direkt an. »Das ist der erste Fall seit langer, langer Zeit, der mich in meine Träume verfolgt. Weißt du, als ich hier anfing und meine erste Leiche gesehen habe, da habe ich nachts davon geträumt. Wahrscheinlich auch, weil es in meiner Straße war. Ein Nachbar drei Häuser weiter hat sich damals aufgeknüpft. Einmal habe ich davon geträumt. Einmal. Dann nie wieder. Aber diese Tote von gestern, die kann ich nicht abschütteln, die verfolgt mich jede Nacht und ...«

»Herrgott, Steffen, seit dem Fund der Leiche ist gerade mal eine Nacht vergangen!«, erinnerte ihn Margot.

»Wie auch immer – ich bin heute Nacht schweißgebadet aufgewacht, dann wieder eingeschlafen, und da war sie auch schon wieder im Traumkino. Ich habe den Mann von hinten gesehen, der ihr den Stein aufs Gesicht gedonnert hat, und ...«

»Es war ein Mann? Bist du dir sicher?«

»In meinem Traum schon. Ich stand hinter ihm, keinen Meter entfernt. Aber ich konnte ihn nicht erkennen ...«

»Schade«, murmelte Margot.

Horndeich ließ sich nicht aus dem Konzept bringen und sprach einfach weiter: »...konnte ihn nicht anfassen, denn mein Körper war wie gelähmt. Dann bin ich aufgewacht. Um vier Uhr früh. Ich habe dann gelesen, weil ich nicht mehr schlafen wollte ...«

»Doch wohl hoffentlich keinen Krimi!«

Er schaute sie an. »Hör auf, Margot. Die Sache ist nicht witzig.« Er senkte den Blick. »Kennst du solche Träume?«

O ja, dachte Margot, die kenne ich nur zu gut. Aber das waren Dinge, über die Kollegen eher selten miteinander sprachen. Deshalb nickte sie nur. »Komm, wir müssen nach Frankfurt. Hinrich hat gesagt, er ist fertig mit Jane. Wäre gut, wenn wir uns das alles noch mal persönlich anschauen.«

Vielleicht nicht gerade die richtige Therapie gegen Horndeichs Albträume, dachte sie, aber der Job musste nun mal getan werden.

Noch lag die Tote unter dem grünen Tuch, das sie gnädig verhüllte. Horndeich bereitete sich innerlich auf den unangenehmen Anblick vor.

Margot hatte Horndeich nicht davon erzählt, dass auch sie in der vergangenen Nacht von einem Albtraum geplagt worden war, der sich um den schaurigen Leichenfund gedreht hatte; diese Genugtuung hatte sie ihrem Kollegen nicht gegönnt, zumal er schuld daran war, dass dieser Traum nun wieder in ihrem Kopf herumspukte. Denn vielleicht wäre es ihr gelungen, die Tür zum Giftschrank der Erinnerung verschlossen zu halten, hätte Horndeich durch seine Schilderungen nicht etwas zu heftig daran gerüttelt. Ein wenig hatte sie sich wohl dafür rächen wollen, als sie sich über seinen Traum ein wenig lustig gemacht hatte. Und ein wenig hatte sie wohl gehofft, mit ihren Spitzen gegen Horndeich den eigenen Giftschrank wieder schließen zu können.

In ihrem Traum hatte sie die Tote selbst entdeckt, und schließlich war es ihr nach nächtlicher, unendlich langer Verfolgung durch düstere verwinkelte Gassen gelungen, den Täter zu stellen. Doch als sich der Mörder umdrehte, hatte sie in ein ihr wohlbekanntes Gesicht geblickt – in das ihres Lebensgefährten Rainer, der völlig verzweifelt aussah.

Freud hätte an diesem Traum wohl seine helle Freude gehabt, aber sie selbst konnte sich überhaupt keinen Reim darauf machen. Hielt ihr Unterbewusstsein Rainer für den Mörder? Das wohl kaum, dennoch sah sie noch immer sein trauriges Gesicht, sobald sie die Augen schloss. Dabei hätte das zerschmetterte Gesicht der Toten für einen Albtraum wahrlich gereicht.

Als hätte sie Hinrich mit dem Gedanken auf telepathischem Wege das Stichwort gegeben, schlug er das Tuch zurück. »So, dann zeige ich Ihnen mal die Fakten«, eröffnete er den Vortrag. Die Fakten, die er ihnen zeigte, hatten nichts von ihrer Grausamkeit verloren, auch wenn man das Gesicht der Toten von Schmutz und Blut gesäubert hatte.

Margot hörte, wie Horndeich neben ihr scharf die Luft einzog, und dachte an den Vorspann der Krimiserie »Quincy«, in dem der bekannte Polizeimediziner vor einer Reihe junger Kadetten das Laken von einer Leiche wegzog und anfing, diese zu obduzieren, woraufhin die jungen Polizisten nacheinander umkippten. Sie hoffte, dass im Falle Horndeichs die Realität nicht ganz so dramatisch war wie die Fernsehwirklichkeit. In der Reihe von Horndeichs Lieblingsplätzen kam die Gerichtsmedizin ganz zum Schluss. Und auch wenn er es selten zugab, kämpfte er an diesem Ort oft um die Befehlsgewalt über seinen Magen und seinen Kreislauf.

»Zuerst einmal die Todesursache«, fuhr Hinrich fort. »Das war definitiv der Schlag, der ihr den halben Schädel zertrümmert hat, und das dürft ihr wörtlich nehmen. Das linke Jochbein, Nasenbein und Tränenbein wurden zerschmettert; der obere Teil des linken Oberkiefers sowie das linke Gaumenbein sind ebenfalls nur noch in Ansätzen vorhanden.«

Horndeich starrte auf die Wunde. Dadurch, dass man sie gereinigt hatte, war die Tragweite der Verletzungen nur noch deutlicher sichtbar. Neuer Stoff für neue Träume. Der Täter hatte mit aller Gewalt zugeschlagen.

»Alle Verletzungen stammen von einem einzigen Schlag, der mit großer Wucht geführt wurde«, erklärte Hinrich. »Offenbar lag das Opfer auf dem Rücken.«

»Ein einziger Schlag?«, presste Horndeich hervor.

»Ja. Der da passt perfekt in die Wunde.« Hinrich deutete auf den Steinbrocken, der auf einer Seitenablage lag.

Er drehte den Kopf der Toten ein wenig zur Seite, so dass die Kommissare die rechte Hälfte des Hinterkopfs sehen konnten. Hinrich hatte einen Teil der Haare abrasiert.

»Zuerst schlug sie mit dem Kopf auf dem Boden auf und hat sich dabei diese Blessur zugezogen. Ich denke nicht, dass diese Verletzung mit Absicht zugefügt wurde. Hat ihr sicher ziemlich weh getan, sie vielleicht auch ohnmächtig werden lassen. Der Schädelknochen weist an dieser Stelle einen kleinen Riss auf, und sie hat sicherlich eine Gehirnerschütterung davongetragen. Die Verletzung hat ziemlich geblutet, aber war nicht tödlich.«

Er richtete den Kopf wieder akkurat in die ursprüngliche

Position. »Sie hat sich gewehrt, so viel ist klar. Hier sind Würgemale.« Hinrich zeigte auf die Verfärbungen am Hals. »Aber der kurze Kampf hat außer den Blutergüssen keine weiteren Verletzungen hinterlassen. Sie hat ihren Angreifer gekratzt. Die DNA-Spuren unter ihren Fingernägeln werden gerade ausgewertet, aber vor morgen Mittag haben wir da nichts auf dem Schreibtisch.«

»Hat sie noch irgendwelche anderen Verletzungen?«, fragte Margot und bemühte sich um Sachlichkeit in ihrem Tonfall. »Ist sie die Treppe hinuntergestoßen worden?«

»Nein. Rein gar nichts. Keine Brüche, keine weiteren Hämatome, keine Schürfungen.«

»Und wer war sie? Irgendwas, das uns bei der Identifizierung hilft?«, hakte Horndeich nach.

»Ein paar Dinge kann ich euch sagen. Sie war Mitte zwanzig. Ihre Zähne sind erstaunlich gut, nur zwei Füllungen, die allerdings schon mindestens zehn Jahre alt sind. Probiert's über die Zahnärzte. Auch wenn ich glaube, dass sie seit Jahren keinen mehr besucht hat, bei dem guten Zustand der Zähne. Der Blinddarm wurde entfernt, als sie in der Pubertät war.«

»Ist sie ...« Horndeich schluckte. »... vergewaltigt worden?«

»Nein, keine Verletzungen der Genitalien, keine Spermaspuren. Ich habe mir die Kleidung auch noch mal genau angeschaut. Das Blut darauf und die Verteilung auf der Kleidung lässt darauf schließen, dass man sie nach dem tödlichen Schlag ausgezogen hat.«

»Dann ist der Täter entweder psychisch völlig daneben, oder jemand wollte nur ein sexuelles Motiv vortäuschen«, folgerte Margot.

Hinrich schwieg drei Sekunden, bevor er sagte: »Und jetzt kommt das Unangenehme.«

»Ach ja«, sagte Horndeich, leichenblass im Gesicht. »Ich habe schon die ganze Zeit drauf gewartet.«

»Ihr solltet euch mit der Identifizierung etwas beeilen«, erklärte Hinrich. »Denn diese Frau hier hat mit Sicherheit schon ein Kind geboren. Wenn sich bis jetzt noch kein Vater gemeldet hat, der plötzlich mit seinem Zwerg allein ist, dann gibt es im besten Falle einen Achtjährigen, der sich wundert, wo die Mama bleibt, oder – schlimmer – ein Baby liegt hilflos in einer Wohnung und verdurstet.«

»Scheiße«, murmelte Horndeich und ballte eine Faust.

Margot verkniff sich den Ausdruck, aber sie dachte das Gleiche.

Horndeich ging drei Schritte beiseite und griff zum Handy. »Horndeich hier, gib mir Marlock«, blaffte er. Nach kurzer Pause: »Hat unser Weiß-ich-nicht-Zeuge jemanden im Album erkannt?« Er lauschte. »Dann macht mal hin. Wir sind in einer knappen Stunde zurück, dann will ich entweder einen Namen oder ein Phantombild – und zwar eins, das besser ist als eine Porträt-Aufnahme von Annie Leibovitz!« Bevor Marlock nachfragen konnte, wer bitte schön diese Dame war, hatte Horndeich das Gespräch beendet.

Die Rückfahrt verlief schweigend. Margot und Horndeich hingen ihren Gedanken nach. Nach seinem Telefonat war es Horndeich gelungen, den Druck des inneren Dampfkessels wieder etwas zu senken, doch es fiel ihm schwer, sich selbst zu beruhigen. Sie spielten gegen die Zeit, eines jener perversen Spiele, das ihnen von außen aufgezwungen wurde. Von einem Mörder, von Gott, vom Teufel. Das war eine philosophische Frage. Und damit völlig irrelevant. Sie mussten nicht nur herausfinden, wer die junge Frau gewesen war, sondern auch ihr Kind finden.

Horndeich setzte den Blinker und scherte auf die linke Spur aus.

Als sie wieder im Präsidium ankamen, saß Marlock mit dem Zeugen Rössler am Computer und fertigte ein Phantombild an. Horndeich blickte Marlock über die Schulter. Das Bild auf dem Monitor zeigte niemanden, der ihm auch nur ansatzweise bekannt vorkam.

»Danke, dass Sie uns helfen«, sagte er zu Rössler. Der nickte nur und wirkte ausgelaugt. Er befand sich seit Stunden auf dem Darmstädter Polizeirevier und hatte mit Marlock mehrmals die Dateien der polizeilichen »Kundschaft« durchforstet, bevor sie sich gemeinsam daran gesetzt hatten, ein Phantombild zu erstellen.

Zu Marlock gewandt sagte Horndeich: »Die Leibovitz ist eine begnadete Porträtfotografin – mach ihr den Platz streitig, ja? Und – nichts für ungut.«

Marlock winkte ab. »Wenn ich's mir jedes Mal zu Herzen gehen ließe, wenn mich einer von euch anraunzt, würde ich den ganzen Tag nur noch mit Weinen verbringen.« Damit wandte er sich wieder dem Gesichtspuzzle zu.

Die beiden Kommissare gingen in ihr Büro. Horndeich setzte sich an seinen Schreibtisch. Margot füllte sich ihren Smiley-Becher wieder mit Kaffee. Der Koffeinspiegel in ihrem Blut war zuverlässiger Gradmesser für ihre Anspannung.

»Wie geht es weiter?«

Horndeich hatte einen neuen Bericht auf seinem Schreibtisch vorgefunden, blätterte ihn kurz durch und verkündete das Fazit: »Zoschke und Taschke haben alle Nachbarn rund um den Biergarten vernommen. Nichts. Keiner, der irgendwas beobachtet hat. Wir tappen völlig im Dunkeln.«

Horndeich heftete die Tatortfotos an die Pinnwand. Er war froh, dass sie hinter seinem Rücken hingen. Während anderer Mordfälle drehte er sich ständig um und ließ sich von den Aufnahmen inspirieren. Oft erzählten sie sehr genau, was sich vor dem Tod des Opfers abgespielt hatte. Dieses Mal musste sich Horndeich zwingen, die Bilder zu betrachten. Der Mordfall ging ihm an die Nieren.

Nachdem er alle Bilder angebracht hatte, betrachtete er die Galerie des Wahnsinns von links oben nach rechts unten, wie die Bildfolgen in einem Comic. Diesen Comic hätte der allzeit besorgte Jugendschutz jedoch umgehend aus dem Verkehr gezogen.

Margot stellte sich neben ihn. »Was ist da nur passiert?«

»Sie geht mit dem Täter nach unten, freiwillig oder gezwungen. Vielleicht hat er ihr ein Messer an die Kehle gehalten. Oder er hatte eine Pistole.«

»Das glaube ich nicht. Hätte er sie mit einem Messer bedroht, hätte er es für den Mord benutzt. Und bei einer Pistole ebenso.«

»Wahrscheinlich hast du recht. Also geht sie freiwillig mit. Sie kennen sich. Erst unten kommt es zum Streit. Er bedrängt sie. Will sie vergewaltigen. Sie beschimpft ihn. Er würgt sie. Sie kratzt ihn. Er stößt sie von sich. Sie knallt mit dem Hinterkopf auf den Boden. Dann nimmt er einen Stein, der herumliegt, und schlägt damit zu. Dann zieht er ihr die Klamotten aus, damit wir von einem Sexualdelikt ausgehen.«

Margot erwiderte nichts und betrachtete sich die Aufnahmen genauer. Schließlich blieb ihr Blick auf einem der Fotos haften. »Eins verstehe ich nicht. Schau mal, der Täter hat nicht gleich zugeschlagen.«

»Was meinst du?«

Margot deutete auf den flachen Pflasterstein, der aus dem Boden herausschaute. »Dort ist sie mit dem Hinterkopf aufgeschlagen. Aber jetzt schau mal, wo ihr Kopf liegt. Dreißig Zentimeter von dem Stein entfernt. Dazwischen keine Schleifspuren. Das heißt, sie muss sich nochmals bewegt haben. Sie muss versucht haben aufzustehen. Oder sich zumindest aufzustützen.«

»Und was heißt das?«

»Das heißt, dass zwischen dem Aufprall auf dem Boden und dem zweiten Schlag Zeit vergangen ist.«

»Dann hat er gerade versucht, ihr die Klamotten auszuziehen, als sie aufwacht. Und er haut zu.«

»Nein. Denn die Klamotten hatte sie noch an, als der tödliche Schlag erfolgte. Haben Marlock und Baader und auch Hinrich gesagt.«

»Und die Kollegen haben immer recht.«

»Nicht immer, aber dass alle drei sich derart täuschen, ist wohl unwahrscheinlich.«

»Also?«

»Sie liegt am Boden, benommen. Der Täter betrachtet sie? Starrt sie an? Dann regt sie sich und ...«

»Und er schlägt mit dem Gesteinsbrocken zu!«

»Nein. Er wartet, bis sie sich ein Stück hochgerappelt hat. Dann drückt er sie zu Boden, und erst dann knallt er ihr den Stein auf den Kopf. Er hat *gewartet*, bis er den tödlichen Schlag ausführte. Das war kein Affekt, wir haben es hier mit einem eiskalt handelnden Täter zu tun.«
»Oder wirklich mit einem perversen Irren.«
»Oder das.«
Das Telefon riss sie aus ihren Überlegungen.
Margot nahm den Hörer ab, hörte kurz, was der Anrufer sagte, und antwortete dann: »Okay, ich komm runter.«
»Wer war das?«, fragte Horndeich, nachdem sie aufgelegt hatte.
»Frau Zupatke von der Pforte. Heute ist unser Glückstag: Wir haben noch eine Zeugin.«
Eine kleine Sonne erstrahlte in Horndeichs Gesicht und ließ es für eine kurze Weile aussehen wie den Smiley auf Margots Becher. »Super. Vielleicht hilft sie uns weiter. Der Gedanke an den kleinen Wurm, der jetzt in irgendeiner Wohnung brüllt, lässt mir keine Ruhe.«
Zwei Minuten später holte Margot eine alte Dame an der Pforte ab. »Hier fange Se all die Vabräscher?«, hesselte die Dame.
Margot setzte ihr freundlichstes Lächeln auf. »Wir bemühen uns, ja.«
»Ach junge Frau, Se mache des schon. Unn den Mann, der die junge Frau umgebracht hadd, der, den isch gesäje hab, den kriege Se aach.«
Margot geleitete die Dame in eines der kleinen Besprechungszimmer. Sie wollte ihr den Anblick der Tatortfotos ersparen, die in ihrem gemeinsamen Büro an der Pinnwand hingen. »Das ist mein Kollege Kommissar Horndeich«, sagte sie, als der in den Raum trat. Sie hatte ihn kurz übers Haustelefon angerufen und informiert.
»Sehr aagenehm.« Die alte Dame reichte Horndeich die Hand. »Günzel haaß isch, Renate Günzel.«
Horndeich erwiderte den erstaunlich kräftigen Händedruck. Noch bevor er etwas sagen konnte, wandte sich die Dame

wieder an Margot. »Da hawwe Se awwer en fesche Kolleesch!«

Margot konnte sich ein Schmunzeln nicht verkneifen, zumal der Teint des besagten Kollegen kurz eine dezente Rotfärbung annahm.

In ihrer eleganten Garderobe und mit dem charmanten Auftreten wäre Frau Günzel als humanitäre Botschafterin der UNO durchgegangen – allein die Brille schmälerte den seriösen Eindruck deutlich. Die Gläser im wuchtigen Horngestell erinnerten Horndeich an die Böden von Coca-Cola-Flaschen. Was ihre Qualifikation als Augenzeugin wohl nicht aufwertet, dachte er.

Renate Günzel setzte sich. »Isch hab den Mann genau gesäje. Um Verdel nach vier am Samsdaach. Am Samsdaach isse doch umgebracht worn, gell'?«

Horndeich – der den hessischen Dialekt im Gegensatz zu seiner Frau Kollegin nicht mit der Muttermilch aufgesogen hatte – musste sich bemühen, die Frau zu verstehen. Aber zehn Jahre Leben in Darmstadt hatten die Sprachsynapsen im Gehirn inzwischen ausreichend umgepolt.

»Was haben Sie denn genau gesehen?«, fragte Margot.

»Ei, den Mann, den Mörder. Der kam aus dere Dier raus, die zu dene Keller unnerm Biergadde geed. Isch kenn den Ei'gang. Wisse Se, damals im Kriesch, in dere Nacht, in der die Bomber komme sin, da sin mir da nunner. Dadeweesche hawwe mer iwwerläbt. Viele sin in ihre eischene Keller erschdiggt odder verbrennd. Mir hawwe do rischdisch Glick gehabt. Als die Sirene los'gange sin, da …«

»Frau Günzel, was haben Sie am vergangenen Samstag gesehen?«, unterbrach Horndeich den Redefluss der alten Dame. Er bewunderte Margot einmal mehr für ihre Geduld gegenüber Zeugen, die ihm den letzten Nerv raubten. Oft genug hatte er es mit Menschen zu tun, die es ganz und gar auskosteten, plötzlich als Zeugen eine wichtige Rolle zu spielen, und dies zum Anlass nahmen, ihre ganze Lebensgeschichte zu erzählen, manchmal sogar noch ihre Familiengeschichte bis in die vorletzte Generation. Und dann gab es noch die Kategorie der falschen Zeugen, die sich nur wichtig machen wollten oder auf eine Belohnung spekulierten. Oder die, die zwar wirklich etwas gesehen hatten, sich mit ihrem Wissen aber nicht an die Polizei wandten, sondern an die Zeitungen, bevorzugt jene mit den übergroßen Schlagzeilen. Einmal hatte er es sogar mit einen Kerl zu tun gehabt, der seine Zeugenaussage nur gegen einen hohen Geldbetrag hatte abgeben wollen. Nachdem man ihm Beugehaft angedroht hatte, war klar geworden, dass die Aussage nicht einmal zehn Cent wert gewesen war.

»Entschuldische Sie, isch bin da doch graad vom Thema abgekomme«, sagte die alte Dame. »Isch geh da ja immer spaziern, zweimal am Daach, damit die alte Knoche net aaroste. Also am Morje, nachem Frieschdigg, da geh isch immer niwwer iwwer die Rose'heh, wisse Se, zu dene Gräwer von dene Ferschte. Mei Mudder had mer noch gesaachd, dass isch dem Großherzog Ernst Ludwisch – als isch damals noch e klaa Mädsche war – noch zugewinkt hab.«

Horndeich wollte schon intervenieren, aber Margot ließ ihn via Blickpost wissen, dass sie die Fragen stellte. Ihr Lächeln signalisierte: Lass sie reden, und lass mich machen!

»Und mittags?«, fragte sie freundlich.

»Am Naachmiddaach, nachem Kaffee – den trink isch immer so um halb vier –, da geh isch dann die Diborscher Schdraaß lang, bis graad zum Luggasweg, der had immer noch die schennsde Heiser in Dammschdadd, also zumindest uf dere reschde Seid. Un aschließend dreh isch mei Rund um die russisch Kapell erumm un dann geh isch widde haam. Isch bin nämlisch immer noch guud zu Fuß, wisse Se. Aber zurick zum Thema, isch will ja nedd ausschweife: Unnerweegs kaaf isch noch die paar Sache ei, die isch hald so brauch fer unner der Woch. Des is ned viel, weil der Horst, mein Sohn, der bringt mir jede' Samsdaach alles aus'em Supermarkt mid.«

Geschickt nutzte Margot eine Atempause der Dame, indem sie einwarf: »Wo wohnen Sie genau?«

»Am Breitwiesebersch, in der Nummer fünf – isch saach der Ihne, wann isch da spaziern geh, dess gehd ganz schee der Bersch enuff, bis isch dann endlisch an der Diborscher Schdraaß bin.«

Margot schenkte ihr abermals ein aufmunterndes Lächeln. Und Horndeich musste sich korrigieren. Der Geduldsfaden der Margot Hesgart reichte definitiv bis nach Griesheim. Allerdings mindestens bis zu dem gleichnamigen Ort in der Nähe der französischen Grenze bei Straßburg... Er ertrug es kaum mehr. Während vielleicht irgendwo ein kleines Kind verdurstete, lauschte Margot in aller Seelenruhe der Lebensgeschichte der alten Dame.

Margot kannte die Straße Am Breitwiesenberg, in der Frau Günzel wohnte. Die Straße war quasi die Verlängerung des Richard-Wagner-Wegs, in dem ihr eigenes Haus stand.

»Isch geh da immer so um vier los. Als isch dann iwwer die Eisebahbrigg laaf, da fehrd graad die Bahn da drunner dorsch. Also, hab isch gedengt, biste doch wegglisch noch ganz fit uf deine Baa', hasdes doch noch vor dem Zug geschafft. Isch komm an die Ampel, un da muss mer ja so lang warde. Es had geschneid, die Ampel, die war rood, un es war ja fast schon widder dunkel, da iwwerleesch isch so bei mir, ob isch nedd widder haam geh, bei dem Wedder. Aber graad da werd die Ampel grie. Also, deng isch, Renate, deng isch, weider – wer rastet, der rostet.«

Margot konnte spüren, wie der Dampfdruck hinter der Fassade von Horndeichs Selbstbeherrschung in bedrohliche Regionen stieg.

»Na, un da laaf isch da lang, da kimmt der Mann aus dere Dier unner dem Biergadde raus. Isch hab schon geschdaund.«

»Was für ein Mann?« Hätte Horndeich nicht die Zwischenfrage gestellt, er hätte wahrscheinlich angefangen zu pfeifen wie ein Wasserkessel.

»En junge Mann.«

»Ein junger Mann?«

»Ja.«

»Wie jung denn?«

»Na, vielleischd so fuffzisch. Vielleischd.«

»Fünfzig? Ich denke ein junger Mann?« Von einem Moment auf den anderen war die Anspannung in Horndeichs Blick völliger Resignation gewichen.

»Na heern Se mal, isch bin ja schon fünfunsibbzisch. Klar war des en junge Mann. Adredde Erscheinung, gefleeschd, kaan Bart, ka Brill. Der had so e Batschkapp uff. Dunkle Mandel, da drunner e dunkel Hoos. Schwarze Halbschuh. Kaan Stock, kaa Dasch.«

Horndeichs Resignation wurde von jedem Wort, mit dem Frau Günzel den Mann genauer beschrieb, weiter beiseite geschoben. »Und Sie sind sich sicher?«

»Awwer gewiss.«

»Sind Sie ganz sicher, dass er Halbschuhe trug. Nicht etwa ein paar warme Stiefel?«

»Also, Herr Owwerkommissar, bei allem Reschpeggd, hawwe Sie en gesäje odder habe isch en gesäje?«

Horndeich schwieg.

»Was genau hat er gemacht?«, hakte Margot nach.

»Ei, der kam aus dere Dier, dann hat er noch geward. E paar Sekunde.«

»Was meinen Sie mit ›er wartete‹?«

»Der kam raus, un drehd mer der Rigge zu. Isch habe ned gesäje, was der gemacht had. Aber der had sisch verdäschdisch benomme, des hab isch da schon gedengt. Isch hädd ja nie gedengt, dass der e jung Fraa umgebrachd had, dass isch da en Mörder gesäje hab. Na, un dann had er sisch umgedrehd, un isch habe en gesäje. Der kaam uf misch zu – also auf dere annere Seid von dere Schdraaß –, unn dann ging er graad nach reschds weg in de Fiedlerweg.«

»Wann war das?«

»Lasse Se misch kortz nachdenge. Also isch bin um vier Uhr los. Dann kam der Zug. Isch habe an der Ampel noch zwa Minude geward. Also muss es ziemlisch genau Verdel nach vier gewese sei. Odder aach seschzeh oder achtzeh Minude nach vier.«

»Und da sind Sie sich ganz sicher?«, fragte Horndeich.

»Ganz sischer.« Frau Günzel lächelte Horndeich an. »Sie

schdelle immer nur die gleiche Fraache, Herr Kommissar. Ihre Kollegin ist offebar geisdisch e bisje fitter.«

Horndeich erhob sich von seinem Stuhl, murmelte ein »Bin gleich wieder da«, und verließ das Büro.

»Habe isch en jetzd beleidischd?«, fragte Frau Günzel erschrocken.

»Nein, nein.« Margot winkte ab, war sich aber ihrer Antwort nicht sicher. »Meinen Sie, Sie würden den Herrn wiedererkennen?«

»Sischer. Säje Se, Fra Owwerkommissarin, der Mann kam aus de Katakombe. Da kimmt normalerweis niemand raus. Den habe isch mer gaands genau angesäje.«

»Und Sie haben ihn genau erkannt – trotz Ihrer Brille?«

»Lieb Fraa Owwerkommissarin, isch säh ned trotz dere Brill, sondern isch draach die Brill, damit isch was säh. Un isch hab noch alle Sinn beienanner.«

Horndeich kehrte zurück, setzte sich und bedachte Frau Günzel mit dem Blick von Jörg Pilawa vor der 100 000-Euro-Frage. »Als Sie den Mann auf der anderen Straßenseite sahen, da stand ein Wagen an der roten Ampel.«

»Also, die Polizei iwwerrascht aan ja immer widder – woher wisse Sie des dann? Da schdand dadsäschlisch en Waache an der Ampel. En roode. En Japaner.«

»Was für eine Marke?«

»Sie sin gut, Herr Owwerkommissar – des waaß isch doch ned. Die säje ja heutzudaach all gleisch aus, die Autos ausem Ferne Oste.«

»Und es kann kein Mercedes gewesen sein? Oder ein VW?« Margot verstand, worauf ihr Kollege hinauswollte: Zeuge Rössler hatte einen roten 3er BMW gefahren.

»Herr Kommissar, mei Sohn fährt en Mercedes. Mit allem drum und draa. Der had sogar so en Kaste ei'gebaut, der aam genau saachd, wo mer hifahrn muss. ›In dreihunderd Meter reschds abbiesche!‹ Nur ›bitte‹ kann des Gerät ned saache. Mei Enkelin, die had sisch jetzd so en neumodische VW-Käfer gekaaft. Isch find'en awwer ned so schee wie de alde. Wisse Se, maan Mann, der had immer nur Käfer gefahrn. Des war e schee

Auto, der konnt aam zwar ned sache, wo mer abbiesche muss, aber wenn ers gekonnd hädd, hädd er beschdimmd ›bidde‹ gesaachd.«

Inzwischen hatte Frau Günzel offenbar begriffen, dass sie sich mit ihrer Weitschweifigkeit beim »feschen Kollegen« nicht wirklich beliebt machte. Ohne Pause fuhr sie fort: »An der Ampel stand en Japaner, en großer rooder Japaner. Awwer die kann isch baam besde Wille ned auserenannerhalde.«

»Gut, Frau Günzel, mein Kollege Kommissar Marlock wird Ihnen gleich ein paar Fotos zeigen«, kündigte Margot an. »Vielleicht erkennen Sie darauf ja den Mann wieder. Wenn er nicht dabei ist, würden wir Sie bitten, mit ihm noch ein Phantombild anzufertigen. Dann finden wir den Täter bestimmt.«

»Selbsdve'schdändlisch, wann isch helfe kann, dass Sie den Mörder fasse.«

Nachdem Margot die alte Dame an Marlock übergeben hatte, ging sie ins Büro zurück, in dem Horndeich an der neuen Kaffeemaschine hantierte.

Margot sah Horndeich an.

»Den Blick kenn ich«, raunte der Kollege. »Was brütest du gerade aus?«

»Der Zug. Wenn wir wissen, wann der Zug fährt, können wir Frau Günzels Beobachtung zeitlich genau einordnen.« Margot wühlte sich durch die Stapel auf dem Tisch. Sie hatte Horndeichs Demontage der Hochhausmodelle noch nicht wieder restauriert. Dennoch wurde sie – für Horndeich kaum begreiflich – sofort fündig. Sie zog einen Prospekt der Odenwaldbahn hervor, schaute auf die Rückseite und griff zum Telefonhörer.

»Hesgart hier, Kriminalpolizei. Können Sie mir sagen, wann auf der Strecke zwischen Erbach im Odenwald und Frankfurt ein Zug am Darmstädter Ostbahnhof nach sechzehn Uhr hält?« Der Ostbahnhof lag vom Biergarten keine zweihundert Meter – und damit nur wenige Fahrsekunden – entfernt. Margot wartete kurz. »Und der fuhr gestern pünktlich?« Ein Lächeln überzog ihr Gesicht. Sie bedankte sich und legte den

Hörer auf. »Sechzehn Uhr acht. Sie war also zur selben Zeit da wie Rössler.«

Dann folgte Warten, was sich Horndeich und Margot damit verkürzten, dass sie Berichte wälzten, Fotos betrachteten, telefonierten – nur in Erwartung darauf, dass Marlock mit einem aufgeschlagenen Verbrecheralbum unterm Arm und breitem Grinsen im Gesicht im Türrahmen erschien und sagte: »Wir haben ihn.«

Marlock erschien. Kein Verbrecheralbum. Kein Grinsen. Kein Erfolg. »Wir machen uns jetzt daran, ein Phantombild anzufertigen.« Und schon war er wieder verschwunden. Zwanzig Minuten später kam er zurück. »Jetzt haben wir zumindest zwei Phantombilder.«

Nach über fünf Jahren Zusammenarbeit mit Marlock verstand sie ihn sehr genau. Er hatte nicht gesagt »zwei Phantombilder des Täters«. Das bedeutete, dass die Bilder, die er mit Herrn Rössler und Frau Günzel erstellt hatte, völlig unterschiedlich waren.

Marlock legte zwei Ausdrucke auf den Tisch.

Es war nicht ganz so schlimm, wie Margot befürchtet hatte, doch noch immer weit entfernt von einem brauchbaren Ergebnis. Okay, beide trugen keinen Bart. Beide trugen keine Brille. Beide hatten ein eher schmales als ein rundes Gesicht. Doch damit waren die Gemeinsamkeiten auch schon erschöpft. Der Mann, den Rössler beschrieben hatte, wirkte deutlich jünger. Das Gesicht, an das sich Renate Günzel zu erinnern glaubte, hatte wesentlich markantere Züge.

»Das ist der verdammte Sean Connery!«, schimpfte Horndeich und deutete auf das Bild der Zeugin Günzel.

Auch Margot seufzte. Beide Bilder waren gar nicht so schlecht. Und beide waren sogar entfernt ähnlich. Die Betonung lag auf »entfernt«. Zwei Zeugen, die dasselbe gesehen zu haben glaubten, waren manchmal schlimmer als nur ein Zeuge.

»Wenn die Günzel bei der Beschreibung von Rösslers Auto genauso exakt war wie bei der Beschreibung des Mannes, dann Prost.«

Margot betrachtete die Bilder. »Zoschke? Beide Phantombilder an die Presse. Wir haben keine andere Wahl.« Ein weiterer der berühmten Strohhalme, an den sie sich klammerten.

Sie ließ sich auf ihren Stuhl sinken und sagte zu Horndeich: »Okay, Kollege, versuchen wir es mal positiv zu sehen. Jetzt haben wir zumindest zwei Augenzeugen, die den wahrscheinlichen Mörder gesehen haben. Und wir wissen, wann die junge Frau ermordet wurde. Samstag, kurz nach vier. Aber ich verstehe immer noch nicht, was sie dort unten gesucht hat. Gab's dort ein Schäferstündchen, das außer Kontrolle geriet? Wollte sie etwas verstecken und wurde überrascht? Oder wurde sie vielleicht gezwungen, nach unten zu gehen, um dort ermordet zu werden? Das ist wohl am wahrscheinlichsten.«

Horndeich schüttelte den Kopf. »Aber der Schlüssel war an *ihrem* Schlüsselbund. Kann natürlich sein, dass der Mörder auch einen Schlüssel hatte. Haben die Kollegen eigentlich die Liste der Schlüsselbesitzer ganz abtelefoniert?«

Margot schüttelte müde den Kopf. »Sie haben noch nicht alle erreicht. Und von denen, die sie an die Strippe bekommen haben, fehlt keinem ein Schlüssel.«

Horndeich seufzte. »Das alles macht keinen rechten Sinn. Wir müssen zuerst herausbekommen, wer die Tote eigentlich war.«

»Ja«, stimmte Margot zu. Ihrer und Horndeichs Blick trafen sich.

Und sie wussten, dass die Chancen auf bessere Träume in der kommenden Nacht nicht wirklich gestiegen waren.

Als Margot zu Hause ankam, kreisten ihre Gedanken um Rainer. Er hatte auf ihren gestrigen Anruf nicht reagiert und ihr nicht mal mehr eine »Gute-Nacht«-SMS geschickt. Wenn es mal spät wurde und sie sich nicht per Telefon eine gute Nacht wünschen konnten, schickten sie sich zumindest immer eine solche SMS.

War Rainer sauer? Hatte sie irgendeine Szene ihres gemeinsamen Wochenendes verdrängt, in der sie ihn verletzt hatte? Wenn sie sich richtig erinnerte, war dieses Wochenende ausgesprochen harmonisch verlaufen. Und auch der Abschied am Morgen des Vortages.

Nein, sie würde Rainer nicht anrufen. Wenn er schmollte, sollte er schon selbst die Initiative ergreifen, ihr zu sagen, was für einen Grund er dafür hatte. Zumal er ja spätestens in zwei Tagen wieder in Darmstadt sein würde.

Sie mochte es sich nicht eingestehen, aber er fehlte ihr auch an diesem Abend. Alles, womit sie sich tagsüber auseinandersetzen musste, war einfach besser zu ertragen, wenn er ihr abends ein aufmunterndes Lächeln schenkte und sagte: »Ihr schafft das schon. Morgen kriegt ihr raus, wer sie ist, und dann rettet ihr das Kind. Sicher. Ich spür das.«

Wie oft hatten sie seine Worte beruhigt. Nicht dass er immer recht gehabt hätte, gewiss nicht. Aber wenn er so sprach, ließen sich die Dinge besser ertragen, auch solche, die sie nicht ändern konnte. Wer wusste schon, ob sie das Kind der toten Frau noch retten konnten. Wer wusste schon, ob es überhaupt in Gefahr war. Vielleicht war sie auch vom Vater des Kindes erschlagen worden, der bereits auf dem Weg in den Nahen Osten war. Sie wusste es nicht. Und niemand würde sie an diesem Abend darüber hinwegtrösten.

Sie entschloss sich, ihren Sohn anzurufen, um ihn zu fragen, ob sich sein Vater vielleicht bei ihm gemeldet hatte. Wahrscheinlich nicht. Und wahrscheinlich hatte Ben ohnehin Besseres zu tun, als abends um halb acht mit seiner Mutter zu telefonieren. Sie wählte dennoch seine Nummer. Sie konnte sich ja kurz fassen.

Auf dem Festnetz erreichte sie nur den Anrufbeantworter. Aber sie hatte keine Lust dazu, nur akustische Duftspuren zu hinterlassen. Als sie seine Handynummer wählte, meldete er sich mit einem knappen »Ja?«

»Ich bin's.«

»Wer?«

»Margot«, sagte sie, und um der Frage »Welche Margot?« zu entgehen, fügte sie sofort hinzu: »Deine Mutter!«

»Hi, Mama!«, sagte er knapp, dann schwieg er, und als auch sie nicht sofort weitersprach, fragte er: »Was gibt's?«

»Was gibt's?« Kein »Wie geht es dir?« oder »Schön, deine Stimme zu hören«. Offenbar kam ihr Anruf ungelegen. Im Hintergrund hörte sie leise Musik. Ein altes Lied von Genesis. »Carpet Crawlers«. Und dazu noch Stimmengemurmel.

»Bist du unterwegs?«, fragte Margot.

»Ja.«

»Mit Iris?«

»Ja.«

»Bei Freunden?«

»Ja.«

Wie es schien, hatte er im Moment tatsächlich keinen Bock, mit seiner Mutter zu telefonieren.

Marion seufzte leise, dann fragte sie: »Hast du was von deinem Vater gehört?«

»Nö.«

»Hat er dich nicht angerufen?«

»Nö.« Der Trend zur Zweitsilbe war schon lange Geschichte.

»Rufst du mich an, wenn er sich bei dir meldet?«

»Mach ich.«

Er wollte nicht mal wissen, warum sie ihm diese merkwürdigen Fragen stellte. Wahrscheinlich hielt er seine Mutter schon für ein wenig senil oder verschroben.

»Sonst noch was?«, fragte er, weil sie wieder drei Sekunden lang geschwiegen hatte – und damit definitiv eine Sekunde zu viel.

»Nein«, antwortete sie ernüchtert. »Mach's gut, mein Sohn ...«

»Tschüss, Mama«, sagte er. Ein leises elektronisches Klacken verkündete, dass die Verbindung beendet war. Er hatte den »Aus«-Knopf seines Handys gedrückt, um sich wieder seiner Generation zu widmen. Auch wenn sich diese Generation frank und frei der Musik der alten Mutter bediente, dachte Margot verbittert. Sie hatte noch sagen wollen »... und melde dich morgen noch mal bei mir«, aber so weit hatte er sie nicht kommen lassen. Sie seufzte erneut. Sie wusste ja, dass Ben es nicht böse meinte. Und Ben war es auch nicht, der ihr zurzeit Probleme bereitete.

Nein. Das war Rainer.

Vielleicht hatte er sich bei ihrem Vater gemeldet. Doch den wollte sie lieber ganz unverfänglich fragen – und daher besser nicht am Telefon. Sie beschloss, ihrem Vater einen spontanen Besuch abzustatten. Er würde sich wundern. Aber die Freude darüber, dass die Tochter ihn besuchte, würde die Skepsis verdrängen.

»Was verschafft mir die Ehre?«, fragte ihr einigermaßen überraschter Vater sie denn auch eine Viertelstunde später. »Komm rein, ich habe mir gerade ein paar Nudeln gekocht.« Seit dem Tod ihrer Mutter zehn Jahre zuvor hatte ihr Vater seine Leidenschaft fürs Kochen entdeckt. Die »paar Nudeln« entpuppten sich denn auch als Spaghetti aglio e olio mit einem fantastischen Öl und frischem Knoblauch. Ihr Vater teilte das Mahl, so dass jeder von ihnen eine kleine, aber sehr schmackhafte Portion genießen konnte.

Während des Essens grübelte sie darüber, wie sie die Frage nach Rainer beiläufig genug stellen konnte, ohne dass ihr Vater gleich einen ernsteren Hintergrund vermutete und sich in ihre Beziehung einmischte.

Sebastian Rossberg hatte im Gegensatz zu ihr keinerlei Probleme damit, das Thema anzusprechen, das ihn beschäftigte: die Ausstellung über das Leben des letzten russischen Zaren und seiner Familie. Sie sollte Mitte Januar in den Ausstellungshallen auf der Mathildenhöhe eröffnet werden.

Er geriet wieder ins Schwärmen und erzählte voller Begeisterung, wie er und die anderen, die die Ausstellung vorbereiteten, über einen Bekannten in den USA an einen ganzen Stapel Briefe der Zarin und an wertvolle Schmuckstücke über einen italienischen Geschäftsmann gekommen waren.

»Der Katalog ist in Druck, alles ist in trockenen Tüchern. Ich bin felsenfest überzeugt, dass die Ausstellung ein voller Erfolg wird!«

Der nahende Ausstellungsbeginn erfüllte ihn mit einer Vorfreude, wie sie wohl sonst nur ein Kind vor Heiligabend empfand. Doch Margot hörte nur mit halbem Ohr hin und war in Gedanken noch immer bei Rainer. Ihrem Vater in diesem

Moment, da er gerade in einer derartigen Euphorie ausgebrochen war, auf ihren Lebenspartner anzusprechen erschien ihr völlig unmöglich.

Während ihr Vater nach dem Essen in der Küche noch einen Espresso zubereitete, setzte sich Margot an den Wohnzimmertisch. Was die Ausstellung anging, war sie mal wieder auf den neuesten Stand gebracht worden, aber sie wusste immer noch nicht, wie sie das Thema »Rainer« ansprechen sollte.

Auf dem Wohnzimmertisch lag ein Buch. Die aufgeschlagene Seite zeigte ein gelb-blaues Ei aus Emaille, das mit winzigen goldenen Lorbeeren verziert war. Davor stand eine zierliche goldene Kutsche. »Das Krönungs-Ei«, erklärte die Bildunterschrift, »wurde 1896 als Erinnerung an die Thronbesteigung von Zar Nikolaus II. geschaffen. Im Innern befindet sich eine Nachbildung der Kutsche, in der die Zarengemahlin Alexandra Fjodorowna zur Zeremonie in die Upenski-Kathedrale in Moskau fuhr.«

Ihr Vater stellte eine Tasse Espresso vor Margot ab. »Ah, da hast du ja meine neue große Liebe entdeckt. Darauf wollte ich auch noch zu sprechen kommen: die Fabergé-Eier!«

»Die was?«, fragte Margot verwirrt.

Sebastian Rossberg betrachtete sie mit Verschwörerblick, dann wiederholte er, diesmal leise und jede Silbe betonend: »Die Fabergé-Eier.«

»Aha.« Margot nickte, obwohl sie mit diesem Begriff rein gar nichts anfangen konnte. »Sind das Gegenstände, die ihr in der Ausstellung präsentiert?«

Sebastian Rossberg lachte auf. »Davon können wir nur träumen. Das ist eine andere Liga.« Er beugte sich vor. »Schau mal auf Seite 87.«

»Weißt du«, sagte Margot, »ich wollte mich mit dir über etwas ganz anderes unterhalten.«

»Seite 87«, wiederholte er und zwinkerte ihr zu. »Da ist noch ein wunderschönes Exemplar, das Maiglöckchen-Ei.«

Margot unterdrückte ein Seufzen und blätterte die Seiten um. Offenbar hatte ihr Vater das gesamte Inhaltsverzeichnis des Buches im Kopf. Das abgebildete Ei war in Violett gehalten, verziert mit Miniaturmaiglöckchen.« »Durch Drehen eines Perlenknopfes fahren drei Bilder aus dem Ei«, las sie unter dem auf Hochglanzpapier gedruckten Foto. »Abgebildet sind der Zar und seine beiden ältesten Töchter Olga und Tatjana.«

»Allein diese beiden Eier wurden 1979 von der Forbes-Magazine-Collection für mehr als zwei Millionen US-Dollar gekauft. Einen so hohen Wert bekommen wir mit unserer kleinen bescheidenen Ausstellung natürlich nicht mal insgesamt zusammen.«

»Was sind das für Eier?«, fragte Margot, immer noch darüber nachsinnend, wie sie das Gespräch auf Rainer bringen sollte. Und da fiel der Name, völlig unverhofft:

»Hat dir Rainer nie davon erzählt?«, fragte Sebastian Rossberg ahnungslos. »Das war mal sein Steckenpferd, vor vielen Jahren. Er hat sogar Seminare darüber gegeben.«

Margot war überrascht. »Nein, hat er nicht.«

Ihr Vater war sofort in seinem Element, und es sprudelte aus ihm hervor: »Fabergé war der Hofjuwelier des vorletzten Zaren Alexander III. Jedes Jahr fertigte er für die Zarin ein kunstvolles Osterei. Sein Sohn Nikolaus II. führte die Tradition als letzter Zar fort, und das gleich doppelt: Seine Mutter erhielt nach wie vor jedes Jahr ein Ei, und seine Frau Alexandra nun ebenfalls. Und jedes dieser Eier barg eine Überraschung. Ich sage nur ...« Er machte eine Pause.

»Ja?«, fragte Margot, als ihr sein Schweigen zu lange dauerte.

Er beugte sich leicht vor und antwortete ihr nur flüsternd: »Seite 106.«

Margot blätterte um. Ein silbernes Ei barg das Modell der ersten Transsibirischen Eisenbahn. »Und wie viele gibt es davon?«

»Für die Zarenfamilie wurden fünfzig oder zweiundfünfzig hergestellt; darüber streiten sich die Gelehrten.«

»Und in welchem Museum findet man sie?«

»Sie sind über die Welt verstreut. Zehn im Kreml-Museum in Moskau, die Forbes Collection in New York hat neun, die englische Königin hat drei – und so geht es weiter.«

Margot blätterte wahllos in dem Buch. Ein durchscheinendes, aus Bergkristall gefertigtes Ei, das wie aus Eis wirkte, barg einen Blumenstrauß.

Margot trank ihren Espresso. Offenbar hatte sie den günstigen Augenblick, in dem ihr Vater den Namen ihres Freundes ins Spiel gebracht hatte, ungenutzt verstreichen lassen. Doch nun war sie fasziniert von der Schönheit der kleinen, filigranen Kunstwerke. Wenn sie an den Begriff Kunst dachte, fielen ihr zuerst Stapel von Filzplatten ein, dann verschimmelte Würste, die Kunstwerke von Joseph Beuys im Landesmuseum am Karolinenplatz. Auch die Werke, die ihr Rainer versucht hatte, nahezubringen, waren nur abstrakte Bilder, über deren künstlerischen Wert man streiten konnte. Die Schönheit dieser kleinen Gebilde stand jedoch außer Frage.

Ihr Blick fiel auf ein rotes Herz, das auf einer Säule aus weißem Emaille mit rotgoldenem Fuß stand. Ein Druck auf die zentrale Perle am Fuß ließ das Herz aufspringen, und wie die Blätter eines Kleeblatts zeigte es dann auf drei Bildern den Zar, seine Frau Alexandra und ihre kleine Tochter Olga. Für einen Moment sah sie Rainer, sich selbst und Ben auf diesen Kleeblattbildern.

Sentimentalität ist genau das, was du jetzt brauchst, schalt sie die innere Stimme, die sich jedoch als machtlos erwies. Einmal im Leben möchte ich dieses Herz und das Ei dazu im Original sehen, dachte sie. Mit Rainer. Und mit Ben.

Sie blätterte eine Seite vor und zurück. »Wo ist das Ei, in das diese Überraschung gehört?«, fragte sie schließlich und zeigte ihrem Vater das Herz mit den Kleeblattbildern.

»Verschwunden.«

»Wie ›verschwunden‹?«

»Acht der Fabergé-Eier sind verschwunden. Einige bereits nach der Oktoberrevolution, andere später. Von dem verschwundenen Malven-Emaille-Ei ist wenigstens diese Überraschung erhalten.«

Margot merkte, dass sie müde war. Und dass sie keine Lust mehr hatte, zu taktieren. »Hast du heute mit Rainer gesprochen?« Sie versuchte die Frage wenigstens beiläufig klingen zu lassen.

»Nein. Weshalb?«

»Ich glaube, sein Handy hat den Geist aufgegeben. Ich dachte, dass du ihn vielleicht erreicht hättest.«

»Nein.«

War das Täuschungsmanöver geglückt? Die einsilbige Antwort sprach dagegen.

Dennoch, sie konnte sicher sein, dass ihr Vater Rainer morgen anrufen würde. Und wenn es etwas Erfahrenswertes gab, würde es bis zu ihr vordringen.

## Mittwoch, 14.12.

Horndeich schaute auf die Uhr. Es war halb zehn. Seit drei Stunden waren die Phantombilder in der Tageszeitung »Darmstädter Echo« zu bestaunen. Aber noch hatte sich niemand gemeldet.

Während er und Margot die bisherigen Befragungsprotokolle der Anwohner um den Tatort sichteten, arbeiteten alle verfügbaren Kräfte daran, die Identität der Toten zu klären. Weitere Beamte befragten die Anwohner ein zweites Mal, nun mit Fotos der Toten und der Kleidung. Zwei weitere Kollegen klapperten die Schlüsseldienste ab, ob jemand eine Ahnung hatte, zu welchen Schließanlagen die Schlüssel der Toten passten.

Es stellte sich heraus, dass die Schlüssel keine Originale, sondern Duplikate waren. Wahrscheinlich führte dieser Ansatz ebenso in eine Sackgasse. Im »Darmstädter Echo« waren auch die Kleidungsstücke abgebildet. Nichts.

Vielleicht kam die Tote gar nicht aus Darmstadt. Dann verhungerte vielleicht ein Kind in Heidelberg. Oder in München. Oder in Warschau.

Horndeich beobachtete Margot, wie sie sich abermals die Berichte über die Befragung der Nachbarn durchlas. Er bewun-

derte ihre Ruhe, ihre Gelassenheit. Wie viel davon war nur Fassade, wie viel tatsächlich innere Ruhe? Er überlegte gerade, wann seine Kollegin das letzte Mal in seiner Gegenwart die Beherrschung verloren hatte, als sein Telefon klingelte.
»Horndeich.«
»Hallo, Herr Horndeich. Zupatke hier, von der Pforte. Hier sind eine junge Dame und ein Herr, die Sie sprechen möchten: Frau Anna Kalenska und ein Herr Leonid Prassir.«
»Schicken Sie sie hoch, Frau Kalenska kennt den Weg.« Horndeich legte auf.
»Anna? Was will sie hier um die Uhrzeit?«, fragte Margot. »Ist etwas passiert?«
Horndeich zuckte mit den Schultern. Er fragte sich selbst, warum Anna ihn besuchte – eigentlich hätte sie in der Praxis sein müssen, bei der Arbeit. Hoffentlich würde sich Margots Frage nicht mit einem Ja beantworten.
Zwei Minuten später klopfte Anna an den Rahmen der offenen Bürotür.
Horndeich begrüßte sie gleich mit den Worten: »Was machst du denn hier, ist etwas passiert?«
Seine Freundin gab ihm einen Kuss auf die Wange. Ihr Gesicht war fahl, und Horndeich sah seine Frage damit beantwortet: Es *war* etwas passiert. Dann warf er einen Blick auf den Mann, den Zupatke von der Pforte Leonid Prassir genannt hat. Horndeich erkannte ihn als den Mann wieder, der zwei Abende zuvor neben Anna in dem Zelt auf dem Darmstädter Marktplatz beim Händedruck die seine fast zerquetscht hätte. Der, der zu dem Trio des ukrainischen Weihnachtsmarktstandes gehörte – und die Farbe in seinem Gesicht schien ebenfalls gerade frei zu haben.
Horndeich reichte dem Mann die Hand und grüßte automatisch auf Russisch: »Sdrastwuitje.« Zu Margot sagte er: »Anna kennst du ja, und das ist Leonid Prassir. Er kommt aus unserer Partnerstadt Uschgorod in der Ukraine.«
Margot grüßte die beiden.
Prassirs Blick fiel auf die Fotos an der Pinnwand hinter Horndeichs Schreibtisch. Er schob Horndeich zur Seite und

trat bis auf einen halben Meter an die grausame Ausstellung heran.

Annas Blick folgte ihm. »Mein Gott«, hauchte sie.

Horndeich hätte es nicht für möglich gehalten, doch es gab noch eine Steigerung der Blässe in Leonids Gesicht. Dessen Blick glitt über die einzelnen Bilder, die jedes Detail der Verletzungen, die die Tote davongetragen hatte, in grellem Blitzlicht dokumentierten.

Prassir wandte sich um, stöhnte auf, griff nach der Lehne des Besucherstuhls. Dann ließ er sich auf den Sitz sinken. Die anderen drei Anwesenden schauten auf den Mann, der das Gesicht in den Händen verbarg. Offenbar schien das Rätsel um die Identität der Toten gelöst.

Anna legte eine Hand auf Leonid Prassirs Schulter und schaute Horndeich an. »Er hat das Foto gesehen, heute früh in der Zeitung. Er hat beim Frühstück die Zeitung von gestern erwischt, die noch auf einem Stapel lag. Dann hat er mich angerufen, weil er doch weiß, dass du bei der Mordkommission arbeitest. Ich habe ihn abgeholt und ihn hergefahren.«

»Und die tote Frau – wer ist das?«, fragte Horndeich. Sein Mund war in den letzten zwei Minuten ausgetrocknet, als ob sich in seinem Innern der Klimawandel im Zeitraffer vollzogen hätte. »Seine Schwester.«

Horndeich stand wie angewurzelt im Büro. Wüste im Mund. Und Muskeln, die wie Ton gebrannt schienen und keine Bewegung mehr erlaubten.

Margot hatte sich besser in der Gewalt und wandte sich an Anna. »Sie können jetzt gehen. Haben Sie vielen Dank.«

Anna nickte und legte Prassir abermals die Hand auf die Schulter. »Ich sag den anderen Bescheid.«

Leonid Prassir nickte, sah Anna jedoch nicht an. Sie verabschiedete sich von Margot und Horndeich mit einem Nicken, dann verließ sie das Zimmer.

Margot führte Leonid in den Besprechungsraum, in dem sie sich am Vortag mit Renate Günzel unterhalten hatten.

Margot setzte sich Leonid Prassir gegenüber, Horndeich blieb im Hintergrund stehen und lehnte sich gegen die Wand.

Margot sprach leise: »Sind Sie sicher, dass die Frau auf den Fotos Ihre Schwester ist?«

Leonid Prassir nickte nur.

Horndeich und Margot wechselten einen Blick. Beide dachten an das Kind der Toten.

»Wie heißt Ihre Schwester?«, fragte Horndeich.

»Ludmilla. Alle nennen ... nannten Sie Mila.«

»Nachname, Adresse?«, wollte Horndeich wissen.

Leonid antwortete apathisch: »Ludmilla Gontscharowa. Bartningstraße 20, in Kranichstein.«

Horndeich hörte kaum mehr das letzte Wort, stürmte aus dem Zimmer. »Zoschke, mitkommen! Den Schlüssel der Toten mitnehmen! Ruft einen Krankenwagen!« Er wollte eine Ambulanz dabei haben, für den Fall, dass das Kind der Ludmilla Gontscharowa die letzten Tage in der Wohnung eingeschlossen gewesen war. »Bartningstraße 20! Aber ein bisschen zügig!«

»Möchten Sie einen Kaffee? Ein Wasser?«, fragte Margot, nachdem sie mit Leonid Prassir allein im Raum war.

Er schüttelte den Kopf.

»Erzählen Sie mir bitte, was passiert ist.« In ihrem Hinterkopf, in einer der dunklen, staubigen Ecken des Gedankenarchivs, hatte ein leises Glöckchen geklingelt, als sie den Namen Gontscharowa gehört hatte. Aber sie wusste nicht, weshalb.

Leonid Prassir hob den Kopf und sah Marogt direkt an. Schmerz spiegelte sich in seinem Blick sowie die Mühe, mit der er sich beherrschte, um nicht zusammenzubrechen, nicht zu schreien, nicht aus dem Fenster zu springen.

»Meine Schwester ... sie lebte hier.« Er machte eine Pause, sammelte sich. »Ich wollte sie bereits vorgestern, am Montag, besuchen, als wir aus Uschgorod ankamen. Aber sie war nicht zu Hause. Gestern habe ich es wieder versucht, aber sie machte nicht auf. Gestern Abend war ich noch einmal dort. Es brannte kein Licht in der Wohnung. Da habe ich mir Sorgen gemacht. Am Telefon meldete sich immer nur der Anrufbeantworter. Heute früh habe ich dann in einem Café einen Espresso getrunken. In dem Café hing noch eine Zeitung von gestern. Da habe ich sie erkannt. Ich war mir nicht ganz sicher – oder ich wollte mir nicht ganz sicher sein. Aber nachdem ich die Fotos an der Wand gesehen habe, gibt es keinen Zweifel mehr.«

»Können Sie mir sagen, was Ihre Schwester in dem Keller unter dem Biergarten zu suchen hatte?«

Leonid Prassir schüttelte den Kopf. »Ich habe keine Ahnung.«

»War Ihre Schwester verheiratet?«

»Das war sie, aber ihr Mann hat sie verlassen ... soviel ich weiß. Wir haben uns nicht oft gesehen, als sie verheiratet war.«

Horndeich bog in die Bartningstraße ab. Die Straße bildete das Tal zwischen den Hochhausschluchten rechts und links. Ende der sechziger Jahre als schöne Trabantenstadt im Grünen geplant, war Kranichstein inzwischen ein Mikrokosmos der Welt mit all ihren Völkern: Russen, Polen, Türken, Griechen lebten in mehr oder weniger friedlicher Eintracht mit den Deutschen. Viele der Hochhausbewohner kannten den Namen des ehemaligen Personalvorsitzenden der Volkswagen AG Peter Hartz: Dessen unter »Hartz IV« bekannte Reform der Sozialhilfe war inzwischen als neues Synonym für »Stütze« in die deutsche Sprache eingegangen und führte in vielen Kranichsteiner Wohnungen eisernes Regiment.

Für Horndeich jedoch hatte Kranichstein bisher vor allem die Möglichkeit geboten, sein Russisch aufzubessern: Er hatte mit Anna immer wieder im »Zarenhof« gegessen, einem Restaurant am Anfang der Bartningstraße. An diesen Abenden hatte auch er nur Russisch sprechen dürfen. War es ihm anfangs noch sehr schwergefallen, so war er Anna für ihre Konsequenz später dankbar gewesen. Dort in der Nähe gab es noch ein russisches Kaufhaus, wo er als Deutscher auffiel wie ein Schwarzer in der Nationalmannschaft der Eskimos – und wo er immer wieder ein Lächeln erntete, wenn er auf Russisch mit den Kassiererinnen flirtete.

Zurzeit interessierten ihn allerdings weder Restaurant noch Kaufhaus. Er bretterte die Straße hinab, wobei das Blaulicht auf dem Dach andere Autofahrer davon abhielt, mit den vorgeschriebenen dreißig Stundenkilometern pro Stunde vor ihm herzuschleichen. Horndeich lenkte den Wagen an den Straßenrand; der Parkplatz vor dem Haus war ihnen durch eine Schranke verwehrt. Er und Zoschke ließen den Wagen einfach vor der Schranke stehen, sprangen aus dem Wagen und sprinteten auf die Haustür zu. Ihre Augen überflogen das Meer an Klingelschildern. »Hier – Gontscharowa! Achter Stock!«

Sie öffneten die Haustür mit Ludmilla Gontscharowas Haustürschlüssel. Die Aufzugstüren öffneten sich nicht, als sie auf den entsprechenden Knopf drückten. Dafür leuchteten an der Anzeigetafel zwei Pfeile auf, die nach unten wiesen. In welchem Stockwerk sie sich gerade befanden, gaben die beiden Fahrstühle nicht preis.

»Mist!«, fluchte Horndeich. »Ich nehm die Treppe.«

Zoschke schien den Geschwindigkeitsvorteil abzuwägen: Horndeich war durchtrainiert, Zoschke hingegen bedeckte seinen Waschbrettbauch sehr konsequent mit einem Waschbärbauch. Noch bevor er etwas antworten konnte, war Horndeich auch schon durch die Glastür gegenüber des Aufzugs verschwunden.

Das Treppenhaus versprühte den Charme einer Bahnhofstoilette – und zwar *vor* der Privatisierung der Bahn –, zwischen dem dritten und dem vierten Stock sogar inklusive Original-Geruch. Horndeich nahm zwei Stufen auf einmal.

Etwas außer Atem, doch mit stolzgeschwellter Brust ob der sportlichen Leistung, erreichte er den achten Stock – wo Zoschke schon verlegen grinsend vor Ludmilla Gontscharowas Wohnungstür stand.

Horndeichs Stolz war dahin, und während er sich dem Kollegen näherte, brummte er: »Sag nichts.« Er wies mit einem Kopfnicken auf die Wohnungstür. »Schon geklingelt?«

»Ich wollte auf dich warten«, sagte Zoschke – und etwas leiser fügte er hinzu: »Wusste ja nicht, wie lang es dauern würde.«

Horndeich war die Frotzeleien seines Kollegen gewohnt und hätte unter anderen Umständen sicher eine Erwiderung parat gehabt, doch im Moment wollte er nur noch eines: in die Wohnung. Er zog sich Latexhandschuhe an und klingelte.

Aus dem Innern der Wohnung drang kein Geräusch. Er klingelte nochmals. Dann steckte er den ersten Schlüssel in den Schließzylinder. Er passte nicht. Den zweiten. Mit sattem Klacken ließ sich das Schloss öffnen. Horndeich trat ein.

Im Flur herrschte nur schummriges Licht. Neben Horndeich befand sich eine verschlossene Zimmertür. Er drückte die Klinke nach unten, stieß die Tür auf und blickte in ein Schlafzimmer. Es maß vielleicht sechzehn Quadratmeter. Ein Kleiderschrank, eine kleine Schminkkommode und ein französisches Bett füllten den Raum. Nichts deutete darauf hin, dass in diesem Zimmer auch ein Kind schlief.

Gegenüber befanden sich ein kleines Bad und die Küche, und am Ende des Flurs führte eine offen stehende Tür ins Wohnzimmer; es war etwas größer als das Schlafzimmer. Ein Balkon wies nach Westen, der Raum selbst war ebenfalls spärlich eingerichtet.

Ein paar Bücher standen im Regal eines Wohnzimmerschranks. Zum größten Teil waren es russische: kitschige Liebesromane, keine Weltliteratur. Horndeich zog eines der abgegriffenen Taschenbücher hervor. Das Cover zeigte den bislang verschollenen dritten Bruder der Klitschkos, der offenbar entschlossen war, einer blonden Maid – war das tatsächlich Michelle Hunziker? – einen Knutschfleck zu verpassen. Der Titel lautete: »Leidenschaft der irgendwas« – das letzte Wort konnte Horndeich nicht übersetzen.

Auf dem Fensterbrett standen einige Blumentöpfe mit pflegeleichten Grünlilien. Ein CD-Ständer mit vielleicht zwanzig Hüllen stand in der Zimmerecke. Horndeich überflog das Repertoire. Einige russische Interpreten, Kuschelrock neben Kate Bush, die spanische Gitarrenband »Dover« und sogar eine CD von Johann Sebastian Bach – die Brandenburgischen Konzerte 4–6. Aber es fehlte auch nur der leiseste Hinweis auf ein Kind.

Horndeich zückte das Handy. »Falscher Alarm. Wir brauchen keinen Krankenwagen.« Dann rief er Margot an. »Hier gibt es kein Kind.«

Die Kollegin schien nicht überrascht. »Ich fahre mit Leonid

Prassir gerade nach Frankfurt zu Hinrich. Er muss die Tote identifizieren. Ich frag ihn gleich.«

»Gut, dann treffen wir uns danach auf dem Präsidium. Ich ruf jetzt Baader und Häffner an. Sie sollen die Wohnung auseinandernehmen.«

»Mila wurde 1982 in Mukatschewe geboren. Dort lebte unsere Familie. Die Stadt liegt rund vierzig Kilometer von Uschgorod entfernt, im Westen der Ukraine. Ihr Sternzeichen ist Fische, so wie meins. Aber sie kam schon im Februar zur Welt; ich habe mir bis zum März Zeit gelassen.«

Seit Margot den Polizei-Vectra auf die A5 gelenkt hatte, redete Leonid Prassir wie ein Wasserfall. Vielleicht war das seine Art, die Vorstellung vom dem, was noch vor ihm lag, auszublenden. Sie hätte nicht mit ihm tauschen mögen. Seit sie in ihrem Beruf arbeitete, lebte sie mit der Angst, zu einem Tatort gerufen zu werden, wo sie einen toten Freund oder vielleicht sogar jemanden aus ihrer Familie vorfand. Letztere war in ihrem Arbeitsbereich allerdings nicht besonders zahlreich vorhanden. Sie hatte keine Geschwister, ihre Mutter war bereits tot, nur noch ihr Vater lebte – und natürlich ihr Sohn Ben. Alle Cousins, Tanten oder Onkel wohnten mindestens zweihundert Kilometer entfernt. Aber ihre Freunde, Bekannten und Kollegen, die lebten in Darmstadt. Vor eineinhalb Jahren hatte sie einen vagen Vorgeschmack auf ein solches Ereignis bekommen, als eines Nachts ein guter Freund ihres Vaters ermordet im Herrngarten aufgefunden worden war. Nein, dachte sie, sie wollte unter keinen Umständen mit Leonid Prassir tauschen. Hoffentlich hatte Hinrich die Tote so hergerichtet, dass Prassir bei ihrem Anblick nicht zusammenklappte.

Margot fragte: »Wo ist eigentlich das Kind ihrer Schwester?«

Leonid Prassirs Kopf fuhr herum. »Ein Kind? Was für ein Kind?«

»Hat Ihre Schwester Ihnen nie von ihrem Kind erzählt?«

»Meine Schwester hatte kein Kind!«

»Herr Prassir, Ihre Schwester hat ohne Zweifel ein Kind geboren.«

»Woher wissen Sie das?«

Margot wünschte, sich die Antwort ersparen zu können, denn offenbar machte sich Leonid Prassir keine Vorstellung davon, wie eine Obduktion vonstatten ging. Sie bemühte sich um einen sachlichen Tonfall, als sie antwortete: »Der Gerichtsmediziner hat das festgestellt.«

Aus den Augenwinkeln konnte Margot sehen, wie Leonid Prassir seine Hände knetete. Dabei traten die Köchel weiß hervor. »Ich weiß nichts von einem Kind. Sie hatte nie ein Kind, als ich sie besuchte. Und in ihrer Wohnung gab es auch keinen Hinweis auf ein Baby oder ein Kind. Wieso sollte sie ein Kind vor mir verheimlicht haben? Oder vor unseren Eltern, als sie noch lebten?«

Darauf hatte auch Margot keine Antwort.

Nahtlos redete Leonid weiter. »Meine Eltern kamen 1992 als Aussiedler nach Darmstadt. Mila war damals gerade zehn. Ich fand es nicht gut, dass mein Vater nach Deutschland wollte. Ich versuchte ihm klarzumachen, dass auf ihn hier niemand warten würde. Meine Oma und sogar meine Urgroßmutter lebten seinerzeit noch bei uns; wir waren eine Familie. Aber er ließ nicht mit sich reden. Er war schon immer ein Sturkopf gewesen.«

»Woher kommt es, dass Sie so gut Deutsch sprechen?«

»Ich – und auch Mila –, wir sind zweisprachig aufgewachsen. Mein Vater hatte deutsche Vorfahren; in Mukatschewe leben schon seit Jahrhunderten Deutsche. Mein Vater sprach mit uns – zumindest als ich noch ein Kind war – nur Deutsch. Meine Mutter war Russin. Jetzt Ukrainerin.«

»Aber Sie sind nicht mit nach Deutschland gegangen?«, fragte Margot.

»Nein. Ich hatte damals schon meine Frau kennengelernt. Und ich wollte meine Heimat nicht verlassen. Ich habe meinem Vater nie geglaubt, dass Deutschland nur auf die verlorenen Söhne wartet. Und ich habe recht behalten.«

Sie schwiegen eine Weile, bevor Margot fragte: »Und kamen Ihre Eltern und Ihre Schwester hier zurecht?«

»Anfangs ja. Meine Eltern wohnten in einer Zwei-Zimmer-

Wohnung in der Siemensstraße, nicht weit von dem Haus, in dem Mila jetzt wohnt.« Es dauerte ein paar Sekunden, bis er sich korrigierte: »... in dem sie gewohnt hat. Mein Vater fand keinen Job, denn seine Gesundheit war damals schon angegriffen. Meine Mutter hatte eine Stelle bei der Post; durch meinen Vater sprach sie auch Deutsch. Nie gut, aber gut genug. So kamen sie über die Runden.«

Margot lenkte den Wagen von der A5. Auf der weiteren Fahrt am Schwanheimer Ufer entlang schwiegen beide.

Leonid Prassir wurde zunehmend nervöser, nachdem sie in den Eingangsbereich der alten Jugendstilvilla in der Kennedyallee getreten waren. Die altehrwürdige Fassade hatte nicht darauf schließen lassen, dass im Souterrain Leichen obduziert wurden und in den oberen Stockwerken modernste Labors eingerichtet waren.

Hinrich hatte sich Mühe gegeben. Über die zerstörten Teile des Gesichts der Toten hatte er ein Tuch gelegt. Als Leonid Prassir das Antlitz der Frau sah, nickte er nur und wandte sich sofort wieder ab.

Er weinte nicht. Er tobte nicht. Auch wenn Margot nicht verstehen konnte, woher dieser Mann die Kraft nahm, sich derart unter Kontrolle zu halten, war sie dennoch dankbar dafür.

Wenige Minuten später saßen sie wieder im Wagen, Margot startete den Motor. »Wo soll ich Sie hinbringen?«

»Wenn Sie mich vielleicht zu Plawitz bringen könnten«, sagte er tonlos. »Ich wohne bei ihm, wenn wir in Darmstadt zu Gast sind. Die Adresse ist ...«

»Ich kenne die Adresse.«

Als Margot den Wagen auf die Straße gelenkt hatte, fragte sie: »Gibt es noch jemanden, den wir benachrichtigen sollten? Hat sie noch Verwandte hier?«

Prassir schüttelte den Kopf. »Nein. Alle Verwandten leben in der Ukraine. Unsere Eltern sind beide tot. Mein Vater starb 1999 an Herzversagen, meine Mutter kurz nach Milas Hochzeit zwei Jahre später. Und wo ihr Mann ist, weiß ich nicht. Dazu hat Mila immer eisern geschwiegen.«

»Haben Sie vielleicht zumindest eine Ahnung, wo er jetzt leben könnte?«

»Nein, habe ich nicht. Ich hatte nicht so viel Kontakt zu meiner Familie.«

»Und wie sieht es aus mit Freunden? Oder Menschen, mit denen Mila Streit oder Ärger hatte?«

Leonid Prassir zuckte mit den Schultern. »Ich weiß kaum was über sie. Ich lebe mein Leben zu Hause in Uschgorod und hatte kaum Kontakt zu ihr.«

»Wann haben Sie ihre Schwester das letzte Mal gesehen?«

Leonid Prassir warf ihr einen Seitenblick zu. »Vor zwanzig Minuten.«

»Entschuldigen Sie, ich meine, wann haben Sie sie das letzte Mal lebend gesehen?«

»Vor einem halben Jahr, bei diesem großen Volksfest, zu dem Sie auch immer Veranstaltungen mit den Partnerstädten machen.«

»Beim Heinerfest.«

»Genau. Da haben wir uns getroffen. Wir sind sogar zusammen über das Fest gebummelt.« Ein Lächeln überzog sein Gesicht. »Ich habe ihr noch eine Rose geschossen, meiner kleinen Schwester.«

Das war der Moment, da Leonid sich nicht mehr beherrschen konnte. Tränen rannen über seine Wangen.

Margot schwieg. Gerne hätte sie irgendetwas Tröstendes gesagt, aber wie so oft in solchen Situationen fiel ihr nichts Passendes ein. Vielleicht sollten sie bei der Polizei entsprechende Seminare vorschlagen, an denen dann vor allem die Beamten der Mordkommissionen teilnehmen konnten: »Tröstende Worte für Hinterbliebene von Mordopfern«. Doch sie bezweifelte, dass in diesem Moment irgendwelche Worte Leonid Prassir hätten trösten können.

»Wann kann ich meine Schwester beerdigen?«, fragte Leonid schließlich, als er die Fassung wieder einigermaßen zurückgewonnen hatte.

»Ich gebe Ihnen Bescheid, wenn ihr Leichnam freigegeben wird. Werden Sie sie in Ihre Heimat überführen?«

»Nein, ich denke, sie soll bei ihren Eltern ruhen.«

Margots Handy unterbrach die bedrückende Stimmung. Sie betätigte den Knopf für die Freisprechanlage und meldete sich.

»Hallo, Frau Hesgart – Marlock hier. Wir haben die Frau, der ein Schlüssel für die Katakomben geklaut wurde.«

»Bingo! Könnt ihr sie aufs Präsidium bringen? Ich bin in etwa zwanzig Minuten dort.«

In diesem Moment sah sie das optische Konzert von Warnblinkanlagen mit vereinzelten Bremslicht-Soli und trat ihrerseits aufs Bremspedal. »Okay, es wird etwas länger dauern; hier staut es sich gerade.«

Margot würde die Zeit für den Versuch nutzen, aus Leonid vielleicht noch etwas herauszubekommen, was sie im Mordfall Ludmilla Gontscharowa weiterbringen konnte.

Doch Leonid Prassir schien sich wohl dafür zu schämen, dass er die eigene Schwester nur so oberflächlich gekannt hatte, und antwortete nur noch einsilbig. Zu Freundinnen, Jobs, Hobbys und finanziellen Verhältnissen konnte er nichts sagen.

Oder er wollte nicht.

Baader und Häffner wirbelten in weißen Kitteln durch Ludmilla Gontscharowas Wohnung, nahmen Fingerabdrücke, wühlten sich durch Schubladen. Horndeich und Zoschke zogen derweil los, um die Nachbarn zu befragen.

Baader nahm gerade die Fingerabdrücke von der Türklinke der Badtür, als Horndeich nochmals kurz zurückkam. »Habt ihr irgendwelche Fotos gefunden?«, fragte er den Kollegen.

»Im Wohnzimmerschrank, in der rechten Schublade – da lagen ein paar Bilderrahmen mit Fotografien.«

Horndeich fand die gerahmten Aufnahmen in der Schublade. Eines zeigte offenbar die Eltern der Ermordeten. Auf einem weiteren Bild war die Familie zu sehen: Mila als Kind, daneben offenbar Leonid Prassir als junger Mann, dann Milas Eltern und zwei alte Frauen. Das dritte Bild würde den gewünschten Zweck erfüllen: Es zeigte Ludmilla als Braut. Wobei der rechte Teil des Bildes abgeschnitten war. Vielleicht der

Gatte. Auf jeden Fall war Milas Gesicht deutlich zu erkennen, wenn auch der für eine junge Braut zu erwartende strahlende Gesichtsausdruck nur sehr verhalten zum Ausdruck kam.

Auch beim vierten Foto hatte Horndeich Glück: Ludmilla Gontscharowa stand neben ihrem Bruder, am Stand der Ukrainer auf dem Darmstädter Weihnachtsmarkt. Sie strahlte nicht, aber sie schaute freundlich in die Kamera. Horndeich betrachtete ihre Züge. Alle nennen sie Mila, hatte ihr Bruder gesagt.

Horndeich erkundigte sich bei seinen Kollegen, ob er sich das Bild ausleihen könne. Baader nickte nur und widmete sich der Klinke auf der Innenseite der Badtür.

Horndeich drückte Zoschke das »Mordopfer mit Bruder«-Foto in die Hand; er sollte sich die oberen Stockwerke vornehmen. Horndeich selbst würde sich um Ludmilla Gontscharowas Etage kümmern und um die darunterliegenden.

An der Wohnungstür von Milas Nachbarn, der auf der rechten Seite, las Horndeich auf dem Klingelschild den Namen »Tirkit«. Nach dem dritten Klingeln öffnete ihm ein Mann mittleren Alters, offensichtlich osmanischer Abstammung.

»Was wollen?«, fragte er.

»Horndeich, Kriminalpolizei.«

»Ich nichts getan«, bekam er zur Antwort, und bevor Horndeich noch etwas sagen konnte, schlug der Mann die Wohnungstür wieder zu.

Horndeich starrte benommen auf die weiße Fläche. Nach zwei, drei Sekunden atmete er tief durch und klingelte noch einmal. Nachdem er dreimal den Klingelknopf gedrückt hatte, öffnete der Mann erneut und sagte: »Ich nichts wissen, wo Bruder. Habe ich schon gesagt letzte Woche Ihre Kollege. War seit zwei, drei Monaten nichts hier.«

Mit einem lautstarken Türknall erklärte der Mann die Konversation erneut für beendet.

Horndeich kam sich vor wie in einer Slapstick-Nummer und war versucht, nach der versteckten Kamera Ausschau zu halten. Er wusste nicht, ob er wütend werden oder lachen sollte. Dann rief er sich Margots Antlitz ins Gedächtnis, dachte an die Engelsgeduld, die sie gegenüber schwierigen Zeugen bewies, und entschied sich dafür, friedlichen Verhandlungen noch eine Chance zu geben. Eine. Er drückte den Klingelknopf. Nach zehn Sekunden fragte er sich, wie lange das mechanische Läutwerk wohl noch überleben würde. Die Tür öffnete sich erneut, anscheinend hatte der Mann Mitleid mit der heiß gelaufenen Schelle. Oder Angst vor einem Wohungsbrand.

»Ich habe keine Ahnung, was Ihr Bruder ausgefressen hat«, sagte Horndeich und stellte rein vorsorglich den Fuß zwischen Tür und Rahmen. Was mit einem gewissen Risiko verbunden war: Sicherheitsschuhe gehörten nicht zur Standardbekleidung der Mordkommission. »Deswegen bin ich nicht hier!«, fuhr er fort.

»Was Sie dann wollen?« Der Mann unterzog Horndeich und dessen Dienstausweis einer schnellen Musterung.

»Es geht um Ihre Nachbarin Ludmilla Gontscharowa.« Als daraufhin Tür und Rahmen nicht als Fußknacker missbraucht wurden, atmete Horndeich innerlich auf und fuhr fort: »Sind Sie Herr Trikit?«

Ein Nicken musste als Antwort genügen.

»Wann haben Sie Frau Gontscharowa das letzte Mal gesehen?«

»Die Frau, die in Wohnung daneben wohnt?« Er zeigte zu Milas Wohnungstür.

»Ja.«

»Warum Sie wollen wissen? Etwas passiert?« Oft gingen die lieben Hausgenossen zuerst davon aus, dass die Person, nach der gefragt wird, etwas verbrochen hatte. Herr Tirkit schien diesbezüglich keinerlei Verdachtsmomente gegen seine Nachbarin zu hegen, offenbar ganz anders als hinsichtlich seines Bruders.

»Wann haben Sie sie das letzte Mal gesehen?«, wiederholte Horndeich seine Frage.

»Ich nicht genau wissen. Paar Tage. Ich glauben, war Donnerstag. Sie von Einkaufen kommen, zwei Plastiktüten. Frisch Gemüse.«

»Haben Sie sie oft getroffen?«

»Nein, nicht kennen sehr gut. Meine Frau einmal versuchen,

mit ihr zu sprechen freundlich. Meine Frau sprechen gut Deutsch, Nachbarin sprechen gut Deutsch. Aber Nachbarin nicht wollen Kontakt, Sie verstehen? Ich leider nicht sprechen gut Deutsch.«

»Kein Problem.« Horndeich fragte sich, ob sein Russisch in den Ohren von Annas Familie wohl ähnlich geklungen hatte. Zumindest hatte ihn jeder in Russland auch bei seinen allerersten Konversationsversuchen vor einem Jahr überschwänglich gelobt. Das Lob war zwar übertrieben gewesen, aber motivierend. In dieser Hinsicht tickten die Deutschen zumeist etwas anders. »Ist Ihre Frau da?«

»Nein, arbeiten noch, kommen erst sieben Uhr nach Haus. Ich Schichtdienst. Ich in zwei Stunden müssen zur Arbeit.«

»Hatte Ihre Nachbarin einen Freund, oder bekam sie regelmäßig Besuch?«

»Nein.« Er überlegte und korrigierte sich dann: »Ich nicht genau wissen.« Er gab die Tür frei und forderte Horndeich auf: »Kommen bitte herein.« Auf einmal war er wie ausgewechselt, zeigte sich freundlich und hilfsbereit und entschuldigte sich für sein vorheriges Verhalten. »Mein Bruder guter Mann, aber immer machen Probleme. Immer Schwierigkeiten mit Polizei. Dummkopf. Groß Dummkopf. Und noch sehr jung, nur zweiundzwanzig. Ich sagen: Yussuf, wenn machen Ärger, Deutsche dich schicken zurück in Türkei, du dann müssen machen Militärdienst. Nicht gut.«

»Ich verstehe«, murmelte Horndeich.

Herr Tirkit – er hieß mit vollem Namen Metin Tirkit – stellte dem Kommissar seine beiden Kinder vor. Der Junge Faruk und das Mädchen Aischa waren beide im Vorschulalter und grüßten schüchtern.

»Möchten Tee?«, bot Metin Tirkit an.

Horndeich nickte. Er war froh, sich setzen zu können. Er war darauf eingestellt gewesen, in Ludmilla Gontscharowas Wohnung eine Kinderleiche zu finden, und war nun sehr erleichtert, dass diese Befürchtung nicht wahr geworden war.

Metin Tirkit bat ihn ins Wohnzimmer. Der Raum war schlicht, aber geschmackvoll eingerichtet. Um den Wohnzimmertisch standen zwei Sofas, der dunkle Wohnzimmerschrank beherbergte eine ganze Batterie von Familienfotos in mehreren Reihen. Einzig die Teppiche auf dem Linoleumboden wirkten wertvoll.

Wie in Ludmilla Gontscharowas Wohnung zeigte ein Balkon nach Westen. Die verschneiten Felder wirkten trügerisch friedlich. Aus dem Fernseher blubberte eine türkische Sendung, deren Inhalt Horndeich nicht einmal in Ansätzen verstand.

Er wiederholte seine Frage nach einem Freund der Nachbarin.

»Nein, ich nicht glauben, dass sie Freund. Wohnungen viel hören Nachbar, aber Nachbarin nicht mal hören laut Musik. Leben – wie man sagen? – versteckt.«

»Zurückgezogen«, verbesserte Horndeich automatisch. »Was wissen Sie über Frau Gontscharowas Kind?«

»Sie Kind?«

»Wir vermuten es. Wie lange wohnen Sie schon hier?«

»Seit eins und halb Jahre«, antwortete Herr Tirkit. »Aber wir nie Kind sehen oder hören bei Nachbarin.«

Horndeich leerte die Tasse Tee, dann fiel ihm noch eine Frage ein: »Zu den Wohnungen, gehören da auch Keller?«

»Ja, jede Wohnung ein Keller.«

»Wissen Sie, welcher Keller Ihrer Nachbarin gehörte?«

Tirkit nickte. »Ja. Keller neben unsere. Sie wollen, ich kann zeigen.«

Gemeinsam verließen sie die Wohnung. Horndeich ging nochmals in Ludmillas Wohnung und kam mit zwei Beamten der Spurensicherung zurück. Zu viert fuhren sie mit dem Aufzug in den Keller. Horndeich bereute es augenblicklich. Der Aufzug war zwar offiziell für sechs Personen ausgewiesen, aber offenbar hatte man Magersüchtige als Maßstab genommen. Zurück würde er jedenfalls wieder die Treppen nehmen …

Metin Tirkit deutete auf eine aus Holzlatten gefertigte Tür. »Das Keller von Nachbarin.«

Eine Kette umschloss Türrahmen und Tür, ein Vorhängeschloss hielt die Kettenenden zusammen. Schon von außen konnten die Beamten erkennen, dass der Keller fast leer war. Nur ein alter Küchenschrank aus Massivholz stand vor der Rückwand. Und an der rechten Wand lehnte eine Aluleiter.

Rein vorsorglich hatte er Baader gebeten, mitzukommen. Der nahm Fingerabdrücke von dem Schloss, bevor Horndeich ausprobierte, ob einer der Schlüssel von Ludmillas Schlüsselbund passte. Er warf einen Blick auf das Sammelsurium und entschied sich für einen Schlüssel, den er zunächst für den Briefkastenschlüssel gehalten hatte. Er fügte sich in das Schloss wie eine Stradivari in Anne-Sophie Mutters Hände.

Horndeich schaute zu, wie der Kollege in Weiß den Schrank untersuchte. Er konnte das Fazit bereits nach einer Minute verkünden: Der Schrank war so leer wie der ganze Keller. Bewundernswert, dachte Horndeich. Der Keller seiner Wohnung war zu drei Vierteln gefüllt, und das empfand er schon als zu viel. Jedes Mal, wenn er den Raum betrat, nahm er sich vor, den Sperrmüll zu bestellen. Doch der würde seine abgefahrenen Winterreifen, die drei kaputten Fernseher und seine Sammlung halbleerer Lackdosen auch nicht mitnehmen.

Der Weißkittel kümmerte sich um Fingerabdrücke und eventuelle weitere Spuren, während Horndeich sich von Metin Tirkit verabschiedete und wieder nach oben ging, um die nächsten Nachbarn zu befragen. Trotz der scharfen Düfte nahm er das Treppenhaus. Ganz abgesehen von der Enge des Aufzugs traute er dem Blechkasten ungefähr so weit wie einem Kettenkarussell. Eine Kette ist immer so stark, wie ihr schwächstes Glied, ging es ihm durch den Kopf.

Im achten Stock wohnte laut Klingelschild noch Miriam Mislat, doch sie war nicht zu Hause.

Im tiefer gelegenen Stockwerk hatte Horndeich in jeder Wohnung Glück: Überall traf er – Peter Hartz sei Dank – Bewohner an. Mit dem Foto der Ludmilla Gontscharowa in der Hand erzielte Horndeich besonders bei den männlichen Mietern augenblickliches Erkennen. Aber niemand konnte mehr über die junge Frau sagen, als dass sie eben jung und besonders hübsch gewesen war.

Im sechsten Stock nahm die Erkennungsrate schon ab, im

fünften Stock war es gerade noch ein älterer Herr, der Mila erkannte. Und der sagte auch aus, dass sie mit einem Mann zusammengewesen war, bis vor etwa zwei oder drei Jahren, dann war wohl auf einmal Schluss gewesen. Nein, an ein Kind könne er sich beim besten Willen nicht erinnern.

Horndeich machte sich Notizen, dann stieg er die Treppen hinab in die vierte Etage.

»Ist das der Schlüssel, der Ihnen gestohlen wurde?« Margot reichte Ute Kamp das Exemplar, das sie zuvor von Milas Schlüsselbund abgenommen hatte.

Ute Kamp hatte mehr als eine halbe Stunde warten müssen, bis Margot wieder im Präsidium eingetroffen war. Die Folgen eines missglückten Überholmanövers eines Chrysler Crossfire auf der A5 bei Gräfenhausen hatten alle Spuren bis auf die Standspur blockiert. Margot hatte sich gut eine Stunde lang durch den Stau gequält.

Ute Kamp drehte den Schlüssel kurz zwischen ihren Fingern. »Ja, das ist mein Schlüssel. Woher haben Sie ihn?« Mit eleganter Handbewegung strich sie eine Strähne ihres Haars aus dem Gesicht und versuchte, sie hinter dem Ohr zu fixieren.

Margot wusste aus eigener Erfahrung, dass diese Versuche meist zum Scheitern verurteilt waren. »Wie können Sie so sicher sein, dass es Ihr Schlüssel ist?«

Frau Kamp lächelte. »Sehen Sie hier?« Sie zeigte auf einen Kratzer unterhalb des Namens des Schließanlagenherstellers. »Das ist mir passiert.«

Margot nickte nur.

»Woher haben Sie den Schlüssel?«, wiederholte Frau Kamp ihre Frage.

»Wir haben ihn am Schlüsselbund von Ludmilla Gontscharowa gefunden.«

Ute Kamp hätte mit guten Gewinnchancen an einer Miss-Wahl teilnehmen können. Sie hatte einen Teint wie ein Fotomodell, Augenaufschlag und Lachen fügten sich nahtlos in die attraktive Erscheinung. Doch Ludmillas Name knipste das Lachen aus. »Er war an Milas Schlüsselbund?«

»Ja. Haben Sie eine Erklärung dafür?«

»Ja. Sie muss ihn mir geklaut haben.« Als ob ihr der Ausdruck »geklaut« zu vulgär erschien, korrigierte sie sich leise: »... entwendet haben.« Dann blickte sie Margot offen an. »Was ist mit dem Schlüssel? Und warum haben Sie Milas Schlüsselbund? Ich verstehe nicht ...«

»Mila – Ludmilla Gontscharowa – ist tot.«

Ute Kamp starrte Margot an. »Tot?«, echote sie tonlos. »Was ist passiert? Hatte sie einen Unfall? Und weshalb interessieren Sie sich für den Schlüssel?«

Margot klärte sie kurz über die Umstände des Falls und den Fundort der Leiche auf.

»Ermordet?« Entsetzen und Unglauben schwangen in Ute Kamps Stimme. »Das ist ja ... schrecklich! Wer tut so was?«

Margot hörte diese beiden Sätze in ihrem Job so oft, dass sie sich selbst jedes Mal erst bewusst machen musste, dass die Menschen, die sie sagten, es in diesem Moment aufrichtig meinten. Und dass diese Menschen diese beiden Sätze meist nur einmal in ihrem Leben sagen mussten.

»Das versuchen wir herauszufinden. Wir fragen uns, wie sie zu dem Schlüssel kam – und was sie in dem Keller der Katakomben zu suchen hatte. Können Sie uns da weiterhelfen?«

»Ich studiere Physik, hier in Darmstadt«, begann Frau Kamp. »Im Sommer habe ich immer wieder Führungen durch die Katakomben geleitet. Es hat mir Spaß gemacht, es hat mich interessiert. An einem Samstag – es war im Mai vor einem Jahr – stand ich mit einer Gruppe vor der Eingangstür zu den Kellern. Es waren Austauschstudenten aus der Partnerstadt Uschgorod.« Sie seufzte und fügte ironisch hinzu: »Na toll; ich spreche kein Russisch, und mein Englisch ist auch nicht berühmt. Da rief ich Mila an. Wir hatten uns im Sommer davor angefreundet. Sie kam dazu, ich erklärte, sie übersetzte – und die Führung wurde richtig gut. Es war das erste Mal, dass sie dabei war.«

»Und später? Kam sie öfters mit?«

»Ja, manchmal. Wenn ich eine große Gruppe hatte. Dann habe ich mich immer wohler gefühlt, wenn jemand das Schlusslicht bildete, damit niemand verlorenging. Und das kann bei den verwinkelten Gängen ganz schnell gehen. Ist ja auch alles finster da unten.«

»Führte Mila auch allein Gruppen?«

Die junge Frau schwieg zunächst, senkte den Blick, während sie kurz überlegte, dann sah sie Margot wieder an. »Ja, einmal, vor einem halben Jahr. Ich hatte Streit mit meinem damaligen Freund, musste dringend mit ihm reden. Und ich bat Mila, die Tour einfach zu übernehmen. Sie kannte sich inzwischen aus, und sie tat mir den Gefallen. Ich habe ihr vor dem Tor den Schlüssel gegeben und die Gruppe nach drei Stunden wieder in Empfang genommen. Wie ich hörte, hat sie es gut gemacht.«

»Hat sie Ihnen da bereits den Schlüssel entwendet?«

Ute Kamp schüttelte den Kopf. »Nein, ich habe danach ja noch mehr Führungen gemacht. Wir haben uns auch privat getroffen. Sie hat mich immer wieder mal besucht. Die letzten Führungen finden Ende September statt; irgendwann danach muss sie ihn an sich genommen haben. Im Flur hängt mein Schlüsselbrett mit allen Schlüsseln. Sie könnte ihn einfach abgenommen haben.«

»Wann haben Sie sie das letzte Mal gesehen?«

»Weiß ich nicht genau. Wir haben uns manchmal acht Wochen lang nicht gesehen, dann waren wir wieder jede Woche zusammen. Aber in diesem Herbst, da hat sie sich rar gemacht. Ich habe sie manchmal angerufen, aber sie hatte selten Zeit.«

»Wissen Sie, weshalb?«

»Nein. Ich habe keine Ahnung.«

»Wissen Sie, was sie gemacht hat? Hat sie gearbeitet?«

»Sie arbeitete in irgendeiner Kneipe. Und in einem Blumenladen.« Sie zögerte. Dann fuhr sie fort: »Aber ich kann Ihre nächste Frage leider nicht beantworten. Ich weiß nicht, welche Kneipe, und ich weiß nicht, welcher Laden. Schon komisch.«

»Was ist komisch?«

Ute Kamps Mundwinkel zuckten kurz, dann wurden ihre Augen feucht. »Wissen Sie, es ist nicht einfach, als Frau Physik an der Darmstädter Uni zu studieren. Neunzig Prozent der

Kommilitonen sind Männer. Und hundertfünf Prozent von denen versuchen, dich anzugraben. Ich komme eigentlich aus Emden, bin aber nach Darmstadt gekommen, weil die Uni hier so einen guten Ruf hat. Meine ganzen Freundinnen, die wohnen noch im Norden. Dann habe ich Mila auf der Rosenhöhe kennengelernt – und fand in ihr eine Freundin. Sie saß allein auf einer Bank, und wir kamen ins Gespräch. Sie war nett – und nach einer Stunde hatte ich ihr schon meine halbe Lebensgeschichte erzählt. Sie konnte gut zuhören. Und sie gab mir gute Ratschläge. Sie war nur zwei Jahre älter, aber für mich war sie ein Fels in der Brandung. Und jetzt merke ich, wie egoistisch ich gewesen bin. Ich weiß kaum etwas über sie. Ich habe immer nur geredet, geredet und viel zu selten zugehört.«

Ute Kamp wischte sich die Tränen mit dem Handrücken aus dem Gesicht, wovon unmittelbar danach ein schwarzer Streifen Wimperntusche zeugte. Margot reichte ihr ein Papiertaschentuch und deutete auf ihre Wange, wo sich die Spur entlangzog.

»Danke«, sagte Ute Kamp und bemühte sich um ein Lächeln. Sie runzelte auf einmal die Stirn, dann leuchteten ihre Augen kurz auf. »Ich erinnere mich wieder, wann wir uns das letzte Mal gesehen haben. Anfang Dezember rief sie mich an. Es war, glaube ich, sogar das erste Mal, dass sie sich von sich aus bei mir meldete. Es war das zweite Adventswochenende. Sonntags gingen wir dann zusammen über den Weihnachtsmarkt. War ein schöner Nachmittag.«

»In welcher Verfassung oder Stimmung war Mila an diesem Tag?«

Ute Kamp überlegte kurz, verzog die Mundwinkel, sah Margot wieder direkt an. »Normal – das ist das Einzige, was mir einfällt. Es war wie immer. Ich erzählte zu viel, sie hörte zu. Wir tranken einen Glühwein, aßen Pommes frites. Sie wollte keinen zweiten Glühwein mehr, ich gönnte mir noch einen. Danach gingen wir zu mir. Aber als wir ankamen, da wurde sie… anders. Ihre Stimmung hat sich verändert.«

»Inwiefern?«

»Sie wurde melancholisch. Sie kannte meine Wohnung, aber

diesmal betrachtete sie die Bilder an der Wand ganz genau. Da hängen viele Bilder von meiner Familie. Eine ganze Pinnwand ist voll davon. Meine Familie ist groß, mein Vater hat sechs Brüder. Alle sind verheiratet, alle haben Kinder. Alle zwei Jahre machen wir ein riesiges Familienfest. Ich hatte den Eindruck, dass es der Anblick dieser Fotos war, der sie ...« Sie suchte nach dem richtigen Wort. »...ja, traurig machte. Aber vor Weihnachten geht es ja vielen so. Ich fragte sie, wie sie denn Weihnachten feiern würde. Kurz blitzte ein Lächeln in ihrem Gesicht auf. Sie winkte ab, sagte, wenn alles klappte, dann würde Sie ihren Bruder in der Ukraine besuchen und mit ihm und seiner Familie Weihnachten feiern. Aber erst am sechsten Januar, wie es in der orthodoxen Kirche Brauch ist.«

»Und an diesem Tag hat sie Ihnen auch den Schlüssel entwendet?«

»Das weiß ich nicht, es kann auch früher gewesen sein. Aber das glaube ich nicht. Wenn sie mir wirklich den Schlüssel geklaut hat – und ich habe keine Ahnung, warum sie das getan haben sollte –, dann hätte sie ihn doch nachmachen lassen und ihn mir bei ihrem nächsten Besuch wieder an das Schlüsselbrett hängen können, damit ich es nicht merke. Also gehe ich davon aus, dass es an diesem Abend war.«

»Wann haben Sie bemerkt, dass der Schlüssel fehlt?«

»Ein paar Tage später. Ich war mir nicht sicher, ob ich ihn nicht selbst verloren hatte – die letzte Führung lag ja schon fast ein Vierteljahr zurück. Und dann rief heute Morgen Ihr Kollege bei mir an.«

»Haben Sie irgendeine Vorstellung, was Sie mit dem Schlüssel wollte?«

Ute Kamp sah kurz aus dem Fenster. »Der einzige Grund, der mir einfällt, ist der, dass die Keller hervorragende Verstecke bieten. Einige Steine sind locker, dahinter kann man alles Mögliche verbergen. Aber ich frage mich, ob das den Aufwand lohnt.«

»Was wissen Sie über ein Kind von Mila?«

»Ein Kind?« Die Gegenfrage war eigentlich Antwort genug. »Sie hatte kein Kind.«

»Wann genau haben Sie sie kennengelernt?«

Ute Kamp überlegt nur kurz. »Es war vor zwei Jahren, der brütend heiße Sommer, bei einem Spaziergang auf der Rosenhöhe, wie gesagt. Sie war ziemlich blass, und ich habe sie gefragt, was los sei.« Wieder hielt sie kurz inne. »Sie hat auf meine Fragen nach ihrem Privatleben nie geantwortet. Schon damals nicht. Ich glaube, deshalb habe ich auch irgendwann nicht mehr gefragt. Sie sagte nur, ihr Mann habe sie gerade verlassen. Aber sie hat mir nie Details anvertraut. Und sie sagte, dass sie im Krankenhaus gelegen habe. Sie hat nie erzählt, was sie eigentlich hatte. Sie sprach nur von einer Infektion.«

»Wissen Sie, in welchem Krankenhaus sie lag?«

»Nein.«

»Und wissen Sie, ob sie einen Freund hatte? Oder jemanden, der etwas gegen sie hatte, der einen Grund gehabt hätte, sie zu ...« Margot wollte das letzte Wort, das den Satz vollständig gemacht hätte, nicht aussprechen. Es schwebte sowieso gleich einer schwarzen Wolke über dem Tisch.

»Nein. Sie sprach nie von Männern. Und ich wüsste keinen einzigen Grund, den jemand für diesen Mord gehabt haben könnte. Aber ich begreife nun endlich, dass ich sie gar nicht wirklich gekannt habe.«

»Was habt ihr in der Wohnung von Ludmilla Gontscharowa gefunden? Irgendwelche Indizien?« Margot hatte ihrem Kollegen von dem Gespräch mit Ute Kamp erzählt.

Die Pflanzen auf dem Fensterbrett erstrahlten auf wundersame Weise in sattem Grün. Horndeich hatte wohl einen Umweg über ein Gartengeschäft gemacht.

Er saß auf seinem Schreibtischstuhl, seine Finger trommelten auf der kleinen messingfarbenen Gießkanne. »Die Wohnung wirft mehr Fragen auf, als sie beantwortet«, meinte er. »Wir haben ein Portemonnaie gefunden, darin eine EC-Karte von der Volksbank und eine weitere Karte, die aber nicht auf ihren Namen ausgestellt war.«

»Sondern?«

»Auf eine gewisse Hildegard Willert. Ein Konto bei der Sparkasse.«

»Und wer ist das?«

Horndeich stand auf, ging zum Waschbecken, hielt die Gießkanne unter den Wasserhahn und drehte den Hahn auf. »Keine Ahnung. Kümmere ich mich morgen drum.«

»Und was gab die Wohnung noch her?«

»Im Kleiderschrank haben wir eine blonde Perücke gefunden.«

»Ihre?«

»Wird uns das LKA in ein paar Tagen sagen. Ich denke schon. Das war keine Faschingsperücke, sondern so ein Edelteil, eine, die man für echtes Haar halten kann. Möchte nicht wissen, was die gekostet hat. Aber ich möchte wissen, wozu sie die gebraucht hat. Über Haarausfall konnte sie, so glaube ich mich zu erinnern, nicht klagen – zumindest bis Hinrich Friseur gespielt hat ...«

»Gab das Portemonnaie noch was her?«

»Darin steckten der Führerschein und ein Fahrzeugschein. Der passende Wagen dazu stand im Fiedlerweg, keine fünfzig Meter vom Biergarten entfernt.«

»Was ist das für ein Fahrzeug?«

»Ein zwanzig Jahre alter Polo, über den der TÜV im nächsten Jahr das sichere Todesurteil gefällt hätte. Verrostet, aber er sprang an. Die Kollegen nehmen den Wagen bereits auseinander. Auf den ersten Blick nichts Auffälliges. Auch in der Wohnung selbst – nichts. Nichts, was irgendwie auf einen Konflikt, eine Affäre ... verdammt noch mal, einfach auf *irgendetwas* hinweist. Da flog kein Adressbuch rum, da stand kein Computer. Die Kontoauszüge haben wir gefunden. Und ein Fotoalbum. Auf den hinteren Seiten sind alle Bilder rausgerissen. Dann ein paar Fotografien in Bilderrahmen. Aber die waren nicht aufgestellt, sondern schlummerten in einer Schublade. Darunter ein Hochzeitsfoto, zumindest ein halbes. Der Göttergatte wurde abgeschnitten. Vielleicht war er ja darüber sauer, kam zurück und schlug seine Frau tot.«

Horndeich goss die Pflanzen. Dabei ließ er sich Zeit, damit

die Erde schön feucht wurde, der Boden aber nicht durchweichte oder das Topfschälchen volllief. »Die ganze Bude wirkte seltsam ... *unbewohnt*. Wie ein Hotelapartment. Unpersönlich. Keine Bilder, kaum Pflanzen. So, als ob die Gontscharowa nur auf Durchreise gewesen war. Seltsam.«

»Habt ihr bei den Nachbarn etwas herausgefunden?«

»Nein. Nichts. Ein paar kannten sie vom Sehen. Nichts über Männer, nichts über Streitereien – rein gar nichts.«

Margot nahm einen Schnellhefter von einem der Stapel auf ihrem Schreibtisch: »Hinrich hat sich übrigens vorhin gemeldet. Er hat die DNA unter den Fingernägeln von Mila Gontscharowa analysiert. Die Spuren stammen von einem Mann. Aber von keinem unserer Bekannten. Fehlanzeige.«

Sie legte den Hefter zurück auf den Stapel, nahm einen anderen Hefter von einem anderen Stapel und sagte: »Vom LKA gibt's auch schon Neuigkeiten; die waren verdammt fix. Es geht um das Plastikstück. Stammt wirklich von einem Handy. Ein Nokia, recht einfaches Modell, das zwischen 2001 und 2003 vertrieben wurde. Sandra hat vorhin schon mit den großen Providern gesprochen. Kein Vertrag auf ihren Namen. Entweder ist es nicht ihr Handy oder eines mit anonymer Prepaidkarte. Oder das Plastikstück lag dort schon ein Jahr lang herum, weil jemand bei einer der Führungen sein Handy hat fallen lassen. Das alles bringt uns keinen Schritt weiter.«

»Was mich am meisten wundert, ist dieses Phantomkind. Jetzt haben wir wenigstens einen Namen, nachdem wir suchen können.« Horndeich stellte das Kännchen ab. »Vielleicht ist es ja wirklich beim Vater. Vielleicht hat er den Zwockel ja mitgenommen, als er Mila verlassen hat.«

»Ich glaube, der Schlüssel zu dem Ganzen liegt in diesen ›Katakomben‹. Was hat sie dort gewollt? War es ein Versteck? Für was?«

»Wie wollen wir das rauskriegen?«

»Ich habe dem Erkennungsdienst gesagt, die sollen morgen noch mal da runtergehen und jeden Stein des Kellers abklopfen, ob da irgendwo ein Versteck ist.«

Es war Zeit für Plan B. Rainer hatte sich noch immer nicht gemeldet, und Margot hatte keine Lust, den ganzen Abend darüber nachzugrübeln, welche kruden Gründe es für sein Schweigen geben konnte. Sie würde sich ablenken. Also schaltete sie den Fernseher und den DVD-Player ein, legte eine ihrer Notfall-DVDs in das Schubfach des Geräts und füllte ein Glas aus der vor zwei Abenden angebrochenen Rotweinflasche. Vor einem halben Jahr – Rainer war auf einem Kongress in den USA gewesen – hatte sie sich ein Sixpack Rosamunde-Pilcher-DVDs gekauft. Es gab nur ganz selten Abende, an denen sie auf die Zuckergusswelt der englischen Küste zurückgriff. Um genau zu sein, gab es nur wenige Abende, an denen sie diese Welt überhaupt ertragen konnte. Das waren dann genau die Momente, in denen sie sich mit den Neuzeit-Aschenputteln zu identifizieren traute, die am Ende von ihren Prinzen gerettet wurden.

Die Musik erklang, der Titel »Klippen der Liebe« wurde eingeblendet. Aschenputtel trat auf. Margot kannte die Schauspielerin, aber der Name der dunkelhaarigen Schönen fiel ihr nicht ein. Zur Identifikation mit dem Aschenputtel würde es reichen. Der markante Johannes Brandrup gab den Prinzen. Alles paletti. Der Abend war gerettet. Und sollte es nicht reichen, hatte sie immer noch zwei weitere ungesehene Filme als Seelentröster in Reserve.

## Donnerstag, 15.12.

Anna hatte ihn versetzt. Eigentlich hatten sie am vorigen Abend noch gemeinsam ins Kino gehen wollen. Der vierte Harry-Potter-Film. Bombastkino mit Popcorn, Cola, Händchenhalten.

Eine Stunde vor ihrem Treffen hatte Anna ihn auf dem Handy angerufen und ihm erzählt, dass es Leonid ziemlich dreckig gehe. Sie, Tatjana und Irina wollten mit ihm etwas unternehmen. Er könne gern mitkommen, aber Kino sei nichts für Leonid.

Horndeich hatte dankend abgelehnt. Seine Gefühle schwankten zwischen Verständnis und verletzter Eitelkeit. Ob er sauer sei, hatte Anna noch gefragt. Harry Potter laufe ja sicher noch eine Weile. Als ob es Horndeich in erster Linie um den verqueren Zauberlehrling gegangen wäre.

Wollte er wirklich mit ihr streiten? Zuerst überlegte Horndeich, allein ins Kino zu gehen. Doch dann legte er zu Hause die Beine hoch und hörte ein bisschen Musik. Wenn er die Zeit dazu fand, mischte er sich von seinen Lieblings-CDs die besten Titel auf eigene Sampler. An diesem Abend aber fiel seine Wahl auf die deutschen Barden der Achtziger. Jule Neigel sang *Die Seele brennt*, und Klaus Lage machte in dem Lied *Sense* deutlich, wann er genug hatte – *bis zum nächsten Mal …*

Er war eingenickt und wachte erst bei Anne Haigis' *Kind der Sterne* wieder auf, um dann von der Couch ins Bett umzuziehen. Im Traum vermischten sich Albträume mit Liebesschmonzetten, in denen die tollen Frauen, immer wenn sie sich umdrehten, das zerschlagene Gesicht von Mila hatten. Er war schweißgebadet, als der Wecker um sechs seinen Job tat und ihn mit penetrantem Piepen nervte.

Seine Kollegin Margot hatte ihn schon gefragt, wie er es schaffte, immer vor ihr im Büro zu sein. Der Wecker war ein Geheimnis seines Erfolgs, dessen Platzierung das zweite. Er konnte den Quälgeist nicht einfach ausschalten. Dazu musste er aufstehen, denn der Wecker stand im Regal am anderen Ende des Schlafzimmers. Und wenn er sich schon in der Senkrechten befand, legte er sich auch nicht mehr zurück in die weichen Federn. So einfach war das.

Während das heiße Wasser der Dusche an seinem Körper hinablief, ging ihm immer noch das Lied von Anne Haigis durch den Kopf. *Jetzt schweigt sie allwissend, hat für sich abgeklärt: Die einen kläffen mit der Meute, die andern gar nicht mehr …*

Auch nachdem er sich um sieben in seinen Golf II GTI gesetzt hatte, wurde er das Lied nicht los. Der Wagen war zwar schon seit über zwei Jahren volljährig, aber Horndeich war überzeugt, dass niemals zuvor ein solch tolles Auto gebaut worden war und jemals wieder gebaut werden würde. Der Wagen war leicht, schnell, spurtstark – und scheckheftgepflegt. Was einst als belächeltes Gefährt der Odenwaldjugend gegolten hatte, war inzwischen geschätzter Beinahe-Oldtimer. Besonders da der Lack glänzte wie der eines Neuwagens.

Er lenkte den Wagen auf die Jahnstraße, die Zeilen vom *Kind der Sterne* weiterhin im Kopf – *... die andern gar nicht mehr ...*

Dann fiel der Groschen.

Er bremste und wendete den Wagen.

Auch nach zwei Pilcher-Filmen keine SMS von Rainer, kein Rückruf. Keine gute Basis für eine ruhige Nacht. Die Skala ihrer Gefühle schwankte am Morgen zwischen Eifersucht und Sorge. Weder Rainer noch sie mochten es, als Paar ständig aneinanderzukleben. Aber dieser Rückzug ließ sie bereits an den ewigen Witz des Mannes denken, der Zigaretten holen ging und nicht mehr zurückkam. Um Viertel nach eins hatte sie zum letzten Mal auf die Leuchtziffern ihres Weckers geschaut. Um Viertel nach fünf das erste Mal. Sie seufzte resigniert und stand auf.

Bereits eine halbe Stunde später hatte sie den Rechner im Büro hochgefahren. Es machte sie nervös, dass sie kaum etwas über die Hintergründe von Milas Leben herausgefunden hatten. Aber vielleicht war Ludmilla Gontscharowa gar keine Unbekannte für die Polizei!

Zuerst suchte Margot in der Datenbank der Darmstädter Aktenkundigen. Dann loggte sie sich in die Datenbank des LKA ein. Sie gab den Namen ein: »Gontscharowa«.

Kein Treffer.

Sie wollte sich schon ausloggen, als sie sich eines Gespräches mit Horndeich erinnerte. Als der anfing, Russisch zu lernen, hatte er sich über die kyrillischen Zeichen, die sechs verschiedenen Fälle und die zwei Aspekte ein und desselben Verbs beschwert. Aber nicht nur das: »Es sind die Kleinigkeiten, die ich immer falsch mache«, hatte er lamentiert, »zum Beispiel hängen die Russen an den Nachnamen einer Frau immer ein a dran. Wie soll man sich das merken?«

Margot hatte sich ein Lachen nicht verkneifen können und geantwortet: »Meinst du, dich heiratet noch eine, wenn sie weiß, dass sie danach Horndeicha hieße?«

Mit der Rückwärts-Taste löschte sie das »a« von »Gontscharowa«.

Eingabe.

Treffer.

»Igor Gontscharow«.

Ihre Augen lasen die Fakten, nach und nach arbeitete sie sich durch den virtuellen Aktenberg. Sie hörte gar nicht, wie ihr Kollege durch die offene Tür eintrat, und sie erschrak, als er sie grüßte.

»Na, gut geschlafen?«, erkundigte sich Margot.

»Falsche Frage«, entgegnete er.

»Tröste dich, ich auch nicht«, antwortete Margot.

Horndeich sah seine Kollegin irritiert an. Es war selten, dass sie eine persönliche Äußerung von sich gab. Aber Margot erwiderte den Blick nicht.

Nach dem minimalistischen persönlichen Exkurs schwenkte Horndeich auf dienstliches Terrain: »Ich habe eine schlechte und eine gute Nachricht.«

»Die gute zuerst.«

Auch das war ungewöhnlich. Wenn Horndeich seine neuesten Erkenntnisse auf diese Weise einleitete, wählte Margot sonst immer zuerst die schlechte, damit sie sich danach wenigstens über die gute freuen konnte. Offenbar hatte sie nicht nur *nicht gut* geschlafen.

»Okay, die gute zuerst. Milas Kind ist nicht in Gefahr.«

»Wo ist es?«, fragt Margot, den Blick aber weiterhin auf den Bildschirm gerichtet, den Horndeich nur von hinten sah.

»Das ist die schlechte Neuigkeit. Es liegt auf dem alten Friedhof. Es war ein ›Sternenkind‹, eine Totgeburt.« Seine eigene Mutter hatte eine Totgeburt erlitten, als Horndeich sechs Jahre alt gewesen war, und unter Tränen hatte sie ihn in seiner Kindheit oft daran erinnert, das »Sternenkind« in sein Nachtgebet aufzunehmen. Er hatte damals nicht gewusst, dass »Sternenkind« ein Ausdruck für zu früh verstorbene Kinder war, und hatte sich immer einen Stern vorgestellt, der wie ein Kind aussah. Und außerdem hatte er sich gefürchtet, wenn seine Mutter geweint hatte, weil sein Vater anschließend häufig böse wurde, und das immer öfter. Keine angenehme Erinnerung. Deshalb war sie auch weit, weit hinten im Gehirn abgespeichert gewesen.

Mit seiner Eröffnung hatte Horndeich Margots volle Aufmerksamkeit auf sich gelenkt. Was immer ihr Interesse bislang in Beschlag genommen hatte, sie war auf einmal ganz Ohr und schaute ihn auch an.

»Wann war das?«

»12. April 2003. Es starb an einer Infektion. Mehr weiß ich noch nicht.«

»Aber wie hast du das erfahren?«

»Vitamin B. Nicht nur für den Körper unverzichtbar, sondern auch für Ermittlungen. Ich habe einen Freund beim Einwohnermeldeamt, und der gibt mir manchmal unbürokratisch Auskunft. Und er steht genauso früh auf wie ich.«

Margot sah wieder auf den Computerbildschirm. »Also fünf Tage danach.«

»Fünf Tage nach was?«

Margot antwortete nicht direkt, sondern sagte: »Ich war auch nicht ganz untätig. Ich habe ihren Ehemann ausfindig gemacht.«

»Und? Wo wohnt er jetzt?«

»Er kann nicht der Mörder sein, denn seine neue Adresse ist das beste Alibi, das man haben kann.«

»Mach's nicht so spannend. Lebt er in der Dominikanischen Republik?«

»Nein. Frankfurt. Obere Kreuzäckerstraße 4 bis 8.«

»Nein.«

»Doch. Justizvollzugsanstalt Frankfurt-Preungesheim. Igor Gontscharow sitzt wegen dreifachen Mordes. Seit dem 7. April 2003.«

»Wow! Dreifacher Mord. Das klingt nicht nach Eifersucht.«

»Nein.« Margot lehnte sich auf ihrem Stuhl zurück. »Er hat eine ziemliche Karriere hinter sich. Ist schon als Jugendlicher mehrfach aufgefallen. Ist ebenfalls russischer Abstammung, aber seine Familie kam schon in den Siebzigern nach Darmstadt. Muss ein ziemlicher Akt gewesen sein, damals aus der Sowjetunion nach Deutschland auswandern zu können. Wie dem auch sei, Igor Gontscharow wurde 1978 hier geboren. Und er erfüllt so ziemlich jedes Klischee, das Deutsche sich vom bösen Russen machen.«

Horndeich entledigte sich seiner Jacke und setzte sich hinter seinen Schreibtisch. Seine Kollegin stand indessen auf und schüttete den kalt gewordenen Kaffee in den Ausguss, woraufhin ihr Weg zur Kaffeemaschine führte. Sie hantierte mit Wasserbehälter und Pads, stellte die Maschine an und fuhr fort. »Gontscharow hat Hauptschulabschluss, dann folgte eine abgebrochene Lehre als KFZ-Mechaniker. Er fiel bereits mit dreizehn auf, noch bevor er strafmündig war. Dann ging's munter weiter: Körperverletzung mit vierzehn und fünfzehn, angebliche Schutzgeldeintreibung, seit er siebzehn war, Verdacht auf Drogenhandel – auch ein paarmal –, aber nur einmal haben sie ihn wirklich festnageln können, mit fünfzehn, wegen schwerer Körperverletzung. Er ist in den Bau gegangen, für ein Jahr. Er hätte wesentlich billiger davonkommen können, wenn er den Mund aufgemacht und wenigstens seine unmittelbaren Hintermänner preisgegeben hätte. Er brach einem kleinen Gemüsehändler alle Knochen, doch die Kollegen ahnten, dass es in Wirklichkeit um Drogen ging. Aber Gontscharow hat sich durch Schweigen ausgezeichnet. Das schienen die Jungs, die ihn beauftragt hatten, honorieren zu wollen, als er wieder draußen war. Er diente sich hoch und wurde schließlich der Mann für besonders grobe Jobs. 2003 war dann dieser Bandenkrieg in Frankfurt, du erinnerst dich vielleicht: Nachdem einer der Drogenbosse den Löffel abgegeben hatte, wurden die Reviere neu aufgeteilt, weil sich die eine Truppe nicht schnell genug auf einen kompetenten Nachfolger einigen konnte. Igor Gontscharow sollte drei Männer töten, die von außerhalb kamen und auf dem Frankfurter Drogenmarkt ihre Geschäfte abziehen wollten. Gontscharow schoss sechsmal. Aber nicht schnell genug. Bevor er alle im Wagen ausknipsen konnte, schoss einer zurück, und die Kugel durchlug Gontscharows Schulter. Das Ganze war während des Prozesses mehrmals zu bewundern: Gontscharow hatte seine ersten – und wohl letzten – Auftragsmorde nämlich direkt im Fokus einer Überwachungskamera in der Kaiserstraße ausgeführt.«

»Damit ist er als Tatverdächtiger draußen.«

»Jepp. Und sitzt noch mindestens bis 2018 im Bau.«

»Mila hat sich daraufhin scheiden lassen«, schloss Horndeich. Er gehörte inzwischen auch zu der Gruppe derer, die Ludmilla Gontscharowa schlicht »Mila« nannten.

»Jepp«, wiederholte Margot. »Die Polizei verhaftete Gontscharow noch vor Ort, brachte ihn jedoch zunächst ins Krankenhaus, bei Rund-um-die-Uhr-Bewachung, um ihn abzuschotten.«

»Wir sollten uns diesen Igor vielleicht mal zur Brust nehmen«, meinte Horndeich. »Möglicherweise kann er uns noch etwas über Mila und ihr Umfeld erzählen.«

Margot schüttelte den Kopf. »Ich halte diesen Igor nicht für eine heiße Spur. Er sitzt seit drei Jahren hinter Schloss und Riegel, und ich glaube kaum, dass er noch Kontakt zu Mila hatte. Schließlich deutet alles darauf hin, dass Mila den Kontakt zu ihm abgebrochen hat.«

Horndeich nickte. »Sehr wahrscheinlich. Laut meinem Freund im Einwohnermeldeamt wurde die Scheidung bereits im Februar 2004 ausgesprochen.«

»Sollen ihn die Kollegen aus Frankfurt befragen«, entschied Margot, »dann können wir uns die Fahrt dorthin sparen. Falls wir hier in Darmstadt nicht weiterkommen oder den Kollegen bei Igor etwas nicht astrein vorkommt, können wir ihn uns noch immer persönlich vornehmen.«

Horndeich nickte. »Hast recht. Der Bursche läuft uns ja nicht weg.«

»Nicht anzunehmen«, sagte Margot und griff zum Telefonhörer. Danach redete sie gut zehn Minuten lang mit den Kollegen in Frankfurt und versprach, ihnen die Unterlagen im

Mordfall Ludmilla Gontscharowa zukommen zu lassen, damit die Ermittler, die sich Milas Exmann vornehmen würden, auch entsprechend instruiert waren.

Nachdem sie aufgelegt hatte, wandte sie sich wieder Horndeich zu, der es sich inzwischen hinter seinem Schreibtisch bequem gemacht hatte. »Hast du schon rausgefunden, in welchem Krankenhaus Mila die Totgeburt hatte?«

Horndeich war in seine Unterlagen vertieft gewesen und schaute auf. »Wie bitte?«

Margot wiederholte die Frage, und Horndeich nickte. »Ja. Städtische Kliniken. Ich habe der Dame in der Verwaltung gesagt, dass sie mich zurückrufen soll, sobald sie die Dienstpläne der Station ausgegraben hat. Vielleicht erinnert sich ein Doktor oder eine Schwester an Mila.«

Margots Aufmerksamkeit wurde auf einmal von etwas anderem in Beschlag genommen. »Was ist denn das?«

Horndeich folgte ihrem Blick. Der fokussierte die neue Kaffeemaschine. Horndeich musste zweimal hinschauen, bevor er begriff, weshalb seine Kollegin einen so entsetzten Gesichtsausdruck an den Tag legte. Vom Fensterbrett, wo das gute Stück zwischen den Töpfen mit frischem Zyperngras seinen Platz gefunden hatte, tropfte Wasser.

»Mist!«, fluchte Margot. Sie fischte nach einem Geschirrspültuch, das immer greifbar in der Nähe lag, dann stellte sie die Maschine aus. Die schien offenbar unter einem akuten Anfall von Inkontinenz zu leiden. Ironie des Schicksals: So schlecht der Bohnentrank aus der Vorgängermaschine auch geschmeckt hatte, deren Titel »Schlechteste Kaffeemaschine der Welt« unangefochten war, den schlechten Kaffee hatte sie zumindest über Jahre hinweg und ohne Mucken produziert.

Margot stöpselte die Maschine aus und entschwand mit ihr und dem nassen Tuch. Wenig später kehrte sie wieder zurück. Ohne Maschine.

»Wo hast du sie hingebracht?«, wollte Horndeich wissen.

»In die Teeküche«, antwortete Margot. »Da kann sie erst einmal auslaufen.«

»Das ist wie bei den italienischen Sportwagen. Die Optik ist toll ...«

»... und der Sprit läuft aus. Sehr witzig«, meinte Margot, dann fragte sie: »Und jetzt?«

Horndeich zuckte mit den Schultern. »Kaffee schnorren. Wo gibt's den besten?«

»Ihr werdet zum Schnorren keine Zeit haben, Kollegen.« Im Türrahmen stand Sandra Hillreich und wedelte mit zwei Kontoauszügen in der rechten und einem Zettel in der linken Hand. Sie hatte am Vortag den Auftrag erhalten, Milas Kontoauszüge zu checken und auch die Anrufe, die die Ermordete in den letzten Wochen ihres Lebens getätigt hatte; die Telefongesellschaft hatte versprochen, die entsprechende Liste so schnell wie möglich zu faxen. »Ihr müsst jetzt nach Arheilgen. Und dann zum Riegerplatz. Oder umgekehrt.«

»Und warum das?«

»Mila. Sie hatte zwei feste Jobs: einen in einem Blumenladen, den anderen in einer Kneipe.« Sandra Hillreich strahlte über das ganze Gesicht vor Zufriedenheit, während sie hinzufügte: »Kontoauszüge sind fast wie ein Tagebuch.«

Margot steuerte den Zivilwagen vom Parkplatz des Polizeipräsidiums. Horndeich saß auf dem Beifahrersitz und sinnierte darüber, weshalb eigentlich meistens der ranghöhere Kollege das Privileg genoss, zu fahren. Vielleicht weil man Beamten in höheren Positionen unterstellte, besser strategisch denken zu können? Dass sie quasi aufgrund ihrer Erfahrung und Intelligenz das Straßennetz im Kopf hatten und die möglichen Umleitungen gleich mit? Bei der Darmstädter Verkehrsführung wäre dies sicherlich ein unschlagbarer Vorteil. Und ein echtes Argument.

»Hast du eine Ahnung, wo dieser Blumenladen sein könnte?«, unterbrach Margot seine Gedanken.

Okay, es musste noch andere Gründe dafür geben, dass Margot auf dem Fahrersitz saß ...

»Geißengasse 16 in Arheilgen«, antwortete Horndeich. Der nördliche Stadtteil Darmstadts war 1937 eingemeindet worden und mit Eberstadt im Süden der erste Stadtteil gewesen, den sich die expandierende Großstadt im vergangenen Jahrhundert einverleibt hatte.

Horndeich gab die Zielstraße in das Navigationssystem ein – sicherheitshalber. Nicht dass er die Straße nicht selbst und ohne Navi gefunden hätte. Doch der alte Kern Arheilgens war ziemlich gut erhalten. Das freute die Denkmalschützer und ärgerte die Autofahrer: Viele der schmalen Gässchen verdienten kaum die Bezeichnung Radweg. Und aufgrund der Enge waren die meisten Einbahnstraßen. Natürlich grundsätzlich gegen die eigene Wunschrichtung.

»In vierhundert Metern rechts abbiegen«, säuselte die Stimme aus den Lautsprechern.

Bitte, fügte Horndeich in Gedanken hinzu und musste schmunzeln, als er das Gesicht der Zeugin Renate Günzel vor sich sah.

Einige Zeit später steuerte Margot den Vectra durch die schmalen Gassen Arheilgens, deren Anordnung und Struktur allein der Software des Navigationssystems bekannt war.

»Sie haben Ihr Ziel erreicht«, näselte die Computerstimme schließlich.

Margot sah sich um. Zur Rechten entdeckte sie das kleine Schaufenster des Blumenladens »Helmstätter«. Leider war in der Umgebung kein freier Parkplatz auszumachen. Halten bedeutete hier, die Gasse komplett zu sperren.

Margot fuhr noch ein Stück geradeaus. Etwa hundert Meter weiter entdeckte sie eine Parkmöglichkeit. Helmstätters Kunden kamen offenbar entweder mit dem Fahrrad oder gleich zu Fuß.

Als Margot und Horndeich den Laden betraten, erklang ein heller Glockenton. Der Raum war klein und in ein Meer von Blumen getaucht.

»Was kann ich für Sie tun?«, fragte eine ältere Dame, die um die Verkaufstheke herum auf die neue Kundschaft zutrat.

Margot zeigte ihren Ausweis vor. »Hauptkommissarin Hesgart. Das ist mein Kollege Kommissar Horndeich.«

»Haben wir was verbrochen?«, hauchte die Frau. Es war

immer wieder komisch, dass sich gerade unbescholtene Bürger wie das fleischgewordene schlechte Gewissen benahmen, wenn sie in Kontakt mit der Polizei kamen.

»Nein, wir wollten Ihnen ein paar Fragen stellen, zu Frau Gontscharowa.«

»Aber Milas Papiere sind wirklich in Ordnung! Also, ich meine, ich bin keine Expertin, aber was sie uns gezeigt hat, das schien alles hieb- und stichfest. Wir haben sie auch sofort angemeldet. Wir beschäftigen niemanden schwarz.« Die Dame hielt inne und seufzte: »Oh Gott – ist ihr etwas zugestoßen?«

Horndeich wollte die Frage ignorieren und seine Liste von Gegenfragen abarbeiten, doch Margot war schneller. »Frau ...«

»Helmstätter, Inge Helmstätter.«

»Frau Helmstätter, wir haben keine guten Nachrichten. Mila Gontscharowa – sie ist tot.«

»Sie ist ... ist sie die Tote aus dem Biergartenkeller?«

Margot nickte.

»Alle reden davon. Aber ich hab ja nicht gedacht, dass es unsere Mila sein könnte. Mein Gott, sie ist erschlagen worden?«

Die häufigste Antwort eines Polizisten auf eine solche Frage ist keine Antwort. »Können Sie uns vielleicht etwas über Mila erzählen? Wie lange arbeitete sie schon bei Ihnen?«

Inge Helmstätter hatte sich auf einen Stuhl im Verkaufsraum sinken lassen. »Schon seit zweieinhalb Jahren. Mitte 2003 haben wir beim Arbeitsamt inseriert, dass wir halbtags eine Aushilfe suchen. Wissen Sie, wir sind nur ein kleiner Familienbetrieb. Meine Tochter, mein Mann und ich, wir arbeiten hier zusammen. Um noch eine Floristin einzustellen, wirft der Laden nicht genug ab, aber eine Aushilfe ist nötig, damit man selbst mal all die Sachen erledigen kann, die im Hintergrund so nötig sind. Mila hätte erst morgen wieder bei uns arbeiten sollen, deshalb haben wir noch keinen Verdacht geschöpft. Mila hat uns damals gleich gesagt, dass sie keine Ausbildung hat. Aber sie könne mit Blumen umgehen, meinte sie. Und sie wollte lernen. Tja, es war mein Mann, der sie ausgesucht hat. Es kamen ja fast fünfzig Leute. Und das für einen Halbtagsjob, den wir nicht mal gut bezahlen konnten ... Na, am Anfang hab ich gedacht, er hat sie nur genommen, weil sie so hübsch war. Wir haben sogar gestritten deswegen. Aber Heinz – so heißt mein Mann –, er hat gesagt, dass die junge Frau die Einzige gewesen sei, die sich wirklich für unsere Blumen interessiert habe.«

»Hatte er recht?«

»Ja. Die Mila, die hatte das rechte Gespür. Für die Pflanzen ebenso wie für die Menschen. Wenn sie hinter der Theke stand, dann kauften die Männer immer mehr als sonst. Einige Ehefrauen haben sich sicher gewundert, warum sie plötzlich einen so großen Strauß bekamen …«

»Wissen Sie vielleicht, ob sie Probleme hatte? Gab es Menschen, die ihr Angst machten? Fühlte sie sich bedroht?«

Inge Helmstätter zuckte mit den Schultern. »Ich weiß es nicht, wirklich nicht. So gut sie die Arbeit erledigt hat, so verschlossen war sie, wenn es um Privates ging. Sie hat immer viel gearbeitet, nie auf die Uhr geschaut, nie wegen einer Überstunde geklagt. Aber über Privates, da hat sie nie auch nur ein Wort gesagt.«

»Ist Ihr Mann auch da? Oder Ihre Tochter?«

»Nein, mein Mann hat heute einen Termin bei der Bank. Und meine Tochter ist für ein paar Tage mit ihrem Freund in die Berge, zum Skifahren.«

Margot griff in die Innentasche ihrer Jacke und zog ein Visitenkärtchen hervor. »Hier ist meine Telefonnummer. Wenn Ihnen noch etwas einfallen sollte, dann rufen Sie uns doch bitte an.«

Inge Helmstätter nahm die Karte entgegen. »Ja, natürlich.«

Margot und Horndeich verabschiedeten sich. Als wieder der helle Glockenklang ertönte, ließ die Stimme Inge Helmstätters sie innehalten. »Frau Kommissarin?«

Margot und Horndeich wandten sich nochmals um.

»Ich weiß nicht, ob es wichtig ist …«

Die wirklich wichtigen Hinweise wurden zumeist durch diese Worte eingeleitet, wusste Horndeich.

»… aber Mila war besonders gut.«

»Ja, danke«, erwiderte Margot, doch Horndeich überhörte den leisen Unterton in Inge Helmstätters Worten nicht; diese

Aussage war kein abschließender positiver Nachruf, sondern vielmehr, da war er sich sicher, die Einleitung zu einer weiteren Erklärung.

»Worauf wollen Sie hinaus?«, hakte er nach.

»Nun, sie war nicht nur engagiert, sie gab ihr Herzblut. Sie wollte alles wissen, wollte lernen, wollte erfahren, wie so ein Laden geführt wird. Anfangs hatte Heinz noch Bedenken, sie mit unserer Buchführung vertraut zu machen. Sie war nur eine Aushilfe, der zeigt man seine Kassenbücher nicht. Doch Mila war wirklich interessiert – und mein Mann hat ein großes Herz. Wissen Sie, die ganzen Zahlen, das ist nichts für mich, und auch meine Tochter bindet lieber Sträuße oder arrangiert Gestecke, als dass sie die Abrechnung macht. Ich glaube, Heinz hoffte fast, dass Mila irgendwann in den Laden einsteigen würde, wenn wir mal nicht mehr arbeiten können.

Vor zwei Monaten, da kam Heinz zu mir, und er hatte schlechte Laune. Er goss sich einen Schnaps ein, was er nur selten tut. Und er erklärte, dass Mila ihn auf einen Fehler in seiner Buchhaltung aufmerksam gemacht hat. Ihn, der seit dreißig Jahren den Laden führt. Aber sie hatte recht. Einerseits war er froh darüber, andererseits irritierte es ihn. Ganz besonders, weil Mila ja keine Ausbildung hatte, aber in ihrem Job besser war als eine Fachkraft.

Als Heinz sie einmal fragte, weshalb sie sich so einsetzte für unseren Laden, immer wieder Überstunden macht, die wir ihr nicht bezahlen können, da antwortete sie, dass sie eines Tages selbst einen Blumenladen haben werde. Und dass ihr alles nützen werde, was sie bei uns lernt. Sie war so entschlossen. Und so zielstrebig.« Inge Helmstätter nickte nachdrücklich und fügte hinzu: »Das wollte ich Ihnen nur sagen. Es ist nicht gerecht, dass ein so guter und engagierter Mensch...« Sie beendete den Satz nicht.

»Haben Sie Mila eigentlich jemals mit einer blonden, langhaarigen Perücke gesehen?«

Inge Helmstätter sah Margot an, als ob sie den Wunsch geäußert hätte, bei ihr eine Tüte Blattläuse zu kaufen. »Eine Perücke? Nein, hat sie niemals aufgehabt. Wozu auch?«

Das war genau die Frage, die auch Margot und Horndeich beschäftigte.

Als sie zurück zum Wagen gingen, sagte Margot: »Verschlossen – das ist, glaube ich, die einzige Eigenschaft, die ihr alle nachsagen.«

»Und das ist eine Eigenschaft, die uns nicht wirklich weiterbringt.«

»Nein, nicht wirklich.«

Als sie den Vectra erreichten, steuerte Margot die Beifahrerseite an, griff in ihre Tasche und warf Horndeich den Wagenschlüssel zu. »Kannst du mich in der Stadt rauslassen? Ich treff mich mit meinem Sohn zum Mittagessen.«

»Klar.« Horndeich klemmte sich hinter das Lenkrad. »Dann kann ich ja schon mal zu der Kneipe am Riegerplatz fahren und mir den anderen Arbeitgeber zur Brust nehmen.«

Was ihn immer wieder erstaunte, war die Tatsache, dass er beim Fahrerwechsel – der selten genug vorkam – den Fahrersitz keinen Millimeter verstellen musste. Obwohl Margot einen halben Kopf kleiner war, waren ihre Beine genauso lang wie die seinen. Dafür hatte er den längeren Oberkörper. Horndeich überlegte, ob das in irgendeiner Weise ein Vorteil sein konnte, justierte die Außenspiegel und startete den Motor.

Margot hockte auf einem der Sofas im »Café Ballon« und wartete auf Ben. Sie liebte diesen Tisch mit Sofa und Sessel. An den anderen Tischen standen gewöhnliche Stühle.

Vor knapp einem Jahr war Ben mit seiner Freundin Iris in eine gemeinsame Wohnung nach Frankfurt gezogen. Er hatte einen Studienplatz für Kunst am Frankfurter Städel bekommen, Zeichen für seine große künstlerische Begabung. Margot hatte eigentlich auf ein Studium der Betriebswirtschaft gedrängt, denn sie wollte, dass Ben irgendwann einmal einen sicheren Job ergatterte. Ben hatte sich zunächst auch an der Uni für BWL eingeschrieben, sich dann aber schnell wieder exmatrikuliert. Ersteres hatte sie mitbekommen, Letzteres nicht; er hatte es ihr erst ein Dreivierteljahr später gestanden. Damals hatte sie gedacht, in ihrer Rolle als Mutter völlig versagt zu haben, zumal sie etwa gleichzeitig festgestellt hatte, dass Ben nicht der Sohn ihres schon lange verstorbenen Mannes war, sondern das Resultat ihrer Affäre mit Rainer. Die Wogen hatten sich inzwischen geglättet. Ben war erfolgreich in seinem Studium und konnte sich mit seinem Papa über sein Fach wunderbar austauschen. Die beiden verband eine tiefe Zuneigung, so dass sich Margot manchmal fast als Außenseiterin fühlte, wenn die beiden in ihrer Gegenwart fachsimpelten. Das würde sie auch Weihnachten bestimmt wieder erleben. Vielleicht konnte sie die Zeit nutzen, sich einmal etwas intensiver mit Iris zu unterhalten. Sie hatte die junge Frau zwar schon ein paarmal gesehen, aber ein längeres Gespräch hatte sich dabei nicht ergeben. Margot konnte sich des Gefühls nicht erwehren, dass Iris eines Tages ihre Schwiegertochter werden würde. Wahrscheinlich sogar schon eines nicht allzu fernen Tages.

Am Weihnachtsabend würde auch ihr Vater noch mit von der Partie sein, der alte Charmeur. Daher würde sie um die Minuten mit Iris kämpfen müssen.

Das erste Mal in diesem Jahr fühlte sie echte Vorfreude auf Weihnachten. Da Rainer versprochen hatte, den Karpfen zuzubereiten, stand auch einem kulinarischen Hochgenuss nichts im Wege. Am kommenden Samstag würde sie in der Stadt endlich Weihnachtsgeschenke kaufen. Für ihren Sohn hatte sie eine gute Staffelei ins Auge gefasst, für Rainer vielleicht dieses herrliche Buch über die Fabergé-Eier, das sie bei ihrem Vater gesehen hatte. Dieser würde sich sicher über eine DVD mit Romy Schneider freuen, seiner großen heimlichen und unerfüllten Liebe. Nur mit dem Geschenk für Iris tat sich Margot noch schwer. In Gedanken ließ sie gerade wieder ein paar potenzielle Präsente auf einem imaginären Förderband an sich vorbeiziehen, wie dereinst die Preise in Rudi Carrells »Am laufenden Band«, als ihr Sohn zur Tür hereinkam.

Ben begrüßte seine Mutter mit einem Wangenkuss.

»Hallo, Mama.«

»Hallo, mein Schatz.«

Ben stellte seinen Rucksack neben den Tisch und ließ sich in einen der beiden Sessel fallen.

Margot überlegte kurz, wie lange sie ihren Sohn nicht mehr gesehen hatte, und stellte erschrocken fest, dass es fast ein Monat gewesen war.

»Hast du schon was ausgesucht?«, fragte ihr Sohn.

»Ich nehm das Mittagsmenü.«

»Und das ist?«

»Keine Ahnung, ich lass mich überraschen.«

Ivanka, Margots Lieblingskellnerin, trat zu ihnen. Ben bestellte zweimal Menü und zwei große Wasser.

»Und? Warst du erfolgreich?«

Ben nickte. »Ja. Ich hab zwei Bücher in der Uni-Bibliothek entdeckt, die in Frankfurt ausgeliehen sind, die ich aber für eine Seminararbeit über Kandinskys Blauen Reiter brauche.«

Margot fragte nicht nach, ob sie sich unter dem Titel etwas anderes vorstellen sollte als einen betrunkenen Pferdezüchter. Bens Welt der Künste war ihr immer fremd geblieben. Rainer hatte vor kurzem einige Ansätze unternommen, sie in die Geheimnisse des Fauvismus zu unterweisen, seines derzeitigen Steckenpferds. Als sensibler Mann hatte er schnell erkannt, dass die Lehrversuche auf gänzlich unfruchtbaren Boden fielen. Zumindest hielt sie Matisse jetzt nicht mehr für eine Weinsorte. Und der Name Kandinsky war damals auch gefallen.

»Wie geht es dir?«, fragte sie und merkte, dass ihr der junge Mann am Tisch seltsam fremd war. Seit er in Frankfurt wohnte, nahm sie kaum noch an seinem Leben teil.

»Gut. Das Semester läuft prächtig, es gibt ein paar interessante Veranstaltungen. Und ich komme mit meinen praktischen Arbeiten ganz gut voran.«

»Kann Rainer dir helfen?«

Ben grinste breit. »Du willst herausfinden, wann ich mich das letzte Mal mit ihm getroffen habe, aber du traust dich nicht, mich direkt zu fragen – nicht wahr, Frau Kommissarin?«

Es geschah selten, dass Margot errötete, doch diesmal fühlte sie sich ertappt. Sie nickte und fragte: »Wann habt ihr euch das letzte Mal getroffen?«

»Vor zwei Wochen.«

Das hatte Rainer ihr auch erzählt. Offenbar war Rainer auch zu seinem Sohn auf Abstand gegangen.

Ivanka stellte das Wasser auf ihrem Tisch ab. Margot steckte sich eine Zigarette an und bemerkte schmunzelnd, dass ihr Sohn der attraktiven Bedienung hinterherschaute. »Du rauchst wieder?«, beendete ihr Sohn das Schmunzeln, nachdem er den Blick wieder auf sie gerichtet hatte.

Die Flamme des Feuerzeugs war Antwort genug. Als Margot sich acht Jahre zuvor von Rainer getrennt hatte, um nicht mehr nur Geliebte zu sein, hatte sie wieder angefangen zu rauchen. Ben, damals dreizehn Jahre alt, hatte versucht, sie mit Argumenten zu bekehren, mit dem Rauchen aufzuhören. Er hatte sie mit Studien überhäuft, die Margots Lebenserwartung auf zwischen höchstens noch zehn Jahre und eigentlich schon seit drei Jahren tot definiert hatten. Dann war er in Tränen ausgebrochen und hatte gejammert, dass er seine Mutter nicht auch noch verlieren wollte. Nicht einmal das hatte sie vom zweifelhaften Genuss der Glimmstängel abbringen können. Erst sein letzter Schachzug hatte augenblicklich gewirkt. Damals war er ins Wohnzimmer gekommen, hatte ein Päckchen Gitanes ohne Filter aus der Jackentasche gezogen und sich einen der Sargnägel angesteckt.

Margot war sprachlos gewesen vor Entsetzen. Nach zwei erfolglosen Versuchen loszupoltern, hatte sie endlich hervorgebracht: »Mach die Scheiß-Kippe aus!« Ben hatte den Rauch inhaliert und zu husten angefangen. Seine Gesichtsfarbe hatte sich abrupt zu dezentem Blassgrün gewandelt.

Als er wieder hatte sprechen können, hatte er gehaucht: »Wenn du rauchst, dann rauche ich auch.«

»Das ist Gift für dich!«

»Ja«, hatte Ben nur gekrächzt und den nächsten Zug inhaliert. Dann war er aufgesprungen, aus dem Zimmer gerannt, und den Würgeräuschen war das Rauschen der Klospülung gefolgt.

»Das ist Erpressung!«, hatte sie geschrien.

»Ja«, hatte ihr Sohn nur gehaucht, als er wieder ins Zimmer gekommen war.

»Okay. Du hast gewonnen. Wenn ich nicht mehr rauche, dann fängst du nicht an.«

»Nein.«

»Nein? Wie meinst du das?«

»Wenn du nicht mehr rauchst und mir die vier fuffzig für das Päckchen erstattest.«

Margot hatte Bens Zigarettenpäckchen samt Inhalt zerknäult und einen Fünfmarkschein auf den Tisch gelegt. »Stimmt so.« Seit diesem Tag hatte sie keinen Glimmstängel mehr angerührt. Bis zu dem Moment, als sie Milas zerschlagenes Gesicht gesehen hatte. Und seit sie Rainer nicht erreichen konnte. Kurz: Seit ihr seelisches Gleichgewicht wieder Schlagseite bekommen hatte.

»Wie lange schon?« Bens Frage holte sie in die Gegenwart zurück, und sein Tonfall verriet, dass sich seine Einstellung zum Nikotinkonsum in den vergangenen acht Jahren nicht wesentlich verändert hatte.

»Montag«, antwortete Margot und kam sich vor wie eine Verdächtige beim Verhör. Ich sage nichts mehr ohne meinen Anwalt, lag ihr auf der Zunge.

»Du musst es ja wissen«, meinte Ben und nippte an seinem Wasser. Margot war sich nicht sicher, welcher Ben ihr besser gefiel: der tolerante Erwachsene, der Meinung und Tun anderer akzeptierte, oder der kleine Rebell, der keinen Schritt scheute, um seine Mutter zu retten.

Margot drückte die Zigarette aus. Nicht, weil Bens Gleichmut sie doch irgendwie überzeugt hätte, sondern weil die Suppe serviert wurde.

»Iris hat ihre Entscheidung nicht bereut«, eröffnete Ben ein neues Thema; offenbar hatte er sich damit abgefunden, dass sich seine Mutter wieder mit Nikotin vergiften wollte.

Der Rebell war dir lieber, folgte bei Margot die knappe Erkenntnis.

Margot nickte nur und musste in den Regalfächern ihres Gedächtnisses kramen, welche Entscheidungen Iris getroffen hatte, von der sie offenbar irgendwann in Kenntnis gesetzt worden war, an die sie sich aber absolut nicht mehr erinnern konnte.

»Sie macht jetzt gleich drei Scheine«, fuhr Ben fort und ersparte ihr damit die Peinlichkeit des Nachfragens. »Zwei in Sprachwissenschaft, einen in Literatur.«

Der Groschen fiel hörbar. Iris hatte nach zwei Semestern beschlossen, dass Anglistik ihr nicht so zusagte wie »das Ganze bitte auf Deutsch«, wie sich Ben bei ihrem letzten Treffen ausgedrückt hatte. Deshalb hatte sie auf Germanistik umgesattelt.

»Euch geht es gut?«

»Ja.« Der Punkt hinter der Silbe war deutlich zu hören. Die kurze Variante von »Ich habe jetzt keine Lust, mein Privatleben mit dir zu diskutieren, Mutter!«

Nachdem die Kellnerin das Hauptgericht serviert hatte – Spaghetti Bolognese mit zwei kleinen Schweinelendenstückchen –, erzählte Ben kauend: »Ich habe auch einen Job! Sie nehmen mich tatsächlich als Führer für die Zarengold-Ausstellung!«

Margot sah auf. »Gratuliere!«

Ben grinste breit.

Für die Ausstellung hatten die Veranstalter noch Aushilfen gesucht, die an den Tagen mit hohem Andrang den Ansturm abfedern konnten. Ben hatte sich beworben, wie er Margot bei ihrem letzten Treffen erzählt hatte. Und er hatte sich vorgenommen, richtig dafür zu büffeln. »Endlich mal ein Job, der zumindest im Ansatz mit meinem Studium zu tun hat«, hatte er erklärt. Bislang hatte er sich das Studium durch Kellnern, als Aushilfe im Copyshop und als Kontrolleur des Rhein-Main-Verkehrsverbunds finanziert. Besonders den letzten Job wollte er ersetzen.

Margot verschwieg, dass sie ihren Vater gebeten hatte, sich doch mal den Stapel von Bewerbungen zeigen zu lassen – und vielleicht positiv auf die Bewerbung ihres Sohnes hinzuwirken. Sicher war er qualifiziert. Und sicher verabscheute sie Vetternwirtschaft. Aber ganz sicher wollte sie ihren Sohn vor einer Karriere als meistgehasster Kontrolleur des Verkehrsverbunds bewahren. »Wow. Und zahlen sie gut?«, fragte sie unschuldig.

»Ja, richtig gut.«

»Toll.«

»Es gibt aber ein Problem.«

In dem Moment, in dem Ben den Raum betreten hatte, hatte Margot bereits gespürt, dass etwas im Busch war. So gut kannte sie ihren Filius also noch immer. Im Schaltkasten ihres Gehirns blinkte eine Lampe auf. Eine kleine. Aber definitiv eine der roten. »Ja?«

»Iris möchte Heiligabend auf jeden Fall mit ihren Eltern verbringen.«

Margot war bemüht, ihre Enttäuschung nicht allzu deutlich zu zeigen. »Nun, das ist schade. Ich hätte mich wirklich gefreut, wenn sie mit uns gefeiert hätte.«

Ben reagierte kaum. Margot drehte die verbliebenen Spaghetti auf die Gabel, dann fragte sie: »Sehr schlimm für dich?«

»Nein, das ist schon okay.«

»Hey, dann feier ich Weihnachten eben nur mit meinen drei Männern. Dein Großvater freut sich schon riesig!«

»Ja«, erwiderte Ben.

Na, das klang nun wirklich nicht nach echter Begeisterung. Und über die Vorfreude, die Rainer derzeit beflügelte, wollte sie zurzeit besser auch nicht spekulieren.

Nachdem Horndeich Margot am »Café Ballon« abgesetzt hatte, lenkte er den Wagen einen knappen Kilometer weiter nordwärts ins Martinsviertel. Ehemals bäuerlich ausgerichtet, fanden sich in diesem Stadtviertel inzwischen teuer renovierte Altbaudomizile unmittelbar neben Häusern mit Kohleofenheizung in den Wohnungen. Zentrum war der Riegerplatz, auf dem sogar einmal im Jahr ein eigenes Volksfest abgehalten wurde. Im Sommer organisierten Anwohner auf dem Platz Open-Air-Kino sowie einen Flohmarkt.

Am Ostrand des Platzes befanden sich einige Läden. Der Gemüse-Gemischtwaren-Kiosk residierte erst seit ein paar Jahren am Riegerplatz, das Sonnenstudio etwas länger. Altersvorsitzender war der Teeladen, in dem Margot nach eigenem Bekunden schon als Teenager ihren Tee gekauft hatte. Immer noch bestach der Laden durch eine riesige Auswahl, die Qualität der Tees und besonders durch seine Atmosphäre. Es war der einzige Laden in Darmstadt, in dem es auch Horndeich nichts ausmachte, zehn Minuten zu warten.

Daneben befand sich ein Internetcafé, ein Haus weiter das »Grenzverkehr«, eine Mischung aus Café und Kneipe, in die sich Horndeich noch nie verirrt hatte. Sandra hatte Milas Kontoauszügen entnommen, dass Mila dort seit geraumer Zeit gejobbt hatte, und Horndeich hatte Adresse und Namen des Inhabers in seinem Notizbuch vermerkt. Er stellte den Wagen auf dem Parkplatz ab.

Von außen wirkte die Kneipe klein, der Gastraum reichte jedoch erstaunlich weit in die Tiefe. Er war rustikal eingerichtet, mit viel Holz und vielen Nischen und Ecken, in denen man sich ungestört unterhalten konnte.

Eine junge Schönheit zapfte hinter dem Tresen Pils.

»Horndeich, Kripo Darmstadt«, eröffnete er das Gespräch. »Ist Ihr Chef zu sprechen – Horst Langgöltzer?«

Das Mädchen nickte nur und deutete auf eine Tür, die in die Küche führte.

Vor der Arbeitsplatte stand ein kräftiger Rotschopf mit Rauschebart, der eine ehemals weiße Schürze umgebunden hatte. »He, was suchen Sie in meiner Küche?«, blaffte er wie ein Bullterrier. Er hielt ein großes Messer in der Hand, mit dem er einer tiefroten Paprika zu Leibe rückte.

»Sind Sie Horst Langgöltzer?« Horndeich zeigte die Polizeimarke und nahm sich vor, in diesem Laden niemals zu essen. Der Kerl trug kein Haarnetz. Und auch kein Bartnetz.

»Was wollen Sie?«, wiederholte Langgöltzer. Er legte das Messer zur Seite und wischte sich die Hände an der Schürze ab. Eine Polizeimarke wirkt auf unwirschen Tonfall oft wie eine Portion Kreide. Auch in diesem Fall war jeglicher aggressive Unterton aus der Stimme des Angesprochenen gewichen. Der Bullterrier hatte sich in einen Dackel verwandelt, der bereits die Fluchtmöglichkeiten hinter seinem Rücken auslotete.

»Ich komme wegen Ludmilla Gontscharowa.«

»Böse Geschichte«, kommentierte Langgöltzer neutral.

»Sie wissen, dass sie tot ist?«

»Deshalb sagte ich ja: böse Geschichte.« Horndeich erkannte, wie dämlich seine Frage gewesen war. »Hab gestern Abend davon gehört. Und heut früh im ›Darmstädter Echo‹ gelesen, dass ihr die Identität geklärt habt.«

»Sie hat hier gearbeitet?«

»Ja. Aber ganz legal. Sie hatte eine deutschen Pass, und sie hatte hier einen Vierhundert-Euro-Job.«

»Klar.«

»Ja, klar«, wiederholte Langgöltzer, nun doch wieder eine Spur aggressiver. »Was willst du von mir?«

»Erzähl mir von ihr!«, forderte Horndeich und ging damit auf Langgöltzers Sprechweise ein.

»Sie war gut. Hübsches Mädchen. Eine der wenigen, die ihren Job ernst nehmen. Wirklich. Sie schaute immer, dass die Aschenbecher geleert wurden, dass überall die Kerzen brannten, dass nirgendwo 'ne Speisekarte fehlte. Zudem bestellten besonders die Männer immer noch einen Drink extra, wenn sie bediente, einfach, damit sie noch mal an den Tisch kam. Ihr Trinkgeld war immer höher als das, was ich ihr bezahlt habe.«

»Zahlst du so wenig?«

»Scherzkeks.«

»Wie lange hat sie bei dir gearbeitet?«

»Schon lange – ich glaube, seit Mitte 2003.«

»Sicher?«

»Soll ich im Büro nachschauen? Ihr wisst das doch ohnehin schon! Ein Anruf beim Finanzamt genügt.«

»Hatte sie privaten Kontakt zu irgendwelchen Gästen?«, fragte Horndeich weiter.

»Keine Ahnung. Wenn sie nebenher mit ihnen ins Bett gegangen ist, weiß ich nichts davon. Aber sie machte mir nicht den Eindruck. Sie war eher kühl, manchmal fast zurückweisend. Soweit ich weiß, hat sie alle abblitzen lassen, die ihr dumme Angebote gemacht haben. Einmal hat sie mich gerufen, weil ein Gast sie begrapscht hat.«

»Und?«

»Er hat sie danach nicht mehr begrapscht. Weil ihm die Finger weh getan haben, ganz einfach. Jeder sagt, das Kapital eines

Gastwirts wären die Stammgäste. Blödsinn. Das Kapital sind die hübschen und fähigen Bedienungen. Und ein Mädel, das beides ist, ist leider verdammt selten.«

»Und da war niemand, der hartnäckiger war, der sie vielleicht vor oder nach dem Dienst abgepasst hat?«

»Nein, nicht dass ich was mitbekommen hätte.« Als fühlte Langgöltzer sich nun wieder auf sicherem Terrain, fuhr er fort, die Paprika zu zerteilen.

»Irgendwelche Stammgäste, die sie besonders angehimmelt haben?«

»Na ja, angehimmelt haben sie fast alle. Aber ... ja, einer war dabei, der schien ihre Dienstpläne auswendig zu kennen. Peters kam immer vorbei, wenn sie da war. Sei es in der Mittagspause oder am Nachmittag. Hatte stets Herzchen in den Augen, wenn er Mila ansah.«

»Peters – wie? Peters – wo?«

»Uli. Uli Peters. Keine Ahnung, wo er wohnt, wahrscheinlich in der Nähe. Kommt immer zu Fuß. Wir unterhalten uns manchmal. Arbeitet in 'ner Bank, mehr weiß ich nicht.«

»Hat Mila ab und zu mal eine blonde Perücke getragen?«

»Eine was?« Die Frage stieß auch bei Mr. Paprikamassaker auf Verständnislosigkeit.

»Also keine Perücke?«

»Quatsch. Was sollte Mila denn mit 'ner Perücke? Die hatte doch tolle Haare.«

Eben das war Horndeich auch aufgefallen. Vielleicht hatte Mila die Ersatzhaare auch nur als eleganten Staubwedel benutzt. Oder ihr Mann hatte auf solche Spielchen gestanden. »Sonst noch was, das uns vielleicht weiterhelfen könnte?«

Langgöltzer schien seine grauen Zellen vorübergehend zu Höchstleistungen anzutreiben. »Ja. Das Internetcafé nebenan. Sie ging dort immer hin, entweder direkt vor ihrer Schicht oder direkt danach. Vielleicht können die dir noch weiterhelfen.«

»Danke«, brummte Horndeich. Er reichte Langgöltzer sein Kärtchen, auch wenn er wusste, dass der Papierkorb, hätte er es dort hineingeworfen, eher angerufen hätte.

Horndeich setzte sich in die hinterste Nische im Gastraum und bestellte sich einen Cappuccino. Er rief Margot an und bat sie, ebenfalls zum Riegerplatz zu kommen, wenn sie fertig gegessen hatte. Nicht dass Horndeich sich nicht eine weitere Befragung im Alleingang zugetraut hätte. Das Problem lag in den Tücken der Technik. Genauer: Der Computertechnik. Horndeich wusste mit Maus und Tastatur umzugehen, er konnte auch noch einen Bericht so abspeichern, ohne dass er nachher verschollen war. Aber damit waren seine Fähigkeiten und Kenntnisse gegenüber den grauen Kisten auch schon weitestgehend erschöpft. Im Gegensatz zu Margot, die sich gerade im vergangenen Jahr auf diesem Gebiet weitergebildet hatte.

Bevor sie also dem Internetcafé einen zweiten Besuch abstatten mussten, weil sein Bericht alle technischen Fragen ausklammerte, wartete er lieber ein paar Minuten auf sie.

Sein Magen knurrte erneut bedenklich. Aber die Vorstellung eines Steaks mit roter Wolle von Langgöltzers Haarpracht in der Soße ließ ihn augenblicklich wieder verstummen. Er griff abermals zum Handy und forderte Kollege Taschke auf, doch bitte herauszufinden, bei welcher Bank Uli Peters arbeite, vielleicht mit Privatadresse als Bonusmaterial. »Und frag doch mal den Rechner und die Kollegen, ob die Kneipe ›Grenzverkehr‹ oder der Wirt Horst Langgöltzer irgendwie schon mal aufgefallen sind.«

Er hatte soeben den Cappuccino geleert, da erschien Margot.

Vor der Tür setzte er seine Kollegin davon in Kenntnis, was ihm der rote Kosar berichtet hatte. »Und was sie im Internetcafé getrieben hat, das darfst jetzt du herausfinden.«

Das Internetcafé trug den klingenden Namen »Bits'n'Bytes«. Es war nicht besonders groß, knapp fünfzig Quadratmeter, schätzte Horndeich. Mehrere PC-Arbeitsplätze waren so im Raum verteilt, dass die Privatsphäre zumindest in Ansätzen gewahrt war. Horndeich zückte Milas Foto, als er auf den Mann hinter dem Tresen zuging. »Kennen Sie diese Dame?«

»Wer will das wissen?«, fragte der Mann, ebenfalls mit Vollbart, der ihn gleich zehn Jahre älter aussehen ließ – also etwa wie dreißig.

»Margot Hesgart und Steffen Horndeich, Kripo Darmstadt.«
Der junge Mann studierte die Polizeimarken, dann das Foto.
»Ja, die ist regelmäßig hier. Hat aber bisher immer bezahlt.«
»Was bedeutet regelmäßig?«
»Also, ich arbeite dreimal die Woche hier, an verschiedenen Tagen. Und da kommt sie immer mal rein. Da ich nicht annehme, dass sie meinetwegen kommt, wird sie wahrscheinlich jeden Tag vorbeischneien.«
»Können Sie uns sagen, was sie gemacht hat?«
»›Gemacht hat?‹ Scheiße – ist sie die Tote aus dem Biergarten?«
»Ja.«
»Verdammt. Ich hoffe, Sie kriegen das Arschloch. Das war eine Nette. Zurückhaltend, aber freundlich. Und echt hübsch.«
»Vielleicht können Sie uns ja helfen, den Killer der Hübschen dingfest zu machen. Also, was hat sie hier gemacht?«
Der junge Mann brauchte nicht lange nachzudenken. »Ich kann Ihnen sagen, was sie nicht gemacht hat. Sie hat nicht gespielt, sie hat immer den ganz einfachen Rechner genommen. Da sind nur ein Betriebssystem und ein Browser fürs Internet drauf. Sie hatte auch ab und an einen USB-Stick dabei und auch eine CF-Card.«
Horndeich war wild entschlossen, zumindest in Ansätzen zu folgen. »Und das ist?«
Der Bärtige sah ihn an. »Datenträger. Auf denen kann man Dateien speichern. Und Speicherkarten wie eine CF-Card haben zum Beispiel auch Digitalkameras.«
»Sie hat auch Daten geladen und verschickt?«
»Ich nehm es an. Sie hat auf jeden Fall viel getippt.«
»Woher wissen Sie das?«
»Ganz einfach. Die, die nur im Internet surfen, die schieben bloß die Maus übers Pad, klicken wie die Verrückten, aber hacken kaum was in die Tastatur. Und die Tastatur am einfachen Rechner ist ziemlich laut, die überhört man nicht. Es ist der da vorn.« Er deutete auf einen leeren Bildschirmarbeitsplatz. »Und das Mädchen hat dort rumgehackt, als wär sie von der Stiftung Warentest. Bei ihr hat man ständig das Geklapper

der Tasten gehört. Ich nehm an, dass sie ihre gesamten Brieffreundschaften von hier aus mit Mails versorgt hat. So konzentriert, wie die oft am Rechner saß, konnte man meinen, dass das hier ihr Büro war.«

»Wie lang bleiben Daten im Cache?«, wollte Margot wissen. Mit einem irritierten Blick gab sich Horndeich ein weiteres Mal als Computerlaie zu erkennen. Er hatte noch nie Dateien im Cash gehabt. Höchstens zu wenig Cash im Portemonnaie.

Margot ließ den Mann hinter dem Tresen nicht aus den Augen, als sie für ihren Kollegen erklärend hinzufügte: »Können Sie nachträglich feststellen, wer wann welche Seiten im Internet besucht hat?«

Rauschebart verdrehte die Augen. »Klar. Deswegen läuft unser Erpressergeschäft auch besser als der offizielle Laden.«

Der Mann hatte einen seltsamen Sinn für Humor. »Also nicht?«

»Nein. Wenn hier jemand seine Sitzung beendet, tilgt ein Programm alle Daten von der Festplatte. Physikalisch. Wenn sich die Leute darauf nicht verlassen könnten, hätten wir sicher nicht mal die Hälfte der Kunden.«

»Und Sie haben nicht gesehen, was sie am Rechner gemacht hat?«

Das Schweigen dauerte zu lange, um noch als »Nein« durchgehen zu können. Margot baute dem Mann eine Brücke. »Vielleicht haben Sie ja auch *zufällig* und *ohne Vorsatz* mitgekriegt, auf welchen Seiten sie gesurft hat.«

Der Junge zuckte mit den Schultern und deutete dann auf die Espressomaschine in der gegenüberliegenden Ecke des Raums. »Ich hab mir manchmal einen Kaffee gezogen. Und da musste ich ja an ihrem Platz vorbei. Ich kümmer mich nicht darum, was die Leute am Rechner machen, wirklich nicht.«

»Also?«

»Sie war auf den eBay-Seiten, das hab ich zweimal gesehen.«

»Nur eBay?«

»Weiß nicht. Das ist das Einzige, was ich gesehen hab.«

»Herzlichen Dank«, beendete Margot das Gespräch.

Und Horndeich, der keine technische Frage anfügen konnte,

hakte nach: »Ist sie hier mal mit einer blonden Perücke aufgetaucht?«

Er hätte die Reaktion voraussagen können. Der junge Mann schaute, als ob er nach einer Gebrauchsanweisung für eine Computermaus gefragt hätte. Doch Horndeich wollte sich nicht nachsagen lassen müssen, er habe etwas übersehen.

Der Bärtige schüttelte nur ungläubig den Kopf. »Nein, keine Perücke.«

»Hätte mir mehr davon versprochen«, meinte Margot, als sie über den Parkplatz gingen.

»Ich verstehe davon zu wenig. Bin schon froh, die Kiste im Präsidium halbwegs im Griff zu haben.«

»Tja, Mann und Technik«, feixte Margot und knuffte ihren Kollegen in die Seite.

Kaum saßen sie wieder im Büro, klingelte Margots Telefon. Der Kollege aus Frankfurt, der Milas Exmann Igor Gontscharow befragt hatte, war dran und kündigte an, Margot seinen schriftlichen Bericht über die Befragung per E-Mail zu schicken. Vorab wollte er sie aber schon mal darauf vorbereiten, dass die Befragung nichts ergeben hatte, was die Darmstädter Ermittler im Fall Ludmilla Gontscharowa weiterbringen konnte.

»Wie ich's vermutet hatte«, sagte Margot, nachdem sie aufgelegt hatte. »Igor Gontscharow ist keine heiße Spur. Am Tag nach seiner Festnahme informierte man seine Frau, die hochschwanger im Krankenhaus lag, von seiner Verhaftung und darüber, was man ihrem Göttergatten vorwarf. Daraufhin wollte sie sofort die Scheidung einreichen, die ja bereits im Februar 2004 ausgesprochen wurde. Igor gibt an, seither keinerlei Kontakt mehr zu Mila gehabt zu haben. Sie hat ihn niemals mehr besucht. Auch kein Briefverkehr oder Telefonate.«

»Ist dieser Igor glaubhaft?«, wollte Horndeich wissen. »Vielleicht hat er irgendjemanden von seinen kriminellen Spezis losgeschickt, um Mila umzubringen, aus Rache, weil sie sich von ihm hat scheiden lassen. So eine Art ›Ehrenmord‹ auf Russisch.«

»Der Kollege, der mit ihm sprach, schließt das aus. Gontscharow war wohl ziemlich erschüttert, als er von Milas Ermordung erfahren hat. Aber er konnte nichts sagen über das, was Mila in den letzten drei Jahren getrieben hat und mit wem sie Umgang hatte. Von dem gemeinsamen Bekanntenkreis schottete sie sich nach der Scheidung vollständig ab. Da herrschte absolute Funkstille.«

»Also wieder eine Spur, die im Sand verläuft.« Horndeich seufzte.

Margot wiegte den Kopf. »Ich hab dir doch gesagt, dass ich Igor nicht für eine heiße Spur halte.«

Es klopfte an ihrer Bürotür, und Ralf Marlock trat ein.

»Bringst wenigstens du gute Nachrichten?«, fragte Margot.

»Ja, sogar zwei.«

»He!«, rief Horndeich. »Das wär ja mal was ganz Neues!«

»Die Jungs vom Betrug meinen, dass Langgöltzer kein ganz unbeschriebenes Blatt ist«, erzählte Marlock. »Vor drei Jahren hatten die ihn in Verdacht wegen Hehlerei, aber nicht genug Beweise. Ansonsten ist die Kneipe eher ruhig. Keine Schlägereien oder Ähnliches. Ganz solide. Zumindest nach außen hin.«

»Und die zweite gute Nachricht?«

»Ulrich Peters. Arbeitet bei der Sparkasse. In der Filiale in der Lichtenbergstraße – nicht weit vom Riegerplatz. In der Straße wohnt er übrigens auch, fast an der Dieburger oben.«

»An der Dieburger? Das ist ja dann gleich am Biergarten!«

Sandra Hillreich steckte den Kopf durch die Tür. Horndeich schaute sie fragend an. »Noch mehr gute Nachrichten?«

»Wenn Kollege Ralf schon gute Botschaften verkündet, setze ich noch eins drauf: Ich habe mich jetzt komplett durch die Vermögensverhältnisse der Gontscharowa gearbeitet.«

Sandra trat ein und ließ sich auf dem noch freien Stuhl nieder. Sie strich sich eine vorwitzige Haarsträhne aus der Stirn, dann öffnete sie einen Schnellhefter, in dem sie einige Ausdrucke abgeheftet hatte.

Sandra leistete gewissenhaft ihren Beitrag zum Aussterben des Bleistifts, indem sie jede Notiz in den Rechner einzugeben pflegte. Das Bewundernswerte war, dass sie jede dieser Notizen auch auf Abruf wiederfand.

Marlock tippte sich mit dem Zeige- und Mittelfinger an die Stirn. »Ich empfehle mich«, sagte er und verließ das Büro.

»Also fang ich mal an«, meinte Sandra und legte den ersten Ausdruck auf den Tisch. »Mila Gontscharowa hat ihr Konto im Mai 2002 eröffnet. Da war sie noch verheiratet, und ihr Göttergatte lebte noch mit ihr zusammen. Von dem Konto wurden von Beginn an Miete und alle laufenden Kosten für die Wohnung abgebucht. Ein Vierteljahr, nachdem der Herr Gemahl eingebuchtet wurde, bekam sie die Jobs im ›Grenzverkehr‹ und im Blumenladen. Von dort liefen im Monat die Nettogehälter der beiden Jobs rein. Der Job im Blumenladen war ein Niedriglohnjob, brachte ihr immer so um die vierhundert netto, der Job im Grenzverkehr war ein echter Vierhundert-Euro-Job. Im Monat kam sie also auf rund 800 Euro. Ansonsten wurde auf das Konto immer nur bar eingezahlt. Das waren mal 400 Euro, mal 600 Euro – immer so viel, dass das Konto so um die 1000 Euro im Plus war. Versicherungen, Wohnung, Nebenkosten, Telefon, Auto – da gingen pro Monat allein tausend an Fixkosten weg.«

»Das heißt, dass sie jeden Monat rund 500 Euro bar eingezahlt hat, um über die Runden zu kommen«, sagte Horndeich.

Sandra nickte.

»Und womit verdiente sie das Geld, das sie bar einzahlte?«, fragte Horndeich.

»Das steht leider nicht auf den Auszügen.«

»Geben die Daten noch was her?«, wollte Margot wissen.

»Sie hat immer mal wieder per EC-Karte eingekauft. Penny-Markt, Tankstelle, mal im Baumarkt. Aber keine Überweisungen auf andere private Konten. Nichts Auffälliges.«

»Sie muss also noch irgendwoher Geld nebenbei aufgetan haben. Irgendein Job, der mit Bargeld bezahlt wurde«, nahm Horndeich an.

»Die Kollegen fanden keinerlei Hinweise auf Prostitution. In Darmstadt ist sie in dieser Hinsicht nicht in Erscheinung getreten.«

Horndeich rief sich die entsprechenden Protokolle in Erinnerung und sagte: »Es hat auch keiner der Nachbarn eine entsprechende Andeutung gemacht.« In der Regel gaben die netten Nachbarn in einem solchen Fall Bemerkungen wie »Da ging's zu wie im Taubeschlag« ab, meist gepaart mit einem anzüglichen Lächeln. Aber über Mila hatte niemand schlecht oder spöttisch geredet. Wobei so ein Hochhaus an sich ja schon ein Taubenschlag war.

Horndeichs Telefon klingelte. Er nahm ab, meldete sich.

»Zupatke von der Pforte. Hier ist ein Metin Tirkit mit seiner Frau. Sie würden Sie gern sprechen.«

Keine fünf Minuten später saßen Herr Tirkit und seine Frau, die er als Yagmur Tirkit vorstellte, Margot und Horndeich im kleinen Besprechungszimmer gegenüber. Horndeich hatte seiner Kollegin bereits erklärt, dass das Ehepaar Milas direkte Nachbarn gewesen waren.

Yagmur Tirkit trug helle Jeans und eine modisch geschnittene schwarze Lederjacke.

»Sie gesagt, wenn noch etwas einfallen, dann wir uns melden«, begann Metin Tirkit. »Meine Frau sich an ein Sache erinnert.« Er sah seine Gattin an, doch sie schwieg.

Horndeich forderte sie mit freundlicher Stimme zum Sprechen auf. »Was ist Ihnen denn eingefallen?«

»Mein Mann und ich«, begann sie schüchtern, »wir haben sehr unterschiedliche Arbeitszeiten. Ich arbeite tagsüber im Büro bei der Telekom in Weiterstadt, er arbeitet im Schichtdienst bei der Post. Deshalb hat er von dem Streit auch nichts mitbekommen.«

Yagmur Tirkit sprach fließend Deutsch. Für einen Moment fragte sich Horndeich, wie sich die Tirkits denn wohl zu Hause unterhielten. Auf Türkisch, du Hirni, dachte er, und er konzentrierte sich wieder auf Frau Tirkits Aussage. »Von welchem Streit?«

Sie warf ihrem Mann einen kurzen Blick zu, bevor sie antwortete: »Montag vor einer Woche war das. Da habe ich gehört, wie sie mit einem Mann heftig gestritten hat. Es war immer ruhig in ihrer Wohnung, deshalb war es so ungewöhnlich.«

»Um wieviel Uhr war das?«

Die Frau überlegte kurz. »Es muss so kurz vor halb neun gewesen sein. Ich hatte mir gerade die Nachrichten angeschaut und dann den Fernseher ausgemacht, denn ich wollte bügeln und dabei Musik hören. Da ging es los. Unsere Wohnzimmer liegen ja direkt Wand an Wand.«

»Haben Sie verstanden, worüber gestritten wurde?«

»Nein. Ich habe nur die Stimmen gehört. Ihre und die eines Mannes. Aber sie haben sich nicht auf Deutsch gestritten. Ich glaube, es war Russisch.«

»Stritten sie lange?«

»Ja, sicher eine Viertelstunde lang. Und es wurde immer lauter. Ich habe mir schon überlegt, die Polizei anzurufen. Ich hatte Angst, dass etwas passiert. Dann entschied ich mich, an ihrer Tür zu klingeln, damit sie wusste, dass jemand den Streit hört. Ich hatte gerade das Bügeleisen abgestellt und war auf dem Weg zur Wohnungstür, da hörte ich, wie die Tür ihrer Wohnung zugeschlagen wurde. Ich öffnete meine Tür einen Spalt und schaute vorsichtig hinaus.«

»Haben Sie gesehen, wer die Wohnung verließ?«

»Ja. Es war der Mann.«

»Können Sie ihn beschreiben?«

Yagmur nickte, sagte aber schnell: »Ich will niemanden in Schwierigkeiten bringen. Ich weiß ja gar nicht, ob der Mann etwas mit dem Tod der jungen Frau zu tun hat.«

»Aber vielleicht weiß er etwas, was uns hilft, den Mörder zu finden«, besänftigte Margot die Zweifel der Frau.

Frau Tirkits Blick wanderte von ihrem Mann zu Horndeich, dann zu Margot und wieder zurück zu ihrem Mann. Metin Tirkit nickte schwach. »Er war von normaler Statur, etwa wie mein Mann«, sagte Frau Tirkit, und Margot und Horndeich starrten beide Metin Tirkit am. »Eins fünfundsiebzig groß, kräftig, dunkle Haare. Er trug eine Brille, ein großes schwarzes Gestell, so wie es in den Siebzigern modern war.«

»Wissen Sie, wer dieser Mann war?«

Yagmur Tirkit schüttelte den Kopf.

»Haben Sie den Mann früher schon einmal gesehen?«

Sie nickte. »Ja.«

»Wann?«

»Am 8. Oktober. Und auch davor schon ein paar Mal.«

»Wieso sind Sie sich sicher, dass es der 8. Oktober war?«

»Mein Sohn war lange krank und wurde an diesem Tag aus dem Krankenhaus entlassen. Als ich mit ihm nach Hause kam, sah ich, wie Frau Gontscharowa diesen Mann in ihre Wohnung ließ.«

»Kam es früher schon zu Streit zwischen Frau Gontscharowa und diesem Mann?«

»Nein. Ich habe nie etwas mitbekommen. Immer, wenn ich ihn traf, war er sehr freundlich.«

»Glauben Sie, dass er Frau Gontscharowas Freund war?«

»Ich weiß es nicht.«

»Und erinnern Sie sich, wann Sie ihn noch gesehen haben?«

Frau Tirkit schüttelte wieder den Kopf. »Nein. Es war sicher in diesem Jahr. Im Frühling, im Sommer – daran erinnere ich mich nicht genau.«

Horndeich stand auf. »Wir würden gern ein Phantombild anfertigen, damit wir uns diesen Mann besser vorstellen können. Würden Sie mich bitte begleiten?«

Während Marlock mit Frau Tirkit das Gesichtspuzzle aneinanderfügte, spendierte Horndeich Herrn Tirkit einen Kaffee.

»Yagmur schon lang in Deutschland«, erklärte Metin Tirkit. »Wir uns getroffen, als Yagmur in Türkei. Dann wir verheiratet. Jetzt ich auch hier. Aber Sprache schwer. Yussuf auch besser sprechen Deutsch. Aber Yussuf Dummkopf.«

Horndeich fragte sich, ob er mit Anna in Moskau leben könnte, in einer anderen Stadt, in einem anderen Land, in dem eine Sprache gesprochen wurde, die er nur halbwegs verstand und noch schlechter sprach. Fünf Jahre war Metin Tirkit schon in Deutschland. Ob Horndeichs Russisch in fünf Jahren fließender wäre als Tirkits Deutsch?

»Was hat ihr Bruder Yussuf eigentlich ausgefressen?«, wollte Horndeich wissen.

Tirkit seufzte schwer. »Yussuf nicht finden Arbeit, und wenn Arbeit, er schnell wieder verlieren. Also nehmen Jobs von

Freunden an. Aber keine echten Freunde. Verkaufen Handys, verkaufen CDs. Aber dann stellen fest, Handys gestohlen ...« Tirkit seufzte abermals. »Ich nicht verstehen dumm Junge.«

»Manche lernen's eben nur auf die harte Tour«, murmelte Horndeich.

Eine Dreiviertelstunde später lag das Phantombild von Ludmilla Gontscharowas Besucher auf seinem Schreibtisch. Margot hatte die Tirkits kurz zuvor verabschiedet und sich nochmals herzlich für deren Hilfe bedankt.

Horndeich stützte sich auf den Schreibtisch und starrte auf das Phantombild, das mit Yagmur Tirkits Hilfe angefertig worden war. »Den kennen wir doch, nicht wahr?«

Margot warf ebenfalls einen Blick darauf. Und sie musste ihrem Kollegen recht geben: Das Bild glich keinem der Männer, die die Zeugen am Vortag beschrieben hatten. Aber die beiden Kommissare hatten dieses Gesicht dennoch schon gesehen.

»Ich glaube, wir sollten morgen jemandem nochmals auf den Zahn fühlen«, kommentierte Margot.

Das Konterfei auf dem Phantombild gehörte zweifelsohne Milas Bruder Leonid.

Margot hatte kurz mit ihrem Vater telefoniert. Anschließend bereitete sie das Abendessen vor. Sie hatte frische Antipasti gekauft, bei dem Marokkaner, den Horndeich ihr empfohlen hatte. Normalerweise war Rainer gegen acht Uhr zu Hause, wenn er aus Kassel kam. Sie hatte also noch mindestens eine Dreiviertelstunde Zeit.

Um halb acht sah der Tisch im Esszimmer aus, als erwartete Margot ein Foto-Team von »Schöner Wohnen«. Sogar den Wein hatte sie bereits dekantiert.

Wenn Rainer sich verspätete, rief er immer an, damit sie sich keine Sorgen machte. Mehrmals schaute sie auf die Uhr, und kurz nach neun rief sie ihn auf dem Handy an. Es meldete sich nur seine Mailbox. »Wo steckst du?«, fragte sie nur, und sie war sicher, dass er den unausgesprochenen Vorwurf aus ihrem Tonfall heraushören würde. Um halb zehn versuchte sie ihn abermals zu erreichen, wieder vergeblich. Sie fühlte sich in peinlicher Weise an den Film »Abgeschminkt« erinnert, in dem sie sich herrlich über Katja Riemann amüsiert hatte, die ebenfalls verzweifelt auf den Anruf ihres Angebeteten gewartet hatte.

Um halb elf rief sie die Kollegen vom Revier im Schloss an, ob es irgendwelche Unfälle auf der Strecke zwischen Kassel und Darmstadt gegeben hätte. Aber auf den Autobahnen war alles ruhig. Sie wollte gerade anfangen, die Krankenhäuser in Kassel anzurufen, als ihr Handy verkündete, dass eine SMS eingegangen war.

Sie nahm das Gerät auf, klickte sich durch das Menü bis zur eigentlichen Nachricht. »Melde mich. Liebe Dich. Rainer.«

Diese Nachricht war die Schere, die die angespannten Nerven wie ein Gummiband durchschnitt. Margot schrie auf. »Was bildest du dir eigentlich ein? Was glaubst du, wer du bist?« Sie pfefferte das Handy quer durchs Zimmer. Dessen Flug wurde unsanft durch die Wand gebremst, und die Einzelteile des Geräts folgten der Schwerkraft. Sie hatte die Hand schon erhoben, um auch das Diner samt Geschirr vom Tisch zu fegen, da blitzte ein Bild in ihrem Kopf auf: Als Neunjährige hatte sie den Film »Kleopatra« im Fernsehen gesehen, mit Elizabeth Taylor und Richard Burton. Geschmäht von Mark Antonius alias Burton hatte Liz in Raserei ihr Zimmer verwüstet, und Margot hatte nie verstehen können, wie jemand all die schönen Dinge aus purer Wut heraus kaputtmachen konnte. Inzwischen hatte sie ein wenig mehr Lebenserfahrung und konnte Kleopatras Beweggründe durchaus nachvollziehen. Aber sie selbst hatte sich damals geschworen, niemals ein Zimmer derart zu verwüsten, schon gar nicht das eigene.

Sie ließ die Hand sinken und begann mechanisch den Tisch abzuräumen. Nebenbei trank sie den Wein, den sie nun glücklicherweise nicht vom Boden wischen musste.

Sie verstand nicht, was in Rainer gefahren war. In dem, was man – mit vielen Lücken und Pausen – eine Beziehung von mehr als zwanzig Jahren nennen konnte, hatte es einige Höhen und oft auch Tiefen gegeben. Aber dass sich Rainer einfach sang- und klanglos aus ihrem Leben verabschiedet hatte, verstand sie nicht.

Sie sammelte die Überreste des Handys auf und steckte die SIM-Karte ins Ersatzhandy, das flugs wieder zur Nummer eins erkoren war. Sie sollte es »Oliver Kahn« nennen.

Wir haben schon öfter sprachlose Phasen überwunden, dachte sie, als sie sich, mit Glas und Karaffe bewaffnet, auf dem Sofa niederließ. Doch diese Phasen der konsequenten Sturheit hatten selten länger gedauert als achtundvierzig Stunden. Aber vier Tage Funkstille? Nach dem – ihrer Meinung nach – so schönen Wochenende? Nach einem Palindrom zum Abschied? Nach heißen Gedanken in frostiger Umgebung vor dem Polizeirevier?

Und wenn er eine andere hat?

Ihre innere Stimme hatte lange Zeit geschwiegen. Sie meldete sich immer, wenn unpassende Kommentare das Letzte waren, was Margot brauchen konnte. Die Stimme war unbestechlich, gnadenlos – und sie hatte meistens recht ...

Vielleicht eine von der Uni. Eine junge, eine ganz knackige Studentin, die keine Nachtschichten bei der Polizei fahren musste, sondern nur mit ihm. Eine, mit der er in Kassel ein ruhiges, angenehmes Leben führen kann.

Nicht dass ihr der Gedanke neu gewesen wäre. Neu war nur die Heftigkeit, mit der diese Eifersuchtsattacke sie überfiel. Immer wieder hatte sie das Gefühl gehabt, er könnte in Kassel andere Frauen getroffen haben. Im Sommer hatte sogar Ben einmal eine Andeutung in der Richtung gemacht. Sie hatte darüber nicht weiter nachgedacht. Nein, das war nicht ganz richtig ausgedrückt: Sie hatte sich geweigert, sich darüber Gedanken zu machen. Und nur das Elefantengedächtnis der inneren Stimme hatte Bens Bemerkung abgespeichert. »Weißt du wirklich, was er in Kassel macht?« Die innere Stimme hatte aus Bens Worten einen kleinen, spitzen Pfeil geschmiedet und diesen Margot direkt ins Herz geschossen.

Ich bin eine Idiotin, sagte sie sich. Ich komme mir vor wie eines der verrückten Weiber in »Desperate Housewives«. Aber sie konnte den Gedanken nicht verdrängen. Vielleicht überlegte

Rainer ja derzeit nur noch, wie er es ihr beibringen sollte. War nicht Weihnachten der Tag des Jahres mit der höchsten Trennungsrate?

In der nachfolgenden halben Stunde leerte sie die Karaffe gänzlich und umgab sich dabei mit der Melancholie von Bugge Wesseltofts *Sharing*.

*You might say that it's over,* sang Sidsel Endresen, Gast-Stimme auf ihrer Lieblings-CD des begnadeten Jazz-Musikers. Dem hatte sie nichts hinzuzufügen.

### Freitag, 16. 12.

»Wir haben noch einige Fragen an Sie«, eröffnete Margot das Gespräch. Ihr gegenüber an einem kleinen Esstisch saß Leonid Prassir, neben ihr Horndeich. Ihr Kollege betrachtete sie kurz von der Seite. Da Margot sich sonst nur sehr dezent schminkte, fiel der beherzte Griff in den Schminkkasten umso mehr auf und richtete den Blick automatisch auf das, was sie zu kaschieren versuchte: rote Lider und dunkle Ränder unter den leicht geschwollenen Augen.

Leonid erhob sich und fragte, ob die beiden Polizisten eine Tasse Tee wollten. Beide verneinten. »Ich werde mir einen machen«, sagte er und stellte den Wasserkocher an, der auf der nebenstehenden Küchenzeile in Caspar Plawitz' Gästewohnung seinen Platz hatte.

»Wie geht es Ihnen?«, erkundigte sich Horndeich zunächst.

Leonid wandte sich um, ließ den Blick von Horndeich zu Margot wandern und wieder zurück. »Meine Schwester ist tot. Haben Sie den Mörder?«

Bevor Horndeich eine beschwichtigende Antwort geben konnte, hakte Margot ein. Sie hatte keine Lust auf unnötige Diskussionen. Sie wollte Antworten. Und hatte ohnehin das Gefühl, dass Leonid ihnen etwas – wenn nicht sogar einiges –

verschwieg. »Wissen Sie, wozu Ihre Schwester eine blonde Perücke benutzt hat?«

Leonid stand neben dem Küchenschrank und fixierte sie. »Was soll das? Was für eine blonde Perücke?«

»Könnten Sie mir freundlicherweise einfach die Frage beantworten?«

»Ich habe keine Ahnung von einer blonden Perücke.«

»Danke. Nächste Frage: Hatte Ihre Schwester ein Handy? Wenn ja, in welcher Farbe?«

Horndeich warf seiner Kollegin einen irritierten Blick zu. Ihr Tonfall hätte besser zu einer Bundeswehruniform als zu Zivil gepasst. Für gewöhnlich war sie doch diejenige, die Verständnis und Ruhe ausstrahlte, während er längst ganz oben auf der Palme angekommen war. Doch Margot ließ sich von seinem Blick nicht beirren.

Leonid Prassir antwortete ohne weitere Ausschmückungen: »Ein hellblaues Nokia. Fragen Sie mich nicht nach dem Typ, damit kenne ich mich nicht aus.«

Margot und Horndeichs Blicke trafen sich. Hellblau. Das passte zu dem Plastikschnipsel, den sie neben der Leiche gefunden hatten.

»Die Nummer?«

Leonid nannte sie. Margot notierte die Nummer, bevor sie sagte: »Eine Woche vor dem Tod Ihrer Schwester gab es einen Streit in ihrer Wohnung. Sie und ein Mann lieferten sich ein heftiges Wortgefecht.«

Leonid übergoss den Teebeutel in der Tasse mit kochendem Wasser. Dann sah er auf. »Ja?«

»Waren Sie dieser Mann?«

»Nein.« Knapp und schmerzlos.

Trotzdem ließ Margot in diesem Punkt nicht locker. »Haben Sie am 8. Oktober dieses Jahres Ihre Schwester in deren Wohnung besucht?«

»Nein. Ich sagte schon, dass ich im Juli das letzte Mal in Darmstadt war. Bei diesem Heinerfest, als Tatjana und Irina dort ein Konzert gaben.«

»Und wann waren Sie davor in Darmstadt?«

Prassir seufzte, bevor er Horndeich ansah. »Warum behandelt mich Ihre Kollegin, als ob ich meine Schwester umgebracht hätte? Was soll das? Finden Sie lieber den wahren Mörder!«

Horndeich gab sich stoisch. »Bitte beantworten Sie unsere Fragen.«

Leonid nahm einen Schluck des heißen Tees, dann antwortete er: »Im Juli war ich das letzte Mal hier, davor auf dem Weihnachtsmarkt vor einem Jahr.«

»Gut«, sagte Margot. »Dürfte ich bitte Ihren Pass sehen?«
»Wie bitte?«
»Ihren Pass. Ich möchte einen Blick hineinwerfen.«
»Warum das?«
»Weil ich Ihnen kein Wort glaube.«
»Ich ... ich habe meinen Pass nicht hier.«
»Herr Prassir, ich erkläre es Ihnen nur einmal: Wenn Sie mit uns Spielchen treiben wollen, können Sie das haben. Inklusive einer Hausdurchsuchung bei Ihrem Gastgeber Herrn Plawitz. Wir stellen die Bude auf den Kopf, bis wir den Pass finden. Und wenn er nicht auftaucht oder wir kein gültiges Visum darin finden, haben Sie ein Problem. Habe ich mich verständlich ausgedrückt?«

Horndeich hatte keine Ahnung, mit welchem Fuß seine Kollegin an diesem Morgen aufgestanden war, aber es war definitiv der falsche gewesen. So rigide hatte er sie selten erlebt. Wobei sie, objektiv betrachtet, natürlich recht hatte. Doch das erklärte nicht, weshalb sie den Mann, der vor wenigen Tagen seine Schwester verloren hatte, so rüde anging.

Leonid erhob sich wortlos, ging zu der Jacke, die über einer Sessellehne lag, und fingerte den Pass aus der Innentasche. Er reicht ihn Margot. Und Horndeich erkannte in seinem Gesicht, dass Leonid Prassir am liebsten im Erdboden versunken wäre.

Sie schlug das Dokument auf, schaute hinein und reichte es Horndeich. »Hier, du kannst doch diese Hieroglyphen entziffern.«

Horndeich blätterte durch die Seiten. Das Visum war gültig.

Noch bis Ende Januar. Aber es war ein Jahresvisum. Davor fanden sich zwei Monatsvisen, die nahtlos daran anschlossen. Er betrachtete Ein- und Ausreisestempel. Und staunte nicht schlecht.

Er notierte die Grenzübertritte chronologisch in seinem Büchlein.

»Und?«, fragte Margot.

Horndeich sah seine Kollegin Respekt zollend an.

»Herr Prassir, Sie sind in diesem Jahr fünf Mal nach Deutschland eingereist und vier Mal ausgereist«, sagte er. »Sie sind immer zwischen den Flughäfen Lviv und Frankfurt gependelt. Können Sie uns das erklären?«

»Lviv?«, fragte Margot, ohne den Blick von Leonid zu nehmen. »Wo ist das denn?«

Horndeich wollte ihr antworten, aber Leonid Prassir war schneller. »Lviv hieß früher Lemberg. Es ist von Uschgorod der nächstgelegene Flughafen, etwa zweihundert Kilometer entfernt. Von dort gibt es Direktflüge nach Frankfurt.«

»Warum haben Sie uns angelogen?«, fragte Horndeich streng.

»Ich habe Sie nicht angelogen. Sie haben mich gefragt, wann ich in Darmstadt war. Ich war im Juli und im letzten Dezember hier. Ich war nur öfter in Deutschland.«

»Könnten Sie mir dann bitte erzählen, was Sie so oft in Deutschland gemacht haben?« Die Strenge in Horndeichs Stimme nahm noch zu.

»Ich arbeite in einem großen Elektrounternehmen in Uschgorod. Wir stellen Kabel her. Und ich sollte in Deutschland Geschäftskontakte aufbauen. Ich habe mit verschiedenen Leuten der Industrie- und Handelskammern gesprochen, in verschiedenen Teilen Deutschlands. Es ist ein anstrengendes und zähes Geschäft. Man braucht einen langen Atem, aber dann findet man Partner, mit denen es sich lohnt, Geschäfte zu machen.«

»So, so«, kommentierte Margot. »Und Ihre Schwester haben Sie anlässlich dieser … Geschäftsreisen nicht besucht?«

»Nein.«

»Sie sind aber erkannt worden.«

»Erkannt?«

»Als Sie Ihre Schwester besuchten!«

»Das kann nicht sein, denn ich war nicht bei ihr.«

Horndeich schaltete sich wieder ein: »Doch, das waren Sie. Wenn man den Daten in Ihrem Pass Glauben schenken darf, dann sind Sie am fünften Dezember in Frankfurt angekommen und haben seitdem Deutschland nicht mehr verlassen.«

»Doch. Ich bin bereits einen Tag später wieder zurückgeflogen. Ich hatte nur ein Treffen bei der IHK in Darmstadt.«

»Also doch Darmstadt!«

»Nein. Ja. Ich fuhr mit dem Airliner-Bus direkt vom Hotel am Flughafen nach Darmstadt, traf mich in der IHK mit Alex Escher von der Außenhandelsabteilung, dann fuhr ich mit dem Airliner wieder zurück ins Hotel und bin am nächsten Morgen zurück in die Ukraine geflogen.«

Horndeich notierte sich Hotel und Namen. »Und wann sind Sie wieder eingereist?«

»Fragen Sie Anna. Oder Herrn Plawitz. Sie haben beide gesehen, wie ich letzten Montag aus dem Bus aus Uschgorod ausgestiegen bin. Und der ist Sonntagfrüh ebendort losgefahren.«

»Und warum ist dann weder ein Ausreisestempel aus Frankfurt in Ihrem Pass noch ein erneuter Einreisestempel?«

Leonid Prassir zuckte mit den Schultern. »Das müssen Sie die Grenzbeamten fragen, nicht mich. Hätte ich geahnt, dass so etwas mal wichtig werden könnte, hätte ich darauf geachtet. Ist also irgendetwas mit meinem Pass nicht in Ordnung?«

Margot und Horndeich antworteten nicht gleich.

»Gibt es eine strafbare Handlung, die Sie mir vorwerfen?«, fragte Leonid Prassir. Offenbar glaubte er, dass Angriff die beste Verteidigung wäre, und ging in die Offensive.

»Nein«, antwortete Horndeich, »derzeit nicht.«

»Dann hätte ich gern meinen Pass zurück.« Er streckte die Hand aus. Horndeich gab ihm das Dokument.

»Sie verlassen die Stadt nicht, ohne es uns mitzuteilen!«, sagte Margot bestimmt.

»Bevor ich nicht meine Schwester beerdigt habe, werde ich die Stadt ganz sicher nicht verlassen.«

»Das passt alles hinten und vorne nicht zusammen«, resümierte Margot, als sie wieder an ihrem Schreibtisch saß. Escher von der IHK hatte bestätigt, dass Prassir am fünften Dezember bei ihm gewesen war. Auch das Hotel hatte seinen Aufenthalt für eine Nacht vom fünften auf den sechsten bestätigt.

»Wir könnten es mit einer Gegenüberstellung mit Frau Tirkit versuchen«, schlug Horndeich vor.

»Aber dazu müssen wir erst mal vier Exemplare seiner exotischen Brille auftreiben«, meinte Margot.

»Hä?«, machte Horndeich und bediente sich damit dem in der deutschen Sprache am häufigsten gebrauchten Fragewort.

»Damit wir auch die anderen Kandidaten bei der Gegenüberstellung damit ausstatten können«, erklärte Margot.

Horndeich war sich nicht sicher, ob sie das wirklich ernst meinte, daher ging er darauf zunächst nicht ein und fragte: »Glaubst du, dass er seine Schwester ermordet hat?«

Margots Teint war inzwischen nicht mehr ganz so auffällig. Das Rot hatte sich verzogen, desgleichen die Schwellungen unter den Augen. Sie hätte sich nur noch das Make-up abwischen müssen, dachte Horndeich, dann hätte sie wieder ausgesehen wie seine Kollegin.

»Ich glaube es nicht«, antwortete sie nach einer kurzen Schweigepause. »Aber er lügt. Oder er verschweigt uns was. Oder beides. Zoschke soll die Airlines checken, die Mietwagenunternehmen, die Hotels – alles, wo dieser Leonid vom Flughafen aus Spuren hinterlassen haben könnte. Ich will wissen, welches Spiel er treibt.«

»Hat Baader schon was zu den Katakomben gesagt? Haben sie dort noch was gefunden?«

»Das Fazit lässt sich in sechs Buchstaben zusammenfassen: Nichts. Besser noch in dreizehn: Absolut nichts.« Horndeich fragte sich, ob Margot wirklich eine so begnadete Kopfrechenkünstlerin war oder ob sie sich diesen Spruch irgendwann einmal ausgedacht und auswendig gelernt hatte, um ihn dann bei passender Gelegenheit anzubringen.

»Sie haben jeden Stein in dem Keller abgeklopft, sind sogar noch ein Stück weit in die Stollen gegangen«, fuhr sie fort, »aber es tat sich kein geheimes Verlies auf, nicht mal eine Art Geheimversteck.«

»Dann sind wir also immer noch da, wo wir vor achtundvierzig Stunden waren: Wir kennen die Tote – und das war's.«

Margot seufzte. »Jepp. Aber ich werde mir jetzt mal Milas heimlichen Verehrer aus der Bank vornehmen.«

»Okay, und ich schau, ob vielleicht die fremde Eurocheckkarte noch was hergibt.«

»Dann treffen wir uns mittags zur Lagebesprechung.«

»Alles klar. Und Margot ...«

»Ja?«

»Nimm es mir nicht übel – dein Make-up ...« Wie so oft: Er hatte die Wahl zwischen Pest und Cholera. Im besten Falle quittierte Margot seine Kritik an ihrem Erscheinungsbild mit einer spitzen Bemerkung. Aber er wollte seine Kollegin nicht sehenden Auges ins Verderben rennen lassen und sie der Lächerlichkeit preisgeben.

Doch statt ihren Kollegen anzupflaumen, fragte Margot: »So schlimm?«

Horndeich nickte nur.

»Danke.«

Manchmal konnte sie ihn immer noch überraschen. Sie griff nach Mantel und Handtasche und verließ das Büro. Horndeich tat es ihr gleich und schaute bei Kollegin Sandra vorbei. »Hast du schon was zu der EC-Karte von Hildegard Willert aus Milas Portemonnaie herausbekommen?«

»Nein«, antwortete Sandra. »Ich sitze immer noch über den Telefondaten, aber Mila scheint kaum telefoniert zu haben. Zumindest nicht von ihrem Festnetzanschluss aus.«

»Dann kannst du gleich weitermachen: Ich habe ihre Handynummer. Vielleicht ergibt sich da noch was.« Horndeich hatte die Nummer angerufen, aber es meldete sich nur eine Mailbox: »Dies ist der Anschluss von Ludmilla Gontscharowa. Nachrichten bitte nach dem Signal.« Sie hatte eine schöne Stimme – gehabt. Eine weiche Stimme, eine angenehme Stimme. Eine Stimme, die zu ihrer – rechten – Gesichtshälfte gut passte. Aber es war die Stimme einer Toten. Eine Stimme, die es nicht mehr gab.

Horndeich rief sich selbst zur Ordnung und sagte zu Sandra: »Komm, gib mir die EC-Karte, das übernehme ich jetzt!«

Die Kollegin sah ihn mit kokettem Augenaufschlag an. »Danke. Und noch eine Frage: Darf ich mir an eurem neuen Super-Kaffeemaschinchen mal eine Stärkung zapfen?«

»Klar, gern. Du musst sie nur vorher aus der Abstellkammer holen und reparieren.«

»Nein!« Sandras Entsetzen schien echt zu sein. »Habt Ihr sie schon zugrunde gerichtet?«

Horndeich hob beide Hände in einer abwehrenden Geste, mit der er jegliche Schuld von sich wies. »Wahrscheinlich der böse Fluch von der alten.«

Während Margot die Sparkasse in der Lichtenbergstraße aufsuchte, stattete Horndeich deren Hauptfiliale am Luisenplatz einen Besuch ab. Dieser fiel nur sehr kurz aus. Der Angestellte war bereit, Horndeich die Adresse der Kontoinhaberin Hildegard Willert zu geben, damit er sie persönlich befragen konnte, aber ohne richterlichen Bescheid würde er keine weitere Auskunft erteilen. Horndeich notierte sich die Adresse und staunte nicht schlecht: Bartningstraße 20. Es war dasselbe Haus, in dem auch Mila gewohnt hatte.

Schon auf der Fahrt nach Kranichstein wählte Horndeich die Telefonnummer von Hildegard Willert. Nach drei Freizeichen nahm jemand ab.

»Pillgrönne'.«

»Horndeich, Kripo Darmstadt. Entschuldigen Sie, wohnt bei Ihnen eine Frau Hildegard Willert?«

»Hie wohn nur isch!«, versicherte die weibliche Stimme. Und legte auf.

Horndeich stutzte, runzelte die Stirn und wählte die Nummer noch einmal, um sicherzugehen, dass er sich nicht verwählt hatte. Aber Frau Pillgrönner erklärte abermals, dass sie nicht Frau Hildegard Willert sei und auch keine solche bei ihr wohne, und wenn er nicht aufhöre, sie zu belästigen, würde sie die Polizei rufen. Horndeich ersparte es sich, ihr die Ironie dieses Satzes zu erklären, bedankte sich und drückte die Auflege-Taste.

Er parkte den Wagen diesmal auf dem kleinen öffentlichen Parkplatz neben den Hochhäusern. Wieder rieselten weiße Flocken auf seinen Kopf, als er auf den Eingang des Hochhauses zustiefelte.

Er überflog die Schilder auf den Briefkästen, die gleichzeitig als Klingelschilder fungierten. Neben jedem Briefkasten fand sich ein kleiner schwarzer Druckknopf.

Auf den ersten Blick fand er nirgends den Namen Willert. Also suchte er die Schilder systematisch ab, so wie er es als Siebenjähriger beim Comiclesen gelernt hatte: Von links oben nach rechts unten.

Drei der Schilder waren völlig unleserlich. Dort klingelte er und fragte nach Hildegard Willert. Aber in keiner der Wohnungen wohnte jemand mit diesem Namen. Vielleicht hatte sich der Bankbeamte bei der Hausnummer ebenso geirrt wie bei der Telefonnummer. Er versuchte, den Angestellten zu erreichen, doch dessen Apparat war besetzt. Also bemühte er die Auskunft. Aber die nette Dame fand keine Hildegard Willert, in ganz Darmstadt nicht. Offenbar hatte sie die Nummer nicht eintragen lassen. Wieder probierte Horndeich, den Herrn von der Sparkasse zu erreichen, doch der führe ein längeres Kundengespräch, wie man Horndeich ausrichtete, und sei frühestens in einer halben Stunde zu sprechen.

Ganz diszipliniert arbeitete sich Horndeich abermals wieder von oben links an weiter nach unten rechts. Wischke, Schmidt, Müller, Selbring – als er in der anderen Ecke der Klingelschilder angekommen war, stand fest, dass in dem Haus keine Hildegard Willert wohnte.

Horndeich klingelte im ersten Stock bei dem Namen Grunewald. Also wieder eine Tour durchs Haus. Irgendjemandem musste der Name Hildegard Willert doch etwas sagen.

Er hatte Glück. Bereits im dritten Stockwerk löste die Frage nach der Frau nicht sofort ablehnendes Kopfschütteln aus.

Zunächst musterte ihn die Dame abschätzend, deren Klingelschild sie als Frau Meier auswies. Erst durch seinen Polizeiausweis avancierte er vom potenziellen Staubsaugervertreter zum Menschen.

»Klar hab ich Hildegard Willert gekannt«, antwortete sie.

»Dürfte ich hereinkommen und Ihnen ein paar Fragen stellen?«

Eine Minuten später saß er auf der Couch von Marlene Meier, die ein Kaffeegedeck auf den Tisch vor ihm platzierte. Die Heizung bollerte auf Hochtouren. Da jedoch das Fenster weit geöffnet war, bewahrte Horndeich wenigstens kühlen Kopf. Marlene Meier, schlank, drahtig und sicher bereits jenseits der siebzig, schenkte ihm unaufgefordert Kaffee ein.

»Wissen Sie, wir bearbeiten derzeit einen Mordfall.«

Sie nickte. »Den an der jungen Russin aus dem achten Stock. Sie haben mich dazu schon einmal befragt.« Während sie sprach, schlug sie die Beine übereinander und demonstrierte, dass die Namensgleichheit mit der Dietrich zumindest im Vornamen nicht ganz unberechtigt war. Zudem steckte sie sich eine Zigarette an, die sie zuvor routiniert in eine elfenbeinfarbene Zigarettenspitze gesteckt hatte. Nur der Bademantel und ihr Alter wollten nicht so recht zu einem Vamp passen.

»In diesem Zusammenhang sind wir auf den Namen Hildegard Willert gestoßen. Wissen Sie, ob sie einmal hier gewohnt hat?«

»Auch im achten Stock. Neben der Russin. Da, wo jetzt das türkische Ehepaar wohnt. Nette Leute. Und die Russin, diese Gontscharowa, die hat sich ja rührend um die Dame gekümmert, das muss man schon sagen. Kann man kaum glauben, dass es so was noch gibt. Die kam immer mit zwei vollen Tüten ins Haus, auch, als sie selbst schon den dicken Bauch hatte.«

»Sie hat Hildegard Willert versorgt?«

»Ja. Zum Glück. Ihr Sohn hat sich nur selten blicken lassen. Und ohne die Russin, da hätte die Hilde sicher ins Pflegeheim gemusst.«

»Und wo wohnt Hildegard Willert jetzt?«

Marlene Meier lachte bitter auf. »Sie sind ein Spaßvogel. Wer weiß das schon so genau.«

Horndeich verstand nicht, was an seiner Frage komisch sein sollte. »Wohnt sie vielleicht in einem Pflegeheim?« Dann konnte es sein, dass Mila mit Willerts Scheckkarte auch weiterhin Besorgungen für die alte Dame gemacht hatte.

»Im Pflegeheim? Quatsch. Sie ist einfach gestorben. Vor zwei Jahren. Sie war ja auch schon sechsundachtzig. Möchten Sie noch einen Kaffee?«

Die Filiale der Sparkasse in der Lichtenbergstraße lag nur etwa hundertfünfzig Meter vom Riegerplatz entfernt. Margot rieb sich die Nase, die sich im Schalterraum nur ganz allmählich wieder der erwünschten Körpertemperatur von knapp siebenunddreißig Grad anpasste. Seit Jahren schon musste Margot damit leben, dass sich ihre Nasenspitze dem Winterklima gegenüber anbiederte.

Die Kommissarin steuerte auf die Theke zu, hinter der eine junge schwarzhaarige Angestellte zwei Formulare ausfüllte, deren Zweck sich Margot nicht erschloss.

»Entschuldigen Sie, könnte ich bitte mit Herrn Ulrich Peters sprechen?«, erkundigte sich Margot.

Die Frau, deren Namensschild sie als »Andrea Hahn« auswies – als Polizistin registrierte Margot solche Details mit einem Blick –, erwiderte: »Einen Augenblick.« Sie griff zum Telefonhörer, wählte eine dreistellige Nummer. »Uli, kommst du grade mal nach vorn? Jemand will dich sprechen.«

Keine Minute später trat ein Mann um die dreißig auf Margot zu.

»Kann ich mit Ihnen unter vier Augen sprechen?«

Ohne sie nach ihrem Namen oder dem Grund ihres Besuches zu fragen, bat er: »Bitte folgen Sie mir.«

Peters führte Margot in ein kleines Büro. Margot hasste Räume, deren Wände das Geschehen im Innern nur akustisch abschirmten, aber durch die Glasscheiben vollen Einblick gewährten. Vielleicht war das in einer Bank aber sinnvoll, damit man sehen konnte, wenn im Schaltraum ein Räuber eine Waffe zog. Oder ein verprellter Kreditanwärter.

Peters bot Margot Platz vor einem Tisch, dessen riesige Glasplatte sich harmonisch ins Design der Wände fügte. Margot mochte auch keine Tische, durch deren Oberfläche man auf die Beine seines Gegenübers schauen konnte. Zumal der Tisch, abgesehen von einem Telefon, einem Computerterminal und einem Block, gänzlich leer war. Wie oft wurde wohl täglich darüber gewischt, fragte sich Margot, als sie erkannte, dass ihre Kollegen von der Spurensicherung auf der Glasplatte kaum einen einzigen Fingerabdruck finden würden.

»Was führt Sie zu mir, Frau ...?« Das unsichere Flackern in Peters Blick war erloschen. Offenbar schien er in ihr doch nur eine potenzielle »Können-Sie-meinen-neuen-Wagenfinanzieren?«-Kundin zu sehen.

»Hesgart. Kripo Darmstadt.«

Damit hatte sie den Schalter wieder umgelegt, und das ursprüngliche Flackern war wieder da. Dennoch verriet seine Stimme nichts von Überraschung. »Womit kann ich Ihnen helfen?«

Sein Tonfall harmonierte perfekt mit seinem Äußeren: Die Barthaare hatten sich nach der letzten Rasur noch nicht wieder an die Oberfläche der Wangen gewagt, das Rasierwasser duftete angenehm, aber nicht aufdringlich, die blaue Krawatte passte perfekt zu Hemd und Anzug. Selbst das Lächeln wirkte, als wäre es beim Herrenausstatter passend zum Anzug gewählt worden. Vor ihr saß der personifizierte Schwiegermuttertraum.

»Sie kannten Ludmilla Gontscharowa?«, fragte Margot geradeheraus.

Sogleich schaltete er das Lächeln pietätvoll ab und senkte den Blick. »Ja, natürlich. Schlimme Geschichte. Ich habe davon gelesen.«

»Gut, dann erzählen Sie mir bitte, woher Sie Frau Gontscharowa kannten.«

»Kennen ist zu viel gesagt. Mila hat im ›Grenzverkehr‹ gearbeitet. Da war ich hin und wieder, zumeist zum Mittagessen. Liegt ja gerade um die Ecke.«

Margot fragte sich, ob ihm bewusst war, dass er »Mila« statt »Ludmilla« oder »Frau Gontscharowa« gesagt hatte.

»Wie oft gehen Sie in das ›Grenzverkehr‹?«

»Fast täglich. Mal zum Mittagessen, mal auf einen Cappuccino, mal auf ein Bier abends.«

»So ein toller Laden?«

»Nein, so eine tolle Bedienung. Das hat Ihnen doch Langgöltzer erzählt, nicht wahr?«

»Mich interessiert nicht, was Langgöltzer sagt oder nicht. Mich interessiert Ihr Verhältnis zu Frau Ludmilla Gontscharowa.«

Peters starrte kurz an Margot vorbei auf die Wand. Oder eher in den Schalterraum, der hinter der Glaswand lag. Margot hasste es, in Restaurants mit dem Rücken zum Gastraum zu sitzen. So ging es ihr auch in diesem Büro. Urinstinkt, der die Neandertalerin davor bewahrt hat, dass ihr der hungrige Tiger ins Genick sprang. Urinstinkt, der über die vergangenen Jahrtausende erfolgreich von Generation zu Generation weitergegeben worden war. Bis zu ihr.

Peters sah sie wieder an, seine Hände lagen ruhig vor ihm auf der Glastischplatte. »Nun gut, ich erzähle Ihnen von Mila.«

Du hast auch keine andere Möglichkeit, dachte Margot.

»Ich habe Sie vor knapp zwei Jahren das erste Mal gesehen. War damals gerade nach Darmstadt gezogen. Mila ist mir sofort aufgefallen. Sie war nicht nur hübsch, sie war eine Schönheit. Sie hatte etwas Aristokratisches, eine ganz besondere Ausstrahlung.«

Margot erinnerte sich an Horndeichs Bericht von seiner Befragung des Kneipenwirts. Nun verstand sie, was Langgöltzer gemeint hatte, als er gesagt hatte, Peters hätte Herzchen in den Augen gehabt, wenn er mit Mila gesprochen hatte. Sie konnte sie sogar erkennen, wenn er *über* sie sprach.

»Ich habe mich mit ihr unterhalten. Anfangs nur ›Hallo‹ und ›Tschüss‹, irgendwann traute ich mich, sie nach ihrem Namen zu fragen.«

Margots Stirnrunzeln war optischer Ausdruck ihrer Frage,

wie ein Mann, der täglich Dutzende von Kundengesprächen führte, zu schüchtern sein konnte, jemanden nach seinem Namen zu fragen.

Peters schien die unausgesprochene Frage zu erkennen. »Es ist etwas ganz anderes, Kunden nach ihren finanziellen Verhältnissen auszufragen – wahrscheinlich oft noch viel direkter, als Sie das in Ihrem Beruf tun – oder eine Frau, die einem gefällt, zu bitten, dass sie einem ihren Namen verrät.«

Margot war sich nicht sicher, ob sie das wirklich nachvollziehen konnte. Ganz sicher war sie allerdings, dass sie es in einem Turnier, in dem es darum ging, die indiskreteste Frage zu stellen, locker mit Peters aufnehmen konnte.

»Na ja, nach einiger Zeit hat sie sich manchmal an meinen Tisch gesetzt, wenn nicht so viel los war und Langgöltzer in der Küche zu tun hatte. Der hat es nicht gern, wenn sich seine Angestellten auch nur fünf Minuten hinsetzen. Statt der Mädchen würde er am liebsten Roboter beschäftigen, die er mit seinem Willen fernsteuern kann. ›Kannst du nicht die Aschenbecher ausleeren?‹ – ›Du musst immer ansprechbar sein!‹ Und das ohne Pause.« Er hob die Hände und sagte: »Okay, das ist ein anderes Thema.«

Während er oberhalb der Tischkante inzwischen die Gelassenheit von Gandhi ausstrahlte, erkannte Margot durch die Tischplatte hindurch, wie sein Bein wippte, im Takt eines imaginären Presslufthammers. Offenbar war er doch nicht so ganz die Ruhe in Person. Und Glastische hatten auch ihre Vorteile, stellte Margot fest.

Peters registrierte ihren kurzen Blick in die Unterwelt und stoppte das Hämmern augenblicklich.

»Ich habe sie dann einmal gefragt, ob sie mit mir Essen gehen würde. Nicht im ›Grenzverkehr‹ natürlich. Aber sie wollte nicht. Ich hab nicht aufgegeben, aber sie war nicht zu einem privaten Treffen zu überreden.« Die Herzchen in den Augen erloschen, und Herrn Peters' Mundwinkel sackten nach unten. Er war am Ende der Geschichte angelangt.

Margot wartete trotzdem, ob er noch etwas anfügen würde, doch er schwieg. »Hat Ludmilla Gontscharowa Ihnen vielleicht auch mal etwas Privates erzählt? Wurde sie bedroht? Hat sie gesagt, sie hätte vor jemandem Angst?«

Peters zuckte nur mit den Schultern. Ein schräges Lächeln – definitiv B-Ware des Herrenausstatters – formte sich um seine Lippen: »Nein. Meistens habe ich geredet.«

Margot erhob sich und legte ihre Karte auf den Tisch. »Wenn Ihnen noch etwas einfällt, rufen Sie mich bitte an. Zu jeder Tages- und Nachtzeit.« Im Hinausgehen nickte Margot Fräulein Hahn zu.

Kaum auf der Straße, passte sich Margots Nase wieder der Außentemperatur an. Margot war sich nicht sicher, was sie von Peters halten sollte. Hatte er etwas mit dem Mord an Ludmilla Gontscharowa zu tun? Margots erster Eindruck war ein klares Nein, aber darauf sollte sie sich nicht zu sehr verlassen. Der erste Eindruck trog zwar selten, aber eben nicht immer.

Als Margot wieder ins Büro kam, war Horndeichs Schreibtisch ungewohnt überfüllt. Er hatte mehrere kleine Stapel Papiere und einen größeren auf der Arbeitsfläche verteilt, darunter einige Ausdrucke und Fotos.

»Was ist das?«, fragte sie irritiert.

»Weiteres Chaos. Neue Wege, die wieder ins Nichts führen.«

Margot ließ sich auf ihren Stuhl sinken. »Ich war gerade noch mal auf dem Weihnachtsmarkt. Die beiden Schwestern bestätigen, dass Leonid Prassir zusammen mit ihnen im Bus von Uschgorod nach Darmstadt gefahren ist. Den Fahrer können wir nicht direkt befragen, denn er ist im Moment wieder in der Ukraine. Er hat die anderen Reisenden nach Frankfurt weitergefahren, neue Leute mitgenommen und ist dann wieder nach Uschgorod zurück. Er kommt erst am Mittwoch wieder nach Darmstadt, um die Ukrainer zurück in ihre Heimat zu bringen. Dann können wir von Angesicht zu Angesicht mit ihm reden.«

»Und wenn Leonid ihn bis dahin schon telefonisch geimpft hat?«

»Dann wird er vielleicht lügen. Den beiden Schwestern traue

ich auch nicht ganz über den Weg. Vielleicht lügen sie auch für ihn. Aber um da etwas mehr Druck zu machen, brauchen wir a) einen Übersetzer und b) etwas mehr in der Hand. Ich denke, wir sollten bis Mittwoch abwarten und dann alle drei aufs Präsidium bestellen.«

»Wahrscheinlich hast du recht«, murmelte Horndeich.

»Und – was ist das alles hier? Was gibt's Neues?«

»Hildegard Willert hat neben Mila gewohnt. In der Wohnung, in der jetzt die Tirkits wohnen. Da wohnt sie jetzt nicht mehr, weil sie nämlich tot ist.«

Horndeich nahm eines der Papiere von einem der kleinen Stapel, reichte es Margot und sagte: »Hier ist es schriftlich, Fax aus dem Einwohnermeldeamt: Tod am 12. Dezember 2003, im Alter von sechsundachtzig. Todesursache Herzversagen, keine Fremdeinwirkung.«

»Und warum hatte Mila dann ihre EC-Karte im Portemonnaie?«

»Genau das habe ich mich auch gefragt. Und der Ermittlungsrichter auch. Deshalb hab ich die Auszüge von dem Konto besorgt, zu dem die EC-Karte gehört.«

Horndeich deutete auf den höheren Stapel Papier, der durchaus als Fundament für seinen ersten eigenen Petrona-Twin-Tower hätte dienen können: Das grüngestreifte Endlos-Computerpapier bestand aus sicher fünfzig Blättern. »Mila hatte die Karte, weil sie das Konto nutzte.«

»Was meinst du mit ›Sie nutzte das Konto‹?«

»Ich hoffe, das kannst du mir erklären. Das Einzige, was ich bisher kapiert habe, ist Folgendes: Das Konto wurde schon 1974 eingerichtet, von Friedrich Willert, Hildegards Gatten. Jeden Monat floss darauf eine Betriebsrente, bis 1982, als er starb. Das ganze Geld wurde wenig später auf ein anderes Konto von Hildegard Willert transferiert, bis auf 5000 Mark. Die blieben da stehen und verzinsten sich jedes Jahr mit einem Prozent. Etwa ein Jahr, bevor die Willert starb, hatte sich das Geld auf knapp 2000 Euro vermehrt. Bis dahin wurde nichts abgehoben, nichts wurde eingezahlt. Und jetzt kommt's: Ab diesem Datum fließen aus allen Ecken Überweisungen auf das Konto. Und es wird über Automaten Geld abgehoben. Das Konto wurde sogar für Online-Banking eingerichtet.«

Margot griff über den Schreibtisch hinweg und nach dem Stapel mit den Ausdrucken der Kontobewegungen. Sie überflog das letzte Blatt. »Letzen Freitag – also einen Tag vor Milas Tod – wurde das letzte Mal Geld abgehoben. Das kann dann schlecht die Willert gewesen sein.«

»Höchstens ihr Geist. Wenn's im Himmel oder in der Hölle Online-Banking gibt.« Er stand auf und stellte sich neben Margot. »Und hier geht's los mit den neuen Kontobewegungen.« Er blätterte die Seiten zurück, bis zu einer Stelle, die er mit einem gelben Post-it markiert hatte. »10. Januar 2003, etwa ein Jahr vor Willerts Tod und ein halbes, bevor Milas Mann eingebuchtet wurde. Und ich hab's schon überprüfen lassen: Auf der EC-Karte sind ausschließlich Milas Fingerabdrücke.«

Margot blätterte durch die Seiten. »Also war sie es, die von dem Konto Geld abgehoben hat.«

»Jepp. Und eines ist mir noch aufgefallen«, fuhr Horndeich fort. »Alle Überweisungen auf das Konto haben etwas gemeinsam: Im Betreff steht immer eine zwölfstellige Nummer und ab und zu das Wort ›eBay‹.«

»Dass sie über eBay gehandelt hat, das hat doch auch der Typ im Internetcafé beobachtet!«

»Ja. Aber was ist das genau?«

»Du hast noch nie was bei eBay gekauft?«

Horndeich zuckte mit den Schultern. »Gehört habe ich davon, aber ich hab keinen Computer zu Hause.« Er fühlte sich, als hätte man ihn dabei ertappt, dass er seit Jahren ohne Führerschein Auto fuhr.

Margot zog den Stapel mit den Auszügen zu sich heran. »Setz dich, ich zeig's dir. Vorher mache ich uns noch einen ...« Sie hielt inne. Den gewohnten Kaffee würde sie wohl ausfallen lassen müssen. Die neue, undichte Kaffeemaschine hatte ihr neues festes Domizil ja im Abstellraum bezogen. Und die alte hatte offenbar die Putzfrau entsorgt. Sie würde die kaputte Maschine umtauschen müssen. Denn sie hatte nicht die Absicht, ihr Büro zur koffeinfreien Zone zu erklären. »Vergiss den Kaffee.«

In dem Moment trat Sandra Hillreich ins Büro. Sie stellte Horndeichs Becher, gefüllt mit frischem Kaffee, vor ihm ab. »Schwarz. War doch richtig?«

»Danke«, erwiderte Horndeich.

»Das glaub ich nicht«, sagte Margot, nachdem Sandra mit zuckersüßem Lächeln entschwunden war. »Womit hast du sie bestochen?«

»Gar nicht. Ich hab ihr nur mein Leid geklagt, dass unsere Maschine schon wieder hin ist und dass ich ohne Koffein nicht arbeiten kann. Und da hat sie einfach meinen Becher genommen.«

»Das glaub ich nicht.«

Horndeich hob mit Unschuldsmiene die Schultern. »Aber so war's.«

»Also mir würde sie keinen Kaffee bringen.«

»Ist auch nicht nötig«, sagte Horndeich, stand auf und nahm Marogts Smiley-Becher vom Fensterbrett. Er schüttete die Hälfte seines Kaffee hinein und gab ein bisschen Zucker dazu. »Geteilter Kaffee ist halber Kaffee.«

»Danke«, sagte Margot, während sie ihr Passwort in die Tastatur ihres Rechners tippte. Sie mied Horndeichs Blick, damit er ihre ehrliche Rührung nicht bemerkte. Das wäre dann doch zu viel des Dankes gewesen.

Horndeich rollte seinen Bürostuhl neben Margot.

Die hatte inzwischen die Verbindung zum Internet hergestellt und die Startseite von eBay aufgerufen. »eBay ist eigentlich nichts anderes als ein Auktionshaus«, begann sie den Fortbildungskurs in modernen Einkaufsmethoden.

»Ja, das weiß ich. Aber die Leute sitzen nicht alle in einem Haus, und es gibt auch keinen Auktionator, der den Hammer schlägt.«

»Nein. Der Gag bei eBay ist, dass jeder von jedem Ort der Welt aus seine Sachen anbieten kann. Die Leute bieten über das Internet, und wer den höchsten Betrag bietet, der bekommt den Zuschlag. Er überweist das Geld an den Anbieter und bekommt den ersteigerten Gegenstand zugeschickt. Alles, was man tun muss, um auf diesem Marktplatz kaufen und verkaufen zu können: Man muss ein Konto anlegen.«

»Und jeder kann so ein Konto anlegen?«

»Ja. Du gibst deinen echten Namen und deine Adresse ein. Und du suchst dir einen Namen aus, mit dem du auf dem Marktplatz agierst.«

»Irgendeinen Fantasienamen?«

»Ja, aber jeden Namen gibt's nur einmal. Und dann kann's auch schon losgehen.« Margot rief die Suchmaske des virtuellen Marktplatzes auf. »Hier kann ich nach Artikeln suchen. Also beispielsweise nach Louis Vuitton.«

»Nach was?«

Margot konnte sich ein Grinsen nicht verkneifen. »Der Rolls-Royce unter den Taschen. Du kennst doch meine kleine hellbraune Lederhandtasche? Eine echte Thompson Street Bag. Hab ich vor einem Jahr fast neu für nur 200 Euro bekommen.«

Horndeich musste erkennen, dass er auf dem Gebiet der modischen Accessoires noch weit weniger bewandert war. Zwar hatte er Margots Tasche schon mal gesehen, doch es war ihm unbegreiflich, wie ein Mensch 200 Euro für eine gebrauchte Handtasche bezahlen konnte, wenn man im Kaufhof eine neue für achtzig bekam.

»Schon gut«, meinte Margot. Ihr Tonfall verriet Horndeich, dass soeben die schlimmste aller Möglichkeiten eingetreten war: Sie hatte seine Gedanken gelesen. Margot konzentrierte sich wieder auf den Bildschirm, klickte ein paarmal mit der Maus, blätterte dann in den Kontoauszügen und fahndete nach dem jüngsten Zahlungseingang. »Hier siehst du den letzten Verkauf von Mila. Im Betreff steht die zwölfstellige Nummer – das ist die Artikelnummer. Jeder Artikel hat eine eigene, einmalige Nummer. Und hier ...« – sie deutete auf ein Eingabefeld auf dem Monitorbild – »... hier kannst du die Artikelnummer eingeben, und dann siehst du auch, was es für ein Artikel ist und wer den Artikel verkauft hat.«

Sie tippte die Nummer ein und drückte die Eingabetaste.

Dann stieß sie einen leisen Pfiff aus. Auf dem Bildschirm erschien das Foto eines goldenen Brillantrings.

»Gelbgold-Ring mit Brillant«, lautete die Überschrift.

Margot deutete auf den Namen des Verkäufers: »Und da haben wir auch schon Milas – oder einstmals Hildegard Willerts – Pseudonym. Bei eBay hat sie sich Hildewil genannt.«

Horndeich las die Beschreibung zu dem Ring:

»Ich biete einen Ring aus der Erbschaft meiner Großmutter an. Er besteht aus 14 Karat / 585 Gelbgold, Gewicht 10,74 Gramm extra-massiv, Innendurchmesser 20,5 mm, hochglanzpoliert. Der Brillant hat 0,23 Karat. Für die Experten: River, hochfeines Weiß, E, SI 1, kleine Einschlüsse, Brillantvollschliff.

Der Zustand ist gut, da meine Oma den Ring nur zu festlichen Anlässen getragen hat. Er hat einen leichten Kratzer in der Innenseite.

Ein Echtheitszertifikat mit Wertgutachten wird mitgeliefert (als ausführlicher Laborbericht, von Versicherungen anerkannt. Laut Gutachten ist der Wiederbeschaffungswert 1550 Euro).«

Margot deutete auf eine Zeile der Seite. »Siehst du, da steht, dass die Auktion abgelaufen ist.«

»Und das bedeutet?«

»Wenn du einen Artikel hier anbietest, dann läuft die Versteigerung eine bestimmte Zeit, bis zu zehn Tagen. In dieser Zeit kann jeder bieten. Wer also unter ›Ring‹ und ›Brillant‹ gesucht hat, hat das Angebot gesehen und konnte mitbieten. Als die Auktion zu Ende war, bekam derjenige den Ring, der zuletzt am meisten geboten hatte.«

»Und das war?«

»Normalerweise können wir das hier sehen. Aber in unserem Fall nicht. Schau hier.« Wieder deutete sie auf eine Zeile: »Hier steht ›Mitgliedsname wird nicht veröffentlicht‹. Das wird oft bei hochpreisigen Sachen gemacht.«

»Und wenn ich jetzt diesen Ring ersteigert hätte, wie komme ich dann dran, wenn ich bei dem Angebot nur ›Hildewil‹ als Verkäufer sehe?«

»In dem Moment, in dem du etwas ersteigert hast, bekommst du eine E-Mail, in der die Kontaktdaten des Verkäufers stehen. Genauso ist es umgekehrt. Hildewil kriegt deine Daten zugesendet. Du schreibst eine E-Mail an sie, sie schickt dir ihre Bankdaten, du bezahlst, und sie schickt die Ware los.« Margot schaute auf die Kontoauszüge. »Schau, der Käufer hat für diesen Ring 438 Euro bezahlt. Und auf den Auszügen sehen wir natürlich auch, wer den Ring gekauft hat.« Ihre Finger fuhren ein Stück weiter hinab. »Hier die nächste Transaktion. Hat ihr 738 Euro gebracht. Vor knapp drei Wochen.«

Margot gab die Artikelnummer in den Rechner ein. Diesmal erschien das Bild einer Uhr auf dem Bildschirm.

»ROLEX Oyster Date«, lautete die Überschrift, darunter stand: »Ich biete eine Uhr aus der Erbschaft meiner Großmutter an. Es handelt sich um eine originale Rolex Oyster Date. Technisch hervorragend, optisch 1a, nur auf der Rückseite ein leichter Kratzer.

Selbstverständlich wird das Original-Rolex-Zertifikat mitgeliefert.«

Darunter fanden sich noch drei Fotos, von denen eines den Kratzer zeigte. Der Käufer war wieder nicht angegeben.

»Das heißt also, Mila hat sich bei eBay angemeldet, aber nicht ihr eigenes, sondern das Bankkonto der Willert genutzt. Das kapier ich nicht.« In den vergangenen fünf Minuten waren so viele neue Informationen am Eingangsschalter von Horndeichs Gehirn abgeliefert worden, das die Synapsen vom Ablagedienst kaum mit dem Wegschaufeln nachkamen.

»Ich glaube, unsere gute Mila hat nicht nur das Konto der Willert benutzt, sondern auch ihre Identität.«

»Wie soll denn das gehen?« Bei Gelegenheit würde Horndeich ein Jobangebot für drei Vollzeitsynapsen ausschreiben.

»Wenn du dich bei eBay als Verkäufer anmeldest, musst du dich ausweisen, entweder über eine Kreditkarte, oder du bekommst einen Zugangscode an deine Postadresse geschickt. Und du musst ein Konto angeben, von dem die eBay-Gebühren abgebucht werden. Denn immer, wenn du etwas verkaufst, verdient eBay ein paar Euro daran.«

»Sie verdienen daran mit?«, fragte Horndeich, als wäre er unvermittelt auf ein Kapitalverbrechen gestoßen.

Margot musste lachen. »Denkst du, die machen das aus reinem Spaß an der Freude? Wir kriegen ja auch Geld dafür, dass wir die bösen Buben jagen.«

»Wir kriegen aber nicht für jeden Verbrecher, den wir schnappen, was extra«, meinte Horndeich.

»Aber wenn wir mal einen nicht schnappen, kriegen wir trotzdem unser Gehalt«, erinnerte Margot.

Horndeich zuckte mit den Schultern. »Stimmt auch wieder. Und was hat das mit eBay zu tun?«

»Nichts«, sagte Margot.

»Na siehst du!«

Margot gab wieder eine Artikelnummer ein, und wieder erschien der gleiche Ring, nur lag die Auktion schon acht Wochen zurück. Auch der Text war identisch.

Horndeich starrte auf den Bildschirm. »Die hat Hehlerware vertickt!«

»Oder Fälschungen. Dann macht auch die falsche Identität Sinn. Sie kann das Spiel so lange spielen, bis es jemand merkt. Und wenn derjenige Hildegard Willert belangen will, hat Mila genug Zeit, ihre Zelte abzubrechen – wenn man die Verbindung zu ihr überhaupt herstellen kann. Sie hätte Willerts EC-Karte zerschnippelt in den Müll geschmissen, die Ringe versteckt, vielleicht in einem Schließfach – und das war's dann.«

»Dann muss sie der Willert die EC-Karte geklaut haben.«

»Ja. Und sich eine Kreditkarte für die Anmeldung zumindest ausgeliehen haben. Oder sie hat die Anmeldung postalisch abgewickelt. Sie hatte ja sicher Zugang zu Frau Willerts Briefkasten und hat ihre Post jeden Tag geholt. So konnte sie die Briefe von eBay, die an sie selbst gerichtet waren, abfangen. Habt ihr in der Wohnung eigentlich irgendwas an Schmuck gefunden?«

»Nein, da war nichts. Gar nichts. Wir haben uns sogar den Keller angeschaut. Nada.«

Margot klickte auf den Namen »Hildewil«, und auf dem Bildschirm erschien eine Liste.

»Was ist denn das jetzt wieder?«, fragte Horndeich.

»Das ist die Bewertungsliste. Das soll der Kontrolle dienen. Da ja alle mit Pseudonymen arbeiten, weißt du nicht, mit wem du es zu tun hast. Deshalb gibt es die Bewertungen der Kunden, die zeigen, ob ein Geschäftspartner vertrauenswürdig ist. Wenn du was gekauft hast, bewertest du den Verkäufer. Hat alles geklappt, kriegt er ein Positiv, lief es nicht ganz reibungslos, dann kannst du Neutral vergeben. Und wenn deine Ware nicht dem Angebot entsprochen hat oder du als Verkäufer nie Geld gesehen hast, dann kannst du auch eine negative Bewertung abgeben. Und hier oben siehst du den Durchschnitt. Wobei Hildewil fast nur gute Bewertungen bekommen hat. 99,1 Prozent.«

»Und was bringt uns das jetzt?«

»Wir sehen hier, wie viele Auktionen sie getätigt hat, beziehungsweise wie oft sie bewertet wurde, was aber fast das Gleiche ist.« In der rechten Spalte der Bewertungsliste stand die jeweilige Artikelnummer. »Und hier können wir uns anschauen, was Mila in den vergangenen drei Monaten verkauft hat.«

Sie klickte auf den obersten Artikel. Das Bild des Rings war ihr schon vertraut.

»Schau, diese Auktion ist erst vorgestern zu Ende gegangen. Mila muss also irgendwo diesen Ring haben, den sie angeboten hat.« Margot klickte sich noch durch die restlichen Angebote. Wieder und wieder der Ring. Und nochmals eine Rolex.

»Kannst du dir alles anschauen, was sie je angeboten hat?«

»Nein. Nur die Artikel der letzten drei Monate kann man noch abrufen. Ansonsten sieht man nur noch die Bewertungen und die Kommentare dazu.«

»Aber wir können anhand der Kontoauszüge feststellen, wie viel Geld sie gemacht hat, oder?«

»Ja, das geht.«

»Du hast gesagt, wenn eine Auktion beendet ist, dann treten Käufer und Verkäufer über E-Mail miteinander in Kontakt?«, versicherte sich Horndeich.

»Ja.«

»Können wir uns diese E-Mails anschauen?«

Margot klickte auf einige Schaltflächen, dann sagte sie: »Nein. Man kann zwar auch direkt über die eBay-Plattform kommunizieren, aber wenn sie das getan hat, hat sie dort alle Mails gelöscht. Aber sie hat auf jeden Fall eine E-Mail-Adresse außerhalb von eBay. Nur kennen wir die nicht.«

»Und wie können wir die herausbekommen?«

»Dazu müssten wir die Zugangsdaten zu ihrem eBay-Konto haben, also neben dem Pseudonym ›Hildewil‹ auch ihr Passwort.«

Horndeich nahm Margot die Maus ab, scrollte die Seite hinab, dann klickte er auf den Begriff »Impressum« und sagte: »Hier ist die Nummer von eBay. Da solltest du mal anrufen.«

»Wieso ich?«

»Ganz einfach: Erstens bist du der eBay-Crack, zweitens würde ich bei der ersten Gegenfrage ins Stottern geraten, und drittens kümmere ich mich jetzt darum, wie Mila in den Genuss der EC-Karte kam. Ich ruf mal beim Nachlassgericht an, wer die Willert offiziell beerbt hat.«

Margot griff zum Hörer, zögerte aber noch kurz. »Horndeich?«

»Ja?«

»Das hast du sauber hingekriegt. Endlich ein Silberstreif am Horizont. Vielleicht ist sie mit ihren Nebeneinkünften irgendjemandem fürchterlich auf die Zehen getreten.«

Obwohl es schon nach fünf Uhr war, bekam Horndeich noch einen der zuständigen Nachlassrichter ans Telefon. Er schilderte sein Anliegen, und der Richter versprach, in wenigen Minuten zurückzurufen.

Horndeich nutzte die Zeit, rief die eBay-Seite auf und machte seine Hausaufgaben: Wie er zufrieden feststellte, hatte er gut aufgepasst und wenige Sekunden später die Bewertungsliste von »Hildewil« auf dem Bildschirm. Die erste Seite zeigte nur positive Bewertungen, auf der zweiten entdeckte er eine negative. Er wollte gerade prüfen, was sich dahinter verbarg, als das Telefon klingelte.

»Richter Quilling am Apparat. Ich habe die Akte von Hildegard Willert vor mir liegen. Wir haben damals einen Erbschein ausgestellt. Der Begünstigte – der *einzig* Begünstigte – war ihr Sohn Gerhard Willert.«

»Können Sie mir sagen, wo der wohnt?«

»Ja.« Quilling nannte eine Adresse in Kassel inklusive einer Telefonnummer, unter der Gerhard Willert tagsüber erreichbar sei. Da Margot noch zwischen diversen Mitarbeitern bei eBay hin- und herverbunden wurde, wählte Horndeich gleich nach dem Telefonat mit dem Richter die genannte Nummer.

»Willert GmbH Industriedienstleistungen guten Tag mein Name ist Wenzel was kann ich für Sie tun?«, flötete eine Stimme ohne Punkt und Komma gelangweilt in Horndeichs Ohr.

»Guten Tag. Horndeich, Kripo Darmstadt. Ist Herr Gerhard Willert zu sprechen?«

Frau Wenzel schien das Wort Kripo nicht im Mindesten einzuschüchtern. Sie antwortete im gleichen Tonfall, dass ihr Chef schon außer Hause sei, sie ihm aber eine Nachricht hinterlassen und er sich bestimmt morgen melden würde.

Horndeich nannte seine Mobil- und seine Büronummer und verabschiedete sich.

Margot hatte inzwischen aufgelegt und hackte eifrig in die Tasten.

»Erfolg?«

»Fast. Ich muss ihnen ein Fax mit der Anordnung des Ermittlungsrichters schicken, dann senden sie uns die Daten zu.«

»Willst du das heute noch tun?«

Margot nickte, sah Horndeich dabei jedoch nicht an. Er spürte, dass sie noch lange im Büro bleiben wollte. Und als er daran dachte, in welcher kratzbürstigen Verfassung sie am Morgen gewesen war, schloss er messerscharf, dass sie zu Hause nicht der traute Empfang erwartete, der ihr seiner Meinung nach zustand.

Völlig unnötigerweise, wie er selbst wusste, streifte Horndeich das schlechte Gewissen. Denn er würde diesen Abend mit Anna im Kino sitzen, nachdem es am Abend zuvor ja nicht geklappt hatte. Mit Popcorn und Händchenhalten. Harry Potter 4. Er kannte nicht mal den richtigen Titel des Films, aber er würde auch so eine Menge Spaß haben. »Gut, dann mach ich mich für heute vom Acker. Bis Montag.«

Margot rang sich zu einem Lächeln durch, dem man ansah, mit welcher Mühe sie es auf die Lippen gewuchtet hatte. »Bis Montag.«

Im Hinausgehen drehte sich Horndeich nochmals um. »Eine schlechte Bewertung hat Hildewil bei eBay bekommen. Vielleicht hatte da jemand einen Grund, sauer auf sie zu sein.«

»Aber wegen eines Rings bringt man kaum jemanden um, oder?«

Da hatte seine Kollegin natürlich recht. Aber das alles musste warten. Bis Montag...

## Samstag, 17.12.

Die Teile lagen vor Horndeich auf der Arbeitsfläche seines Schreibtisches. Die neuen Schläuche, bereits auf die richtige Länge zugeschnitten. Der Heizkörper, dessen Alurohr Horndeich auch vom letzten Spurenelement Kalk befreit hatte: Eine ganze Nacht in unverdünntem Essigbad hatte Wunder gewirkt. Selbst einen neuen Schalter hatte er erstanden. Das Schwierigste war gewesen, auch die verwinkeltsten Ecke des Gehäuses wieder völlig sauber zu bekommen. Dagegen war das Polieren der Heizplatte ein Leichtes gewesen.

In seinem Arbeitszimmer drang leise Musik aus dem kleinen Transistorradio auf dem Schreibtisch. Neben Horndeich stand eine Tasse Tee. Er sah auf die Uhr: Es war noch nicht einmal acht Uhr morgens.

Anna schlief noch im Schlafzimmer nebenan. Harry Potter hatte sich alle Mühe gegeben, den vorigen Abend zu verzaubern, und es war ihm gelungen. Während Horndeich die Filmhandlung ganz nett gefunden hatte, war Anna für die Dauer des Films auf dem Zaubererinternat Hogwart eingezogen. Einzig ihre Hand hatte ab und an in die Dimension des Kinosaals hineingereicht, um nach einer Handvoll Popcorn zu greifen. Als Anna viel später den Kopf auf Horndeichs Brust gebettet hatte und binnen einer Minute eingeschlafen war, hatte für ihn ein perfekter Abend geendet. Und wieder klopfte er sich auf die Schulter, dass er im entscheidenden Moment seines Lebens genug Mumm aufgebracht hatte, seine Anna einfach anzusprechen.

Eineinhalb Jahre zuvor hatten Margot und er einen Arzt zu einem Mordfall befragen müssen. Anna hatte bereits damals bei Dr. Siegfried Petrow gearbeitet. Horndeich hatte Anna das erste Mal gesehen, ihr diesen kleinen Moment zu lange in die Augen geschaut – und war sofort überzeugt gewesen, seine Prinzessin gefunden zu haben. Nach der Vernehmung war er zurückgegangen und hatte sie gefragt, ob sie mit ihm ausgehen wolle. »Der Beginn einer wunderbaren Freundschaft«, wie Bogart wohl gesagt hätte.

Sicher, auch zwischen ihnen lief nicht immer alles perfekt. Annas Freundeskreis war größer als der seine, und oft traf sie sich auch allein mit Freundinnen – oder Freunden. Und wenn jemand Probleme hatte, konnte es durchaus sein, dass Anna auch mitten in der Nacht den Seelentröster spielte – wie zuletzt Mittwoch, als ausgerechnet dieser Leonid bei ihr Trost gesucht hatte.

Nun, vielleicht bin ich auch ungerecht, dachte Horndeich, denn dieser Mann hat schließlich seine Schwester verloren. Oder verloren gemacht ...

Doch darüber wollte er in diesen Stunden nicht nachdenken. Lieber nochmals die Zeit Revue passieren lassen, zwischen dem Abreißen der Kinokarten und Annas Kopf auf seiner Brust ...

Er schraubte den Netzschalter ins Gehäuse, setzte die Heizplatte ein und steckte die Kabelverbindungen auf die entsprechenden Laschen. Als er am Montag die schlechteste Kaffeemaschine im Gerümpelkorb der Abstellkammer gesehen hatte, war ihm fast das Herz gebrochen. Der Kaffee, den sie gebrüht hatte, war schlecht gewesen und mit den Jahren immer schlechter geworden. Dennoch hatte sich Horndeich nie mit Maschinen anfreunden können, bei denen steril verpackte Kaffeepäckchen für guten Geschmack sorgen sollten – selbst wenn diese Maschinen in peppigem Blau mit rotem Knopf daherkamen. In einem Anfall von Mitleid und Trotz hatte er die Maschine mit nach Hause genommen und die nötigen Austauschteile gekauft – inklusive einer Tube Kunststoffpolitur. Er war zwar nicht Harry Potter, aber eine Kaffeemaschine war auch kein Hexenwerk. Es wäre doch gelacht, würde er sie nicht in einen Jungbrunnen tauchen können. Hoffentlich ein Jungbrunnen, der ihr auch abgewöhnte, das Aroma guten Kaffeepulvers geschmacklich auf Gülle-Niveau zu senken.

Die Tür zum Schlafzimmer knarrte, gleich darauf schlang Anna die Arme von hinten um Horndeich und begrüßte ihn mit einem verschlafenen »Guten Morgen«.

Während sie sich im Bad nach eigenem Bekunden erst mal in einen Menschen verwandeln wollte, bereitete Horndeich in der Küche das Frühstück zu. Anna würde danach mit ihren beiden ukrainischen Freundinnen Tatjana und Irina in die Stadt gehen.

Die Vorstellung, mit drei Frauen von Klamottengeschäft zu Klamottengeschäft zu bummeln, weckte in ihm ungefähr so viel Begeisterung wie die Aussicht auf einen Marathonlauf in den Alpen. Die nötige Ausdauer dafür musste ungefähr auf dem gleichen Niveau liegen. Deshalb war es ihm nur recht, die Damenbeschäftigung ebendiesen zu überlassen.

Horndeich stellte Annas Lieblings-Brötchenutensilien auf den Tisch: Butter, Scheibenkäse und Nutella. Er wunderte sich stets darüber, wie sie deren Kombination auf einer einzigen Brötchenhälfte kulinarisch arrangieren konnte. Noch mehr wunderte er sich, dass derart opulent bestückte Brötchen von ihrem Körper vollständig in Energie umgesetzt wurden. Letzteres erfüllte ihn stets mit einem Anflug von Neid.

Nachdem Anna in Richtung Stadt aufgebrochen war, zog Horndeich die letzen Schrauben der Kaffeemaschine an. Er ließ drei Liter Wasser durchlaufen, bevor er einen Kaffee zubereitete. Er traute sich kaum, an der Tasse zu nippen. Um dann festzustellen, dass die schlechteste Kaffeemaschine der Welt dank seiner Tuning-Maßnahmen ihren Titel eingebüßt hatte. Seine Laune verbesserte sich nochmals um drei Punkte. Er hatte das Gefühl immer genossen, wenn er etwas, das nicht funktionierte, wieder zum Leben erweckte. Und diese Kaffeemaschine hatte es mehr als verdient.

Er beschloss, das Maschinchen gleich zum Präsidium zu fahren. Margot würde Montagmorgen Augen machen. Auf dem Weg kaufte er noch frisch gemahlenen Kaffee, eine neue Kaffeedose und bei der Gelegenheit noch Zuckerwürfel und eine kleine Zuckerdose. Damit war die Grundausstattung zur Koffeinversorgung wieder komplett.

Der Parkplatz vor dem Präsidium war am Wochenende nicht so gut gefüllt wie unter der Woche, deshalb stach Margots BMW sofort ins Auge.

Als Horndeich ins Büro trat, hatte Margot nicht nur ihren Schreibtisch, sondern auch seine Arbeitsplatte mit Dokumenten überfüllt. Beide Rechner liefen, aus dem kleinen Transistorradio klang leise Musik. Margot brütete mit dem Rücken zu ihm über einer Zahlenkolonne.

Horndeich klopfte gegen den Türrahmen.

Und erschrak. Seine Kollegin schien an einem Augenringe-Wettbewerb teilzunehmen. Mit guten Chancen auf den ersten Platz.

»Was machst du denn hier? Es ist Wochenende! Nicht mit Anna zusammen?«, fragte Margot.

Horndeich wusste nicht, was ihn mehr verwunderte: Frage oder Tonfall. Beide waren die akustische Manifestation der dunklen Schatten in Margots Gesicht.

»Hallo. Ich wollte eigentlich nur das hier abstellen.« Horndeich zog die Kaffeemaschine aus der Tüte.

»Ich dachte, die hätte die Putzfrau…?«

»Hätte sie auch, aber ich war schneller. Runderneuert. Und auf der Geschmacksskala hat sie einen Quantensprung gemacht.«

Täuschte er sich, oder wurden Margots Augen tatsächlich feucht? Er konnte die Frage nicht beantworten, denn sie stand auf, nahm die Maschine und stellte sie auf den angestammten Platz. Horndeich beschloss, die Gegenfrage, was sie denn am Wochenende eigentlich im Büro verloren hatte, besser nicht zu stellen. Er nahm die Kanne und sorgte für frisches Wasser, um Margot gleich das neue Aroma vorführen zu können, das die Maschine nun herbeizauberte.

Ihr unverkennbares Röcheln hatte die Gute nicht eingebüßt, wie die Polizisten wenige Minuten später feststellten.

Horndeich ließ den Blick über die ausgebreiteten Unterlagen wandern. »Hast du etwas Neues herausgefunden?«

»Ja. Zuerst habe ich die ganzen Auszüge verglichen, Milas Konto und das von der Willert.«

»Und was kam dabei heraus?«

»Bevor Milas Mann im Knast landete, wurde Willerts Konto kaum benutzt. Es gab nur drei eBay-Verkäufe. Und immer, wenn das Geld eingegangen war, wurde es wenige Tage später abgehoben. Danach verkaufte Mila immer mehr – sogar schon, als die Willert noch lebte.«

»Das kann Frau Willert allerdings auch selbst gemacht haben.«

»Theoretisch ja. Praktisch glaube ich nicht, dass eine über Achtzigjährige, die schon Pflege braucht, den Computer und eBay für sich entdeckt. Also, die Zahlen sehen so aus: Rechnen wir alle eBay-Verkäufe zusammen...«, Margot schaute auf einen der vor ihr liegenden Ausdrucke, »... kommen wir auf die Summe von 68 000 Euro in drei Jahren. Rechnen wir den Zeitraum bis zu Frau Willerts Tod raus, wären es knapp 64 000.«

Horndeich stieß einen anerkennenden Pfiff aus. »Kein schlechter Schnitt. Vielleicht sollte ich mich doch mal näher mit eBay befassen.«

Er beobachtete, wie Margot in einem anderen mehrseitigen Ausdruck blätterte. Ihre Analyse war sicher nicht innerhalb der vergangenen halben Stunde entstanden. Wahrscheinlich auch nicht während der vergangenen zwei Stunden. Zwar trug sie nicht mehr den Pullover vom Vortag, dennoch glaubte er, dass ihr Kontingent an Schlaf in dieser Nacht noch unter der

Zeit lag, in der Anna ihr Butter-Nutella-Käse-Brötchen verputzt hatte.

»Von diesen 68 000 Euro hat sie in dieser Zeit knapp 18 000 bar auf ihr eigenes Konto eingezahlt. Davon gingen die laufenden Kosten runter, offenbar auch die Lebenshaltungskosten.«

»Das heißt, irgendwo fliegen jetzt 50 000 Euro herum?«

»Abzüglich dessen, was sie selbst für den Schmuck bezahlt hat.«

»Und wo ist das Geld?«

»Das weiß ich nicht.«

»Hast du 'ne Idee?«

»Nun, ich glaube nicht, dass sie das Geld an einem offiziellen Platz deponiert hatte, wie etwa in einem Schließfach. In der Wohnung war nichts. Meine Arbeitshypothese: Sie hat das Geld nicht mehr.«

»Okay – und warum hat sie das Geld nicht mehr?«

»Sie wurde erpresst.«

»Du meinst, sie wurde um ihre gesamten – sagen wir – 40 000 Euro erleichtert?«

»Ja. Vielleicht ist ihr jemand auf die Schliche gekommen. Und Mila wollte alles, aber nicht in den Bau. Da ist ihr Mann gelandet, das wollte sie unter keinen Umständen.«

»Okay – und wer hat sie erpresst?«

»Der Mörder. Irgendetwas ist bei der Geldübergabe schiefgelaufen. Vielleicht hat Mila den Erpresser erkannt. Und daraufhin hat dieser sich der Zeugin entledigt.«

Horndeich dachte kurz darüber nach. »Das Ganze hat aber einen Haken. Würdest du das Geld unten in den Katakomben übergeben? Da ist es doch fast schon vorprogrammiert, dass sich Erpresser und Erpresster in die Arme laufen. Und spätestens, wenn der Erpresser den Keller verlässt, sieht der Erpresste ihn, weil er draußen in aller Ruhe auf ihn warten kann. Das ist einfach ein idiotischer Ort für eine Geldübergabe. Zumindest dann, wenn der Erpresser unerkannt bleiben will.«

»Das habe ich mir auch schon überlegt. Wahrscheinlich hat die Theorie auch noch mehr als diesen Haken«, sinnierte Margot. »Aber schau, ich hab noch was herausgefunden. In den vergangenen fünf Monaten hat sie eine Rolex-Uhr und acht Ringe vertickt – das scheint ihre Masche zu sein.«

»Und woher hatte sie die?«

»Weiß ich nicht. Noch nicht.« Margot wühlte sich durch einen kleinen Stapel mit Blättern, der sich auf Horndeichs Schreibtisch befand.

»Leonid.«

Margot hörte auf, durch die Unterlagen zu pflügen. »Leonid?«

»Das wäre doch eine Erklärung, warum er im vergangenen Jahr so oft hier in Darmstadt war. Er hat ihr das Zeug besorgt.«

»Aber er war ja nur im letzen Jahr so oft hier, davor nicht.«

Horndeich seufzte und ging zur Kaffeemaschine. Er füllte Margot und sich einen Becher ein – er nahm natürlich Margots Smiley-Becher, in der Hoffnung, die Stimmung der Kollegin damit ein bisschen zu heben – und gab noch einen Würfel Zucker hinzu. Gegen die Bitterkeit, wie seine Kollegin immer zu sagen pflegte. Vielleicht sollte er ihr an diesem Morgen besser vier Zuckerwürfel spendieren.

Nach kurzem weiterem Furchenziehen durch Blätterhaufen hielt Margot wieder inne und sagte. »Und schau mal hier, ich hab noch was entdeckt. Du hast mich gestern selbst darauf gebracht: Die eine schlechte Bewertung bei eBay, die sie von einem Kunden bekommen hat, weicht völlig vom Schema ab. Alle waren immer zufrieden. Nur einer nicht, und der hat einen seltsamen Kommentar geschrieben: ›Habe Ware ersteigert, aber Verkäufer hat auch nach der fünften (!) E-Mail nicht reagiert. Konnte Geld nicht überweisen. Unseriös. Warne alle eEbayer!‹«

»Ist ihm aufgefallen, dass der Ring nicht echt war?«

»Nein. Er hat keinen Ring ersteigert, sondern ein Tagebuch.« Margot stand auf und ging zu einem anderen Papier-Ablageplatz. Sie nahm ein Blatt von einem der Haufen und legte es vor Horndeich auf den Tisch.

»Biete ein Tagebuch von Marina Lirowa an«, stand dort zu lesen. »Sie war eine Zofe von Alexandra Fjodorowna, der letzten russischen Zarin. Sie beschreibt darin auf Russisch ihre

Zeit am Zarenhof. Interessant für alle, die sich für Memorabilien rund um die letzte Zarenfamilie interessieren.«

Während Horndeich die Details über Zustand und Echtheit las, leerte er seinen Kaffeebecher. »Wer war der Käufer?«

»Ein Antiquitätenhändler. Wilfried Leppart aus Hamburg. Hat nur gute Bewertungen. Handelt vor allem mit Möbeln, und zwar gewerblich. Er hat auch eine Telefonnummer auf den Seiten seines eBay-Shops. Ich hab schon angerufen.«

»Und?«

»Nur der Anrufbeantworter. Montag ist wieder jemand da.«

»Wie viel wollte er für das Buch bezahlen?«

»1120 Euro und 31 Cent.«

Horndeich stieß einen leisen Pfiff aus.

»Von wann ist die Bewertung?«

»Vor drei Tagen wurde sie abgegeben. Die Auktion endete am 26. November, also heute vor drei Wochen.«

Horndeich staunte. »An dem Tag, an dem der Wachmann vor der russischen Kapelle erschlagen wurde.«

»Ja.«

»Zufall?«

»Ich glaube nicht ganz daran. Denn an diesem Datum habe ich in ihren Kontoauszügen noch etwas Interessantes gefunden.«

Wieder ging sie zu einem anderen Papierhaufen. Milas Kontoauszüge. »Sie hat in einem Baumarkt 199 Euro mit der EC-Karte bezahlt.«

»Und?«

»Erinnerst du dich an die Beschreibung des Tatorts, wo der tote Wachmann gefunden wurde? Da lag eine Leiter im Gebüsch in der Nähe.«

»Okay. Und wie kommst du darauf, dass Mila im Baumarkt ausgerechnet diese Leiter gekauft hat?«

Margot klickte mit der Maus, dann hatte sie einen Prospektausschnitt des Baumarkts auf dem Monitor. Horndeich sah eine Aluleiter. Und den Preis. 199 Euro. »Meinst du nicht, dass das ein bisschen weit hergeholt ist? War diese Leiterspur nicht im Sande verlaufen?«

»Nicht ganz.« Margot griff zum nächsten Stapel. Offenbar kannte sie jeden der zwanzig Papierhaufen inzwischen mit Vornamen. »Die Leiter ist eindeutig die aus dem Prospekt. Das Modell wurde in den zwölf Wochen vor dem Mord dreizehn Mal verkauft. Elf Leute haben mit EC-Karte bezahlt. Und jetzt kommt's: Ludmilla Gontscharowa war darunter. Die Kollegen sind losgezogen und haben sich von allen Käufern ihre Leiter zeigen lassen. Und alle elf konnten die Leiter vorweisen. Die haben sie also nicht im Gebüsch vergessen.«

»Aber wir wissen jetzt nichts Neues. Mila hat eine Leiter gekauft. Wahrscheinlich die, die in ihrem Keller steht.«

»Mir ist das zu viel Zufall.«

»Und was willst du jetzt machen?«

»Ich fahre zum Baumarkt. Vielleicht kann ich mit der Kassiererin sprechen. Möglicherweise ist ihr etwas aufgefallen.«

Horndeich hatte noch eine letzte Frage: »Und was sagst du zum Kaffee?«

»Gut«, meinte sie. Und das erste Mal an diesem Morgen entdeckte Horndeich so etwas wie ein Lächeln in ihrem Gesicht.

»Susanne Richter – sie hat die Leiter verkauft«, erklärte der Baumarktleiter. Seine fleischige Pranke, die die Maus hektisch über das Mauspad schob, erinnerte Horndeich an die Hand eines Metzgers. Es hatte den Mann nur fünf Minuten Recherche gekostet, die Verkäuferin ausfindig zu machen, nachdem ihm Margot den Ausdruck des Prospekts mit der Artikelnummer gezeigt hatte. »Ich kann sie rufen lassen.«

Das Büro war eng und stickig und stand damit in argem Kontrast zur weitläufigen, klimatisierten und angenehm beleuchteten Verkaufshalle.

Frau Richter war knapp vierzig, ein wenig untersetzt, und trug die langen roten Haare zu einem Pferdeschwanz gebunden. Nachdem der Baumarktleiter Horndeich und Margot das Büro für die Befragung überlassen hatte, legte Margot der Kassiererin das Foto vor. »Kennen Sie diese Frau?«

»Ich kassiere am Tag manchmal mehr als fünfhundert Leute ab – da kann ich mir kaum ein Gesicht merken.«

»Sie hat bei Ihnen eine Leiter gekauft. Vor drei Wochen. Eine große Aluleiter.«

Die Kassiererin nahm Milas Foto in die Hand, betrachtete es sich genauer, und auf einmal hellten sich ihre Züge auf, und sie rief: »Ja, ja – das ist sie. Das ist diese Frau. Aber ihre Haare ... Sie hatte blonde Haare. Und die waren länger.«

Margot und Horndeichs Blicke trafen sich.

»Wieso erinnern Sie sich jetzt doch an sie?«, fragte Horndeich. Und das trotz der Perücke, die sie getragen hat, fügte er in Gedanken nicht weniger erstaunt hinzu.

Frau Richter nickte, als wollte sie die Geschichte, die sie zu erzählen hatte, schon im Vorfeld bestätigen und für deren Echtheit bürgen. Dann begann sie: »Es war Samstagmorgen, sehr früh, und es war bereits die Hölle los. Zwei Kolleginnen waren krank, die Schlange reichte bis zur Sanitärabteilung. Und dann kam die Frau mit der Leiter. Sie bezahlte mit einer EC-Karte – das heißt, sie wollte bezahlen. Aber unser Kartenlesegerät war an dem Tag reichlich zickig. Jede dritte Karte hat das blöde Teil nicht angenommen. Was weder meiner Laune noch der der Kunden förderlich war. Ich fragte sie, ob sie zufällig auch Bargeld dabei hätte, aber natürlich Fehlanzeige. Ich wollt' sie bitten, eine andere Kasse zu benutzen, da sagt sie, sie habe noch eine zweite Karte dabei, und die reicht sie mir. Die Karte war von der Volksbank. Ich las den Namen – ein russischer Name – und schaute sie irritiert an. Denn auf der ersten stand ein anderer Name, ein deutscher nämlich, mit dem Vornamen Hildegard. Das ist mir aufgefallen, weil meine Mutter auch Hildegard heißt. Und außerdem fiel mir auf, dass sie einen leichten Akzent hatte, dass sie das R so seltsam rollte, Sie verstehen? Ja, und das mit dem russischen Namen ... Man liest es ja in der Zeitung, was diese russischen Aussiedler hier in Deutschland treiben. Ausgerechnet die haben wir uns ins Land geholt!«

Horndeich lag eine scharfe Entgegnung auf der Zunge, zumal ihn der Gedanke ansprang, dass auch Anna – seine Anna – mit solchen Vorurteilen konfrontiert wurde. Doch er schluckte seinen aufwallenden Zorn hinunter und knurrte nur: »Bitte bleiben Sie beim Thema, Frau Richter!«

Die nickte erneut, musste aber noch loswerden: »Nun ja, Russen, dachte ich, und deshalb hab ich mir die Sache gemerkt und mir auch ihr Gesicht eingeprägt. Sie hat wohl kapiert, dass mir was aufgefallen ist, und sagte, die Karte sei von ihrer Tante, für die sie noch Geld abheben sollte. Es wär kein Problem, sie würde das mit ihrer Tante regeln.« Diesmal nickte Frau Richter nicht, sondern schüttelte den Kopf. »Ganz koscher kam mir das natürlich nicht vor, und ich dachte bei mir: So sind sie halt, die Russen...« Horndeichs Geduldsfaden wurde einer harten Materialprüfung unterzogen. »Aber von hinten blökten schon wieder Leute, dass wir noch Kassen aufmachen sollten. Also zuckte ich nur mit den Schultern, zumal sie die Geheimzahl der Karte ja eingeben musste. Das klappte, und da sagte ich mir: Ist wohl doch keine geklaute Karte. Aber gemerkt habe ich mir die Sache trotzdem. Man kann ja nie wissen.« Sie nickte erneut, diesmal recht heftig. »Und heute steht die Polizei hier und fragt nach genau dieser Russin.«

Horndeichs Geduldsfaden mochte nicht so lang sein wie der von Margot. Aber immerhin bestand er diesen Härtetest. Der Kommissar wunderte sich selbst darüber, wie gut er sich im Griff hatte. Mit ganz neutraler Stimme fragte er: »Erinnern Sie sich an noch etwas? War sie allein? War sie nervös oder niedergeschlagen? Irgendetwas, was uns weiterhelfen könnte?«

»Ja, sie war allein da. Auch, als sie am nächsten Montag wiederkam.«

»Sie war am folgenden Montag nochmals an Ihrer Kasse?«, fragte Margot erstaunt.

»Ja. War wohl Zufall. Wir hatten nur zwei Kassen geöffnet, es war fast nichts los. Ich erkannte sie, aber sie wollte sich an der Kasse meiner Kollegin anstellen. Doch die musste auf Toilette. Also kam diese Russin wieder zu mir. Sie hatte wieder eine Leiter dabei, das gleiche Modell. Ich fragte sie, ob die andere Mängel habe, ob sie die Leiter umgetauscht habe. Da lächelte sie und verneinte. Ein Verwandter von ihr – ich glaube, es war der Cousin – sei von dem Modell begeistert, deshalb habe er sie gebeten, für ihn auch eine solche Leiter zu kaufen. Aha, dachte ich mir, die hat also die gesamte Verwandtschaft mitgebracht. Demnächst sprechen wir alle Russisch hier.«

Margot hörte bereits das leise Sirren, das Horndeichs Geduldsfaden im finalen Spannungstest von sich gab, deshalb fragte sie schnell: »Und was geschah dann?«

»Nichts«, antwortete Frau Richter. »Diesmal gab es kein Problem mit der Karte, denn sie zahlte bar.« Sie konnte es sich nicht verkneifen, hinzuzufügen: »Möchte nicht wissen, woher sie das Geld hatte.«

»Wahrscheinlich mit harter Arbeit ehrlich verdient«, sagte Margot, obwohl sie selbst nicht ganz daran glaubte, und lächelte Frau Ritter zuckersüß an. »So wie auch die aus Russland stammende Lebensgefährtin meines Kollegen ihr Geld ehrlich verdient und davon Steuern, Sozialabgaben und Rentenversicherung bezahlt.«

»Oh ...«, sagte Frau Richter nur, machte große Augen, schlug die rechte Hand vor den Mund und wurde so rot wie der Kreml unter der stalinistischen Diktatur.

Horndeich und Margot verließen den Baumarkt und eine in ihrem Weltbild arg durcheinandergebrachte Frau Richter. Sie steuerten die Würstchenbude auf dem Kundenparkplatz an.

»Du meinst also, die Leiter im Keller ist die, die sie montags bar gekauft hat«, resümierte Horndeich, während er zwei Currywurst-Stückchen aufspießte. »Und die mit der Karte bezahlt wurde, die lag auf der Mathildenhöhe.«

Margot schob sich eine Gabel Pommes-frites-Stäbchen in den Mund. »Das wäre immerhin möglich.«

»Gab es denn auf der Leiter im Gebüsch keine Fingerabdrücke?«

»Doch. Ein paar verwischt, zwei, drei saubere. Aber die stammten wohl von Kunden oder vom Personal. Von Mila waren keine drauf, das habe ich gecheckt. Außerdem hätte jeder die Leiter mit Handschuhen angefasst, der sie auf die Mathildenhöhe getragen hat.«

»Wieso das denn?«

»Na, es waren locker zehn Grad minus. Trag du mal eine

Metallleiter mit bloßen Händen ein paar Minuten durch den Frost, dann fallen dir die Finger ab.«

Horndeich verzichtete gern auf dieses Experiment und gab seiner Kollegin einfach recht. »Aber die Leiter im Gebüsch war definitiv nicht die, mit der der Einbrecher hochgestiegen ist, oder?«

»Es gab Abdrücke im Schnee – die Leiter des Einbrechers war wesentlich schmaler. Und der Einbrecher war ja laut DNA-Analyse auch ein Mann. Mila kommt als Täterin also nicht in Frage.«

»Und was hat sie dann dort gemacht? Ist sie mit ihrer neu erstandenen Leiter durch die Gegend gelaufen, um sie stolz ganz Darmstadt zu präsentieren? Nachts macht das keinen Sinn.«

»Es sei denn, der Mörder ist nicht mit dem Einbrecher identisch. Vielleicht hat Mila den Wachmann ermordet. Vielleicht haben der Einbrecher und sie gemeinsame Sache gemacht.«

Horndeich überlegte kurz. »Mit zwei Leitern? Warum sollten sie mit zwei Leitern anrücken, wenn sie gemeinsam etwas aus der Kirche klauen wollen.«

»Du hast recht. Also wieder nur ein weiteres großes Puzzle-Teil, das sich partout nicht ins Bild fügen will.«

»Wobei wir immer noch keine Ahnung haben, wie viele Teile das Puzzle überhaupt hat.«

Horndeich kaute gerade auf dem letzten Stück seiner Currywurst herum, als sein Handy klingelte. Das war bestimmt Anna, die ihm mitteilen würde, dass die Shopping-Tour beendet war. »Ja, mein Schatz?«

»Entschuldigen Sie, spreche ich mit Kommissar Steffen Horndeich?«

Definitiv nicht Anna. Vielleicht hätte er doch zunächst auf die Nummer im Display schauen sollen. Er schluckte den Rest Currywurst hinunter, und während er antwortete, konnte Margot zusehen, wie seine Gesichtsampel auf dezentes Rot schaltete. »Ja, Horndeich am Apparat. Mit wem spreche ich?«

»Mein Name ist Gerhard Willert. Sie baten um Rückruf.«

Gerhardt Willert wohnte in einer restaurierten Altbauwohnung im Herzen Kassels. Horndeich schätzte die Grundfläche auf deutlich mehr als hundertdreißig Quadratmeter.

Während Margot und er sich im Wohnzimmer umsahen, bereitete Willert einen Tee zu. Offenbar war es in ganz Hessen inzwischen gute Sitte geworden, seine Gäste mit Tee zu versorgen; umso dankbarer war Margot ihrem Kollegen, dass er die alte Kaffeemaschine wieder in Gang gebracht hatte. Antike Möbel fügten sich stilvoll zu Stuck und Parkettfußboden.

Willert hatte Horndeich am Telefon mitgeteilt, dass er an diesem Tag von einer Geschäftsreise aus England zurückgekehrt sei und am kommenden Abend bereits wieder nach Brasilien fliege. Er würde gern mit ihnen sprechen – aber es sei nur an diesem Wochenende möglich. Horndeich hatte sich kurz mit Margot abgesprochen, die gegen den Trip nach Nordhessen nichts einzuwenden gehabt hatte. Horndeich hatte daraufhin Anna angerufen, die ohnehin mit den beiden Damen noch nach Frankfurt hatte fahren wollen. Offenbar verhielt es sich mit dem Angebot der Darmstädter Kleidergeschäfte wie mit dem Innern ihres Kleiderschranks: Unzählige Kleiderstangen voll von Nichts-zum-Anziehen...

Willert balancierte vorsichtig ein Tablett mit Porzellangeschirr, stellte es auf dem Couchtisch ab und verteilte die Gedecke. Kandiszucker weiß, Kandiszucker braun, Milch, Sahne – Willert hatte für alle geschmacklichen Eventualitäten gesorgt. Während er einschenkte, bedauerte er abermals Milas tragisches Schicksal. »Sie war eine so nette Person. Und eine hübsche obendrein.«

Margot bemühte sich, den weiteren Bemerkungen eine chronologische Abfolge zu geben, indem sie fragte: »Wann haben Sie Ludmilla Gontscharowa kennengelernt?«

»Das war kurz, nachdem Mila und ihr Mann in diese Wohnung eingezogen waren. Muss wohl vier Jahre her sein. Die beiden waren frisch verheiratet. Meine Mutter erzählte mir, dass sich Mila als die neue Nachbarin vorgestellt hatte. Und meine Ma hat sie gleich zum Kaffeetrinken verdonnert. Sie war sicher froh, jemanden gefunden zu haben, der ihren Geschichten lauschte – jemanden, der diese Geschichten noch nicht auswendig kannte. Und als ich sie in Darmstadt besuchte, da stellte mir meine Mutter Mila vor. Die beiden schienen sich prächtig zu verstehen.«

»Wissen Sie etwas über Milas Ehemann?«

»Nun, meine Mutter hielt nicht viel von ihm, zumal er keine ihrer Einladungen zu einem Essen zu dritt angenommen hatte.«

»Wie hat sich Mila denn um ihre Mutter gekümmert?«

»Meine Mutter war recht rüstig, aber ein halbes Jahr, nachdem Mila eingezogen war, stürzte sie. Sie hat sich zwar nichts gebrochen, aber danach hatte sie Angst vor dem Gehen, lief immer weniger. Und ihre Augen wurden zunehmend schlechter. Deshalb hat Mila für sie eingekauft und ihr ab und zu im Haushalt geholfen.«

»Ihre Mutter hat die Wohnung nicht mehr verlassen?«

»Doch, noch einmal, als Mila ins Krankenhaus kam. Sie war hochschwanger, aber sie hatte sich irgendeine Infektion eingefangen. Keine Ahnung, was das war, aber sie musste sofort ins Krankenhaus. Meine Mutter wollte sie unbedingt besuchen, aber ich war in Brasilien und konnte sie nicht hinfahren. Meine Firma betreut dort chemische Anlagen, und da muss ich oft rüberfliegen, manchmal für mehrere Wochen. Tja, und da ist meine Mutter mit dem Taxi zum Krankenhaus. Zwei Mal.«

»Haben Sie von Milas Totgeburt erfahren?«

»Ja. Meine Mutter erzählte es mir, als ich sie wenig später besucht habe. Mila habe sich so auf ihr Kind gefreut. Und meine Mutter deutete an, dass Mila wohl gehofft hatte, durch das Kind würde es mit ihrer Ehe wieder bergauf gehen. Aber das denken ja viele, und dann geht doch alles in die Brüche, und die Kinder sind die Leidtragenden.« Er zuckte mit den Schultern. »Auf jeden Fall meinte meine Mutter, Mila habe um das Kind gekämpft. Die Infektion, frühzeitige Wehen, ihr schlechter Gesundheitszustand – Mila muss unglaubliche Kraft gehabt haben, bis diese Sache mit ihrem Mann passierte. Sie wissen sicher Bescheid.«

Horndeich und Margot nickten unisono.

»Nun, das muss der berühmte Tropfen gewesen sein, der das Fass zum Überlaufen brachte. Das hat sie offenbar nicht mehr verkraftet. Meine Mutter hatte schon früher angedeutet, dass der Mann sein Geld wohl nicht nur auf ehrliche Weise verdiente. Sie war der Ansicht, dass es für Mila besser wäre, sich scheiden zu lassen. Meine Mutter war sehr konservativ und streng katholisch – wenn sie von Scheidung sprach, musste die Sache ziemlich arg gewesen sein. Nun, als die Polizei ihren Mann verhaftete und Mila ein paar Tage später den Grund erfuhr, hat sie sich aufgegeben. Die Infektion wurde wieder stärker, und das Kind kam viel zu früh auf die Welt. Geschwächt durch die Krankheit, starb es während der Geburt. Und auch Mila hätte fast nicht überlebt.«

»Was passierte, nachdem Mila wieder zu Hause war?«

Willert stand auf, ging auf und ab. »Meine Mutter sagte, dass sie sich verändert hatte. Wissen Sie, ich habe Mila als aufgeschlossene, ja, fast strahlende junge Frau kennengelernt. Ich habe sie danach nur noch dreimal gesehen, das letzte Mal einen Tag nach der Beerdigung, als wir die Wohnung meiner Mutter auflösten. Da war nicht mehr auch nur die Andeutung eines Lächelns in ihrem Gesicht. Sie hatte sich völlig verändert.«

»Aber das ist doch nicht ungewöhnlich. Ihre Mutter war gerade gestorben, und Mila mochte sie doch«, warf Margot ein.

»Das meine ich nicht. Sie wirkte völlig leer, fast apathisch. Und komplett verschlossen. Vor dem Tod meiner Mutter sagte Mila ihr noch, dass sie sich eine eigene Existenz aufbauen und danach nie mehr von jemandem abhängig sein werde. Meine Mutter sprach mit ihr, sagte ihr, dass sie noch jung sei und noch immer eine Familie gründen könne. Aber die Verbitterung, die von Mila Besitz ergriffen hatte, konnte sie nicht vertreiben.«

»Was passierte, als Ihre Mutter starb?«

»Mila rief mich an, dass sie meine Mutter tot aufgefunden habe. Sie sei wohl sanft entschlafen. Ich sagte ihr, ich würde sofort nach Darmstadt kommen. Ich war zufällig gerade in Kassel und nicht im Ausland. Als ich ankam, hatte Mila bereits einen Arzt gerufen, der den Tod bescheinigt hatte. Und sie hatte auch schon ein Bestattungsunternehmen bestellt. Meine Mutter war bereits nicht mehr in der Wohnung.«

»Gab es ein Testament? Hat Mila etwas geerbt?«

»Meine Mutter hatte kein Testament gemacht. Sie hatte etwa 20 000 Euro auf einem Sparbuch und 2000 auf ihrem Girokonto. Das war alles.«

»Besaß ihre Mutter irgendwelchen Schmuck? Vielleicht solche Ringe?« Margot zeigte ihm ein Foto aus dem eBay-Angebot.

»Nein, sie hatte keinen Schmuck und auch keine Immobilien. Meine Eltern haben sehr bescheiden gelebt, sie haben jeden Pfennig – und meine Mutter später jeden Cent – zweimal umgedreht. Ich habe Mila 5000 Euro gegeben. Bar. Dafür, dass sie für meine Mutter immer da gewesen ist. Sie hat es angenommen. Dann habe ich ein Entrümplungsunternehmen angerufen, und die haben die Bude ausgeräumt. Ich hab mir zuvor noch ein paar Fotoalben und persönliche Sachen mitgenommen.«

»Gab es irgendwelche Gegenstände, für die sich Mila interessierte?«

»Ja. Ich hatte den Eindruck, der Küchenschrank meiner Mutter war ihr wichtiger als das Geld, das ich ihr gegeben hatte. Ich hab keine Ahnung, was sie an dem fand. Und ich habe auch nie verstanden, was meine Eltern mit dem Teil wollten.« Willert setzte sich wieder auf das Sofa und goss seinen Gästen Tee nach. »Wissen Sie, meine Mutter hat diesen Schrank bei einem Schreiner anfertigen lassen. Reine Handarbeit, das Ding war dreimal teurer als eine komplette Wohnzimmereinrichtung, als sie ihn vor dreißig Jahren hat bauen lassen. Ich habe das nie kapiert. Noch weniger habe ich verstanden, dass mein Vater da mitgespielt hat.« Willert zuckte mit den Schultern. »Und Mila war völlig verrückt nach dem hässlichen Teil. Am Tag, als die Entrümpler kamen, hab ich mit ihnen und Mila den Schrank in ihren Keller gebracht.«

»War der Keller leer?«

»Ja, war er. Völlig leer. Aber das wusste ich, denn meine

Mutter hatte mir bereits früher erzählt, dass Mila alles, was sie auch nur im Entferntesten an ihren Mann erinnerte, zum Sperrmüll gegeben hatte. Sie hatte es im Keller zwischengelagert und dann alles auf einmal wegschaffen lassen.«

Horndeich rührte sich ein wenig Milch in den Tee und gab zwei Stücke Kandis hinzu.»Herr Willert, Sie sagten, Ihre Mutter habe ein Sparbuch und ein Konto gehabt, das Sie aufgelöst haben. Hatte Ihre Mutter sonst noch Konten?«

Willert schaute Horndeich an, als hätte der ihn nach einem bislang verschollenen Zwillingsbruder gefragt. »Nein. Das Sparbuch und das Konto waren bei der Volksbank. Wieso sollte es noch weitere Konten gegeben haben?«

»Hatte sie eine Kreditkarte?«

»Nein.«

Margot zeigte ihm die EC-Karte der Sparkasse. »Die gehörte aber Ihrer Mutter.«

Willert war völlig perplex. »Wo kommt die denn her? Ich meine, ich sehe das Ding zum ersten Mal. Ich hab damals mit Mila die ganzen Schubladen meiner Mutter umgekrempelt. Am Tag nach ihrem Tod. Aber da waren nur Unterlagen vom Sparbuch und dem Volksbankkonto.«

»Haben Sie keine Ahnung, woher diese Karte stammt?«

»Nein, wirklich nicht. Hat sie ... hat Mila etwa ...?«

Margot ignorierte die Frage und forschte weiter. »Konnte Ihre Mutter mit einem Computer umgehen?«

»Sie kannte sich mit Computern ungefähr so gut aus wie ich mit der Steuerung eines Atomkraftwerkes. Weshalb?«

»Hatte sie einen Computer? Hatte sie einen Internetzugang?«

»Nein! Sie hatte keinen Rechner. Wozu auch? Worauf wollen Sie hinaus?«

»Herr Willert, das Konto bei der Sparkasse wurde vor vielen Jahren noch von ihrem Vater angelegt. Darauf wurde ihm bis zu seinem Tod eine Betriebsrente gezahlt. Sie hatten keine Ahnung davon?«

Willert stand wieder auf. »Nein. Ich habe mich mit meinem alten Herrn – um es sanft zu formulieren – nicht gut verstanden. Ich habe ihn vor gut fünfundzwanzig Jahren das letzte Mal gesehen. Ich war auch nicht bei seiner Beerdigung, obwohl meine Mutter mich darum gebeten hatte. Ich hatte und habe keine Ahnung, welche Konten und welches Geld er gehabt hat.« Er schüttelte den Kopf, ein Zeichen seiner Verwirrung, und murmelte: »Aber woher kommt jetzt diese Karte?«

»Ihre Mutter hat nicht bei eBay gehandelt?«

»Frau Hesgart, meine Mutter hatte bis zu ihrem Tod ein Telefon mit Wählscheibe. Als vor zehn Jahren ihr Telefon den Geist aufgegeben hat, wehrte sie sich mit Händen und Füßen gegen ein Gerät mit Tasten, weil sie Angst hatte, damit nicht zurechtzukommen. Ich hab ihr in einem Pfandleihhaus eines mit Wählscheibe besorgt, weil sie sich weigerte, das neue Gerät von der Telekom zu benutzen. So war das Verhältnis meiner Mutter zur Technik. Ein Farbfernseher war der Gipfel an Hightech. Aber die Fernbedienung hat sie nie benutzt, sondern immer brav die Knöpfchen am Apparat verstellt. eBay, Computer, Handy – das war für sie ungefähr so geheimnisvoll wie für uns die Welt der Spinal-Anästhesie.«

Nach dem Besuch bei Willert schlug Margot vor, irgendwo eine Pizza zu essen. Horndeich war einverstanden, hielt sich jedoch lieber an eine Tomatensuppe mit Brot, während sich Margot eine Pizza mit frischen Pilzen bestellte.

»Jetzt wissen wir wenigstens, dass es definitiv Mila war, die von Anfang an diesen eBay-Handel aufgezogen hat«, sagte Horndeich. »Sie muss Frau Willert die Karte geklaut haben.«

»Vielleicht nicht gleich. Vielleicht hat sie sie einfach immer aus der Willertschen Schublade ausgeliehen, wenn sie Auszüge geholt oder Geld abgehoben hat. Um das Konto zu kontrollieren, genügte ihr ja das Internetcafé. Als die Willert starb, hat sie die Karte dann an sich genommen.«

»Womit die Frage offen bleibt, wo das Geld hingewandert ist. Und woher sie die Sachen hatte, die sie vertickt hat. Vielleicht hat sie anfangs mit ihrem Mann gemeinsame Sache gemacht – aber was war, nachdem der in den Knast gegangen ist?«

»Wir haben so viele Facetten, aber nichts will zusammenpassen«, meinte Margot. »Die eBay-Geschichte. Leonid, der uns etwas verschweigt. Zwei Zeugen, deren Phantombilder Leonid ungefähr so ähnlich sind wie ein Foto von Oliver Hardy dem von Stan Laurel. Diese Sache mit der Leiter. Das ominöse Tagebuch, das Mila inseriert, aber offenbar doch nicht verkauft hat. Der komische Ort, an dem sie umgebracht wurde ... Wo besteht ein Zusammenhang? Was ist Zufall? Ich habe den Eindruck, wir sehen zwar die Schachfiguren, aber nicht das Spielfeld, auf dem sie stehen.«

Margots Hände zitterten leicht, als ob sie jemand an zu starken Reizstrom angeschlossen hätte. Sie knallte Gabel und Messer auf den Teller. »Scheiße!«, fluchte sie leise.

Horndeich verstand den Ausbruch nicht. Okay, sie kamen mit dem Fall nicht wirklich weiter. Jede neue Erkenntnis gebar mindestens drei neue Fragen. Aber es war ja nicht der erste Fall, bei dem sie zwischenzeitlich in einer Sackgasse steckten.

»Er hat eine andere«, sagte Margot.

Horndeich ließ alle in den Fall verwickelten Männer auf einem imaginären Laufsteg Revue passieren. Dennoch wollte die Aussage seiner Kollegin keinen Sinn machen. »Wer hat eine andere?«

»Rainer«, antwortete sie, als wäre dies das Selbstverständlichste der Welt.

»Wie kommst du denn jetzt darauf?« Während Horndeich die Frage stellte, begriff er, dass dies keine spontane Erkenntnis von Margot war, sondern nur die spontane Äußerung einer lange gereiften Überzeugung. Dass er nicht sofort verstanden hatte, lag daran, dass Margot mit Äußerungen über ihr Privatleben normalerweise so freigiebig umging wie Dagobert Duck mit seinen Talern.

»Entschuldige«, bat Margot und reinigte das Besteck mit ihrer Serviette. »Ich wollte nicht damit anfangen. Ich habe nur darüber nachgedacht, ob ich jetzt direkt zu ihm gehe oder mit dir zurück nach Darmstadt fahre. Er wohnt ja nicht weit von hier.«

Horndeich erwiderte nichts. Sie würde ihn ihre Entscheidung gleich wissen lassen. Zumindest hatte er endlich eine Er-

klärung für ihre morgendlichen Augenringe und die Ruppigkeit, die sie gegenüber Leonid Prassir an den Tag gelegt hatte.
»Kannst du mich zu seiner Adresse fahren?«

Horndeich hatte sie vor über einer halben Stunde abgesetzt. Sie stand gegenüber dem Wohnblock, in dem Rainer ein Apartment gemietet hatte. Sie hatte keinen Schlüssel zu der Wohnung. Bisher war ihr das gar nicht aufgefallen. Rainer wohnte ja auch bei ihr. Rainer und sie wohnten ja *zusammen*. Das Apartment war nur Schlafstatt und auf Dauer billiger als ein Hotel. Und sie hatte ihn dort auch nur dreimal besucht.

Immer wieder hatte sie darüber nachgedacht, dass er die Nächte dort nicht allein verbringen könnte. Gab es nicht immer willige Studentinnen? In klareren Momenten schalt sie sich eine Närrin, die bereits in Kategorien des »Schulmädchenreports« dachte. Wenn Rainer und sie sich geliebt hatten, war es für sie unvorstellbar, dass er dies auch mit einer anderen tun könnte. Dass er es *so* mit einer anderen tun könnte.

Aber was sollte sie nun denken? Nachdem er sich eine Woche lang nicht bei ihr gemeldet und auf keinen ihrer Kontaktversuche reagiert hatte?

In seiner Wohnung brannte Licht. Und sie sah ab und zu seine Silhouette hinter den hellen Gardinen am Fenster. Er gestikulierte.

Dann folgte der Schuss direkt in ihr Herz. Rainer war nicht allein. Und der Schatten der zweiten Person gehörte eindeutig zu einer *Personin*.

»Ist Ihnen nicht gut?«, fragte der alte Mann, der neben ihr stehen geblieben war, als er gesehen hatte, wie sie sich an der Straßenlaterne festhielt.

»Alles in Ordnung, danke«, flüsterte sie und klang dabei ungefähr so überzeugend wie ein Pinguin in der Sahara. Und mit den Worten kam die Wut. So würde sie nicht mit sich umspringen lassen. Wieder fiel ihr Blick auf das Fenster. Es wirkte wie ein Bildschirm, auf dem einer ihrer Rosamunde-Pilcher-Filme als Schattenspiel gezeigt wurde. Die beiden umarmten einander.

Margot stand für eine Minute reglos, dann überquerte sie die Straße, hielt nochmals inne. Sollte sie klingeln, während die Frau noch da war? Oder sollte sie warten, bis die kleine Schlampe gegangen war?

Sie überlegte nur ein paar Sekunden, trat einen Schritt näher auf das Klingelschild zu. In diesem Moment öffnete sich die Haustür. Eine Frau kam ihr entgegen. Margot taxierte die langmähnige Schönheit: fünf Jahre jünger als sie, zweimal attraktiver. In ihrem derzeitigen Zustand wahrscheinlich fünfmal. Die Jüngere erwiderte ihren Blick. Margot entging nicht das kurze Zögern, das Stirnrunzeln und das Blitzen, das Erkennen signalisiert. Schließlich war Margot Polizistin, ihr fielen solche Dinge auf. Die andere war nur ein Flittchen. Wenn sie auch mit Sicherheit keine Studentin war. Oder eine, die sich erst jetzt, in ihrer Lebensmitte, selbst verwirklichen wollte. Wahrscheinlich finanzierte dies der nichtsahnende Ehegatte. Eine schwache Brise Parfüm umgab die unbekannte Rothaarige. »Flower«. Von Kenzo. Blumen, die eine Frau dem Manne bringt ...

Margot drückte den Klingelknopf. Die Tür öffnete sich, ohne dass Rainer die Gegensprechanlage benutzt hatte. Wahrscheinlich hatte sie ihren Slip vergessen, den Rainer schon süffisant vom kleinen Finger baumeln ließ ...

Sie stand einige Sekunden vor der Wohnungstür. Doch sie wollte nicht klopfen. Er öffnete die Tür.

»Du?«, fragte er. Blick und Tonfall hätten nicht überraschter sein können, wenn plötzlich Schlumpfinchen vor ihm gestanden hätte.

»Wen hast du erwartet?«, fragte sie spitz und schob Rainer zur Seite. Noch bevor ihre Augen irgendwelche Details der Wohnung wahrnahmen, roch sie das Parfüm. »Flower«. Kenzo. Verrat. Sie drehte sich um. Er stand im Bademantel da. Die Schlafcouch war nicht ausgeklappt, aber drei Decken lagen zerknäult darauf. Wozu auch ausklappen, wenn man eng beieinander liegt. Oder aufeinander. »Hast du gedacht, die Schlampe kommt zurück? Dass sie sich vielleicht noch einen allerletzten Abschiedskuss holen kommt? Oder einen Nachschlag?« Beim letzten Wort gab sie Rainer einen leichten Klaps auf den Hintern.

Er war nur noch ein Schatten seiner selbst, so als würde das Blut, das ihr Gesicht zunehmend wutrot verfärbte, über einen unsichtbaren Transfusionsschlauch Rainers Körper abgezapft. Für Rainers Gesichtsfarbe hätte eine der dreißig verschiedenen Bezeichnungen der Eskimos für die Farbe Weiß sicher exakt gepasst. Und seine Augenringe konnten mit den ihren mithalten. Offenbar hatte sich der kleine Libido-Nimmersatt an Frauenpower überfressen.

»Margot«, setzte Rainer zu einer Erklärung an. Er berührte ihre Schulter. Sie schüttelte seine Hand ab, als ob es sich um ein ekliges Insekt handelte.

Dennoch sprach er weiter. »Margot, hör zu, es ist nicht so ...«

»... so, wie ich denke?«, schrie sie. »Kannst du dir nicht wenigstens einen neuen Spruch für die älteste Sache der Welt ausdenken? Ich dachte, du hättest promoviert? Hast du nur die treffenden Worte für deine Scheiß-Kunst, aber nicht fürs richtige Leben? Was ist es, wenn es angeblich nicht das ist, wofür ich dein Techtelmechtel mit dieser ...«, sie übersprang die »miese, dreckige Schlampe«, »... halte?«

Rainer schloss die Wohnungstür und setzte sich auf den Sessel neben dem Sofa. Margot sah sich um. Es gab keinen zweiten Sessel. Und sie würde sich nicht auf das Liebesnest ihres ... Margot wollte es nicht mal in Gedanken formulieren. Bis vor wenigen Tagen hätte sie Rainer als ihren Partner, als ihren Freund und Lebensgefährten bezeichnet. Auf einmal taugte höchstens noch der von ihr bisher verschmähte neudeutsche Begriff »Lebensabschnittsgefährte«.

»Mein Gott, Rainer, ist das billig.«

»Es ist nicht das, wofür du es hältst.«

»Dann sag mir, wofür ich es halten soll! Was es wirklich ist!«

Rainer senkte den Kopf.

Wenn er mich in fünf Sekunden nicht ansieht und eine halbwegs sinnvolle Erklärung abgibt, dachte sie, dann ist genau das der Fall, was mit der Wahrscheinlichkeit von tausend zu eins der Fall ist: Ich habe Recht!

Und sie musste die quälende Erfahrung machen, wie lange fünf Sekunden sein können. Fünf Sekunden, in denen sie sich an die Zeit erinnerte, als Ben vier Jahre alt gewesen war. Sie hatte ihm gesagt, dass sie ihn in fünf Minuten aus der Badewanne holen würde. Ben hatte sie daraufhin gefragt, ob fünf Minuten lang oder kurz seien. Margot hatte lachen müssen und ihrem Sohn geantwortet: »Wenn du etwas Schönes machst, dann gehen fünf Minuten ganz schnell vorbei. Wenn es etwas Unangenehmes ist, können fünf Minuten ganz schön lang sein.« Ihr kleiner Junge hatte die Stirn gekraust und dann gefragt: »Mama, woher wissen das denn die Minuten?«

Fünf Sekunden können durchaus länger sein als fünf Minuten, erkannte Margot einmal mehr. Schon die vier Sekunden, die sie bereits wartete, kamen ihr länger vor als zehn Minuten.

»Margot, ich möchte es dir erklären...«

»Ich warte darauf.«

»...aber ich kann es nicht. Nicht jetzt.«

Margot sah, dass Rainer eine Träne über die Wange lief. Das war also das Ende ihrer Beziehung. Denn sie würde nie mehr eine Nummer zwei sein im Leben irgendeines Mannes. Und auch keine vermeintliche Nummer eins mehr, die nur ein paar Nächte im Monat an eine Nummer zwei, drei oder vier abgeben musste.

Wenn diese Träne vom Gesicht gefallen ist, ist das »Wir« Geschichte, dachte Margot.

Sie würde nicht weinen. Bestimmt nicht. Nicht in diesem Moment. Und nicht vor ihm.

»Ich begreif nicht, weshalb *du* jetzt heulst. Aber bitte, bade in deinem Selbstmitleid, wenn dir das hilft. Leb wohl.«

Es hatte sie Anstrengung gekostet, den Abschied nicht mit einem Kraftausdruck zu unterstreichen. Sie drehte sich um, verließ die Wohnung und musste die allerletzte Kraft dafür aufwenden, die Tür nicht zuzuschlagen, sondern leise ins Schloss fallen zu lassen. Sie stieg die Treppen hinab. Die Energie reichte noch bis zum ersten Stockwerk. Sie glitt mit dem Rücken an der Wand hinab, setzte sich auf die kalten Steinstufen und weinte.

Sie hatte in ihrem Leben gelernt, leise zu weinen. Nur jemand, der das Zucken ihrer Schulter sah, hätte erkannt, dass sie nicht einfach nur dasaß. Sie hatte immer zwei Packungen Taschentücher in ihrer Handtasche. Als sie das elfte Taschentuch benutzt hatte, wurde ihr klar, dass Rainer nicht einmal den Versuch unternommen hatte, sie zurückzuhalten, und ihr auch nicht hinterhergegangen war. Diese Erkenntnis bedeutete für sechs weitere Taschentücher ein feuchtes Ende. Dann stand sie auf und verließ das Haus.

Sie drehte sich nicht mehr um. Es war ihr egal, ob dort oben noch Licht brannte oder nicht. Sie lief eine halbe Stunde bis zum Bahnhof. Auf dem Weg dorthin verlor sich ihre Wut in der Kälte der Nacht. Was blieb, war Leere.

Erst nachdem er Margot vor dem Haus, in dem Rainer ein Apartment gemietet hatte, abgesetzt hatte und zwei Häuserblocks weitergefahren war, wo er den Wagen in eine Parkbucht zwängte, schaute Horndeich auf das Display seines Handys. Er hatte Anna nicht anrufen wollen, während er mit Margot in der Pizzeria gesessen hatte. Es wäre ihm fast wie Verrat vorgekommen. Er hoffte, dass sich die Sache zwischen Margot und ihrem Rainer wieder einrenken würde – so sentimental dieser Gedanke auch war. Er hatte Rainer in seinem Leben vielleicht viermal getroffen. Der Mann war ihm sympathisch gewesen. Und es hatte ihn beeindruckt, wie zärtlich und fürsorglich er mit Margot umgegangen war. Es fiel ihm schwer zu glauben, dass er Margot auch nur in Gedanken betrog. Okay, auch das war ein naiver Gedanke, der einem Polizisten nicht gut zu Gesicht stand.

Im Speicher des Handys stapelten sich SMS-Nachrichten von Anna. Der Tenor: Wo steckst du? Die letzte war zehn Minuten zuvor eingegangen. Er wählte Annas Handynummer, aber sie ging nicht ran. Er sprach auf die Mailbox, dass er noch in Kassel sei, dienstlich. Er mache sich jetzt auf den Weg nach Hause, käme direkt zu ihr.

Als er vor Annas Haus ankam, brannte kein Licht hinter den Fenstern ihrer Wohnung in der Wilhelminenstraße. Da sich das Haus direkt an der Ecke zur Heinrichstraße befand, konnte er auch die Fensterfront an dieser Seite sehen. Sie war ebenfalls dunkel.

Horndeich seufzte. Sie mochte es nicht, wenn er nicht wenigstens Bescheid sagte, wo er steckte. Und sie hatte recht. Er wollte ja schließlich auch wissen, wo sie sich herumtrieb, weil er sich schlichtweg um sie sorgte.

Seine Armbanduhr zeigte halb neun. Er fuhr wieder an, lenkte den Wagen zum Präsidium. Dort nahm er sich den Schlüsselbund von Mila Gontscharowa, setzte sich in seinen eigenen Wagen und fuhr nach Kranichstein. Die Frage nach dem Schmuck und dem Geld ließ ihm keine Ruhe. Wo hatte sie die Sachen versteckt, wenn sie sie noch hatte. Es erschien ihm nicht wahrscheinlich, dass sie alles hergegeben hatte, Erpresser hin oder her. Sie schien nach dem Tod ihres Kindes und der Verurteilung ihres Mannes alle Schritte sehr überlegt in Angriff genommen zu haben. Nichts deutete darauf hin, dass sie das Geld einfach zum Fenster hinausgeworfen hatte. Dass sie weiterhin ihren uralten, vom TÜV in seiner Existenz bedrohten Polo gefahren hatte, war wohl der stichhaltigste Beweis dafür. Oder dachte er da einfach nur zu sehr wie ein Mann?

Dennoch, Horndeich war davon überzeugt, dass es irgendwo ein Versteck geben musste.

In Milas Wohnung knipste er zunächst Licht an, ließ frische Luft herein. Dann zog er sich, der Gewohnheit folgend, zwei Latexhandschuhe über.

Im Flur stand eine kleine Schuhkommode neben der Garderobe. Darauf der Anrufbeantworter. Dessen blinkende Leuchtdiode zeigte einen neuen Anruf an. Horndeich zog sein Notizbuch hervor und drückte auf die Wiedergabetaste.

Die Stimme eines alten Mannes tönte aus dem quakenden Lautsprecher: »Hier ist Jakob Grewert, vom Blumenladen Grewert. Warum haben Sie sich nicht mehr gemeldet? Das ist nicht die feine Art, Frau Gontscharowa. Bitte melden Sie sich und geben Sie mir Bescheid. Die Nummer haben Sie ja.«

Dem Klacken nach der Mitteilung folgte eine elektronische Stimme. Sie teilte mit, der Anruf sei am Freitag, also einen

Tag zuvor, um siebzehn Uhr fünfzig eingegangen. Horndeich notierte sich den Namen. Hatte sich Mila vielleicht um einen anderen Job bemüht? Oder um einen weiteren? Er würde das klären.

Er sah sich erneut die Buchrücken im Regal an, wie er es schon am Mittwoch getan hatte. Vielleicht fand er ja das Tagebuch, das sie bei eBay angeboten hatte. Aber da stand nichts, was älter als zehn Jahre aussah. Sein Blick fiel auf den Buchtitel *Notschnoj dozor – Die Wächter der Nacht –* von Sergej Lukianenko. Er fühlte sich auch manchmal wie die Protagonisten dieses Romans: Ein Wächter der Nacht, der die Dunklen dieser Welt in Schach halten musste, ohne dabei nach ihren Regeln zu spielen. Zwar mussten Polizisten nicht gegen Wesen aus einer anderen Welt kämpfen, doch wenn er sich den zerschlagenen Schädel von Mila ins Gedächtnis rief, schrumpfte der Unterschied zwischen den Mördern im Diesseits und den Dunklen aus dem Buch auf die Tiefe einer Briefmarke zusammen.

Sein Blick wanderte weiter über die CD-Sammlung, die er diesmal ebenfalls einer genaueren Inspektion unterzog. Unter den russischen CDs entdeckte er einen guten Bekannten. Jutas CD *Ljegko i dasche isjaschtschno – Leicht und sogar fein*. Dieser Silberling der Moskauer Sängerin hatte es auch ihm angetan.

Er schaute aus dem Fenster. Draußen tanzten dichte Schneeflocken, orangefarben angestrahlt, wenn sie durch den Schein der Straßenlaternen flogen. Eine Zeile aus Jutas Lied *Pochmelnaja –* Anna hatte ihm das Wort mit »Liebeskater« übersetzt – kam ihm in den Sinn. Es war eine der wenigen, die er sich von seinem Lieblingslied merken konnte: *S perwim snjegom ja uletaju –* Mit dem ersten Schnee fliege ich davon. Ob Mila es wohl ebenfalls gemocht hatte?

Er durchsuchte den Schrank, die Rückwand, das Sofa, die Sessel, fand aber auch unter den Polstern kein Versteck. In der Küche das Gleiche. Er tastete in jede Ecke, hinter jede Wand, hinter jede Schublade. Nichts. Blieb das Schlafzimmer. Er rückte den Kleiderschrank von der Wand ab. Dahinter keine

Geheimnisse außer Staubflocken. Im Schrank nur ihre Kleidung. Er tastete alles nach doppeltem Stoff und versteckten Taschen ab. Fehlanzeige. Auch die Schminkkommode barg nichts außer Make-up und den üblichen Accessoires.

Blieb das Bad. Horndeich untersuchte alle Schubladen, die Kommode, Fliesen, Kacheln und natürlich auch den Spülkasten der Toilette. Nichts. Horndeich tastete noch die Jacken und Mäntel ab, die an der Garderobe hingen. Dann prüfte er das Schuhschränkchen. Und war sich anschließend sicher, dass sich in dieser Wohnung kein Versteck befand. Die einzige Erkenntnis, die er gewonnen hatte, war die, dass Mila großen Wert auf Sauberkeit gelegt hatte. Ihr Heim musste in der Vorstellung von Staubmilben der Hölle entsprechen, von den Staubflocken hinterm Kleiderschrank einmal abgesehen, die für die kleinen Tierchen der einzige Zufluchtsort in der ganzen Wohnung waren.

Er schloss die Fenster, löschte das Licht und ging wieder durch das Treppenhaus nach unten. Im Erdgeschoss angelangt, wollte er das Haus gerade verlassen, als ihm einfiel, dass er auch noch im Keller nachschauen könnte.

Dort musste er sich zunächst orientieren. Welcher der kleinen Kellerräume war der von Mila gewesen? Er erinnerte sich an den Weg, den Metin Tirkit ihm gezeigt hatte. Horndeich löste die Kette der Tür und stand dann dem großen leeren Küchenschrank gegenüber.

Wieder zog er die Handschuhe über, dann tastete er den Schrank von außen ab, öffnete jede Tür, spähte ins Innere, zog die Schubladen heraus. Doch nirgends war ein verstecktes Türchen zu entdecken.

Er schob die letzte Schublade wieder hinein. Dann hielt er inne. Ging vier Schritte zurück. Betrachtete den Schrank als Ganzes. Irgendetwas hatte er übersehen.

Sein Blick war starr auf den Schrank gerichtet, als wollte er das Möbel hypnotisieren, damit es sein Geheimnis preisgab. Ein leerer Küchenschrank in einem leeren Keller. Je mehr er darüber nachdachte, umso skurriler kam ihm die Situation vor. Drei erwachsene Männer schleppen den Schrank, der in keiner

Möbelausstellung auch nur einen Trostpreis gewonnen hätte, in einen Keller. Dort steht er leer herum, einsam und verlassen. Sollte das die harte Strafe für einen bösen, bösen Schrank sein? Wohl kaum. Das machte keinen Sinn. Und schon gar nicht bei einer Frau, die alles andere als sentimental oder unstrukturiert gewesen war.

Horndeich konnte jeden Kratzer des Möbels genau erkennen, jeden Fettfleck. Er schaute nach oben. An der Kellerdecke hing nicht die obligatorische nackte und trübe Glühbirne. Zwei Strahler illuminierten den Schrank, als würde er auf einer Messe präsentiert werden.

Horndeich stutzte. Die Griffspuren an den äußeren rechten Schubladen stachen – jetzt, da er darauf achtete – geradezu ins Auge.

Der Schrank hatte sechs Schubladen in einer Reihe. Links und rechts flankierten zwei kleine Laden zwei in der Mitte. Die beiden mittleren waren sehr breit, die anderen vier jeweils etwa fünfundzwanzig Zentimeter. Die Griffspuren waren aber nur an den beiden äußeren rechten Schubladen zu sehen. Etwas ungewöhnlich bei einem leeren Schrank.

Er fragte sich, ob er in einen Agentenfilm geraten war und gleich das große Geheimnis lüften würde, während Humphrey Bogart mit gezückter Knarre auf ihn zuträte und sagte: »Tu's nicht!«, oder ob er einfach völlig überspannt war. Er würde es herausfinden.

Horndeich zog nochmals alle sechs Schubladen heraus. An den beiden rechten fanden sich die Griffspuren nicht nur außen um die Griffe herum, sondern auch an den Seitenwänden. Es wirkte, als ob jemand die Schubladen nicht nur geöffnet, sondern auch herausgenommen hätte. Horndeich zog die beiden ganz aus ihren Führungen heraus und legte sie auf den Boden. Er spähte in die leeren Schächte. Beide schlossen mit einer Holzwand ab. War das die Schrankrückwand? Horndeich trat neben den Schrank und stellte fest, dass zwischen dem Anschlag der Schubladen und der Rückwand sicher dreißig Zentimeter Platz waren.

Er zog die anderen Schubladen auch noch heraus. Dort lag

der Anschlag ebenfalls deutlich von der Rückwand entfernt. Entweder war der Schrank extrem aufwändig und luxuriös gefertigt oder nur um perfekte Tarnung bemüht.

Horndeich steckte den Arm in den äußersten Schacht – und spürte, dass sich das Holz zurückdrücken ließ. Es glitt nach hinten gleich einer Tür. Mit dem linken Arm griff er in den Nachbarschacht. Dort kam ihm die Rückwand entgegen wie bei einer Drehtür. Offenbar handelte es sich um ein halbrundes Kästchen, das er gerade drehte. Horndeich fühlte in der runden Rückwand ein kleines Loch, in das er den Finger stecken konnte, und zog die Schatulle heraus.

Staunend hielt er das halbrunde Kästchen in der Hand. Die Schatulle hatte einen hölzernen Deckel und an der Unterseite einen Filzboden. Da Humphrey Bogart noch immer nicht auftauchte, entschloss sich Horndeich, den Deckel zu öffnen.

Das Halbrund wurde durch eine Trennwand in zwei Viertel geteilt. Auf rotem Samt gebettet, zählte Horndeich im linken Fach zehn mit Brillanten besetzte Ringe, die exakt so aussahen wie die auf den Fotos bei eBay. Daneben lagen zwei Rolex-Uhren. Er nahm sie aus dem Kästchen und betrachtete die Uhren. Er war kein Experte, aber auf ihn wirkten sie echt.

Er betrachtete sie etwas genauer.

»Bingo«, sagte er zu sich selbst. Denn am Gelenk zwischen Armband und Uhr hatte sich ein Haar des Besitzers eingeklemmt. Mal sehen, was Baader dem Haar an Informationen entlocken konnte. Er ließ die Uhr vorsichtig in einen kleinen Plastikbeutel gleiten und verschloss ihn sorgfältig.

In dem rechten Viertel der Schatulle lag ein Bündel Geldscheine. Horndeich nahm sie heraus und zählte knapp 40 000 Euro. Er stellte das Kästchen ab.

Da er endlich wusste, wonach er suchte, fand Horndeich noch ein zweites Geheimfach in der doppelten Rückenwand des Schranks. Griffspuren auf einer der rückseitigen Spanplatten wiesen ihm auch diesmal den Weg.

Die doppelte Wand verbarg Zertifikate eines Münchener Juweliers, die die Ringe als echt auswiesen. Mit Foto und Stempel. Daneben fanden sich noch zwei Rolex-Zertifikate, die die

Echtheit der Uhren bescheinigten. Nach den Angaben auf den Zertifikaten waren die Ringe zusammen etwa 15 000 Euro wert.

Jetzt war wenigstens klar, weshalb Mila diesen Schrank unbedingt haben wollte. Und auch, wieso die sparsame Frau Willert einen solch teuren Schrank hatte bauen lassen: Er war die luxuriöse Variante eines Sparstumpfs. Offenbar war Frau Willert doch etwas verschroben gewesen. Oder einfach nur ein begeisterter Edgar-Wallace-Fan, der dessen Romanfiguren nacheifern wollte.

Jedenfalls hatte Mila von den Geheimnissen dieses Schranks gewusst und sich nach Frau Willerts Tod um dieses seltsame Möbelstück bemüht, um die Ringe und Uhren sicher verstecken zu können, für den Fall der Fälle. Dass auch dem ansonsten sehr peniblen Kollegen Baader nichts an diesem Schrank verdächtig vorgekommen war und Horndeich selbst einige Zeit gebraucht hatte, die Geheimfächer zu entdecken, bewies, dass dieser Schrank sogar ein außergewöhnlich gutes Versteck gewesen war.

Horndeich verpackte Ringe, Uhren und Zertifikate in Plastiktütchen und machte sich auf den Weg zurück zum Präsidium. Kurz überlegte er, ob er Margot Bescheid geben sollte. Doch er entschloss sich, sie an diesem Abend nicht mehr zu stören. Vielleicht war sie ja gerade dabei, ein schweres Missverständnis aus der Welt zu räumen.

Aber morgen – morgen würde er ihr gegenübertreten und sagen: »Rat mal, wer der Polizist mit der allerbesten Spürnase der Welt ist!«

Nein – er verwarf die Idee sofort wieder. Wahrscheinlich würde Margot wie aus der Pistole geschossen antworten: »Kommissar Rex!«

## Sonntag, 18.12.

Das Handy klingelte um halb neun. Gemessen am Wochentag war das mindestens eineinhalb Stunden zu früh. Das jedenfalls stand für Horndeich fest, als er das Gerät zum Ohr führte und aus den Augenwinkeln die Digitalanzeige des Weckers sah. Musste sich Anna so grausam dafür rächen, dass er am vergangenen Nachmittag und Abend verschwunden gewesen war?

»Horndeich«, raunte er.

»Woher hast du die Ringe?«

Margot? Sonntagmorgens um halb neun. Er musste sich irren. Es konnte sich nur um einen dieser schrecklich realistischen Albträume handeln.

»Fenske ist schon auf dem Weg hierher. Er will sich die Dinge gleich anschauen.«

Tatsächlich Margot.

»Guten Morgen erst mal«, gähnte Horndeich und rieb sich mit einer Hand die Augen.

»Morgen. Also, wo hast du sie her?«

»Mein Gott, kann das nicht noch warten?« Wenn Margot ihn nach den Ringen fragte, konnte das nur bedeuten, dass sie im Büro saß. Er hatte sie in den Armen von Rainer gewähnt. Oder besser gesagt: gewünscht. Offenbar hatte die Klärung des Missverständnisses nicht ganz geklappt und hatte zu einem neuerlichen Anfall von Arbeitswut geführt. Auf Kosten seines Sonntagmorgens. »Ich hab die Dinge gestern in dem Schrank gefunden, den Willerts Sohn erwähnte. Da waren versteckte Fächer eingebaut.«

»Gute Arbeit!«

»Danke. Kann ich jetzt weiterschlafen?«

»Hör zu, ich hab noch mal über die Erpressertheorie nachgedacht.« Ihre Umschreibung von »Vergiss den Schlaf«...

»Und?«

»Je mehr ich darüber nachdenke, desto mehr glaube ich, an der Theorie könnte doch was dran sein. Wenn wir nämlich ein

Schäferstündchen im feuchten Keller ausschließen und auch, dass Mila dort unten etwas versteckt hat, dann wäre das Erpresserszenario die nächste Idee. Vielleicht wurde sie wirklich erpresst – wegen des Handels mit dem ganzen eBay-Zeugs.«

»Wobei wir ja noch nicht wissen, ob die Ringe geklaut oder falsch sind.« Inzwischen saß Horndeich auf der Bettkante.

»Was in diesem Fall erst mal zweitrangig ist.«

»Wieso?«

»Wieso was?«, fragte Margot irritiert.

Horndeich wusste es auch nicht. »Tut mir leid, bin noch nicht ganz wach.« Er überlegte, wälzte seine bleischweren Gedanken und sagte dann: »Bleibt das Problem, dass die Katakomben nur einen Ausgang haben.«

»Genau. Deshalb hab ich mir den Plan auch noch einmal genau angeschaut.«

»Was für einen Plan?«

»Mensch, Horndeich! Werd endlich wach! Den Plan von den Katakomben!«

»Aha. Und was hast du entdeckt?«

»Den Eisdom.«

»Den was?«

»Den Eisdom!«

»Ach, und was ist das?«

»Das ist ein Keller, in dem Bier mit Eis gekühlt wurde.«

»Woher weißt du das denn?«

»Ich hab vorhin bereits mit Konrad Stroll gesprochen.«

»Mit wem?«

Margot seufzte. »Dem Besitzer des Biergartens, Mensch!«

Auch Horndeich seufzte, wenngleich nur innerlich. Offenbar konnte er dankbar dafür sein, dass er nicht der Erste auf Margots Telefonliste gewesen war. Wenn Margot sich in einen Fall verbiss, konnte sie schlimmer sein als ein Bullterrier mit einem Krampf in den Kiefermuskeln.

»Im Winter wurde das Eis im Woog geschlagen und ...«

»*Wo* wurde es geschlagen?«

»Im Großen Woog, unserem schnuckeligen Naturbadesee mittendrin in unserer wunderschönen Stadt. Den kennst du doch, oder? Hast du über Nacht Alzheimer gekriegt, oder was ist los mit dir, Horndeich?«

»Natürlich kenn ich den!«, entgegnete Horndeich angesäuert, fügte dann aber ruhiger hinzu: »'tschuldige, Margot, bin noch nicht ganz fit. Und?«

»Und Stroll hat meine Überlegung bestätigt, dass die Eishallen von oben befüllt wurden.« Horndeich verstand nicht, worauf Margot hinauswollte, wagte aber nicht mehr nachzufragen, sondern ließ sie einfach weiterreden, in der Hoffnung, dass die Erklärung folgen würde. Und das tat sie tatsächlich: »Der Zugang zum Eisdom ist zwar zu, aber es gibt nach wie vor ein paar Schächte von oben. Keine weiteren Eingänge, aber eben Öffnungen in der Decke.«

»Und was willst du mir damit sagen?«, fragte er vorsichtig nach, auf einen weiteren Anpfiff gefasst. Vielleicht hatte er ja wieder was nicht mitbekommen.

»Stell dir vor, du erpresst Mila und bestellst sie mit dem Geld in den Keller«, sagte Margot. »Du versteckst dich unten um die Ecke. Mila legt die Tasche mit dem Geld ab, wartet vielleicht sogar noch ein paar Minuten und geht dann. Wenn sie danach draußen auf der Lauer liegt und denkt, dass du irgendwann aus der Tür rauskommst, kann sie lange warten: Du nimmst das Geld und spazierst durch einen anderen Ausgang zu den Kellern raus – eventuell durch einen Kanaldeckel.«

»Klar, weil es einen Kanalschacht gibt, an dem das Eis früher auf Sprossen bequem runterklettern konnte. Und wenn's ihm zu warm war, ist es einfach wieder hochgestiegen.«

»He!«, rief Margot in den Hörer. »Offenbar bist du endlich wach, wenn du Sprüche klopfen kannst! In einer Stunde kommt Ute Kamp zum Haupteingang zu den Katakomben. Mit ihr werden wir uns alle Keller mal anschauen, die eine Öffnung in der Decke haben. Vielleicht gibt es ja doch einen Ausgang, den der Erpresser benutzt haben könnte.«

»Und das können wir nicht an einem Arbeitstag zwischen Montag und Freitag machen, meinetwegen auch am Samstag?« Wie die Maulwürfe durch modrige Keller robben, das war das eine, mit so etwas einen freien Sonntag auszufüllen, etwas ganz anderes.

»Ute Kamp fährt morgen für drei Wochen nach Hause ins hohe Ostfriesland. Bleibt nur noch heute.«

Horndeich seufzte. Das heißt, er wollte seufzen, doch das Seufzen verwandelte sich in ein Gähnen. Dennoch sagte er: »Okay. Ich bin in einer Stunde am Eingang.«

»Prima. Bring deinen Fahrradhelm, alte Klamotten und mindestens eine Taschenlampe mit. Am besten mit Ersatzbatterien.«

»Ich hab keine Ersatzbatterien.«

»Aber die Tankstelle auf dem Weg. Und trink vorher 'nen Liter starken Kaffee.«

»So wie du drauf bist, hattest du den schon.«

»Ja, die Maschine hast du wieder toll hingekriegt. Bis gleich.« Und damit legte Margot auf.

Und Horndeich überlegte, ob er nicht mit diesem Rainer mal ein ernstes Wörtchen reden sollte.

Es war kalt, es war ungemütlich, und der Schnee wehte Margot ins Gesicht. Sie wartete auf Horndeich und Ute Kamp. Ihre Nase hatte sich bereits wieder den Außentemperaturen angepasst. Zum ersten Mal seit dem missratenen Vorabend war sie mit nichts beschäftigt, was sie von ihren Gedanken ablenken konnte. Sie hatte sich mit einem Taxi nach Hause fahren lassen, war erschöpft ins Bett gefallen und bereits um sechs wieder aufgewacht. Sie hatte nicht nachdenken wollen, nicht über Rainer, nicht über sich und schon gar nicht über sie beide. Noch unter der Dusche hatte sie sich entschlossen, ins Präsidium zu fahren. Sie hatte ihre Gedanken auf den Mordfall Mila gezwungen. Und das war ihr gelungen. Bis zu diesem Moment.

Vielleicht war sie am Morgen ein paar Leuten auf die Füße getreten, die mit ihrem Sonntag etwas Besseres anzufangen wussten als sie. Es würde dauern, bis der Bruch mit Rainer ihr die Luft zum Atmen nahm. Hoffentlich noch lange.

Horndeich und Ute Kamp kamen fast gleichzeitig an. Margot grüßte Horndeich mit »Na, war der Liter Kaffe stark genug?«, und wandte sich sodann, ohne seine Antwort abzuwarten, an die junge Frau. »Sehr nett, dass Sie sich für uns Zeit nehmen!«

»Geht schon in Ordnung«, antwortete sie und schloss die Eingangstür auf.

Horndeich hatte die Haltebänder einer Stirnlampe über seinen Fahrradhelm gezogen, den er wie geheißen mitgebracht hatte.

Margot hielt eine dicke Taschenlampe in der Hand. Ute Kamp strahlte ebenfalls ein Lichtkegel von der Stirn, und zusätzlich leuchtete sie mit einer Stablampe den Treppenabgang aus.

Margot zeigte ihr die Karte. »Können Sie uns zuerst diesen Raum zeigen?«, fragte sie und deutete auf den Eisdom.

»Klar, folgen Sie mir.«

Den ersten Teil des Weges kannte Margot. Sie senkte den Lichtkegel der Taschenlampe und sah, dass noch immer ein Kreideumriss die Stelle markierte, an der Mila gelegen hatte, und auch die Blutflecken waren im hellen Licht der Lampe noch zu erkennen. Das würde den Gruselfaktor bei zukünftigen Touristenführungen erhöhen. Margot schauderte – und rieb sich die kalte Nase.

Ute Kamp bog nach rechts in einen Seitengang ab und wenig später wieder nach links. Keine Mastleuchten erhellten mehr die Keller, und so wirkten die Felsgänge regelrecht unheimlich. Margot bemühte sich, den Weg breit auszuleuchten.

»Ganz schön feucht hier!«, maulte Horndeich, der mit seiner Lampe auf dem Kopf, die automatisch dorthin leuchtete, wo er hinsah, eindeutig im Vorteil war. Von der Decke hingen an verrosteten Eisenträgern Porzellan-Isolatoren, die davon zeugten, dass es hier unten einmal Elektrizität gegeben hatte.

»Hier geht es ja auch zum Eisdom«, entgegnete Ute Kamp auf Horndeichs Beschwerde. Die Realität unterschied sich deutlich von der Vorstellung, die sich Margot aufgrund der Karte gemacht hatte. Sie war davon ausgegangen, dass man alle Keller gemütlich durch breite Gänge erreichen konnte. Vor sich sah sie jedoch einen Durchgang, der nur wenig breiter war als ihre Schultern.

»Ist nicht so schmal, wie es aussieht.« Frau Kamp schien Margots Gedanken erraten zu haben. »Ich gehe vor.«

Margot stieg ihr hinterher und fluchte leise, weil sie sich mit der Hand an der feuchten Wand abstützen musste. Horndeich hinter ihr gab keinen Laut von sich, weder einen flotten Spruch noch ein Murren. Kein gutes Zeichen.

Wenig später standen sie in einem gemauerten Gewölbekeller. »Hier wurde das Eis gelagert. Dadurch, dass es hier unten ohnehin kühl ist, dauerte es auch lange, bis das Eis geschmolzen war.«

Margot sah sich in dem Gewölbe um, dann schaute sie nach oben. »Hier ist aber kein Zugang?«

»Nein. Ich zeige Ihnen den ersten Schacht.«

Sie zwängten sich wieder zurück in den Gang, und dort wandte sich Horndeich an seine Kollegin: »Wenn wir tatsächlich einen zweiten Ausweg aus diesem Labyrinth hier finden, was für einen Grund hätte Mila dann gehabt, den Schlüssel von unserer aparten Führerin zu klauen?«

»Darüber zerbrechen wir uns den Kopf, sollten wir diesen zweiten Ausgang tatsächlich finden.« Wenige Schritte später sagte sie: »Es gibt nur eine Möglichkeit: Der Erpresser wusste, dass sie einen Schlüssel hat. Also ist es sehr wahrscheinlich, dass er an einer der Besichtigungstouren hier unten teilgenommen hat, die Mila führte. Vielleicht hat er sogar von ihr verlangt, einen Schlüssel für ihn nachzumachen. Wir sollten die Schlüsseldienste in Darmstadt noch mal abklappern, ob Mila den Schlüssel tatsächlich hat nachmachen lassen.«

»Wenn es hier wirklich einen zweiten Ausgang gibt.«

Ute Kamp hatte sie ein Stück Richtung Westen geführt. »Der Zugang hier ist noch ein bisschen schmaler, aber der Raum dahinter ist wieder geräumig«, erklärte sie, als sie sich durch das gemauerte enge Loch vor ihnen zwängte.

»Das ist nichts für Menschen mit Klaustrophobie«, stellte Margot fest.

»Das ist nichts für *mich*«, kommentierte Horndeich.

Kaum standen sie in dem geräumigen Keller, leuchtete Ute Kamp nach oben, und sie sahen in der Decke einen schmalen

Schacht, der nach oben führte. »Dort befindet sich ein Kanaldeckel.«

Der liegt sicher zehn Meter über dem Boden, schätzte Margot. Kein guter Fluchtweg.

»Gibt es irgendwelche Sprossen oder Steigeisen, die im Schacht nach oben führen?«

»Nein, nichts. Da gab's mal Sprossen, aber die sind schon vor Jahren abgesägt worden, damit sich hier niemand rein schleichen kann.«

»Wie viele von diesen Schächten gibt es?«

»Ich kenne die genaue Anzahl nicht. Im Brauertunnel führt ein Schacht direkt auf die Dieburger Straße. Und in zwei weiteren begehbaren Kellern gibt es ebenfalls Schächte an die Oberfläche.«

»Die würde ich gern alle drei sehen«, erklärte Margot.

Die kleine Expedition ging zurück durch den Keller, in dem Mila gefunden worden war. An der Treppe vorbei führte ein schmaler Zugang zum Brauertunnel.

»Das eben waren die Keller, die zur ehemaligen Wiener Brauerei gehörten«, führte Ute Kamp aus. »Und das hat mehr mit Darmstadt zu tun, als man glaubt. Denn die heutige Darmstädter Brauerei mit ihren Bügelflaschen ging aus der Rummel-Brauerei hervor, und zwischen den Kriegen traten die Wiener Kronenbrauerei und Rummel unter gemeinsamem Namen auf.« Die junge Frau blieb stehen. »Hier ist auch ein Deckel!«

Über ihnen hörten sie das dumpfe Klacken, wenn ein Auto über den Kanaldeckel über ihren Köpfen hinwegfuhr. Auch der befand sich sehr hoch über ihnen, und auch in diesem Schacht gab es keine Sprossen oder Steigeisen, die einen Aufstieg ermöglicht hätten.

Margot nickte. »Gut, der scheidet wohl auch aus.«

»Also, dann weiter zu Dischinger.«

»Wohin?«

»Die Keller, die wir jetzt aufsuchen, gehörten zur Brauerei Dischinger, 1872 das erste Mal erwähnt.« Ute Kamp bog nach links ab. Gen Süden, dachte Margot, die bemüht war, die

Orientierung in den dunklen Gängen und Gemäuern nicht ganz zu verlieren.

»Jetzt wird's eng«, warnte Frau Kamp und ließ sich auf alle viere nieder.

Horndeich versuchte zu ergründen, wohin es nun gehen sollte, doch erst als der Lichtstrahl seiner Helmlampe vor ihrer Führerin auf die Wand fiel, erkannte er die Öffnung eines Rohrs. »Da sollen wir durch?«

»Ja«, erwiderte seine Kollegin trocken.

Im Vergleich zu diesem blöden Rohr kamen Horndeich die Aufzugkästen in den Kranichsteiner Hochhäusern wie Ballsäle vor. »Womit hab ich das verdient?«, raunte er und kroch Ute Kamp hinterher. »Keine Panik«, versuchte er sich selbst zu beruhigen. Und alle entsprechenden Szenen aus Kriminal- und vor allem Gruselfilmen, die er je gesehen hatte – er war erstaunt darüber, wie viele es waren –, stürzten gleichzeitig auf ihn ein: Da war zum Beispiel Sandra Bullock als Opfer eines Verrückten, der sie lebendig begraben hatte, oder Ray Milland, den in einer Edgar-Allen-Poe-Verfilmung von Roger Corman das gleiche Schicksal ereilt hatte. Und vielleicht hätte sich Horndeich auch nicht kurz vor dem Urlaub die DVD über das Grubenunglück in Lengede anschauen sollen.

»Sag mal, weiß jemand, dass wir hier unten sind?«, rief er nach hinten Margot zu. Doch sein Körper füllte das Rohr aus wie ein Korken den Flaschenhals; seine Kollegin konnte ihn nicht hören. Toller Sonntag!

Als Horndeich aus dem Rohr gekrochen war, wischte er sich zunächst den Schweiß von der Stirn. Nicht dass es ihm warm gewesen wäre! Margot hingegen wirkte gänzlich entspannt, als sie Sekunden später wenig elegant aus der engen Röhre kroch.

»Tolle Aussicht hatte ich in dem Rohr«, sagte sie mit spöttischem Grinsen.

»Wieso?«, staunte Horndeich.

»Na, ich bin doch direkt hinter dir gekrochen.«

Horndeich erlaubte es sich, rot zu werden; das konnte bei den Lichtverhältnissen ohnehin niemand sehen. Dann griff er zum Handy. Vielleicht sollte er noch schnell jemandem Bescheid sagen, wo er und die liebe Frau Kollegin sich befanden. Doch die Anzeige der Signalstärke zeigte simple null Prozent. Nun, vielleicht kam er ja mit einem stummen Stoßgebet zu seinem Schöpfer durch.

»Am Ende dieser Kellerräume ist ein großer Raum, den wir das Pantheon nennen«, erklärte Ute Kamp. »Er ist ebenfalls in den nackten Fels gehauen, ist aber sehr symmetrisch. Die Decke wirkt wie das Kuppeldach des Pantheons in Rom, daher die Bezeichnung. Auch dort führt ein Schacht nach oben, wieder durch einen Kanaldeckel verschlossen. Sie werden es gleich sehen.«

Die Wanderung durch die sich anschließenden Keller war im Vergleich zum Maulwurfsrobben durch das Rohr ein lockerer Spaziergang. Horndeich war froh, dass er sich die Stirnlampe gekauft hatte – Resultat eines Geschenkgutscheins für den Outdoor-Laden »Kleine Fluchten«. Nett gemeint, aber seine Outdoor-Aktivitäten beschränkten sich auf Gegenden, die er bei Tageslicht erkunden konnte. Allerdings war die Lampe unglaublich praktisch, wenn er mal wieder an seinem Golf rumschrauben musste und beim Werken zwischen Zündkerzen und Anlasser keine dritte Hand für eine Lampe frei hatte. Auch beim Verkabeln der Hifi-Anlage war sie ein nützliches Helferlein.

»Die Tour, die Sie gerade mit uns machen, ist das auch die normale Touri-Route?«, erkundigte sich Margot bei Frau Kamp.

»Ja. Wir nennen sie die große Tour. Und es gibt die kleine Tour, bei der wir nur die Keller unter dem Biergarten zeigen. Dabei müssen die Leute auch nicht durch diese Röhre kriechen. Wissen Sie, zartbesaitete Gemüter kriegen da leicht Platzangst.«

Was du nicht sagst, dachte Horndeich.

Sie erreichten den großen Keller. Margot sah es zuerst: Aus dem Schacht in der Decke baumelte eine Strickleiter nach unten.

Horndeichs Blick pendelte zwischen Leiter und Kollegin hin und her. »Verdammt, du hast tatsächlich recht gehabt!«

Margot trat unter die Gewölbemitte und schaute nach oben, und Horndeich sah, dass Schneeflocken auf ihr Gesicht fielen, um dort sofort zu schmelzen.

Der Deckenschacht befand sich gut sieben Meter über dem Boden und war sicherlich noch mal zehn Meter lang bis zur Oberfläche.

»Was ist da oben?«, fragte Margot.

Ute Kamp starrte die Leiter an. »Da oben – da ist ein Kanaldeckel.«

Offenbar nicht, dachte Margot, sonst würd's hier nicht schneien! »Ist da eine Straße? Ein Weg?«

»Ein Fußweg, der zu einem Hauseingang der Gebäude im Hoetgerweg führt.«

»Wenn dort ein Weg langführt, wie kann dann der Kanaldeckel tagelang neben der Öffnung liegen, ohne dass ein Kind oder ein Hund reinfällt?«, wunderte sich Horndeich laut.

Margot ignorierte die Frage, die sie von hier unten auch nicht beantworten konnte. Fakt war nur, dass hier weder Kind noch Hund zu ihren Füßen lagen. Sie leuchtete auf ihren Plan. Der Hoetgerweg verlief parallel zur Dieburgerstraße.

»Dann wollte der Erpresser wohl durch diesen Ausgang abhauen«, sinnierte Horndeich.

»Was er aber nicht getan hat«, schlussfolgerte Margot, »da Mila tot war.«

»Was macht dich so sicher?«

»Hätte er diesen Weg benutzt«, erklärte sie, »hätte er die Leiter hochgezogen und den Schacht verschlossen.«

»Also verschwand er durch die Tür, durch die er auch gekommen war.«

Margot nickte. »Was unsere Zeugen beobachtet haben. – Langsam ergibt sich ein Bild.« Margot schaute Horndeich an und grinste. »Dann werde ich mal unseren Kollegen vom Erkennungsdienst den Sonntagnachmittag verleiden.« Sie griff zu ihrem Handy.

»Kein Empfang hier unten«, flötete Horndeich.

»Na gut, dann eben wieder zurück.«

»Zurück? Durch die Röhre?«

»Klar. Wenn du die Leiter benutzt, verwischst du die Spuren unseres Täters.«

Horndeich seufzte. Zumindest ein Gutes hatte dieser Morgen: Der nächste freie Sonntag konnte nur besser werden ...

»Das war nett von dir, das mit der Kaffeemaschine. Danke.« Sowohl Margot als auch Horndeich hatten sich einen Becher gegönnt, obwohl es bereits abends war. Sie warteten auf die Ergebnisse von Baader und Fenske, die ein paar Minuten zuvor im Präsidium eingetroffen waren.

»Gern geschehen.« Horndeich schaute auf die Uhr. Halb neun. Er hatte inzwischen mit Anna telefoniert und sich bei ihr für seine erneute Abwesenheit entschuldigt. Sie war nicht begeistert gewesen, hatte seine Entschuldigung aber akzeptiert. Horndeich sollte spätestens um halb zehn bei ihr sein, um das Wochenende wenigstens noch bei einem gemeinsamen Glas Wein ausklingen zu lassen.

»Ich habe den Eindruck, wir sind wirklich ein Stück weitergekommen«, dachte Horndeichs Kollegin laut nach. Nachdem sie die Katakomben wieder durch den Haupteingang verlassen hatten, hatte Ute Kamp sie zu dem Kanaldeckel geleitet, von dem aus es in die Tiefen der Katakomben ging. Der Deckel war zur Seite gezogen worden. Eine kleine Absperrung sollte Fußgänger davor bewahren, durch den Schacht in die Tiefe zu stürzen. Wobei die Sperre den Namen kaum verdiente. Vier wacklige Stützen waren mit simplem rot-weißem Absperrband zu einem Quadrat rund um den Eingang zum Hades gruppiert.

Während Baader, Fenske und weitere Kollegen des Erkennungsdienstes Spuren gesichert hatten, hatten Margot und Horndeich die Aufgabe übernommen, die Anwohner im Hoetgerweg zu befragen. Margot hatte den Treffer gelandet: Eine ältere Dame, die nach Aussehen und Sprechweise eine Schwester oder zumindest Cousine von der Zeugin Renate Günzel hätte sein können, erzählte ihr, sie habe am fraglichen Samstag gesehen, wie jemand den Kanaldeckel zur Seite gezogen und die Absperrung aufgestellt habe. »Es had misch schon gewundert, dass die Schdadd als graad' am Samsdaach an dene Kanäle arbeided, awwe isch had mir nix dadebei gedengt«, hatte sie gesagt. Margots Frage, ob sie die Person näher beschreiben könne, hatte die Dame verneinen müssen: »Ei, isch hab den ja nur von hier obbe gesäje, unn mer sin hier ja im vedde Schdogg.« Nach einer kurzen Zeit des Überlegens hatte sie hinzugefügt: »Aber der war nedd grooß, unn ach nedd so gräfdisch. Also nedd so wie der Herr Schwazzeegger da in Kalifornien.« Was der Aussage von der Günzel und von Rössler zumindest nicht gänzlich widersprach.

»Aber Sie sind sicher, dass es sich um einen Mann gehandelt hat«, hatte Margot eigentlich nur routinehalber gefragt, doch da hatte die Zeugin den Kopf geschüttelt: »Aalso, wenn Sie misch des jedsd so diregg frache – nee. Isch hab ja nur den orangschne Helm gesäje, den der – oder vieleischd die – gedraache had.«

Baader streckte um kurz nach halb neun den Kopf ins Büro und unterrichtete Margot und Horndeich davon, dass sie ein paar Fasern gefunden hatten, aber die müsste das LKA in Wiesbaden zur näheren Analyse unters Elektronenmikroskop legen. Er gehe jetzt nach Hause, Fenske würde sich noch der Auswertung der Fingerabdrücke widmen.

Es dauerte noch zwei weitere Kaffeebecher, bis Fenske seine Ergebnisse präsentierte. Er zog sich einen Stuhl heran und ließ sich neben Margots Schreibtisch nieder.

»Auch noch einen Kaffee?«, bot Horndeich an.

»Nein, danke. Nur noch einen kurzen Bericht, und dann nach Hause, wenigstens den Sonntagabend genießen«, sagte Fenske. »Wir haben auf dem Band fast nur verwischte Abdrücke – liegt sicher daran, dass der Mensch, der diese unglaublich professionelle Absperrung gebaut hat, bei dem Wetter Handschuhe trug. Ich sage ›fast nur‹, denn zwei Abdrücke waren ganz deutlich. Auf den Stangen der Absperrung das Gleiche: Auch dort fanden wir zwei deutliche Abdrücke. Auf den Sprossen des Abstiegs im Kanal konnten wir nichts finden. Anders sieht es auf der Strickleiter aus. Die Person hat sich die Handschuhe wohl ausgezogen, als sie geklettert ist. Vielleicht hatte sie Angst, abzurutschen. Fast auf jeder Sprosse mehrere

Abdrücke. Und alle, die wir gefunden haben, stammen von derselben Person.«

»Und? Mach's nicht so spannend. Haben wir ihn im Computer?«

»Ja. Aber der Er ist eine Sie. Ludmilla Gontscharowa. Ohne jeden Zweifel.«

Margot und Horndeich warfen sich einen ungläubigen Blick zu. Ihre Theorie, dass Mila wegen ihrer eBay-Geschäfte erpresst worden sei, konnten sie damit wohl vergessen. Wenn sie erpresst worden war, brauchte sie keinen zweiten Ausgang zu schaffen.

Margot fand die Sprache zuerst wieder. »Mila? Ganz sicher?« Sie wusste, dass diese Frage im besten Falle überflüssig, im schlechtesten beleidigend war.

Fenske ignorierte sie denn auch, erhob sich und sagte nur: »Schönen Abend noch, ihr beiden. Ich mach mich jetzt vom Acker.«

»Keine Erpressung?«

Horndeich vernahm den leisen Unterton der Verzweiflung in Margots Stimme. Kaum hatten sie eine zumindest denkbare Theorie aufgestellt, machte ihnen der böse Erkennungsdienst auch schon wieder einen Strich durch die Rechnung.

»Offenbar nicht. Zumindest wurde nicht Mila erpresst. Denn wenn jemand sie erpresst hätte, dann wäre dieser Erpresser sicherlich nicht durch den Haupteingang hinein- und auch wieder hinausspaziert.«

»Vorausgesetzt, er wollte unerkannt bleiben.«

»Wäre es ihm nicht darum gegangen, hätte er Mila nicht in die Katakomben zu bestellen brauchen, sondern hätte sie zu sich nach Hause einladen können.«

»Aber warum hat Mila den Weg durch den Schacht gewählt? Warum der ganze Aufwand mit der Absperrung und der Strickleiter?«

»Und wer wusste davon, dass er sie dort unten im Keller antreffen würde?« Horndeich schlug sich mit der flachen Hand gegen die Stirn. »Klar! Wir lagen gar nicht so falsch! Aber nicht Mila wurde erpresst – sie war die Erpresserin. Sie kannte sich aus dort unten. Sie hat für sich diesen Fluchtweg vorbereitet, genau wie du es vermutet hast.«

Margot trank einen Schluck aus ihrem Smiley-Becher und forderte ihren Kollegen mit einem Nicken auf weiterzureden.

»Also, Mila baut sich am Samstagmorgen ihren Fluchtweg. Sie klettert runter und wieder hoch – es klappt. Dann geht sie mittagessen oder was weiß ich. Für vier Uhr hat sie den Mann bestellt, den unsere Zeugen gesehen haben und den sie erpresst. Um halb vier geht sie durch den Haupteingang nach unten und lässt die Tür geöffnet; vielleicht schiebt sie was in den Türrahmen, damit die Tür nicht ins Schloss fallen kann. Sie geht die Treppe hinunter. Ihr Opfer soll um vier da sein, das Geld auf den Boden des großen Kellers legen und verschwinden. Sie versteckt sich hinter der Treppe oder sogar in einem der Nebenkeller. Der Mann kommt, legt das Geld ab, geht nach oben, klappert an der Tür und geht leise wieder nach unten, bis zu dem Treppenabsatz, wo du auf mich gewartet hast. Als er unten Licht sieht, stürmt er die Treppe runter und erschlägt Mila.«

»Du meinst also, der ganze eBay-Handel hat mit dem Mord nichts zu tun?«

»Keine Ahnung. Keine Ahnung, wen sie womit erpresst hat. Aber dieses Szenario scheint mir möglich.«

»Es hat dennoch einen Haken.«

Horndeich stöhnte auf. »Oh, bitte, Margot. Mach mir diese schöne Theorie nicht kaputt!«

Doch die Kommissarin fuhr gnadenlos fort: »Wenn das Erpressungsopfer Mila umbringt, besteht die Gefahr, dass die Polizei vom Grund der Erpressung erfährt, wenn wir uns nach dem Fund der Leiche die Wohnung und das Leben von Mila vornehmen.«

Horndeich überlegte nur kurz. »Ja, wenn der Grund für die Erpressung irgendein Gegenstand ist, ein belastendes Dokument, ein Foto, ein Brief, eine Fotokopie von irgendwas. Aber es kann ja auch sein, dass Mila nur etwas wusste, was sie mit in den Tod genommen hat.«

Margot war immer noch nicht ganz überzeugt. »Und womit könnte Mila den Unbekannten erpresst haben?«

Horndeich zuckte mit den Schultern. »Das werden wir hoffentlich morgen herausfinden«, meinte er und erhob sich.

»Wohin gehst du?«

Allein die Frage ließ tief in den momentanen Zustand von Margots Privatleben blicken. »Nach Hause. Und das solltest du jetzt auch tun.«

## Montag, 19.12.

Als Horndeich das Büro betrat und seine Kollegin begrüßte, begann gerade das Faxgerät zu rattern.

»Morgen«, grüßte sie knapp zurück und wandte sich dem Gerät zu, um das bedruckte Blatt zu entnehmen.

Die Kaffeemaschine barg einen Frischaufgebrühten, die Rechner waren hochgefahren, der Smiley-Becher stand auf Margots Schreibtisch und grinste Horndeich fröhlich an. Horndeich sah auf seine Armbanduhr. Sieben Uhr fünfundzwanzig. Der Kriminalist in ihm rechnete kurz und kam zu dem Ergebnis – wenn seine Uhr nicht inzwischen den Dienst quittiert hatte –, dass die werte Kollegin mindestens seit sieben im Büro saß. Die Ringe unter ihren Augen schienen nun zur morgendlichen Grundausstattung zu gehören. Übereifer ist nicht gesund, dachte er, beschloss aber, jeglichen Kommentar zu unterlassen. In fünf Tagen war Weihnachten, danach gab es für sie beide ein paar freie Tage, und sicher würde Margot die Erholung guttun. Und ihrem Rainer auch. Am besten, beiden zusammen. Aber auch dazu äußerte er sich nicht.

»eBay hat eine Antwort geschickt. Die Zugangsdaten zum Konto von ›Hildewil‹. Mal schauen, ob wir da noch was Interessantes entdecken.«

Horndeich rückte seinen Stuhl neben Margots, die bereits die eBay-Startseite aufgerufen hatte.

Margot gab zum Namen »Hildewil« das Passwort ein, das auf dem Fax stand: »Katharina«.

»Der Name von Milas totgeborener Tochter...«, murmelte Horndeich.

Margot klickte sich auf die Seite mit den persönlichen Daten. Unter der Rubrik »Konto« waren die Daten des Sparkassenkontos angegeben. Das Kästchen unter »Kreditkarte« war leer. Margot deutete mit dem Finger darauf. »Also hat sie sich via Post angemeldet.« Ihr Finger fuhr ein Stück höher. »Hier ist die E-Mail-Adresse: hildewil@web.de.«

»Prima, dann können wir jetzt ihren E-Mail-Verkehr checken.«

»Wenn sie die E-Mails nicht gelöscht hat. Außerdem bräuchten wir noch das Passwort für das E-Mail-Konto.«

Horndeich war zwar computertechnisch gesehen Erstklässler – aber kein gänzlicher Analphabet. Er rief die Seite von »web.de« auf. Unter der Rubrik »Freemail« waren zwei freie Felder mit den Bezeichnungen »web.de-Nutzer« und »Passwort«. Horndeich tippte »Hildewil« in das Nutzerfeld und »Katharina« in das Feld für das Passwort.

Eine neue Seite baute sich auf. »Guten Tag, Hildegard Willert«, stand in fetten schwarzen Lettern in der Überschrift.

»Siehst du, geht doch«, sagte Horndeich, und sein Gesicht glich einmal mehr dem Smiley auf Margots Becher.

»Treffer. Und nun zeig mir bitte auch noch die Mails.«

Horndeich schob die Maus zu Margots Hand. »Kobra, übernehmen Sie«, zitierte er eine seiner Lieblingskrimiserien aus den Siebzigern.

Margot bewies, dass sie auch den Originaltitel der Serie kannte, als sie erwiderte: »Na, hoffentlich ist das keine Mission: Impossible.« Sie führte die Maus zum Ordner »Posteingang« und sagte: »Wir haben Glück! Hier sind Berge von Mails!«

Sie überflogen die Nachrichten. Alle elektronischen Briefe bezogen sich auf eBay-Transaktionen. »Habe Geld überwiesen« und »Können Sie mir eine Kopie des Echtheitszertifikats zusenden?«, lautete der Tenor. Sie stießen auch auf Mails des Antiquitätenhändlers Wilfried Leppart, der sich darüber beklagte, dass er das Tagebuch ersteigert, aber nicht erhalten habe. Der musste zu Hause in Hamburg wohl ein Lexikon der deutschen Schimpfworte haben, das er für die Korrespondenz mit Mila eifrig genutzt hatte.

Während Margot die Liste der Mails weiterverfolgte, wanderten Horndeichs Gedanken wieder zum Tatort. Hatten sie dort vielleicht etwas übersehen, irgendetwas, was sie zum Täter führen konnte?

»Schau mal, hier!«, unterbrach Margot seine Gedanken. Horndeich konzentrierte sich wieder auf den Bildschirm. »Lies mal.«

Und Horndeich las die Nachricht:

*Sehr geehrte Hildewil,*
 *ich interessiere mich sehr für das Tagebuch der Marina Lirowa. Ich würde Sie gern treffen und mich von der Echtheit des Buchs überzeugen. Ich bitte um Rückruf.*
 *Mit freundlichen Grüßen*
 *Jurij Gwernok.*

In einem Postskriptum hatte er eine Handynummer angegeben.

»Meinst du, sie haben sich getroffen?«

»Das werden wir gleich wissen.« Margot wählte die Nummer. Nach wenigen Sekunden nannte Sie Namen und ihre Büronummer und bat Gwernok um Rückruf. »Mailbox«, erklärte sie.

»Meinst du, er hat das Tagebuch ersteigert?«

»Ersteigert sicher nicht, denn offensichtlich hat Antiquar Leppart den Zuschlag erhalten, sonst hätte er sich nicht so aufgeregt, dass er das Buch nicht erhalten hat. Aber vielleicht hat Gwernok es gekauft.«

»Meinst du, das Buch hat was mit dem Mord zu tun?«

Margot zuckte nur mit den Schultern.

»Von wann ist die Mail?«
»20. November. Das war vor gut vier Wochen. Und noch einige Tage, bevor die Auktion endete.«

Margot griff abermals zum Telefonhörer und wählte eine Nummer, die sie zuvor aus ihrer Zettelsammlung neben der Computertastatur gezogen hatte. Sie fragte die Person am anderen Ende der Leitung, ob sie mit Herrn Plawitz sprechen könne, dem Darmstädter Experten für russische Kunstgegenstände, und wurde wenige Sekunden später verbunden.

»Hesgart, Kripo Darmstadt«, stellte sie sich nochmals vor. »Herr Plawitz, ich habe noch eine Frage an Sie. Sagt Ihnen der Name ›Marina Lirowa‹ etwas? Die soll am Hof des letzten russischen Zaren gearbeitet haben.«

Sie zeichnete kleine Spiralen auf die Schreibtischunterlage, während sie Plawitz' Antwort lauschte. Schon nach dem dritten Schneckenkringel beendete sie das Gespräch mit einem »Herzlichen Dank«.

»Sagt ihm wohl nichts«, vermutete Horndeich.

»Gar nichts.« Sie stand auf. »Alles Sackgassen«, seufzte sie.

»Dann werde ich mich mal weiter um Leonid kümmern. Ich glaube immer noch, dass er mit seiner Schwester gemeinsame Sache gemacht hat. Zoschke hat die Liste der Airlines und Autovermietungen noch nicht ganz gecheckt. Die dürfte noch auf seinem Schreibtisch liegen.« Er stand auf und verließ das Büro.

Wenigstens funktioniert die Kaffeemaschine wieder, dachte Margot und schenkte sich den Smiley-Becher erneut voll. Es gibt noch Konstanten in deinem Leben, flüsterte die innere Stimme leise. Zyniker, dachte sie und fischte sich die Zertifikate von einem der Stöße auf ihrem Schreibtisch. Sie bescheinigten die Echtheit der goldenen Ringe mit den Brillanten.

Das Geschäft des Juweliers Julius Sandzwecker lag laut den Zertifikaten in der Goldbachstraße in München. Sie suchte seine Nummer im Internet-Telefonbuch, doch sie fand keinen Juwelier Sandzwecker. Auch die Internetsuchmaschine landete keinen Treffer. Sie telefonierte mit der Industrie- und Handelskammer in München. Nachdem sie dreimal weiterverbunden worden war, sprach sie mit einer jungen Frau. »Können Sie mir sagen, ob es bei Ihnen in München einen Juwelier Sandzwecker in der Goldbachstraße gibt oder gab?«

Margot hörte, wie am anderen Ende der Leitung eine Tastatur bearbeitet wurde. »Einen Augenblick bitte«, ersuchte die junge Frau Margot um Geduld.

Etwa vier neue Spiralen auf der Unterlage später sagte sie: »Ja, es gab einen Juwelier Sandzwecker. Aber der hat bereits vor fünfzehn Jahren das Geschäft geschlossen.«

Margot bat, ihr ein Fax mit den entsprechenden Daten zuzusenden, dann verabschiedete sie sich und legte auf. Die Zertifikate stammten angeblich aus dem Jahr 1995. Bereits fünf Jahre zuvor hatte das Geschäft aufgehört zu existieren. Fälschungen!

Horndeich kam gerade mit der Liste in der Hand ins Büro zurück, als Margot es verließ, um mit Baader zu sprechen. Fast hätte sie ihn über den Haufen gerannt.

»Habt ihr schon was zu den Ringen und der Rolex?«, fragte sie gleich darauf den Kollegen vom Erkennungsdienst.

Baader hob den Blick vom Schreibtisch und blinzelte theatralisch mit den Augen.

»Alles okay? Hast du was im Auge?« Besorgt näherte sich die Kommissarin ihrem Kollegen.

Baader antwortete nicht, blinzelte aber erneut.

»Und was soll das jetzt?«

»Ich krieg's nicht hin. Ich versuch es seit Monaten. Das Einzige, was passiert, ist, dass ich noch mehr Falten unter den Augen habe.«

»Was versuchst du seit Monaten?« Margot konnte den verschlungenen Logikpfaden ihres Kollegen nicht folgen.

»Ich versuche, es wie Jeannie zu machen. Blinzeln, und schon habe ich hergezaubert, was ich will.«

Margot verdrehte die Augen. Auch sie hatte die amerikanische Urserie aller Hexen-TV-Events »Bezaubernde Jeannie« vor wenigen Monaten im Privatfernsehen noch einmal verfolgt. Als kleines Mädchen hatte sie die Serie zum ersten Mal gesehen. »Dann versuch's mal mit beeilen statt zaubern!«, blaffte sie.

»Margot, was es mit den Ringen und den Uhren auf sich hat, das müssen schon die Kollegen in Wiesbaden rausfinden.«
»Sind die Ringe und die Uhren denn schon unterwegs?«
»Nein. Sie sind dort in der Kurierbox.«
»Dann kümmer ich mich jetzt persönlich darum!«, sagte sie, mehr aggressiv denn entschlossen.
Baader zuckte mit den Schultern. »Wenn du meinst.«
Margot griff nach den Tütchen mit den Ringen und den Uhren.
»Frag mich doch mal, ob wir vielleicht Spuren an dem Schmuck gefunden haben«, warf Baader Margot hinterher, als diese schon fast aus dem Raum entschwunden war.
Sie drehte sich um. »Habt ihr Spuren an dem Schmuck gefunden?«
»Ja. Fingerabdrücke. Ausschließlich von der Gontscharowa.«
»Soll ich dich noch was fragen?«
»Du könntest mich nach dem Haar fragen, das sich am Armband der Rolex befand.«
Für gewöhnlich ließ sich Margot gern auf solche Spielchen mit ihren Kollegen ein. Aber ihr Sinn für Humor hatte unter dem Schlafentzug der vergangenen Nächte gelitten. Und unter Wein und Weinen.
»Sag's mir einfach!«, forderte sie. Und wer sie kannte, wusste, dass ihr leises Zischen, mit dem sie die Worte hervorstieß, gefährlicher war als das Brüllen der Löwin.
Baader hob abwehrend die Hände. »Schon gut. Das Haar stammt sicher nicht von Ludmilla Gontscharowa.«
»Danke«, sagte Margot knapp und verließ das Büro. Endgültig.
Baader zuckte mit den Schultern. Dann eben nicht. Er hätte ihr noch mehr erzählen können.

Urs Kümmeranz öffnete die Metallschublade des Werktisches, deren massives Schloss er zunächst aufgeschlossen hatte. Margot stand neben dem jungen Juwelier. Er hatte sich freundlicherweise die Zeit genommen, die Ringe auf ihre Echtheit zu prüfen. An diesem Tag noch. Sofort.

Die Werkstatt befand sich unmittelbar hinter dem Verkaufsraum. Uhren und Schmuckstücke lagen sauber sortiert in Plastikkästchen und teilten sich den Platz jeweils mit einem Auftragszettel. An der linken Wand stand ein Nordmende-Transistorradio, das sicher um einiges älter war als sein Besitzer. Es gab Gerätenamen, die einen unweigerlich daran erinnerten, dass man selbst auch nicht jünger wurde.

»Nehmen Sie doch Platz, es dauert ein paar Minuten.«

Margot holte das erste Beutelchen mit einem Ring aus ihrer Umhängetasche und ließ sich auf dem Stuhl neben Kümmeranz nieder.

Urs Kümmeranz betrachtete den Ring unter einer Arbeitsleuchte. »Dann schauen wir mal.«

Vielleicht war es Margots Ausweis gewesen, der Kümmeranz dazu brachte, die Ringe sofort zu testen. Vielleicht war es auch nur Mitleid gewesen, überlegte Margot, denn im Spiegel im Verkaufsraum hatte ihr kurz zuvor die Halloween-Variante ihres Gesichts entgegengeschaut.

Der Juwelier entnahm der Schublade ein braunes Glasfläschchen. Es wäre völlig unscheinbar gewesen, hätte nicht ein schwarzer Totenkopf auf orangefarbenem Grund signalisiert, welch schlechte Idee es wäre, diese Flüssigkeit zu sich zu nehmen.

»Darf ich fragen, was Sie jetzt machen?«

Kümmeranz zeigte ihr das Etikett. »Das hier ist Königswasser. Eine Mischung aus Salzsäure und Salpetersäure. Giftig, ätzend und die sicherste Methode, Spreu vom Weizen zu trennen – beziehungsweise Gold von Blech.«

Er nahm den Ring und rieb ihn gegen einen schwarzen Stein, dreimal, sodass er drei Abstriche nebeneinander erhielt. »Königswasser ist eine Säure, die Gold auflöst«, fuhr der Juwelier fort. »Für jede der drei Legierungen gibt es eine entsprechende Probiersäure.«

»Legierungen?«

Urs Kümmeranz lächelte verständnisvoll. »Gold ist ein sehr weiches Metall. Deshalb muss es mit härteren Metallen gemischt werden, wenn man stabile Schmuckstücke fertigen will.

Der Goldanteil wird in Promille angegeben. Die Standardlegierungen sind 333, 585 und 750.«

Er nahm zwei weitere Fläschchen aus der Schublade, öffnete das erste, entnahm der dampfenden Flüssigkeit mit einer Pipette einen Tropfen und träufelte ihn auf den ersten Ringabstrich. »Diese Flüssigkeit zeigt, ob eine 750-Legierung vorliegt, also Metall mit drei Vierteln Goldanteil.« Der Strich löste sich augenblicklich auf. »Das habe ich erwartet, denn laut Stempel auf der Innenseite ist es 585er Gold. Ob das stimmt, zeigt uns jetzt die nächste Probiersäure für genau diese Goldlegierung.«

Unter dem Tropfen aus der zweiten Flasche löste sich auch der zweite Streifen auf. »Das habe ich zwar nicht erwartet, aber befürchtet. Es ist auch kein 585er Gold.«

Auch der letzte Strich verschwand beim Kontakt mit dem 333er Lügendetektor in Säureform. »Sie sehen selbst: Das Gold ist nicht echt.«

»Kennen Sie sich auch mit Brillanten aus?«

»Sicher. Einen Moment bitte.« Er drehte sich auf seinem Stuhl um hundertachtzig Grad und entnahm einer anderen Schublade ein Gerät, das aussah wie ein überdimensionaler Stift. Margots Blick bat erneut um Aufklärung.

»Damit kann ich die Wärme- und die elektrische Leitfähigkeit eines potenziellen Diamanten messen und Ihnen dann zumindest mit Sicherheit sagen, ob der Stein ein Diamant ist oder nicht.«

Er hielt das Gerät an den Brillanten auf dem Ring. Das Gerät hatte drei Leuchtdioden, deren Bewandtnis Urs Kümmeranz der Kommissarin mit wenigen Worten erklärte. Die erste leuchtete gelb und signalisierte damit die Bereitschaft des Geräts. Margot wartet gespannt, ob die grüne Diode – Diamant – oder ihr rotes Pendant – kein Diamant – aufflammen würde. Das Gerät hielt keine Überraschung parat: Gleich einer Darmstädter Ampel sprang die Diode nach Gelb zuverlässig auf Rot.

Margot griff in ihre Tasche und zog die anderen Tütchen hervor. »Könnten Sie diese vielleicht auch ...?«

Kümmeranz seufzte. »Warum wusste ich, dass das nicht alles war?«

»Ich fürchte, ich habe noch mehr für Sie zu tun«, bedauerte Margot und holte auch die beiden Tüten mit den Rolex-Uhren hervor.

»Aber das war's dann?«

»Das war's dann.«

Kümmeranz rückte den Stuhl wieder an den Werktisch, und in wenigen Minuten hatte er alle Ringe und ihre Steine als Fälschungen entlarvt. »Sie sind nicht schlecht gemacht, nicht zu schwer, nicht zu leicht, und die Steine funkeln schön – dennoch sind sie nur aus Glas.«

Margot ließ die Tütchen mit den Ringen wieder in ihrer Tasche verschwinden und schob Kümmeranz die beiden Tüten mit den Uhren zu. Er holte die erste Uhr hervor und sah von schräg oben durch das Uhrenglas. »Wenn sie falsch ist, dann ist sie zumindest nicht eine von den wirklich billigen Imitaten. Der Rolex-Schriftzug auf dem Zifferblatt ist nicht einfach nur aufgedruckt, sondern geprägt.«

Mit seinem Werkzeug entfernte er den Bodendeckel der Uhr. »Chinesische Wertarbeit«, sagte er nur und setzte den Bodendeckel wieder ein.

»Das heißt?«

»Das heißt, dass das Uhrwerk ein billiges Fernostprodukt ist, das mit einem Rolex-Uhrwerk ungefähr so viel gemein hat wie Spielgeld mit einem Fünfhundert-Euro-Schein.«

Auch die zweite Uhr entpuppte sich als falsch, was weder Margot noch Kümmeranz überraschte.

»Die Ringe und die Uhren sind keine Hehlerware, sondern Fälschungen«, teile Margot ihrem Kollegen mit, als sie sich wieder an ihren Schreibtisch setzte.

»Und Leonid ist mit Austrian Airlines geflogen. Von Lviv über Wien nach Frankfurt. Dort hat er dann immer bei derselben Firma einen Mietwagen genommen.«

»Na, dann sind wir ja ein Stückchen weiter.«

»Es kommt noch besser: Das waren nicht irgendwelche Wagen, das waren stets die etwas teureren. Einmal Jaguar, dann eine Mercedes S-Klasse. Nur mit BMW hatte er es nicht so,

aber auch ein Audi S8 war dabei. Er weiß, was gut ist. Bei einer seiner Touren im Juni bot das Gaspedal wohl etwas zu wenig Widerstand. Er ist geblitzt worden. In Hamburg. Zoschke versucht gerade, an das Bild zu kommen.«
»Was hat er in Hamburg gemacht?«
»Weiß ich nicht. Aber es wird noch ein wenig seltsamer: Das letzte Mal hat er seinen Wagen einen Tag nach Milas Tod abgegeben.«
»Seltsam? Dann haben wir doch was in der Hand.«
»Na ja. Da saß Leonid gerade in dem Bus aus Uschgorod. Außerdem wurde der Wagen nicht in Frankfurt abgegeben, sondern in Passau.«
»Passau? Das liegt doch an der Grenze zu Österreich.«
»Ach nee! Ich dachte, am Bosporus«, mäkelte Horndeich über die ihm unterstellten mangelnden Geografiekenntnisse.
»Komm mit«, sagte Margot nur.
Mit dem Kollegen im Schlepptau stürmte sie das Büro der Kollegin Sandra. »Hallo, hast du nicht noch diesen Rechner mit all den Programmen, die man gewöhnlich nicht braucht?«
Sandra nickte nur. Ihr Rechner war zur lokalen Datenbank erweitert worden. Lexika, Wörterbücher, Nachschlagewerke – wer Informationen suchte, fragte Sandra.
»Wir müssten mal einen Blick auf den Atlas werfen.«
»Straßenkarte oder geografische Karte?«
»Straßen, wenn du hast.«
»Ist der Papst katholisch?«, fragte Sandra schmunzelnd und zauberte mit wenigen Klicks eine Deutschlandkarte auf den Bildschirm. »Was willst du denn genau wissen?«
»Ob Passau auf der Strecke Uschgorod–Darmstadt liegt.« Auf Sandras fragenden Blick hin präzisierte sie: »Uschgorod in der Ukraine. Westrand. An der Grenze zur Slowakei und Ungarn.«
»Moment«, bat Sandra, klickte den Atlas wieder weg und rief ein anderes Programm auf, das sich als Routenplaner erwies. Sie gab Start und Ziel an, klickte auf einen Button, und schon sahen sie die Route. »Das ist der schnellste Weg«, erklärte Sandra. »In Uschgorod los, durch Ungarn, dann durch

Österreich. Bei Suben über die Grenze, dann die A3 weiter bis Aschaffenburg und ab nach Darmstadt.«

»Zeig mir bitte mal Passau.«

Einen Klick später wusste Margot, was sie wissen wollte. Passau lag fünf Kilometer vom Rastplatz Donautal entfernt. Exakt an der Route von Uschgorod nach Darmstadt!

»Ich gehe davon aus, dass Leonid dort in den Bus gestiegen ist«, sagte sie, »am Rastplatz Donautal, um sich ein falsches Alibi zu beschaffen.«

»Nur haben seine beiden Begleiterinnen gesagt, er sei mit ihnen in Uschgorod in den Bus gestiegen«, erinnerte Horndeich.

»Dann lügen sie.« Margots Erwiderung klang völlig überzeugt, als wäre es eine unumstößliche Tatsache.

»Und warum?«

»Um ihren Kumpel zu decken.«

»Bei einem Mord?«

»Am Mittwoch ist der Busfahrer wieder in Darmstadt. Wir empfangen ihn mit großem Blaulichtbahnhof, machen ein bisschen Druck, lassen uns die Personalien der anderen Mitreisenden geben und ...«

»Aber zuerst«, unterbrach Horndeich seine Kollegin, die ihm gerade ein bisschen übereifrig erschien, »fragen wir lieber mal Leonid persönlich, was er zu den Neuigkeiten zu sagen hat.«

Eine halbe Sunde später saß Milas Bruder wieder im Vernehmungszimmer. »Herr Prassir, wir möchten jetzt ein paar Antworten von Ihnen. Und keine Ausflüchte mehr«, eröffnete Horndeich das Gespräch.

»Bitte«, meinte Leonid nur.

»Sie haben jedes Mal, wenn Sie in Deutschland waren, einen Leihwagen genommen. Direkt am Frankfurter Flughafen.«

»Wenn Sie es sagen.«

Horndeich stützte sich mit beiden Händen auf den Tisch, schaute Leonid von oben herab an. Margot hielt sich im Hintergrund. »Wie geht es Ihrer Firma wirtschaftlich?«

Leonid runzelte kurz die Stirn. »Ich weiß nicht, was das mit dem Fall zu tun haben soll.« Nach kurzer Pause antwortete er dennoch: »Der Firma geht es gut.«

»Was stellen Sie genau her?«

»Das sagte ich doch schon: Wir stellen Kabel her. Und wir versuchen, als Lieferant der Autoindustrie auch in Deutschland Fuß zu fassen. Wenn Sie mir jetzt vielleicht sagen könnten, was Sie wirklich von mir wollen?«

»Warum haben Sie den Mercedes vor einer Woche in Passau abgegeben?«

»Ich habe den Mercedes nicht selbst abgegeben. Ich saß zu dieser Zeit im Bus von Uschgorod nach Darmstadt.«

»Und wer hat den Wagen gefahren?«

»Ein Freund hier in Deutschland. Ich habe ihm den Wagen überlassen, weil er einen persönlichen Notfall hatte und dringend das Auto brauchte. Ich verlängerte die Mietzeit des Wagens in Frankfurt und flog zurück nach Lviv. Er versprach, den Wagen spätestens Sonntag abzugeben, und das hat er getan.«

»Wie heißt dieser Freund? Wo können wir ihn erreichen?«

»Er ist wieder in Kiew.«

Horndeich knallte Zettel und Kugelschreiber vor Leonid auf den Tisch. »Name, Adresse, Telefonnummer, E-Mail-Adresse.«

Leonid schüttelte den Kopf, schrieb aber einen Namen und eine Adresse auf das Blatt. »Er hat kein Telefon. Und ich kenne seine E-Mail-Adresse nicht, falls er überhaupt eine hat.«

»Aber Sie leihen Herrn ...« – Horndeich nahm sich den Zettel und las den Namen ab – »... *Piotr Tschechow* Ihren selbst geliehenen Benz.« Horndeich wurde laut. »Das ist doch einfach nur Blödsinn!«

Leonid erwiderte Horndeichs Blick, entgegnete aber nichts.

»Ich will Ihnen sagen, was ich denke, Herr Prassir«, sagte Horndeich. »Ich denke, Sie haben mit Ihrer Schwester einen netten kleinen Handel mit gefälschtem Schmuck aufgezogen!«

»Was soll das jetzt schon wieder?«

Margot glaubte, echte Überraschung in seinem Blick zu erkennen.

Horndeich legte die Tütchen mit den Ringen und den Uhren auf den Tisch. »Das haben Sie besorgt, auf Ihren Touren durch Deutschland. Sie haben die gefälschten Ringe und Uhren beschafft, und Ihre Schwester hat das Zeug über eBay vertickt.«

»Blödsinn«, konterte Leonid. Aber seine Stimme war brüchig geworden.

»Am Zehnten haben Sie sie besucht, und es kam zum Streit. Mila wollte mehr von dem Geld abhaben, das letztlich ja sie verdiente. Sie wollten ihr aber nichts von Ihrem bisherigen Anteil abgeben!«

Margot ließ Leonid nicht aus den Augen.

»Sie stritten sich. Sie brachten sie um. Fuhren nach Passau, gaben den Wagen ab, telefonierten mit Irina und Tatjana, dass sie Sie am Rastplatz Donautal auflesen sollten. Dort setzten Sie sich in den Bus und fuhren nach Darmstadt.«

Leonid hielt den Blick auf Horndeich gerichtet. Und Margot erkannte, dass er wütend wurde. Horndeichs Theorie war ungefähr so wasserdicht wie ein Fischernetz. Wenn er Leonid aus der Reserve hatte locken wollen, war es ihm nicht gelungen.

»Klar, ich hab mit meiner Schwester in Kranichstein gestritten und sie dann in die Katakomben gelockt, bevor ich sie getötet hab. Das ist doch völliger Schwachsinn. Sie kommen mit Ihren Ermittlungen nicht weiter, und deshalb haben Sie sich mich als Täter ausgesucht. Damit die Aufklärungsstatistik wieder stimmt und Sie nicht die nächste Beförderung verpassen, richtig?«

Horndeich regte sich nicht.

»Wissen Sie was? Sie können mir nichts davon beweisen. Das liegt aber nicht daran, dass ich so ein schlauer Mörder bin, sondern daran, dass Ihre saublöde Geschichte einfach nur saublöd ist und mit der Wirklichkeit so viel zu tun hat wie die ›Star-Wars‹-Filme mit dem amerikanischen Raumfahrtprogramm.«

Margot trat aus dem Hintergrund des Raumes hervor. »Aber Sie haben Ihre Schwester gesehen. Am 8. Oktober. Und eine Woche vor ihrem Tod.«

Leonid antwortete nicht.

»Wir können auch eine Gegenüberstellung mit den Augenzeugen arrangieren, wenn Sie das wollen«, drohte Margot. »Nachbarn haben Sie mehrfach gesehen.«

Horndeich setzte sich, überließ nun Margot das Feld.

»Ja, ich habe sie besucht«, gab Leonid zerknirscht zu. »Immer, wenn ich Deutschland war. Immer nur kurz.«

»Und Sie wussten nichts von dem gefälschten Schmuck?«

»Nein.«

»Sie wissen nicht, woher sie ihn hatte? Sie wussten nicht, dass sie ihn über das Internet verkauft hat?«

»Nein.«

»Wenn Sie nicht für ihren Tod verantwortlich sind – was ich für den Moment einfach mal so dahingestellt sein lasse –, vielleicht war es einer der Geschäftspartner Ihrer Schwester, wenn ich das mal so ausdrücken darf. Dann kommen wir aber nur weiter, wenn uns jemand sagt, von wem sie das Zeug hatte.«

»Ich habe keine Ahnung.«

Horndeich hatte den Eindruck, dass er und Margot gegen eine Wand anrannten und sich dabei die Köpfe blutig schlugen. Und es gab nicht nur die Wand, die Leonid vor ihnen aufgebaut hatte; auch all die anderen Wände um sie herum verwehrten ihnen den Blick auf das wahre Bild. Er war sich völlig im Klaren darüber, dass Leonid als Mörder seiner Schwester nicht mit der Erpressertheorie zusammenpasste – und auch der zweite Ausgang aus den Katakomben via Strickleiter passte nicht, wenn er der Täter gewesen war. Und dennoch verheimlichte ihnen dieser Mann etwas. Wenn sie nicht bald weiterkamen, mussten sie wirklich die ganze Busbesatzung vernehmen. Doch außer den Schwestern und dem Fahrer befanden sich wohl wieder alle in der Ukraine, so wie das Phantom Piotr Tschechow ...

»Sagt Ihnen der Name Marina Lirowa etwas?« Horndeich hörte Margots Frage. Lustiges Strohhalmziehen, Teil 483. Mit der Sammlung, die sie in der vergangenen Woche angelegt hatten, hätten sie einen lukrativen Handel mit Strohmatten aufziehen können. Er überlegte das weitere Vorgehen. Sie mussten Leonids Bild nach Passau faxen, dann konnten die Kollegen versuchen rauszukriegen, ob jemand Leonid dort gesehen hatte. Sie sollten auch versuchen, diesen Tschechow aufzutreiben, wenn es ihn denn wirklich gab, dann den Rest der Busbesatzung. Aber selbst wenn Leonid wirklich erst in Passau in den Bus gestiegen war, ergab das kein plausibles Motiv und schon gar keine Erklärung für den seltsamen Tatort.

»Ja, Marina Lirowa ist der Name meiner Urgroßmutter. Der Mädchenname«, sagte Leonid.

Die Buchstaben purzelten von Horndeichs imaginärer To-do-Liste. Er und Margot warfen sich einen ungläubigen Blick zu. Alchemisten hatten versucht, aus Blei Gold zu machen. Sie beide versuchten, aus Strohhalmen Wahrheit zu knüpfen. Eins zu null für die Strohhalmfraktion.

Margot fasste sich als Erste. »Wie kam Ihre Schwester in den Besitz des Tagebuchs Ihrer Urgroßmutter?«

»Sie hat es geerbt.«

»Wie lange hatte sie das Tagebuch denn schon?«

»Ich hab es ihr im Oktober mitgebracht.«

»Hat Ihre Urgroßmutter so lange gelebt? Wenn sie eine Zofe der Zarin war, dann müsste sie über hundert Jahre alt geworden sein. Hatte Mila noch Kontakt zu ihr?«

»Nein. Unsere Urgroßmutter starb wenige Monate, nachdem meine Eltern und Mila nach Deutschland auswanderten. Für sie war Mila damals in Mukatschewe der Sonnenschein, und Mila hörte unserer Urgroßmutter stundenlang zu, wenn die ihre Geschichten zum Besten gab. Sie war damals schon über neunzig Jahre alt. Das Tagebuch hat sie mit einem Brief in einen größeren Umschlag gepackt und Milas Namen darauf geschrieben. Doch ihre Tochter Nadja – also unsere Großmutter – hat das Päckchen an sich genommen, ohne dass wir etwas davon wussten. Dann zog Großmutter Nadja gemeinsam mit uns nach Uschgorod und wohnte mit in unserer Wohnung. Erst als sie vor einem halben Jahr mit dreiundsiebzig starb, haben wir das Päckchen unter ihren Sachen gefunden. Ich habe es Mila dann bei meinem nächsten Besuch in Deutschland mitgebracht. Sie hat den Briefumschlag vor meinen Augen geöffnet und mir das Buch gezeigt.«

»Wussten Sie, dass sie es verkaufen wollte?«

»Ja, und das wunderte mich. Ich hätte nicht gedacht, dass es etwas wert ist.«

»Und wussten Sie, dass Ihre Urgroßmutter Zofe am Zarenhof war?«

»Das wusste jeder in der Familie und jeder von unseren Freunden, der nicht taub war. Je mehr die grauen Zellen meiner Uroma nachließen, umso mehr lebte sie in dieser Zeit. Das ging so weit, dass sie spätabends manchmal sagte: ›Ich kann noch nicht zu Bett gehen. Die Zarin kann mich jeden Moment rufen, damit ich ihr den Tee serviere.‹ Wie gesagt, nur Mila hörte den Geschichten immer zu, sogar noch, als sie bereits zehn war. Die beiden waren einander sehr verbunden. Vielleicht war das auch der Grund, weshalb ihre Tochter den dicken Briefumschlag – das Päckchen mit dem Buch – nicht an Mila weitergegeben hat. Sie war eifersüchtig, denn die kleine Mila war früher immer nur in die Arme von Oma Marina geflogen, niemals in die von Oma Nadja.«

»Was machte Ihre Urgroßmutter, als nach der Februarrevolution der Zar abgesetzt wurde?« Horndeich musste sich eingestehen, dass ihn die Geschichte faszinierte.

»Zuerst blieb sie noch bei der Zarenfamilie. Aber in den Wirren der Oktoberrevolution hat es sie nach Deutschland verschlagen. Dort lernte sie Oskar Zetsche kennen, der sich ihrer annahm, sie nach Mukatschewe brachte und dort heiratete. Es war wohl auf beiden Seiten die große Liebe. Mukatschewe gehörte damals aber noch zur Tschechoslowakei. Nun, dort sind sie geblieben, auch wenn sich die Staatenzugehörigkeit der Stadt immer wieder änderte.«

»Was meinen Sie mit ›die Staatenzugehörigkeit änderte sich‹?«, erkundigte sich Horndeich.

»Tja, Uschgorod und Mukatschewe liegen in einem heiß begehrten Gebiet, auch wenn sich dort früher Fuchs und Hase gute Nacht sagten, wie es bei Ihnen so schön heißt. Bis kurz nach Ende des Ersten Weltkriegs gehörte das Gebiet zu Ungarn, dann zur Tschechoslowakei, kurz vor dem Zweiten Weltkrieg bekam Ungarn es wieder zurück. Nicht für lange, denn unmittelbar nach dem Krieg wurde es dann den Russen geschenkt. Seit vierzehn Jahren gehört es nun zur Ukraine. Mal sehen, für wie lange.«

»Haben Sie das Tagebuch gelesen?«, kam Margot wieder aufs eigentliche Thema zurück.

»Nein. Mila hat es ausgepackt, mir gezeigt, und das war's gewesen.«

»Und es war Ihnen egal, dass sie das Buch verkaufen wollte?«

»Nein.« Leonid sah Horndeich kampfbereit an. »Aber deshalb habe ich sie nicht umgebracht. Ich hätte das Buch nur auch gern gelesen. Es gehört schließlich auch zu meiner Geschichte.«

»Und darüber haben Sie gestritten.«

»Ja, darüber haben wir gestritten. Ich sagte ihr, dass ich das nicht in Ordnung fände, und sie entgegnete, sie habe es geerbt, nicht ich. Das war das Ende der Diskussion.«

»Wissen Sie, an wen Ihre Schwester das Buch verkauft hat?«

»Nein.«

»Kannten Sie Frau Willert, Milas frühere Nachbarin?«

»Nein. Ich wusste, dass sie ein wenig für die Dame sorgte, aber ich habe sie persönlich nie kennengelernt.«

Ich sollte mir meine Empfehlungen für dieses Lokal vergüten lassen, dachte Margot, als sie sich von Ivanka zum reservierten Tisch im »Café Ballon« führen ließ. Sie hätte ihren Vater auch so gefunden, denn er saß bereits dort. Hin und wieder aßen sie gemeinsam zu Mittag – und ihr Vater achtete darauf, dass das nicht seltener als einmal im Monat vorkam. Früher war Ben noch des Öfteren mitgekommen, aber seit er in Frankfurt wohnte ...

»Hallo, mein Sonnenschein, wie geht es dir?«, begrüßte sie ihr Vater, und Margot erkannte einmal mehr, dass er das, was er nicht sehen wollte, erfolgreich zu verdrängen verstand. Sie hatte im Präsidium zehn vergebliche Minuten vor dem Spiegel verbracht, um ihr Aussehen zumindest in Richtung »unauffällig« zu korrigieren. Statt mit der dicken Schicht Puder hätte sie die Augenränder auch mit grünem Glanzlack zu übertünchen versuchen können, das Ergebnis wäre das Gleiche gewesen.

»Gut, danke«, log sie. Die Mühe, genau hinzuschauen, sollte er sich schon selbst machen.

Draußen schien die Sonne am klaren blauen Himmel und ließ die Welt freundlich und hell erscheinen. Für gewöhnlich liebte Margot diese Witterung. Stundenlange Spaziergänge durch Schnee und Wald in beißend kalter, klarer Luft. Doch allein machte es nur halb so viel Spaß. Kein Zehntel, wenn du ehrlich bist, unkte die gemeine Stimme in ihrem Innern. Sie fragte sich manchmal, ob dieser verbale Wadenbeißer wirklich zu ihr gehörte.

»Kommt ihr weiter mit den beiden Mordfällen?«, legte der Herr Papa auch noch den Finger in die Wunde.

Doch wenn sie es sich genau überlegte, war dies die wesentlich kleinere Wunde und ihr ein Gespräch über ihre Arbeit lieber, als mit ihrem Vater über ihr Privatleben zu parlieren.

»Nicht wirklich. Viele lose Enden, aber kein Silberstreif am Horizont.«

Sebastian Rossberg studierte die Karte, obwohl sich Margot sicher war, dass er wieder das Mittagsmenü wählen würde. Wie auch sie.

»Du bist doch auch so ein kleiner Zarenexperte geworden durch eure Ausstellung«, begann sie. »Sagt dir der Name Marina Lirowa etwas?«

Ihr Vater blickte von der Karte auf. »Nein. Wer ist das?«

»Sie war eine Zofe am Zarenhof. Sie ist ein weiteres loses Ende, von dem wir keine Ahnung haben, ob es irgendwas mit dem Fall zu tun hat. Sie war die Urgroßmutter des Mordopfers.« Margot schilderte kurz, was sie in Erfahrung gebracht hatten, bevor sie von der Bedienung unterbrochen wurde.

Ivanka brachte Margot ein Mineralwasser, weil sie wusste, dass Margot es immer bestellte, und ihrem Vater servierte sie ein Glas Rotwein, das er offenbar schon zuvor geordert hatte. Wie gerne hätte sie mit ihm getauscht.

»Ich hab heute früh einen Experten für russische Geschichte

angerufen und ihn gefragt, ob ihm der Name etwas sagt«, fuhr sie schließlich fort. »Aber bei Plawitz läutete bei dem Namen kein Glöckchen. In Geschichtsbüchern steht wohl nicht so viel über Zofen und Kammerdiener.«

»Plawitz?« Sebastian Rossberg horchte auf. »*Caspar* Plawitz?«

»Du kennst ihn?«, fragte Margot erstaunt.

Ihr Vater nickte. »Er hat uns ein paar Exponate aus seiner Privatsammlung für die Zarenausstellung geliehen.«

Darmstadt ist groß, dachte Margot wieder einmal, aber die Welt ist klein...

»Ja, ich kenne Caspar Plawitz...« Sebastian Rossberg zog eine Grimasse. »... oder *Kasperl* Plawitz, wie ich ihn heimlich nenne.«

»Du hältst nicht viel von ihm?«

Ihr Vater winkte ab. »Der hat doch keine Ahnung.«

Margot wunderte sich. »Hast du nicht gerade erzählt, er habe zu eurer Ausstellung sogar ein paar Exponate beigesteuert?«

Rossberg machte eine wegwerfende Handbewegung. »Er hat ein paar Dinge, die aus dem Fundus der Romanow-Familie stammen: drei Münzen, zwei goldene Haarkämme der Zarin, ein Taschentuch des Zaren – aber das sind dann auch schon die kostbarsten Stücke. Er besitzt noch so einiges, von dem aber nicht sicher ist, ob es wirklich der Zarenfamilie zugerechnet werden kann, darunter ein Bild der Russischen Kapelle, das die älteste Tochter 1903 gemalt haben soll, als die Familie damals die Darmstädter Verwandten besuchte. Wer kann schon sagen, ob es echt ist oder nicht.«

»Komisch, auf mich wirkte er wie ein Kenner.«

»Also, mein Mädchen, ganz unter uns und nur an diesem Tisch: Caspar Plawitz ist ein Wichtigtuer mit Profilneurose! Nein, der hat wirklich keine Ahnung. Wenn die Gerüchte auch nur halbwegs stimmen, dann gehört sowieso alles seiner Frau – die Stücke seiner Sammlung ohnehin. Sie hat schon als Mädchen den Grundstein dafür gelegt. Als sie sich dann mehr um ihre Karriere gekümmert hat, hat er die Sammlung erweitert.

Aber es ist sie, die dieser Sammlung einen Hauch von Seriosität verleiht.«

»Und wie kommt er mit der russischen Sprache und Schrift zurecht? Er ist doch Deutscher, oder?«

»Er hat Slawistik studiert und seine Gattin Galina in Russland auf einer Exkursion kennengelernt. Sie studierte in Moskau Wirtschaft. Ihr Papa hat wohl damals schon seine Schäfchen ins Trockene gebracht und nach Glasnost nochmals richtig verdient. Nun, Plawitz hat sie mitgebracht, sie heiratete ihn und baute hier ein gutgehendes Unternehmen auf. Allerdings führen die beiden alles andere als eine glückliche Ehe. Er ist ein alter Schürzenjäger, unser Kasperl.«

Margot musste schmunzeln. Ihr Vater trat immer wie ein Gentleman aus der britischen Adelsgesellschaft auf. Nur manchmal, da ließ er sich zu Klatsch und Tratsch hinreißen. Und als sie ihn vor kurzem einmal vom Arzt abgeholt hatte, hatte sie ihn dabei erwischt, wie er die Illustrierte »Gala« verschämt auf den Zeitschriftenstapel zurückgelegt hatte und dabei rührend rot geworden war. Plawitz musste ihm schon sehr unsympathisch sein, wenn er sich zu solchen Äußerungen herabließ.

»Also, wenn du etwas über diese Zofe wissen willst, dann solltest du dich mit Doktor Horst Steffenberg treffen. Er ist der Schirmherr der Ausstellung, war schon in den Moskauer Archiven und kennt die letzte Zarenfamilie wahrscheinlich besser, als Zar Nikolaus sie selbst kannte. Er ist morgen Abend bei mir, um mir das Vorabexemplar des Katalogs zu zeigen. Komm doch einfach dazu. Wir essen etwas, trinken gemütlich einen Wein – und wenn Rainer Lust hat, soll er auch mitkommen. Das wird sicher ein schöner Abend.«

Worauf Margot im Moment nicht gewettet hätte.

Ivanka brachte beiden eine Broccolicremesuppe.

»Na, dann lass uns mal essen«, sagte Sebastian Rossberg. »Hast du auch so einen Hunger wie ich?«

Nach der Mittagspause begab sich Margot zurück ins Büro. Horndeich begrüßte sie mit einem freudigen »Frag mich mal, ob ich was Neues habe!«

»Warum wollen heute immer alle, dass ich sie was frage? Sag's einfach.«

»Sandra hat all ihre Zauberkünste eingesetzt, um den Kontoauszügen noch etwas Interessantes zu entlocken.«

»Vielleicht heißt sie ja Jeannie«, murmelte Margot.

Horndeich blinzelte irritiert. »Wie bitte?«

Margot winkte ab. »Vergiss es. Leg los!«

»Dann pass mal auf: Mila hat zweimal im vergangenen Jahr Geld an die VHS überwiesen. In den Tiefen des Internets fand Sandra über die Kursnummer heraus, um was für einen Kurs es sich gehandelt hat.«

»Und?«

»Grundlagen der Buchhaltung. Zuerst hat Mila den Einsteigerkurs gebucht, dann, im nächsten Semester, den für Fortgeschrittene.«

»Das erklärt, weshalb sie bei den Helmstädtern so gut mit Zahlen jonglieren konnte.«

»Ja. Aber das Besondere daran ist nicht das Thema …«

»Oha.«

»… sondern der Kursleiter!«

»Der hieß?«

»Ulrich Peters.«

»Unser Ulrich Peters?«

»Genau der.«

»Der Mila nur im ›Grenzverkehr‹ traf und dessen Einladung zum Essen sie abgelehnt hat.«

Horndeich nickte. »Und der Mila ansonsten kaum kannte.«

»Gut, dann nehmen wir ihn uns jetzt vor.«

»Moment, ich bin noch nicht fertig«, sagte Horndeich. »Ich habe auch die Adresse von diesem Blumenladen Grewert in Griesheim herausgesucht. Der Inhaber, Jakob Grewert, hat doch auf Milas Anrufbeantworter geklagt, dass sie ihn versetzt habe.«

»Und warst du dort?«

»Nein. Ich habe angerufen. Seine Aushilfe hat mir gesagt, dass er heute beim Arzt ist. Er ist morgen wieder im Laden.«

»Also zunächst mal auf zu Peters.«

»Moment, ich bin noch immer nicht fertig«, sagte Horndeich und strahlte auf einmal wie ein Honigkuchenpferd.

Wer so fleißig arbeitet, muss belohnt werden, dachte sich Margot und gab sich Mühe, große Anerkennung in ihren Worten mitschwingen zu lassen, während sie fragte: »Hast du *noch mehr* herausgefunden?«

»Ich habe gerade mit Baader gesprochen.«

»Ich habe doch schon geklärt, dass der Schmuck falsch ist.«

»Nein, es geht um das Haar.«

»Das in der Suppe?«

»Das vom Armband der Rolex.«

»Und?«

»Es stammt nicht von Mila.«

Baader war kurz vorher auf Horndeich zugekommen, um ihm die Details zu dem Haar zu verraten, die Margot offenbar nicht mehr interessiert hatten. Dabei hatte er auch erwähnt, dass er das Verhalten der Frau Kommissarin an diesem Morgen nicht wirklich witzig fand. Horndeich hatte zunächst versucht, ihn zu beschwichtigen, war sich dann jedoch zu blöd vorgekommen. Margot war selbst groß und er nicht ihr Herr Papa.

»Das Haar ist von einer rothaarigen Person. Ob Mann oder Frau ist nicht klar. Die Haarwurzel ist nicht mehr dran, aber die Kollegen in Wiesbaden wollen trotzdem schauen, ob vielleicht noch ein wenig DNA dran rumbaumelt.«

»Und?«

»Rot.«

»Wie, rot?«

»Das Haar ist rot.«

»Ja, und was bringt uns das?«

»Wer hat denn rote Haare?«, fragte Horndeich und zog auffordernd die Augenbrauen hoch.

Margot hob die Arme. »Keine Ahnung!«

»Mensch, dieser Langgöltzer!«, sagte Horndeich.

Margots Augen weiteten sich. »Der Besitzer vom ›Grenzverkehr‹ – ja! Der hat einen dichten roten Mopp auf dem Kopf!«

»Und auch vom Kinn hängen«, ergänzte Horndeich, und die Erinnerung an Risotto mit Haareinlage trieb wieder eine Gänsehaut über seinen Rücken. »Und er ist schon mal ins Visier der Kollegen vom Betrug geraten.«

»Dann schnappe ich mir jetzt Peters.«

»Und ich mir den Maître de Cuisine ...«

Wenig später kurvte Horndeich rund um den Riegerplatz auf der Suche nach einer legalen Abstellmöglichkeit für den zivilen Vectra. Mit einem Wettspiel »Die Parkplatzlotterie« hätte das Darmstädter Privatradio locker der kommerziellen Konkurrenz von HR 3 und Radio FFH den Rang ablaufen können.

Er fand eine Lücke, in die zusätzlich zum Vectra sicher noch zwei Coladosen gepasst hätten. Horndeich dankte dem Erfinder der Servolenkung, nachdem es ihm gelungen war, den Opel nach zehnmaligem Hin- und Herkurbeln ins Mäuseloch zu quetschen.

Als Horndeich das »Grenzverkehr« betrat, stand Langgöltzer selbst hinter dem Tresen und zapfte ein Pils. Er sah Horndeich und seufzte laut. »Auch 'n Bier?«

»Im Dienst doch immer«, antwortete Horndeich sarkastisch und fügte hinzu: »Ein ruhiges Eckchen, in dem wir beide uns für fünf Minuten unterhalten könnten, wäre mir aber lieber.« Wie ein Damoklesschwert baumelte der rote Bart über dem halbvollen Bierglas. Es gab noch eine Steigerung des Ekels.

Langgöltzer setzte zu einer Erwiderung an, und schon das Blitzen in seinen Augen verkündete Widerspruch, den Horndeich im Keim erstickte: »Auf dem Revier haben wir viele dieser ruhigen Plätzchen. Also?«

Das zweite Seufzen war lauter und eindeutiges Signal der Resignation. Horndeich sah sich um. Das Lokal war nicht gut besucht. Langgöltzer rief nach seiner Bedienung, die eilfertig aus der Küche kam. Er wischte sich die Hände an der Schürze trocken, dann führte er den Kommissar zu einem Zweiertisch in der hintersten Ecke des Gastraums.

»Was willst du schon wieder?«, brummte er. »Ich hab euch alles gesagt, was ich über das tote Mädchen weiß.«
»Aber nicht alles über die Rolex-Uhren.«
»Welche Rolex-Uhren?«
»Na, zum Beispiel die zwei, die wir in Milas Keller gefunden haben. Und die sie verkaufen wollte.«
»Und wie kommst du darauf, dass die von mir kommen?«
»Weil an einer der beiden ein rotes Haar im Armband klemmte. Ausgerissen. Dumm gelaufen.«
»Und du bist jetzt davon überzeugt, dass ich die Uhr Mila vertickt habe? Wegen des roten Haares?«
»Genau. Du hast es erfasst.« Er ging abermals auf Langgöltzers »Du« ein. Die lockeren Sprüche würden dem Kerl noch vergehen.
»Sag mal, was soll das? Fünftausend, sechstausend, zehntausend Leute – wie viele haben in Darmstadt rote Haare? Und wie viele in Hessen? Oder in Deutschland? In Europa? Auf der ganzen Welt? Und da kommst du ausgerechnet zu mir?«
»Hast du schon mal die Serie CSI gesehen?«, fragte Horndeich.
Langgöltzer grinste frech. »›CSI: Miami‹ oder ›CSI: New York‹?«
Horndeich lachte ihm ins Gesicht. »Was hier läuft, nennt sich ›CSI: Darmstadt‹. Schon mal was vom genetischen Fingerabdruck gehört, du Schlaukopf? Die Kollegen vom Bundeskriminalamt müssen ein paar Überstunden machen, aber sie werden das DNA-Profil anhand des Haares feststellen. Und dann werden wir von allen Rothaarigen in Darmstadt – oder auf der ganzen Welt, wenn es sein muss – DNA-Proben nehmen. Und dann haben wir ratzfatz den Mörder.«
Langgöltzer schwieg und schien Horndeichs markige Worte einer genaueren Überprüfung durch seine grauen Zellen zu unterziehen. Klar hatte Horndeich geblufft. Er wusste nicht, ob noch genug Haarwurzel für eine DNA-Probe an dem Haar war. Und die Jungs vom Bundeskriminalamt hatten mit der Sache überhaupt nichts zu tun, aber es klang einfach beeindruckender als »Landeskriminalamt«. Und dass der ehemalige Besitzer

des Haares auch der Mörder war, war – im wahrsten Sinne des Wortes – an den Haaren herbeigezogen. Das alles wusste Horndeich. Aber Langgöltzer wusste es nicht.

Der setzte zu einer Entgegnung an, doch Horndeich unterbrach ihn. »Bevor du mir jetzt noch mal erzählst, dass du nichts mit den Rolex-Uhren zu schaffen hast, gebe ich dir in aller Freundschaft einen guten Rat: Wenn du mich anlügst und ich dann durch die Analyse des BKA die Wahrheit erfahre, werde ich richtig sauer. Denn dann stiehlst du mir meine Zeit. Und ich will den Mörder vor Weihnachten kriegen, damit ich danach ein paar Tage mit meiner Freundin wegfahren kann. Und du willst doch nicht daran schuld sein, dass mir das Weihnachtsfest vermiest wird, oder?«

Langgöltzer nickte eingeschüchtert. »Okay, okay, ich hab ihr zwei Rolex-Uhren verkauft. Sogar mit Zertifikat.«

»*Gefälschte* Rolex-Uhren mit *gefälschten* Zertifikaten«, korrigierte Hortndeich.

»Ehrlich, Mann, davon hatte ich keine Ahnung!«

Horndeich lehnte sich lässig zurück, aber seine Stimme war scharf wie ein Harakirimesser. »Pass auf, ich hab keinen Bock mehr auf die Salamitaktik, auf Wahrheit in kleinen Scheibchen.« Langgöltzer wollte wieder etwas erwidern, doch Horndeich hob die Hand. »Ich bin noch nicht fertig. Mich interessieren diese verdammten Uhren nicht die Bohne. Ich will wissen, wer Ludmilla Gontscharowa auf dem Gewissen hat. Und du hast genau zwei Möglichkeiten: Entweder sagst du mir jetzt alles, was du über die Uhren und den Schmuck weißt, oder ich rufe die Kollegen an, und die pflügen deinen Laden und deine Wohnung so lange um, bis sie auch die letzte geklaute ›Kaufhof‹-Uhr und das letzte Gramm Shit gefunden haben. Dann rechnen wir alles zusammen, inklusive Falschaussage gegenüber einem Polizeibeamten, der in einem Kapitalverbrechen ermittelt, sagen dem Richter, er soll das mit der Bewährung vergessen, und schon bist du dran mit dem Seifeaufheben beim Rudelduschen.«

Abermals wollte Langgöltzer etwas erwidern, doch Horndeich hob nochmals die Hand, dann zuckte sein Gesicht vor bis unmittelbar vor das seines Gegenübers. »Ich hoffe, ich habe mich klar genug ausgedrückt!« Horndeich lehnte sich wieder zurück. »Also. Ich höre.«

»Ich sagte Ihnen ja schon, dass ich ihr die Uhren verkauft habe«, gestand Langgöltzer, Horndeich auf einmal ganz artig siezend. »Und ich wusste auch, dass sie falsch sind.«

»Wer hat sie dir verkauft?«

»Fritz. Den Nachnamen weiß ich nicht, ehrlich. Er kommt immer mal wieder hierher und vertickt dann China-Uhren. Für den Eigenbedarf. Und an Leute, die damit ein gutes Geschäft machen wollen.«

»Wie viele Uhren hast du Mila verkauft?«

»So zehn Stück. Immer mal wieder zwei, drei. Sie hat mich danach gefragt, und ich hab sie besorgt.«

»Und der Schmuck?«

Das Erstaunen war schlecht gespielt.

»Horst, Horst, bis eben haben wir uns doch gut verstanden«, tadelte Horndeich. »Fang jetzt nicht an, mir Mist zu erzählen.«

Kein Seufzen, kein Laut. Aber Horst Langgöltzers Züge erschlafften. Mimisches Synonym für eine weiße Flagge. »Hab ich ihr auch verkauft. Mit den Zertifikaten. Hat alles meine Quelle gemacht. Gab's im Gesamtpaket.«

»Wer ist diese Quelle?«

Langgöltzer nannte Namen und Adresse eines Mannes aus Heidelberg. Der Kerl war Horndeich völlig unbekannt. Um den würden sich die Kollegen vom Betrug kümmern.

»Wie lange geht das schon so? Und was hat sie gekauft?«

»Das ging schon so, als ihr Mann noch da war. Er hat auch immer wieder Sachen bei mir ge- und dann verkauft. Als er in den Knast wanderte, sprach mich Mila an. Sagte, sie brauche einen Job auf Steuerkarte. Und sie wolle ebenfalls Schmuck kaufen, wie es ihr Mann getan hatte. Ich hab ihr gesagt, dass das nichts für sie wäre, aber sie meinte, das sollte ich ihr überlassen. Dann hat sie meistens Ringe gekauft, ab und zu mal ein Armband; die breiten Dinger mit dem Teppichmuster, die gingen ganz gut.«

»Hat sie noch woanders als bei dir gekauft?«

»Weiß ich nicht. Glaub ich aber nicht. Wenn sie das alles vertickt hat, was sie bei mir angekauft hatte, dann hat sie schon ein erkleckliches Sümmchen verdient.«

»Die Firma dankt«, sagte Horndeich und stand auf.

»He, ich kann mich doch darauf verlassen, dass Sie mich nicht verpfeifen?«

Horndeich drehte sich nicht einmal um. Sollte der Gute ruhig ein wenig schmoren. Wie seine Paprika. Und seine Haare.

Außerdem – über den Namen aus Heidelberg würden sich die Kollegen in Württemberg sicher freuen.

»Sie sagten, Sie kannten Ludmilla Gontscharowa nur aus dem ›Grenzverkehr‹.«

»Ja, und das entspricht auch der Wahrheit.«

Ulrich Peters' Zweizimmerwohnung war gemütlich eingerichtet, die beiden Räume großzügig geschnitten. Er saß in einem schwarzen Ledersessel, Margot auf dem passenden Sofapendant. Das Wohnzimmer maß sicher fünfundzwanzig Quadratmeter, Laminat bedeckte den Boden, die Möbel waren modern, alles in Schwarz und Glas gehalten. Ein großer Flachbildschirm und das entsprechende Technikequipment machten den Raum auf Wunsch zu einem Minikino. Die Bildqualität war sicherlich besser als in einigen der Darmstädter Schuhschachtelkinos, aber Margot glaubte nicht, dass die Atmosphäre die gleiche war.

»Nein, es entspricht nicht der Wahrheit«, widersprach Margot. »Sie haben mir nicht alles erzählt!« Sie hasste Zeugen, denen man die Würmer aus der Nase ziehen musste. Es war ganz offensichtlich, dass Peters etwas verheimlichte, und sie wusste sogar, was es war.

»Ich habe keine Ahnung, wovon Sie reden«, behauptete er.

Margot antwortete nicht gleich. In der Bank hatte sich Peters am Morgen krankgemeldet, wegen einer Erkältung, wie man Margot auf ihr Fragen hin mitgeteilt hatte. Doch von den Kampfspuren einer Erkältung – rote Nase, glasige Augen und Berge von Taschentüchern – sah sie nichts. Was auch immer ihn davon abgehalten hatte, an diesem Morgen zur Arbeit zu kommen, Schnupfen und Husten waren es nicht. Na, dann konnte sie ihn wenigstens noch etwas schwitzen lassen. Sollte bei einer Erkältung ja angeblich gut sein. »Dann denken Sie vielleicht einfach noch mal nach.«

Peters' Selbstsicherheit, die er in der Bank noch an den Tag gelegt hatte, schmolz dahin wie Softeis im Kindermund. Doch noch schwieg er.

Margot half seinem Gedächtnis auf die Sprünge: »Seit wann unterrichten Sie an der Volkshochschule in Darmstadt?«

Ein Blitzen der Erleichterung funkelte in seinen Augen. Margot war sich nicht sicher, ob sie ihn nicht noch länger hätte schmoren lassen sollen. War sie falsch vorgegangen?

»Seit eineinhalb Jahren. Es macht mir Spaß, mit Menschen zu arbeiten.«

»Und ist das nicht anstrengend? Ich meine, Sie arbeiten den ganzen Tag in der Bank mit Menschen, und dann, nach Feierabend, unterrichten Sie noch?«

»Wissen Sie, andere engagieren sich im Kleingartenverein, ich habe Freude daran, mein Wissen weiterzugeben. Das Jonglieren mit Zahlen ist nicht so trocken, wie Sie möglicherweise glauben.«

Dass man der doppelten Buchführung einen unterhaltsamen Aspekt abgewinnen konnte, war für Margot tatsächlich schwer vorstellbar.

Peters schien seine Unsicherheit nun losgeworden zu sein. »Zahlen bilden das Leben ab. Das ist es, was ich meinen Schülern vermitteln will. Leben, Lust, Leid – alles steckt in den Zahlen einer Buchhaltung.«

Entweder hat der einen Schuss weg, oder mir ist einfach nur diese Art von Philosophie fremd, dachte Margot. Doch sie war nicht gekommen, um sich eine Vorlesung zum Thema »Das interessante Leben mit Zahlen« anzuhören. Zeit, den Druck etwas zu erhöhen. »Herr Peters, Mila hat zwei Ihrer Kurse besucht. Buchhaltung für Anfänger, dann den Kurs für die Fortgeschrittenen. War sie von den Zahlen so angetan, dass sie den zweiten Kurs belegt hat? Oder von Ihnen? Und warum muss *ich* Ihnen das erzählen? Warum spielen Sie hier Bill Clinton? Monica Lewinskys Freundin hat bereits geplappert.«

Peters' Bein wippte wieder. Kein Tisch, der es verdecken konnte. Aber Peters schien die eigene Körpersprache nicht aufzufallen. Er schwieg.

»Herr Peters, ich hätte gern eine Antwort. Jetzt und hier – oder auf dem Präsidium. Mit oder ohne Anwalt. Ganz wie Sie wollen. Also?«

»Ich brauche keinen Anwalt.«

»Das beantwortet meine Frage noch nicht.«

»Wir haben im ›Grenzverkehr‹ immer mal wieder ein paar Worte gewechselt, das habe ich Ihnen schon gesagt. Und auch, dass ich Mila gefragt hatte, ob sie mit mir ausgehen will. Was sie nicht tat. Das habe ich Ihnen auch erzählt.«

Ja, das weiß ich schon, dachte Margot ungeduldig. Aber sie beherrschte sich. Sie spürte, dass er gleich weitersprechen würde.

»Und dann setzte sie sich vor gut einem Jahr an meinen Tisch und meinte, ich würde doch bei einer Bank arbeiten. Ja, antwortete ich und wollte wissen, weshalb sie mich das fragte. Kennen Sie das, wenn man sich völlig unbegründet Hoffnung macht? Ich dachte für einen Moment, sie wollte nachhaken, ob ich mit meinem Job eine Familie ernähren könnte, ob ich vielleicht doch eine gute Partie sei. Dass sie mich vielleicht nicht liebe, aber sich vorstellen könnte, mit mir zusammenzuleben. So schnell sich der Turm der Hoffnung aufgebaut hatte, so schnell kippten ihre nächsten Worte ihn wieder um.«

Wieder eine Kunstpause, in der er seine Gedanken zu sammeln schien. »Sie fragte mich, ob ich jemanden kenne, der ihr die Grundlagen der Buchhaltung beibringen könnte. Die Frage brachte den Turm zwar zum Einsturz, aber nur um daneben den nächsten, kleineren Turm aufzubauen. Ich sagte ihr, dass ich Kurse an der Volkshochschule anbiete, Buchhaltung, genau das, was sie suche.«

Wieder verstummte er, und als er nicht gleich fortfuhr, fragte Margot: »Und sie kam wirklich zu dem Kurs?«

»Ja.« Peters nickte. »Der Kurs fand dienstags abends im Justus-Liebig-Haus statt. Sie war vom ersten Abend bis zum letzten Abend dabei. Andere schwänzten immer wieder mal. Am ersten Abend sitzen zwanzig hochmotivierte Gesichter vor dir, am letzten Abend die sieben Leute, die wirklich was lernen wollten. Mila war eine sehr gute Schülerin. Mit ihrem Ehrgeiz hätte sie Betriebswirtschaft studieren können – und das ist nicht nur so dahergesagt.«

»Und weshalb legte sie einen solchen Eifer an den Tag?«

»Ich weiß es nicht, sie hat es mir nicht gesagt. Aber ...«

»Aber?«

»Nun, die Fragen, die sie stellte, die bezogen sich immer auf einen kleinen Laden im Einzelhandel mit verderblicher Ware. Als würde sie selbst einen solchen Laden führen. Ich hab es nicht kapiert, aber ich machte mir darüber auch keine Gedanken.«

Margot hörte auch die Worte, die Peters nicht sagte, die aber in jedem seiner geäußerten Sätze mitschwangen: Ich war einfach nur glücklich, dass sie einmal in der Woche in meinem Klassenraum saß. War glücklich, sie zu sehen. Und hasste die Ferien ...

»Und warum haben Sie mir das nicht gleich erzählt?«

Peters senkte den Blick, aber sein Bein hörte nicht auf zu wippen und machte Margot zunehmend nervös. »Ich hatte Angst.«

»Wovor?«

»Ich glaube nicht, dass Mila viele Freunde hatte. Und ich hatte Angst, dass Sie mich verdächtigen. Täter kommen doch meist aus dem privaten Umfeld der Ermordeten.«

»Zählten Sie sich denn zum privaten Umfeld von Ludmilla Gontscharowa?«

»Ja. Nein. Natürlich nicht. Ich sah das alles wahrscheinlich viel privater, als sie es tat. Aber ... die Hoffnung stirbt zuletzt. Wissen Sie, ich hätte sie auf Händen getragen. Ich hätte alles für sie getan.«

»Und mehr haben Sie mir nicht zu sagen?«

»Nein.«

»Keine weiteren Geheimnisse, auf die ich noch stoßen könnte?«

»Nein.«

»Ich fände das nämlich absolut nicht lustig, Herr Peters.«

Sein Blick schien das Holzimitat des Bodens hypnotisieren zu wollen. Und sein Fuß traktierte weiterhin den armen Boden und Margots Nerven in gleichmäßigem Nähmaschinentakt.

Margot erhob sich. »Gut, dann war's das«, sagte Margot – und fügte hinzu: »Zunächst.«

Peters stand ebenfalls auf, um sie zur Tür zu geleiten. Vor der Tür drehte sich Margot noch einmal nach ihm um.

»Wo waren Sie eigentlich am Samstag vor einer Woche, gegen sechzehn Uhr?«

»In der Stadt. Ich habe dort einen Einkaufsbummel gemacht.«

»Waren Sie mit jemandem zusammen?«

»Nein, ich war allein. Und um Ihrer Frage vorzugreifen – ich habe nichts gekauft und deshalb auch keine Quittungen.« Offenbar war Peters eifriger Krimileser. »Ich habe nur zwei Espressi getrunken, mich über DVD-Rekorder informiert – und das war's.«

»Das war's?«

»Ja.«

»Gut. Dann auf Wiedersehen.«

Er verabschiedete Margot mit kräftigem Händedruck. Aber sein Blick wich dem ihren aus.

Als Margot das Treppenhaus nach unten ging, ärgerte sie sich, dass sie kein Bild von Mila einstecken hatte. Denn etwas ließ ihr keine Ruhe. Dass Peters nervös gewesen war, bevor er sein letztes Geheimnis preisgegeben hatte, konnte Margot noch verstehen. Dass sich seine Nervosität jedoch nicht um einen Grad milderte, nachdem er die Geschichte mit dem VHS-Kurs zugegeben hatte, widersprach Margots jahrelanger Erfahrung als Kriminalistin. Normalerweise wirkten Zeugen, die etwas verheimlicht hatten, nach ihrer Beichte erleichtert, als wäre eine Last von ihnen genommen. Ihr Bauchgefühl sagte ihr, dass er Mila nicht umgebracht hatte. Aber das gleiche Gefühl trötete auch laut in die Welt hinaus, dass Peters noch nicht seine ganze Geschichte preisgegeben hatte.

Horndeich kam aus der »Bockshaut«, einem traditionellen Hotel unweit vom Marktplatz, in dessen Restaurant sich die ukrainische Weihnachtsmarkt-Delegation mit ihren deutschen Städtepartnern getroffen hatte. Auch einige Gäste aus den anderen Partnerstädten waren dabei gewesen.

Anna hatte ihn angerufen, als er gerade aus Langgöltzers Kaschemme getreten war, und gefragt, ob er mit in die »Bockshaut« komme. Es war der letzte gemeinsame Abend mit den Ukrainern; Mittwoch würden sie wieder zurückfahren, zumindest die beiden Schwestern. Milas Leiche war inzwischen freigegeben, und ihr Bruder kümmerte sich um die Beerdigung.

Horndeich hatte Anna in den vergangenen Tagen kaum zu Gesicht bekommen, was er sicher auch sich selbst zuzuschreiben hatte. Er hatte Anna sehen wollen, dafür hatte er sogar den Trubel des Abschlussabends in Kauf genommen. Seine ursprüngliche Vorstellung der Gestaltung des Abends hatte ein wenig anders ausgesehen. Er hatte eher an eine warme Wohnung gedacht, an die Couch, Anna neben sich, vielleicht einen netten Film, ein Glas Rotwein und seine dicken roten Socken an den Füßen, die außer Anna noch kein Mensch in seinem Leben hatte sehen dürfen.

Er hatte gedacht, er würde dem Abend irgendetwas abgewinnen können, wenn er erst einmal mitten in der Gruppe säße. Irina und Tatjana hatten auch im großen Gastsaal des Hotels nochmals zum Akkordeon gegriffen. Horndeich liebte ihre Musik und hatte leise mitgesummt. Anna hatte seine Hand genommen, ihn auf die Wange geküsst – und der Moment war einfach perfekt gewesen.

Was ihm umso schmerzlicher bewusst geworden war, als die Musik verstummt war, das Palavern wieder angefangen und Anna sich nach rechts zu Leonid gewandt und ihn etwas gefragt hatte, was Horndeich nicht verstanden hatte. Der Raum war voller Menschen, jeder Tisch besetzt gewesen, doch er hatte kaum jemanden der Anwesenden gekannt. Plawitz war da gewesen, saß zwei Tische entfernt. Und dann noch die junge Blondine, die ihm schon vor einer Woche im Hamelzelt auf dem Weihnachtsmarkt aufgefallen war. Er kannte sie, wusste aber immer noch nicht, wie er das Etikett unter dem Foto im mentalen Album beschriften sollte. Sie hatte immer wieder zu Plawitz geschaut, hatte sonst aber völlig isoliert an einem der größeren Tische gesessen. Sie hatte mit niemandem gesprochen, nur immer wieder verstohlen zu dem Mann geschaut, der sich im Kreis der Ukrainer und der Gäste aus Freiberg gut zu amüsieren schien.

Sitze ich auch so da wie sie?, hatte sich Horndeich gefragt. Was mache ich eigentlich hier? Ich hocke mit Leuten an einem Tisch, zu denen ich kaum einen Bezug habe, sitze neben meiner Freundin, deren Aufmerksamkeit jedoch nicht mir gilt.

Er war müde gewesen, seine Gedanken waren wieder und immer wieder um die Tote gekreist, deren Bruder ebenfalls am Tisch gesessen hatte. Und er, Horndeich, schien an einer Aufklärung dieses Mordes weit mehr interessiert zu sein als Leonid. Der wand sich in seinen Aussagen wie eine Schlange im Hagel. Wäre Mila nicht in diesem verdammten Keller ermordet worden, sondern zu Hause auf ihrem Sofa, Horndeich hätte Leonid ganz oben auf das Treppchen der Verdächtigen gesetzt. So jedoch fehlte das entscheidende Puzzlestück, um das Geschehen nachvollziehen zu können.

Am Nachmittag hatte Margot berichtet, dass Peters die Ermordete an der Volkshochschule unterrichtet hatte. Und dass sie ihm nur so weit traute, wie sie ein Klavier werfen konnte. Sie hatten den Rest des Tages damit verbracht, ein bisschen mehr über Ulrich Peters' Vergangenheit in Erfahrung zu bringen. Sie wussten inzwischen, dass er fünf Jahre in Mainz gewohnt hatte. Ansonsten hatten sie die Banken telefonisch abgeklappert, seine potenziellen Arbeitgeber. Gegenüber freundlichen Angestellten hatte Margot sicher zehnmal den Satz wiederholt: »Es wäre nett, wenn Sie uns zurückrufen könnten, sobald Sie wissen, ob er bei Ihnen gearbeitet hat.« Sie hatte auch bei ihren Polizeikollegen in Mainz angerufen, aber die hatten ihr auf Anhieb auch nichts über Peters sagen können. Horndeich und Margot waren keinen Schritt weiter. Und Horndeich hatte an diesem Abend im großen Gastraum des Hotels gespürt, wie er wütend auf Leonid geworden war. Zwar war es nicht er gewesen, der seine Schwester mit gefälschtem Schmuck versorgt hatte, doch war sich Horndeich sicher, dass sich hinter Leonids Reisen durch Deutschland mehr verbarg, als er bisher zugegeben hatte. Und selbst, wenn er nicht der Mörder war, so konnte der Hintergrund seiner Reisen etwas mit dem Mord an seiner Schwester zu tun haben.

Hätte, könnte, würde ... Polizisten hatten immer ein gespaltenes Verhältnis zum Konjunktiv.

Anna hatte sich lange mit Leonid unterhalten, und Horndeich hatte den Eindruck, dass die Luft immer stickiger wurde, der Geräuschpegel immer lauter, die Gerüche immer ekliger.

»Anna?« Er hatte seiner Freundin auf die Schulter getippt. »Ich geh nach Hause.« Bis auf Anna an seiner Seite konnte er seine Vorstellung des Abends ja noch verwirklichen. Inklusive roter Socken.

»Warum?«

»Mir wird das alles zu eng hier.« Er hatte den Satz noch nicht beendet, da war er auch schon aufgestanden und hatte Anna auf die Stirn geküsst. Leonids Blick hatte ihn getroffen, aber nur kurz, dann hatte er wieder Anna angeschaut. War ihm nicht zu verdenken. Machte ihn aber immer noch nicht sympathischer.

Horndeich hatte drei Euro für das Bier auf den Tisch gelegt, war zur Garderobe gegangen, hatte sich den Mantel angezogen und das Restaurant verlassen.

Vor der Tür hatte er die frische Luft eingesogen. Wirklich still war es nicht gewesen, denn die Geräusche des Weihnachtsmarkts hatten die Luft erfüllt. Doch der Schnee hatte alle Laute gedämpft. Horndeich hatte in den Himmel geschaut und sich die Flocken aufs Gesicht fallen lassen, als ihm jemand von hinten gegen die Schulter getippt hatte. Horndeich hatte sich umgedreht.

»Was soll das?«, hatte ihn Anna gefragt, und ihre Miene

hatte gezeigt, dass sie nicht herausgekommen war, um ihn nach Hause zu begleiten.

»Anna, mir ist nicht nach Remmidemmi heute. Ich will einfach meine Ruhe haben.« Er hatte ihr über die Wange streicheln wollen, aber sie war zurückgewichen.

»Leonid hat mir gerade gesagt, dass ihr ihn wie einen Verbrecher behandelt und vernommen habt. So als ob er seine Schwester umgebracht hätte. Wie kannst du so was tun?«

Horndeich hatte tief Luft geholt. Nicht, weil sie seinen Lungen so gutgetan hätte, sondern um nicht die Fassung zu verlieren. Dieser kleine Kretin, hatte er gedacht. Jetzt hetzt er schon Anna gegen mich auf. Am liebsten wäre er zurückgegangen, hätte den Herrn in den Polizeigriff genommen und ihm dabei die Meinung gegeigt. Anschließend konnte ihm Anna ja den Arm wieder einrenken. Sie war schließlich die Arzthelferin. Aber Horndeich hatte sich beherrscht. Keine unangebrachte Gewaltanwendung. Auch die Dienstwaffe bleibt im Gürtelholster.

Er hatte seiner Freundin in die Augen geschaut. »Anna, ich mache meinen Job. Und dein werter Freund Leonid behindert die Arbeit der Polizei in einem Mordfall. Er gibt immer nur genau das zu, was wir ihm beweisen können, nicht mehr. Fast hat man den Eindruck, er habe kein Interesse daran, dass der Mord an seiner Schwester aufgeklärt wird. Zumindest benimmt er sich so. Er verbirgt was. Sein Alibi ist auf jeden Fall Müll.«

»Du willst sagen, er hat Mila umgebracht?«

»Frag ihn selbst, mit uns redet er ja nicht offen.« Horndeich hatte sich umgedreht und war durch den Schnee davongestapft.

Inzwischen hatte er die Heinrichstraße überquert und erklomm nun den Berg, den die Martinstraße hinaufführt.

Er hatte Job und Privatleben immer getrennt halten wollen. Wie Sauerstoff und Wasserstoff. Was ihm in diesem Fall gründlich misslungen war. Das Ergebnis war die klassische Knallgasreaktion.

Gut gemacht, kleiner Chemie-Dilettant, dachte er.

Margot holte aus und schlug mit ganzer Kraft zu.
Der Hieb saß.
Ihr Gegenüber stöhnte auf.
Cora, Margots beste Freundin, ging fast zu Boden bei dem Versuch, den kleinen Federball noch abzufangen, bevor er den Boden berührte. Sie konnte ihn gerade noch nach oben spielen, so dass er knapp über das Netz auf die andere Spielfeldhälfte gelangte.
Margot konzentrierte sich, sprang in die Höhe, drosch mit ihrem Aluschläger einen Smash. Der Federball änderte die Flugrichtung abrupt und bretterte mit der Geschwindigkeit eines Porsche auf den Boden in Coras Spielhälfte.
Im Winter spielten die beiden Freundinnen öfter Badminton – Cora sogar im Verein. Doch Margots brachialer Haudrauf-und-Schluss-Technik hatte sie an diesem Abend nicht viel entgegenzusetzen.
Noch ein Punkt für Margot, und diese hätte das letzte von vier Spielen gewonnen. Doch Cora wollte ihr nichts schenken. Sie täuschte einen kurzen Aufschlag vor, beschleunigte den Schläger aber im letzten Moment aus dem Handgelenk heraus. Der Ball sollte über Margot hinwegfliegen. Doch Margot sprang nach oben, traf den Ball noch im Vorbeiflug. Wieder erwischte ihr knallharter Schlag den unschuldigen Ball. Der schien diesmal den imaginären Porsche noch zu überholen. Cora erkannte, dass sie den Ball nicht erreichen würde, und versuchte es erst gar nicht.
»Touché«, sagte sie und ließ den Schläger sinken.
»Noch eine Runde?«, fragte Margot, während sie das Schweißband am Handgelenk seiner ordnungsgemäßen Bestimmung zuführte.
Cora nahm das Angebot weder an noch ernst. Sie gingen schweigend in den Umkleideraum und duschten, nachdem sie sich der verschwitzten Klamotten entledigt hatten. Als sich die beiden Frauen wieder ankleideten, fragte Cora: »Wen hast du da gerade verdroschen?«
Margot setzte den Unschuldsblick auf. »Verdroschen? Na, du bist mir eine faire Verliererin. Taktik, meine Liebe, alles Taktik.«

Früher hatten sich die beiden an ihren Frauenabenden in unterschiedlichen Kneipen getroffen. Vor einem Jahr hatten sie dann beschlossen, die Tradition grundsätzlich beizubehalten, zuvor jedoch gemeinsam Sport zu treiben. Im Sommer liefen sie durch den Wald, im Winter machten sie Badmintonbällen das Dasein zur Hölle. Für gewöhnlich fand der Frauenabend alle drei Wochen statt. Doch an diesem Abend hatte Margot ihre Freundin kurzfristig angerufen und gefragt, ob Cora nicht Lust auf ein Spiel hätte. Das kam selten vor. Meist war es Cora, die ihre Freundschaft aufrechterhielt und sich darum kümmerte, dass die gemeinsamen Abende auch wirklich zustande kamen.

»Was ist mit Rainer?«

Treffer, versenkt. Margots Lächeln war plötzlich verschwunden, als hätte der große Houdini es weggezaubert.

»Hier oder im ›Pueblo‹?«

Margot nickte nur in Richtung des Ausgangs.

Bereits auf dem Weg zu ihrer mexikanischen Stammkneipe erzählte Margot in groben Zügen, was sich bis zum Wochenende ereignet hatte. Cora kurvte zweimal um den Block, bevor sie eine Lücke für ihren Smart fand. Sie stellte den Motor ab.

Ein Jahr zuvor hatte sie den alten, liebgewordenen, aber verrosteten Benz stillgelegt und sich und ihrem Mann den Kleinwagen gekauft. »Einzig sinnvolle Lösung für das Parkplatzproblem«, hatte sie damals gesagt.

»Und du bist sicher, dass es seine neue Freundin war, die du Samstag gesehen hast?«, fragte sie und öffnete den Sicherheitsgurt.

»Wer soll sie denn sonst gewesen sein? Eine Versicherungsvertreterin? Oder seine Putzfrau?«

Cora griff in ihre Handtasche, zog eine Packung filterlose Zigaretten hervor und steckte sich eine an. Sie wollte die Packung gerade wieder verschwinden lassen, da schnappte Margot nach dem Päckchen und griff ebenfalls nach einem Glimmstängel.

»Meinst du, das ist eine gute Idee?«, fragte Cora.

»Meinst du, das fragt mich die Richtige? Die, deren Ehe die erste große Krise verdauen musste, als du vor einem Jahr wieder angefangen hast zu rauchen?«

»Na, dann mach doch nicht den gleichen Fehler.«

»Ich hab keine Ehe, die ich aufs Spiel setzen könnte.«

Cora wandte sich der Freundin zu: »Margot, du musst mit ihm reden. Fahr hin, sprich mit ihm. Ruhig. Männer mögen keine lauten Worte. Und keine Vorwürfe – die kannst du ihm machen, wenn du klarsiehst und weißt, was los ist.«

Margot inhalierte tief. »Ich weiß, was los ist!«

»Nein, du hast keine Ahnung, was los ist. Rainer hat sich in sein Schneckenhaus verkrochen und kriegt offenbar den Mund nicht auf. Und du hast eine Frau aus seiner Wohnung kommen sehen. Und das war's. Mehr weißt du nicht.«

Margot steckte die Zigarette zwischen die Lippen, griff nach ihrer Handtasche, entnahm ihr ein zweimal gefaltetes Blatt Papier und reichte es Cora. »Doch, ich weiß mehr.«

»Was ist das?«, fragte Cora, die das Papier zwar entgegennahm, es aber nicht entfaltete.

»Das Ergebnis eines Tauschhandels. Ich bekam seinen Brief im Tausch gegen seine Klamotten. Als ich heute Abend nach Hause kam, fand ich den Brief auf dem Bett. Und ein Koffer fehlte, sein braunes Hemd, das schwarze mit dem unmöglichen Rosen-Stickmuster, sein rotes Lieblingshemd, die Jeans, die er letztes Jahr ...« Sie verstummte, bevor sie den ganzen fehlenden Inhalt seines Kleiderschrankes aufzählte, inklusive der zu jedem Stück gehörenden Anekdote. »Lies«, forderte sie Cora auf.

Die faltete das Papier auseinander, dann las sie die wenigen Zeilen.

*Liebe Margot,*
*ich werde Dir alles erklären. Aber bitte gib mir noch etwas Zeit. Und glaub mir, dass ich Dich liebe.*
*Dein Rainer.*

»Na siehst du.«

»Was ›Na siehst du‹?«

»Er liebt dich!«

»Du willst mich verarschen.«

»Nein. Ich glaube, der Gute hat in erster Linie ein ernsthaftes Kommunikationsproblem.«

»Super.«

»Mal ehrlich, nach dem Brief bist du genauso schlau wie vorher.«

»Nein. Ich weiß, dass er ausziehen will, mich verlassen will, um mit Miss Redhead ein neues, schöneres Leben anzufangen.«

»Verzeih, wenn ich dir widerspreche, aber das weißt du nicht. Wenn jemand den Unterschied zwischen Vermutung und Beweis kennen sollte, dann doch wohl du.«

Margot steckte sich die nächste Zigarette an der an, die sie noch im Mund hatte, deren Glut jedoch nur noch wenige Millimeter von potenziellen Brandblasen an den Fingern entfernt war.

»Fahr hin. Stell ihn zur Rede.«

»Warum ich?«

»Weil *du* wissen willst, was los ist. Weil *du* die Stärkere bist. Und weil deine Augenränder und Tränensäcke sonst dein Aussehen ruinieren.«

Margot senkte den Blick.

»Mein Gott! Er ist ein Mann. Sieh es einfach mal realistisch«, forderte Cora. »Wenn du Klarheit willst, dann hast du gar keine andere Wahl.« Cora holte tief Luft – was in dem geschlossenen Kleinwagen inzwischen einem satten Lungenzug gleichkam.

»Sonst?«

»Sonst schickt er dir irgendwann eine Einladung zu seiner nächsten Hochzeit. Wenn du recht haben solltest.«

Margot dachte über die Worte der Freundin nach. »Können wir das ›Pueblo‹ auf unseren nächsten Abend verschieben?«, fragte sie dann. »Ich glaube, ich gehe jetzt nach Hause.«

»Zu Fuß?«

Margot nickte. »Ich ... ich muss nachdenken.«

»Mach das. Ich fahre vor und stelle deine Sporttasche vor der Haustür ab.«

Margot schätzte an ihrer Freundin, dass auch sie eine Diskussion für beendet hielt, sobald alle Fakten auf dem Tisch lagen und es nichts mehr hinzuzufügen gab. Was sie nicht schätzte, war ihre brillante Art der Analyse. An Cora war eine gute Polizistin verlorengegangen.

## Dienstag 20.12.

Das Telefon riss ihn aus dem Schlaf, doch Horndeich wusste sofort, dass er nicht verschlafen hatte. Die Dunkelheit vor dem Fenster war in der kalten Jahreszeit kein sicheres Indiz dafür, doch mit den Jahren hatte er eine innere Uhr entwickelt, die auch dann bestens funktionierte, wenn er mitten in der Nacht geweckt wurde.

Horndeich schätzte, dass es kurz nach Mitternacht war. Er drehte sich auf die andere Seite und schielte in Richtung des Radioweckers. Null Uhr zwölf. Nicht schlecht. Er musste nur noch herausfinden, wer ihn um diese Zeit zu wecken wagte. Denn Margot rief immer auf dem Handy an. Und das Klingeln stammte eindeutig vom Festnetzkollegen im Flur.

Horndeich stapfte in Richtung des akustischen Störenfrieds. »Horndeich«, meldete er sich verschlafen.

»Kommissar Oppwert, vom ersten Revier.«

Horndeich sagte der Name des Kollegen nichts. »Ja, was gibt's?«

»Wir haben eine Frau hier auf der Wache, die möchte, dass Sie sie abholen.«

Wenn der gute Oppwert nicht mit den nächsten Worten offenbarte, dass es Michelle Pfeiffer war, die um ein Date bat, oder zumindest Catherine Flemming, ihre – möglicherweise –

Halbschwester aus Deutschland, würde Horndeich nie wieder mit den Jungs vom ersten Revier ein Bierchen trinken.

»Es handelt sich um eine Frau Anna Kalenska.«

Neben dem guten Zeitgefühl hatte sich Horndeichs Körper noch eine nützliche Eigenschaft angeeignet: Vernahmen die Ohren bestimmte Stichworte, gab er alle Adrenalinreserven frei und Horndeich war augenblicklich hellwach. Der Name »Anna« war ein solches Stichwort.

»Ist ihr etwas zugestoßen?«

»Nichts Ernsthaftes. Kommen Sie einfach vorbei.«

Keine zwanzig Minuten später trat Horndeich durch die Eingangsschleuse des ersten Reviers, das im Schloss lag. Er sah Beckmann und Fritz, Kollegen, die er zumindest vom Sehen her kannte. Der, der dem Telefon am nächsten saß, musste Oppwert sein. Beckmann, Urgestein des ersten Reviers, kam um die Holztheke herum. »Schön, dass Sie gleich kommen konnten.«

»Was ist passiert?«

»Vor einer halben Stunde sind wir in die ›Bockshaut‹ gerufen worden. Einer der Gäste wusste nicht, sich zu benehmen.«

»Und was hat Anna ... Frau Kalenska damit zu tun?«

»Der Mann wurde rabiat und hat Ihre Freundin herumgeschubst. Wir haben beide mitgenommen.«

»Wer war der Typ?«

Horndeich konnte die Antwort mitsprechen. »Leonid Prassir. Wohl ein Bekannter Ihrer Fr... – ein Bekannter von Frau Kalenska.«

Horndeich bemerkte, dass ihn sein Körper offenbar angeschwindelt hatte. Er verfügte über weitere, geheime Reserven des kostbaren Rohstoffs Adrenalin. Leonid hatte Glück, dass er sich nicht im Raum befand. »Er ist ein Verdächtiger in einem Mordfall. Zumindest Zeuge. Kann ich ihn sprechen?«, fragte Horndeich, um einen sachlichen Tonfall bemüht.

»Derzeit wohl kaum. Er schläft seinen Rausch aus. Gehen Sie lieber zu Ihrer Freundin.« Diesmal verbesserte sich der uniformierte Kollege nicht mehr. Er geleitete Horndeich zu einem der hinteren Räume.

Anna saß auf einem Stuhl, die Augen rotgeweint. Als sie Horndeich sah, sprang sie auf und umarmte ihn. In dem kurzen Moment, bevor seine Jacke als Tränentuch diente, hatte er eine leichte Alkoholfahne wahrgenommen. Horndeich konnte sich darauf keinen Reim machen. Seine Freundin trank wenig Alkohol. Meistens war sie es, die fahren musste.

Er hielt sie fest, strich ihr über Kopf und Rücken, während sie immer noch weinte.

Es dauerte ein paar Minuten, bis das Zucken ihrer Schultern abgeebbt war.

»Was ist passiert?«, fragte Horndeich, während sie sich setzten.

»Leonid. Er ist einfach ausgerastet.« Ein neuer Schluchzer folgte dem Satz. »Lass uns gehen, ich will weg hier.«

»Hast du Anzeige erstattet?«

»Nein. Und ich will auch keine Anzeige erstatten.«

Auch wenn es Horndeich gegen denn Strich ging, er würde das in dieser Nacht nicht mehr diskutieren.

Anna duschte, Horndeich setzte einen Kaffee auf, und wenig später saßen sie in seinem Wohnzimmer.

Anna wirkte wieder bedeutend nüchterner. Sie nippte an dem Kaffee, dann erzählte sie: »Nachdem du gegangen warst, war ich ziemlich sauer, doch das versuchte ich mir natürlich nicht anmerken zu lassen. Ich unterhielt mich mit Tatjana und auch mit diesem Plawitz, aber ich mied Leonid. Es war so gegen halb elf, als er mich ansprach und wissen wollte, was denn los sei. Ich erklärte es ihm und sagte auch, dass ich nicht wisse, was ich eigentlich noch glauben soll: Er stellt sich als Opfer der übereifrigen Polizei dar und du ihn als Zeugen, der nicht mit der Wahrheit herausrücken will und vielleicht sogar etwas zu verheimlichen hat. Daraufhin versicherte er mir hoch und heilig, dass er mit dem Mord an seiner Schwester nichts zu tun habe, und fing an, einen Wodka nach dem anderen zu kippen. Und ich bestellte mir noch Wein. Keine gute Idee.«

Sie machte eine Pause. »Er redete davon, dass er Mist gebaut habe, wurde aber nicht konkret. Ich fragte ihn, was er damit

meine und ob ich ihm helfen könne. Daraufhin schnauzte er mich an: ›Die Freundin des Oberbullen wird mir wohl kaum helfen können!‹ Ein falsches Wort, und du würdest ihn in den Knast stecken, egal, ob er sich etwas zu Schulden hat kommen lassen oder nicht.«
»Feine Einstellung«, murrte Horndeich.
»Das habe ich ihm auch gesagt. Da versank er in einer Welle von Selbstmitleid, sagte, dass er in seiner Ehe Probleme habe, dass der Job nicht so gut laufe, dass er Angst habe, bald auf der Straße zu sitzen. Dass er keinen Bock mehr habe.«
Und das, wo er doch so viele tolle Geschäftskontakte in Deutschland knüpft, dachte Horndeich sarkastisch.
»Dabei trank er weiter einen Wodka nach dem anderen. So habe ich ihn noch nie erlebt, auch nicht in der vergangenen Woche, als er vom Tod seiner Schwester erfuhr. Ich verstand nicht, was los war, trank noch einen Wein, dann dachte ich an dich, dass ihr ja versucht, den Mord an seiner Schwester aufzuklären, während er in euch offenbar Feinde sieht. Und da hatte ich selbst das Gefühl, dass er etwas verschweigt, dass da etwas ist, was ihm das Leben schwermacht. Ich fragte ihn danach. Er antwortete mir nicht. Ich bedrängte ihn, dass er endlich sagen solle, was denn nur los sei, dass er endlich mit der ganzen Wahrheit herausrücken solle, vielleicht könntet ihr dann den Mord an seiner Schwester aufklären.«

Wieder eine Pause. Horndeich schaute Anna an, die wie das viel zitierte Häufchen Elend auf seiner Couch hockte. Er hätte sie am liebsten einfach in den Arm genommen. Aber zuerst wollte er wissen, was passiert war.

»Er wurde ausfallend, meinte, ihr würdet doch nichts auf die Reihe kriegen. Er pöbelte rum, war völlig betrunken und wurde immer lauter. Er hat geschrien, seine Schwester sei tot und ihr blöden Bullen solltet lieber den Mörder finden, statt ihn zu nerven. Er habe es schwer genug. Als ich ihm sagte, dass ihr nur euren Job macht und das ziemlich gut und gewissenhaft, ist er ausgetickt. Er hat mich mitsamt dem Stuhl zu Boden gestoßen. Der Rest ist schnell erzählt: Drei andere haben ihn festgehalten und der Wirt deine Kollegen gerufen. Die waren vom Schloss aus in einer Minute da. Leonid war völlig besoffen und redete nur wirres Zeug, und mich haben sie gefragt, ob ich einen Arzt brauche, ob ich Anzeige erstatten wolle. Ich habe sie gebeten, mich mit auf die Wache zu nehmen und dich anzurufen. Und jetzt bin ich hier.«

Vor die Leinwand ihres inneren Films zog sich der Vorhang. Seit sie auf der Couch saß, schaute sie Horndeich nun das erste Mal direkt an. »Danke, dass du gekommen bist.«

Der Moment war gekommen, dass er sich neben Anna auf die Couch setzte und sie in den Arm nahm.

Und nichts und niemand würde ihn dazu bringen, sie vor dem Anbruch des Morgens loszulassen.

Anna hatte noch tief geschlafen, als Horndeich die Wohnung verließ. Als er aufgestanden war, hatte er kurz mit ihr gesprochen, ihr ein Glas Wasser mit aufgelöstem Aspirin gebracht und danach in der Küche das Frühstück zubereitet.

Noch bevor er aufs Revier fuhr, wollte er Jakob Grewert einen Besuch abstatten, dem Besitzer des Blumenladens in Griesheim, den Mila offenbar versetzt hatte.

Der Laden in der Schöneweibergasse erinnerte Horndeich stark an das Pendant in Arheilgen. Das Geschäft war ebenso klein, allerdings nicht ganz so versteckt gelegen, und es hatte ebenfalls einen Charme, wie er nur durch jahrzehntelange Tradition entstehen kann. Obwohl es noch keine acht Uhr war, standen bereits frische Nelken, Lilien und zwei Rittersterne mit wundervollen roten Blüten im Schaufenster. Horndeich betrachtete kurz die Auslage.

»Sie sind sicher Kommissar Horndeich«, hörte er die Stimme eines älteren Herrn, der um die Ecke des Hauses auf ihn zukam.

Der Mann trug einen tadellosen Anzug mit Weste und Krawatte. Er bemerkte den irritierten Blick Horndeichs, in dessen Vorstellung Blumenschere und Krawatte irgendwie nicht zusammenpassten. »Die Schürze trage ich nicht gern – und deshalb nur, wenn es sein muss«, erklärte der freundliche Mann und reichte Horndeich die Hand. Nach einer kurzen Vorstellung bat Jakob Grewert den Kommissar in einen Nebenraum des Ladens.

»Ich hatte befürchtet, dass ihr etwas zugestoßen ist, aber ich hätte nicht gedacht, dass sie das Opfer dieses Mordes geworden sein könnte«, sagte er, als Horndeich erklärt hatte, weshalb er ihn aufsuchte. Der Raum war etwa zehn Quadratmeter groß, sauber und gepflegt, ohne jeden Hinweis auf das, was im Verkaufsraum feilgeboten wurde.

»Woher kannten Sie Ludmilla Gontscharowa? Und was wollten Sie mit ihr besprechen?«

»Ich erzähle es Ihnen am besten von Anfang an. Haben Sie etwas gegen ein bisschen Musik?«

Horndeich verneinte, und Jakob Grewert stellte ein kleines CD-Radio an, das neben Büchern auf einem Holzregal stand. Musik erklang. Bach, erkannte Horndeich. Und dachte sofort an die CD in Milas CD-Ständer, die so kaum zu den anderen Scheiben dort passen wollte. Brandenburgische Konzerte. Viertes Konzert, zweiter Satz. Das kannte er. Als er noch ein kleiner Junge war, hatten seine Eltern darauf bestanden, dass zu einem guten Sonntagmorgenfrühstück kein plärrendes Radio gehörte, sondern Klassik. Was für sie gleichbedeutend war mit ebendiesen Konzerten Bachs, die er als Junge gehasst hatte. Ihre Schönheit war ihm erst vor wenigen Jahren bewusst geworden, und seine Liebe zu ihnen war erwacht, als er sie mit Anna im Staatstheater genossen hatte. Er lauschte den Takten und spürte, dass Mila und den alten Mann etwas verbunden hatte, eine Art Seelenverwandtschaft, die sich in der gemeinsamen Hingabe zu dieser Musik äußerte.

Sie setzten sich, und Grewert begann zu erzählen. »Ich habe den Entschluss gefasst, mich zur Ruhe zu setzen. Zehn bis zwölf Stunden auf den Beinen, das fällt mir inzwischen nicht mehr leicht. Meine Tochter hat mir schon vor zehn Jahren geraten, den Laden zu verkaufen. Ich solle noch mal ein bisschen reisen, sagte sie, solange das noch geht. Nun, ich habe meinen Laden im frühen Herbst in der Branchenzeitschrift ›florist‹ angeboten. Mila – ich meine, Ludmilla Gontscharowa –, sie hat sich wenige Tage später gemeldet und kam mich sofort besuchen.«

Wieder jemand, der nur als »Mila« an sie dachte. »Sie wollte den Laden kaufen?«

»Ja.«

Allmählich formte sich das Bild. 40 000 Euro Bargeld. Die Liebe zu Blumen. Eine sparsame Lebensweise. Ein Buchhaltungskurs. Ein großes Ziel.

»Der Laden ist rund 60 000 Euro wert, mit allem Drum und Dran. Ich habe Mila die Bilanzen der vergangenen fünf Jahre gezeigt und die wichtigen Unterlagen, alles schon sauber zusammengestellt, für mich und den Notar. Was mich sofort erstaunt hat: Die junge Dame kannte sich wirklich aus, sie machte einen kompetenten Eindruck. Nicht nur bei den Zahlen – auch hinsichtlich der Pflanzen. Ich war wirklich beeindruckt.«

»Wollte sie den Laden kaufen?«

»Ja. Das sagte sie bereits nach unserem ersten Gespräch. Sie wollte das Geschäft unbedingt haben.«

»Wann genau kam sie zu Ihnen?«

»Das war der 17. Oktober. An dem Tag hat meine Tochter Geburtstag.«

»Aber sie hat den Laden nicht gekauft?«

»Nein. Ich wollte den Verkauf möglichst schnell über die Bühne bringen. Sie erwies sich als zähe Verhandlungspartnerin. Ich habe mir zuvor natürlich auch überlegt, wie weit ich mich runterhandeln lassen würde – meine absolute Schmerzgrenze lag bei fünfzigtausend. Es war amüsant, wie sie den Preis drücken wollte, ohne dabei den Laden schlechtzureden. Nach einer Viertelstunde waren wir bei den fünfzigtausend angekommen. Dann sagte sie mir, sie könne nur 40 000 Euro sofort aufbringen. Zu diesem Preis konnte ich natürlich nicht verkaufen. Ich hätte ihr den Laden geschenkt, wenn ich es mir hätte leisten können, denn sie war genau die Richtige für das Geschäft. Wissen Sie, ich habe nur eine Tochter, aber die ist verheiratet, und ich habe drei süße Enkel. Und meine Tochter hat mir schon als Jugendliche klargemacht, dass sie den Laden nicht übernehmen will. Meine Frau starb vor elf Jahren, also muss ich zusehen, was ich mit unserem Lebenswerk mache. Mila war die Richtige. Ich spürte es: Sie liebte die Blumen, und sie war überhaupt kein bisschen naiv. Sie hätte mit dem Geld wahrscheinlich viel besser gehaushaltet, als ich es jemals gekonnt habe. Aber 40 000 Euro – das ging nicht. Ich schlug ihr vor, sich doch mit ihrer Bank in Verbindung zu setzen. Sie gab keinen Kommentar ab, aber ich wusste, dass es da keine Hausbank gab. Sie meinte, sie bräuchte etwas Zeit und würde mich dann wieder anrufen. Ich versuchte ihr entgegenzukommen, bot ihr an, die fehlenden Zehntausend innerhalb von zwei Jahren in Raten zu zahlen, aber sie lehnte das ab.«

»Weshalb?«

»Das habe ich sie auch gefragt. Sie erzählte mir von ihrem Ex-Mann, der im Gefängnis sitze, weil er jemanden erschossen habe. Sie erzählte von ihrer Tochter, die sie verloren hat, und dass dieser Laden für sie ein Neuanfang sei. Wenn sie ihn übernahm, dann ohne jede Altlast. Ein echter neuer Start, ohne jeden Blick zurück. So rational sie die Bilanz gelesen und analysiert hatte, so emotional betrachtete sie den Kauf selbst. Sie bat mich, den Laden bitte noch sechs Wochen zurückzuhalten. Das konnte ich ihr nicht versprechen. Beim Abschied sah sie mich an, meinte, das verstehe sie. Und bedankte sich. Ich dachte, ich würde nie wieder etwas von ihr hören. Und habe sogar überlegt, sie selbst anzurufen.«

Horndeich sah seinen Gesprächspartner neugierig an. »Wieso das?«

»Sie tat mir leid. Sie hatte diese harte Schale, aber darunter einen weichen Kern. Wie ein Käfer. Und durch ihre Augen schimmerte diese Verletzlichkeit, schrie eine traurige Seele. Sie mögen mich für einen alten sentimentalen Kauz halten, aber in dem Moment, als ich sie sah, fühlte ich mich wie der Großvater eines vierten Enkels.«

»Sie haben den Laden nicht anderweitig verkauft?«

Grewert lächelte. »Nein, der sentimentale alte Kauz hat den Laden nicht verkauft. Drei Angebote hab ich erhalten. Eine Kette wollte den Laden als Filiale, ein engagierter junger Mann wollte sich selbstständig machen, hatte viel Geld, aber wenig Kenntnisse, eine Dame mittleren Alters, gelernte Floristin, hat kurz nach der Scheidung ihren Vater beerbt und suchte ebenfalls eine neue Existenz. Alle hätten mir die Sechzigtausend bezahlt. Mein Notar, ein alter Freund, verstand nicht, dass ich nicht drauf einging. Aber ich wartete. Ich wollte Mila die sechs Wochen Zeit geben. Und tatsächlich, vor drei Wochen stand sie montags vor der Tür, genau wie Sie heute. Sie fragte mich zaghaft, ob der Laden noch zu haben sei. Und ich lachte, sagte, ja, er sei noch nicht verkauft. Sie habe das Geld aufgetrieben, meinte sie. Es seien noch ein paar Formalitäten zu erledigen, dann könnten wir das Geschäft abschließen.«

Horndeich rechnete in Gedanken nach. Inzwischen hatte er den zeitlichen Ablauf der beiden ungeklärten Mordfälle genau im Kopf. Der Montag, an dem sie wieder bei Grewert an die Tür geklopft hatte, folgte genau auf das Wochenende, an dem der Wachmann Peter Bender ermordet worden war. Zufall?

»Und Sie haben sich auf die erneute Frist eingelassen?«

»Ja, ich habe ihr vertraut. Sie sagte, dass sie – von heute aus gesehen – am vergangenen Montag zu mir kommen wollte, dann könnten wir beide zum Notar gehen und den Vertrag unterschreiben. Ich wunderte mich natürlich, dass sie sich nicht gemeldet hatte.«

»Sagte Sie Ihnen, woher sie das Geld habe?«

»Ich verstehe nicht.«

»Wo sie es aufbewahrte? Hatte sie es auf einem Konto oder zu Hause oder ...«

»Nein. Sie machte eine Andeutung, dass sie Geld geerbt hatte.«

Horndeich überlegte, ob er Grewert noch fragen sollte, ob ihm nicht der Verdacht gekommen wäre, dass das Geld aus kriminellen Quellen stammte. Aber auch eine positive Antwort darauf hätte ihn in den Ermittlungen nicht weitergebracht. Also schluckte er die Frage hinunter, bevor er Grewerts Bild von Mila trübte.

»Sie kriegen das Schwein?«, fragte Jakob Grewert unvermittelt.

»Ja.« Und mehr denn je wünschte sich Horndeich, dass dies kein leeres Versprechen war.

»Also – was war das gestern?«

Leonid saß wieder im Verhörzimmer. Sie hatten ihn direkt vom Schloss zum Präsidium gebracht.

Leonid starrte auf das Resopal des Tisches, als ob ihm der Kunststoff bei der Formulierung einer Antwort helfen könne. Dann sah er auf. »Ich denke, Sie sind bei der Mordkommission. Was haben Sie mit gestern Abend zu tun?«

Du hättest meine Freundin nicht anfassen sollen, dachte Horndeich. Dann spulte in seinem Kopf ein kurzer Film ab, Der Terminator gegen Leonid Prassir, mit ihm in der Rolle der stählernen Kampfmaschine. Der Film dauerte nur den Bruchteil einer Sekunde, doch genügte des Terminators Methode, dass Leonid nie wieder einen Anwalt benötigen würde. Dafür der Terminator ...

Horndeich wusste, dass er als Polizist über solche Gedanken erhaben sein sollte. Nach vier Jahren bei der Mordkommission war er schon zufrieden mit sich, wenn er die Wallungen des Blutes nur im Kopf auslebte. Er konnte sich nicht vorstellen, dass es auch nur einen Kollegen gab, der diese Fantasien nicht auch irgendwann einmal gehabt hatte. Die weiblichen Kollegen eingeschlossen.

»Wir bemühen uns um optimalen Kundenservice: Nur ein Ansprechpartner für alle Vergehen. Also reden Sie jetzt endlich.«

»Was wird mir vorgeworfen?«

»Schwere Körperverletzung.« Was so nicht ganz stimmte. Horndeich hatte sich den blauen Fleck an Annas Unterarm angesehen, den sie sich eingehandelt hatte, als sie mit einem der Stühle zu Boden gegangen war. Nachdem Horndeich auf dem Weg ins Präsidium gehört hatte, dass Leonid dort schon im Verhörraum saß, hatte er Anna angerufen. Aber sie weigerte sich standhaft, Leonid anzuzeigen.

»Dann sollte ich mir überlegen, einen Anwalt einzuschalten«, antwortete Leonid.

Horndeich ignorierte den Satz. Konjunktive waren in Verhören grundsätzlich irrelevant. »Ich habe läuten hören, dass es der Firma, bei der Sie angestellt sind, nicht wirklich rosig geht.«

»Und?«

»Ich will wissen, was Sie hier treiben. Warum Sie so ein großes Geheimnis aus Ihren Aufenthalten in Deutschland machen. Wer finanziert Ihnen die Linienflüge, wer die S-Klasse?«

Leonid schwieg. Er sah kaum auf. Doch die leichte Kopfbewegung genügte, um Horndeich erkennen zu lassen, dass Leonids Augen feucht waren. Na also, dachte er. Endlich bewegt sich hier mal was.

Es klopfte an der Tür. Horndeich erwartete Margot, die noch nicht im Büro erschienen war – und auch noch nicht auf seine Nachricht auf ihrem Handy reagiert hatte. Doch es war Zoschke, der eintrat.

»Horndeich – ich habe da was für dich, das dich interessieren könnte. Kam gerade per E-Mail rein.«

Horndeich betrachtete den Ausdruck, ohne dass Leonid das Foto darauf erkennen konnte. Horndeich konnte sich ein Grinsen nicht verkneifen. Er legte das Bild auf den Tisch. Die Hamburger Kollegen hatten das Blitzerfoto von Leonids Leihwagen geschickt. Durch die Frontscheibe erkannte man den Fahrer. Es war ohne jeden Zweifel Leonid Prassir. Auf dem Beifahrersitz saß eine unbekannte Schöne.

»So sehen also die Geschäftsreisen aus. Langsam fange ich an zu verstehen.«

Entsetzen zeichnete sich in Leonids Gesicht ab, was Horndeich nicht verstand. Denn die Geschichte war Schnee von gestern. Geblitzt, bezahlt, vergessen. Keine weiteren Konsequenzen.

»Wer ist das?«, fragte Horndeich und deutete auf die Dame.

So schnell, wie er gekommen war, war der Ausdruck von Panik in Leonids Zügen wieder verschwunden, und er schaltete zurück auf stur. »Das geht Sie nichts an. Ich habe das Ticket bezahlt, keine Punkte, nur fünfzehn Stundenkilometer zu schnell. Der Fall ist erledigt.«

Horndeich nickte grimmig. Der Strafzettel war es also nicht, was Leonids Puls kurzzeitig auf Formel-1-Drehzahlen gepusht hatte. Blieb nur die unbekannte Schöne.

Wieder klopfte es an der Tür. Diesmal trat Margot ein. Sie

grüßte Horndeich knapp und fragte: »Kann ich dich mal kurz sprechen?«

An Leonid gewandt, sagte Horndeich: »Sie warten hier!«

Als ob er eine Alternative gehabt hätte.

Margot wandte sich bereits wieder zur Tür, als ihr in der Drehung die Fotografie auffiel. »Das glaub ich nicht!«, entfuhr es ihr.

Leonid sah sie an, und erneut flackerte Panik in seinen Augen wie eine Flamme im Sturmlicht bei Windstärke neun.

Ein breites, böses Grinsen entstellte Margots Gesicht. Der Wind frischte auf. Stärke elf. Dann wurde die Flamme ausgelöscht. Leonid kapitulierte. Horndeich aber fehlte das entscheidende Puzzleteil, das die vergangenen zehn Sekunden zu einem Bild formte.

»Das kann ich mir vorstellen, dass er *das* nicht gern öffentlich ausposaunt«, fügte Margot hinzu. Ihre Mundwinkel verzogen sich nach unten, und ihr Teint färbte sich rot. »Ich glaube, ich geh besser mal für fünf Minuten an die frische Luft. Im Moment kann ich nicht so gut mit Typen, die ihre Frauen betrügen.«

»Wer ist denn das?«, fragte Horndeich seine Kollegin.

Die war schon an der Tür, wandte sich im Hinausgehen aber nochmals um. »Das ist die Frau seines Gastgebers: Galina Plawitz.« Dann fiel die Tür zu. Horndeich wollte Margot nichts unterstellen, aber für ihn hatte das verdächtig nach Türenschmeißen geklungen.

»Galina Plawitz. So, so. Dann bitte ich jetzt ein letztes Mal um die ganze Story. Langsam, zum Mitschreiben.« Horndeich setzte sich Leonid gegenüber auf den Stuhl. »Sonst lasse ich meine Kollegin das Verhör leiten«, fügte er bissig hinzu. Da Leonid immer noch nicht sprach, wollte er ihm etwas auf die Sprünge helfen, indem er fragte: »Wie lange geht es schon?«

»Ein Jahr. Am Weihnachtsmarkt letztes Jahr hat es klick gemacht.«

»Aber Sie kennen Frau Plawitz doch schon länger, wenn Sie zu jedem Weihnachtsmarkt bei der Familie übernachten.«

»Ja. Natürlich. Aber wir sind uns meist nur flüchtig begegnet.« Leonid wirkte auf einmal sehr bedrückt. »Und damals war auch meine Ehe noch ...« Er sprach nicht weiter.

»Und dann?«

»Dann haben wir uns immer wieder gesehen. Daher die vielen Stempel in meinem Pass. Wir haben uns an verschiedenen Orten in Deutschland getroffen. Galina muss ja ohnehin oft quer durch Deutschland reisen, denn ihr Unternehmen hat viele Tochterfirmen. Und sie hat gern die Kontrolle und alle Fäden in der Hand. Sie wollte auf keinen Fall, dass unser Verhältnis ans Tageslicht kommt, und hat getobt, als ich in die Radarfalle gefahren bin.«

Horndeich betrachtete die Aufnahme. Sogar auf diesem Foto erfüllte sie das Klischee der Grande Dame. »Sie hat die Flüge bezahlt?«

»Nein. Die Flüge zahlte meine Firma. Und einen Zuschuss zu den Leihwagen. Ich hätte Polo fahren können auf Firmenkosten. Galina hatte aber keine Lust auf Polo. Deshalb hat sie die Wagen finanziert.«

»Und warum dieser Schlenker nach Passau?« Noch bevor Leonid antwortete, kannte Horndeich die Antwort.

»Ich musste in Darmstadt aus dem Bus aussteigen, weil uns Plawitz vom Bus abholte. Also bin ich in Passau eingestiegen.«

Womit sie sich wenigstens die Befragung der ganzen Busbesatzung sparen konnten. Und jede weitere Ermittlung gegen Leonid.

Horndeich hatte recht behalten. Der Ukrainer hatte etwas vor ihnen verheimlicht. Nur leider hatte es nichts mit dem Mord an seiner Schwester zu tun. Den Schmuck hatte sie von Langgöltzer erhalten, auch da war Leonid von der Liste der Verdächtigen geflogen. Horndeichs Neugier darüber, ob er sich mit seiner Schwester wirklich nur wegen des Tagebuchs gestritten hatte, war rein akademischer Natur. Und er brauchte nicht einmal mehr zu fragen.

»Ich hab gesehen, wie Mila mit der Karte von der Willert Geld abgehoben hat«, sagte Leonid, ohne dass Horndeich ihn darauf angesprochen hätte. »Ich wusste ja, wer das war, und ich wusste, dass die alte Dame tot war. Ich habe Mila zur Rede gestellt, denn ich wollte nicht, dass sie wegen irgendwelcher Dummheiten ihr Leben verpfuscht. Sie schrie mich an, dass ich bloß still sein solle. Sie hat sofort begriffen, was zwischen Galina und mir lief. Wie man sein Leben verpfuscht, darin wär ich doch ein leuchtendes Vorbild, warf sie mir vor. Dann sagte sie etwas, was mich wirklich getroffen hat: Würde ich sie verpfeifen – woran ich überhaupt nicht dachte, wozu auch –, würde meine Frau die Sache mit Galina erfahren.«

»Und?«

»Nichts und. Das war's. So sind wir auseinandergegangen. Ohne ein Wort des Abschieds, beide voller Wut auf den anderen, ohne Verständnis. Danach habe ich meine kleine Schwester erst im Leichenschauhaus wiedergesehen. Leonid lachte bitter auf. »Ich wollte nur, dass sie sich nicht in Schwierigkeiten bringt. Aber sie sagte bloß, ich solle mich nicht in ihre Angelegenheiten mischen.«

»Warum haben Sie uns das alles nicht gleich gesagt?« Wie oft hatte Horndeich diese Frage schon gestellt. Wie viele Polizisten stellten sie am Tag irgendeinem Zeugen. Wieder mal war eine Spur im Sand verlaufen. Es war zum Haareraufen.

»Ich wollte Milas Andenken nicht in den Schmutz ziehen. Die Willert war tot, sie kann meine Schwester wohl kaum umgebracht haben. Und ich hatte Angst, dass die Geschichte mit Galina ans Tageslicht kommt. Sie hat mir gesagt, wenn wir auffliegen, dann ist es zu Ende. Und das wollte ich nicht. Unter keinen Umständen.«

Er machte eine kleine Pause und fügte dann hinzu: »Komisch. Und jetzt bin ich froh, dass es vorbei ist.«

»Ich habe heute früh die Nachbarn von Peters befragt. Bin nochmals mit einem Foto von Mila durchs Haus getigert.« Margot hatte sich wieder gefangen. Horndeich hatte ihr gerade geschildert, wie sich der Verdacht gegen Leonid Prassir aufgelöst hatte wie Salz im Meer.

Margot sah immer noch nicht wirklich frisch aus, aber im Gegensatz zu den vergangenen Tagen schon deutlich besser.

Die Zeit heilt alle Wunden, dachte Horndeich und schämte sich sogleich ob der geballten Ladung Trivialität, die ihm da durch den Kopf geschossen war.
»Und? Hat sie Peters besucht?«
»Jepp. Dieser Peters hat uns schon wieder angelogen. Zwei der Nachbarn haben Mila mehrmals gesehen, einer sogar, als sie aus seiner Wohnung kam. Deshalb lass ich ihn jetzt abholen.«
»Du hast ihn nicht gleich mitgebracht?«
»Er war nicht zu Hause. Vor seiner Wohnung warten jetzt die Kollegen und bringen ihn her, wenn er auftaucht.«
Als wäre der Satz das Stichwort gewesen, führten zwei Beamte Peters an der offenen Bürotür vorbei.
»Na, dann wollen wir mal«, meinte Horndeich.

Margot musste Peters nur kurz anschauen, um zu sehen, dass er die Schlinge um seinen Hals spürte, die sich langsam zuzog. Er schwitzte, beide Beine wippten, selbst die sonst so ruhigen Hände knetete er ineinander.
Er hat auch nicht gut geschlafen, dachte Margot, und kurz griente ihr der kleine gelbe Teufel der Schadenfreude über die Schulter.
»Wie gut kannten Sie Mila wirklich?« Margot wählte bewusst diesen Namen.
Peters schwieg.
»Wissen Sie, täglich erfahre ich neue Details über Ihr Verhältnis zu Mila, das es angeblich gar nicht gab.«
»Ich habe ihr auch Nachhilfe gegeben«, antwortete Peters mit leiser Stimme.
»Schön, dass Sie das sagen, bevor ich Ihnen eröffne, dass Ihre Nachbarn Mila immer mal wieder gesehen haben, als sie Sie besuchte.«
Peters nickte schwach. »Es war gleich während des ersten Kurses. Sie kam nicht mit, kam mit den Hausaufgaben nicht zurecht und war ratlos. Und wütend auf sich selbst, weil ihre grauen Zellen nicht so schnell lernen konnten, wie der Rest von ihr es wollte. Nach der Stunde habe ich sie angesprochen. Ich

habe ihr angeboten, mit ihr die Aufgaben noch einmal durchzugehen. Wir gingen in eine Kneipe, dort habe ich ihr dann erklärt, wie aus einem Inventar eine Bilanz entsteht und wie das Reinvermögen errechnet wird. Sie hat es kapiert. Ich wollte sie noch nach Hause bringen, aber sie bestand darauf, mit dem Bus zu fahren. In der nächsten Woche hakte es wieder – Aktiva und Passiva. Es muss einmal klick machen, dann kann man mit den einzelnen Posten jonglieren wie ein Akrobat – sozusagen. Wieder in die Kneipe. Und dann fragte sie mich, ob ich ihr nicht einmal in der Woche helfen könne. Gegen Bezahlung. Ich wollte kein Geld, aber sie wollte mir nichts schuldig sein. Und so fing es an. Jeden Donnerstag büffelte ich mit ihr den Stoff, sie bezahlte mich, und das war's.«

»Keine persönlichen Gespräche?«, wollte Horndeich wissen.

Peters schüttelte den Kopf und sagte dann: »Doch, einmal.«

»Wir hören.«

»Es war das letzte Mal, dass ich ihr in diesem Semester Nachhilfe gab. Es war im Juli. Ja, im Juli. Die letzte Stunde war vorbei, sie kam zum Üben. Nachdem wir den Stoff durchgegangen waren, fragte sie mich, ob ich ihr noch einen Kaffee machen könne.«

Glückseligkeit pur, dachte der zynische Teil von Margots Seele. Du wärst über einen trauten Kaffee mit Rainer auch nicht unglücklich, kommentierte der Besserwisser in ihr.

»Ich fragte sie, weshalb sie all diese Sachen lerne, im ›Grenzverkehr‹ bräuchte sie ja außer simpler Addition und Subtraktion keine weiteren Kenntnisse. Sie zögerte, dann antwortete sie mir, dass sie einen Traum habe, ein Ziel, wie sie sich gleich darauf verbesserte. Sie wolle einmal einen eigenen Blumenladen haben. Der Rest des Gesprächs verlief stockend. Und doch entdeckten wir eine Gemeinsamkeit. Ich drückte auf die Starttaste des CD-Spielers. *Better Day* von ›Dover‹, einer spanischen Gitarrenrockband. Ich wollte das schon wieder ausstellen und die Scheibe wechseln, als sie sagte, dass ihr das Lied gefalle. Sie stand auf, stellte lauter und hörte zu. ›Mein Lied‹, sagte sie lachend – und wollte sich verabschieden. Ich hab ihr die CD geschenkt. Die lief dann auch immer im ›Grenzverkehr‹.«

Klassische Musik und eine spanische Gitarrenrockband, dachte Horndeich. Ludmilla Gontscharowa hatte offenbar einen breit gefächerten Musikgeschmack gehabt, und über die Musik war sie jedes Mal Menschen näher gekommen.

»Irgendwas Besonderes an der CD?«, fragte er.

Peters lächelte bitter. »Der Text, der ihr so gut gefallen hat, lautete: *All I had to do was to be nice, but no! I just fucked it up!*«

*Alles, was ich zu tun hatte, war nett zu sein – aber nein! Ich hab's vergeigt.*

»Denn nett war sie zu niemandem mehr«, führte Peters weiter aus. »Höflich ja, aber nett? Das hatte sie offenbar abgehakt.«

Er verlor den Kampf gegen die Tränen und wischte sich über die Augen.

Margot half ihm mit einem Taschentuch aus und fragte mitfühlend: »Sie stand Ihnen sehr nahe, nicht wahr?«

»Ich habe sie geliebt.«

»Hat sie Ihre Gefühle irgendwann erwidert?«, fragte Horndeich, und er klang nicht halb so mitfühlend wie Margot. »Später, während des zweiten Kurses?«

Peters schüttelte den Kopf.

»Hatte sie einen Freund?«, fragte Margot, die sich die Antwort schon denken konnte.

»Nein. Sie war allein. Oder einsam. Beides.«

»Hat es Sie nicht wahnsinnig gemacht?«, fragte Horndeich gnadenlos. »Ich meine, wenn ich das richtig verstanden habe, dann waren Sie vom ersten Moment, in dem sie Mila gesehen haben, in sie verliebt.«

Peters nickte.

Margot schaute ihren Kollegen irritiert an. Sein Ton hatte noch an Schärfe zugenommen, wirkte auf das Trommelfell wie akustische Säure. Doch Horndeich konnte das Bild vor seinem geistigen Auge nicht verdrängen: Er sah Mila auf dem kalten Steinboden liegen und den Schatten des Mannes, der den Stein hob und ihn ihr ins Gesicht schmetterte. Doch auf einmal erkannte er, dass etwas nicht stimmte. Der Mord an Mila war alles andere als vorab geplant gewesen. Er sah den Tatort vor sich, doch das, was er sah, wollte nicht zueinander passen: Einerseits war da der Fluchtweg, den Mila für sich vorbereitet hatte, was für eine geplante Erpressung sprach, andererseits schien der abscheuliche Mord an Mila viel eher aus heftiger Leidenschaft, im Affekt begannen worden zu sein. Und welche Leidenschaft war gefährlicher und verzehrender als die, die der Eifersucht entsprang. Oder der unerwiderten Liebe.

»Sie hat Ihre Liebe nie erwidert, nicht wahr?«, fragte Horndeich.

»Nein, das hat sie nicht.«

»Deshalb haben Sie sie verfolgt«, warf Horndeich ihm vor. »Sie konnten es nicht ertragen, dass Mila Sie nicht wollte. Vielleicht hatten Sie sogar Streit deswegen. Sie folgten ihr in die Katakomben und dann ...«

»Nein, so war es nicht!«, rief Peters.

»Wie war es dann?«

Margot missfiel der Tonfall ihres Kollegen, doch sie ließ ihn gewähren. Vielleicht kamen sie ja so tatsächlich weiter. Die verständnisvolle Tour hatte bisher jedenfalls nichts gebracht. Und Peters hatte Rücksicht nicht verdient, nachdem er mit der Wahrheit immer nur stückchenweise herausgerückt war. Vielleicht hatte sie ihn zu sanft angefasst.

»Gar nichts, es war gar nichts!«, schrie er.

Horndeich beugte sich zu Peters und zischte ihm ins Gesicht: »Sie haben sie verfolgt, bis in die Katakomben, und dort wollten Sie sich dann nehmen, was Ihnen Mila nicht freiwillig geben wollte: Sie haben die junge Frau bedrängt. Doch sie hat sich mit Händen und Füßen gewehrt. Und da sind Sie ausgetickt. Sie haben sie in Ihrer Wut erschlagen.«

»Nein«, sagte Peters, und diesmal schrie er nicht, sondern schluchzte.

Horndeich setzte sich wieder. Peters schien weitere Attacken zu erwarten, doch als diese ausblieben, tupfte er sich mit Margots Taschenbuch die Tränen aus dem Gesicht. Sein Blick wanderte zwischen den beiden Kommissaren hin und her.

Margot sprach nicht; sie spürte, dass ihr Kollege mit dem Herrn Zeugen noch nicht fertig war.

Peters' Selbstsicherheit war schon lange in sich zusammengefallen. Er wirkte wie ein Schüler, der das Gedicht, das er aufsagen sollte, vergessen hatte und dessen Versetzung die drohende Fünf gefährdete.

»Ich will Ihren Hals sehen«, sagte Horndeich, auf einmal wieder ruhig wie Gandhi zu seinen besten Zeiten.

Margot musste den Satz in ihrem Gehirn wiederholen, um den Sinn zu verstehen. Dann kapierte sie: Peters trug einen Rollkragenpullover. Peters trug immer einen Rollkragenpullover. Zwar fiel dies im Winter nicht so auf wie in der heißen Jahreszeit, doch auch in der Bank hatte er einen Rollkragenpullover getragen, kein Hemd mit Krawatte. Wieder hörte sie Hinrichs Bemerkung am Tatort. »Findet jemanden mit Kratzspuren, checkt die DNA – dann habt ihr den Dreckskerl.« Horndeich, dieser Punkt geht an dich, dachte sie.

Peters zog die linke Seite des Kragens nach unten.

»Die andere Seite!«

Peters gehorchte. Margot schaute nicht auf die Bewegung, sondern auf Peters' Mimik. Etwas in seinem Ausdruck hatte sich verändert. Die Trauer war einem anderen Gefühl gewichen. Angst? Margot vermochte es nicht zu bestimmen.

Dann sah sie es.

Die drei Kratzstreifen waren fast verheilt, aber noch immer zu sehen.

»Na, sag ich's doch«, frohlockte Horndeich. »Jetzt fehlt nur noch das Geständnis.«

Peters' Blick glich dem eines NVA-Soldaten am Checkpoint Charlie, wenn die Hippies wieder Blumen verteilten: eine Mischung aus Hass und Ekel. »Ich gestehe, dass meine Katze mich gekratzt hat.«

»Gut, dann werden wir jetzt eine Gegenüberstellung machen. Sie warten bitte hier, bis die Zeugen und Ihre Doubles bereit sind. Einen Kaffee?«

»Rössler und die Günzel sind unterwegs«, teilte Margot Horndeich mit. »Ich denke, in einer Viertelstunde können wir beginnen.«

Horndeich saß vor seinem Schreibtisch und starrte auf die Phantombilder der beiden Zeugen. »Also – mit der Beschreibung von Rössler hat Peters eine gewisse Ähnlichkeit, aber mit der von der Günzel kaum.«

Margot zuckte nur mit den Schultern. »Wir werden es gleich wissen. Zoschke hat übrigens diesen Gwernok an der Strippe gehabt, den Interessenten für das Tagebuch. Er war auf Dienstreise und kommt morgen früh zu uns.«

»Wenn wir das Tagebuch dann noch brauchen.«

Einer der uniformierten Kollegen steckte den Kopf in den Raum: »Die beiden Zeugen sind da – und wir haben auch vier Kollegen, die wir mit Peters ins Schaufenster stellen können. Es kann losgehen.«

Hinter der nur von einer Seite durchsichtigen Scheibe standen fünf Männer. Peters hielt das Schild mit der Nummer 03 in der Hand.

»Ich bin mir nicht sicher«, sagte Bernd Rössler, nachdem er den Blick mehrmals über die fünf Männer hatte schweifen lassen.

»Nehmen Sie sich Zeit«, versuchte Margot den sichtlich nervösen Zeugen zu beruhigen. Sie hätte gewettet, dass in sitzender Position sein Bein genauso wie das von Peters wippte.

Rössler sah Margot an. »Ich weiß es wirklich nicht, ich sagte Ihnen ja schon, dass ich den Mann nur kurz gesehen und ihn auch nicht bewusst angeschaut habe. Ich hab mich nur auf meinen Wagen und auf die Ampel konzentriert. Für mich war es nur ein Moment. Ich habe mich gewundert, aber mir den Kerl nicht genauer angeschaut.«

»Können Sie jemanden ausschließen?«

Rössler schaute die Männer ein letztes Mal an, dann sagte er: »Es könnte die Drei oder die Fünf sein, muß aber nicht. Und die Nummer zwei und die Vier können Sie gänzlich ausschließen. Mehr kann ich leider nicht sagen.«

Während Horndeich seufzte, lächelte Margot freundlich. »Haben Sie ganz herzlichen Dank, Herr Rössler.«

Wenn sich schon ein Zeuge der Polizei zur Verfügung stellte, sollte er nicht das Gefühl haben, dass seine Aussage zu nichts führte oder überflüssig wäre. Zu häufig stützte sich gute Polizeiarbeit auf aufmerksame Bürger, die ihre Hilfe anboten.

Margot geleitete den Mann hinaus und kam wenige Augenblicke später mit Renate Günzel wieder zurück.

»So, Frau Günzel. Dann erkläre ich Ihnen mal, wie das funktioniert«, begann Margot.

Doch die alte Dame schenkte ihr keine Aufmerksamkeit. Sie trat entschlossen an die Scheibe, schaute einmal von links nach rechts und ließ den Blick flugs zurückwandern.

Margot holte gerade Luft, um weiterzusprechen, als Frau Günzel verkündete. »Der is nedd debei.«

Horndeich fasste sich zuerst. »Frau Günzel, würden Sie sich die Männer bitte nochmals genau ansehen?«

»Junger Mann, isch bidd' Sie, der an der Dier war, der is nedd debei.«

»Frau Günzel, wir würden Sie ...« Weiter kam Margot nicht.

»Fra Kommissarin, zweifele Sie an meinere Sehfähischkeid? Isch draach die Brill jedsd seid'eme Jahr, un' isch saach Ihne, isch säh demit wie an junge Luchs! Kann isch jedsd widder an mein Herd?«

Margot nickte nur. Diesmal war es Horndeich, der die Zeugin aus dem Raum brachte.

Wenig später saß Peters wieder im Verhörzimmer. »Bin ich verhaftet?«, fragte er, und Margot vermisste einen ironischen Unterton.

»Nein, sind Sie nicht«, erwiderte Horndeich. Dann zauberte er aus der Innentasche seines Jacketts ein steril verpacktes Set für DNA-Spuren. »Dürfte ich Sie um eine Speichelprobe bitten?«

Peters' Mimik veränderte sich wie die von Kater Tom im Zeichentrickfilm, wenn ihm die Maus Jerry wieder einen bösen Streich gespielt hatte. Zunächst verrieten seine Züge Entsetzen, dann Ungläubigkeit. Es folgte ein Hauch von Panik. Danach wieder die ursprüngliche Gelassenheit. »Sie können mich nicht zwingen.«

»Nein, das kann ich nicht. Aber wenn Sie mit Milas Tod nichts zu tun haben, können Sie uns getrost eine Probe überlassen.«

Peters zögerte, meinte aber dann: »In Ordnung.«
Nachdem er sich verabschiedet hatte, saßen die beiden Kommissare einander in ihrem Büro gegenüber.
»Was meinst du«, fragte Margot ihren Kollegen.
»Er hat kein Alibi. Er hat das Motiv der enttäuschten Liebe. Er hat eine Lügenliste so lang wie ›Krieg und Frieden‹. Ich glaube, die DNA-Probe wird ein positives Ergebnis bringen.«
»Und was hat Mila dann in den Katakomben zu suchen gehabt? Was das Motiv der enttäuschten Liebe betrifft, da gehe ich mit. Aber Milas sorgfältig ausgesuchter Notausstieg – das passt nicht, wenn Peters der Täter ist.«
»Es sei denn, der Ausstieg hat mit dem Mord nichts zu tun.«
Margot lachte kurz und freudlos auf. »Glaubst du wirklich an diesen Zufall?«
»Nein. Vielleicht hat sie auch ihn erpresst. Vielleicht hat er sie den ganzen Tag über verfolgt und hat sie abgefangen, als sie in den Keller gestiegen ist. Und war dann doppelt wütend. Sie verschmäht seine Liebe, und obendrein erpresst sie ihn noch.«
»Und womit hat sie ihn erpresst?«
Horndeich grinste schräg. »Ich hab nicht gesagt, das ich den Fall schon komplett gelöst hätte.«
»Und ich glaube nicht, dass er überhaupt im Keller war.«
»Warum nicht?«
»Ganz einfach: Weil er uns sonst keine Speichelprobe gegeben hätte. Spätestens als du ihn darum gebeten hast, hätte ein schuldiger Peters dankend abgelehnt, seinen Anwalt angerufen oder gestanden.«
Horndeich seufzte. »Womit du wahrscheinlich recht hast.«
Sandra Hillreich klopfte an den Türrahmen. »Stör ich?«, fragte sie, und Margots Argusaugen entging nicht, dass Sandras Blick einen Hauch zu lang auf Horndeich verweilte.
»Nein, gar nicht schlecht, wenn jemand das Gedankenkarussell anhält. Wir drehen uns mal wieder im Kreis.«
»Na, ich hab auf jeden Fall noch etwas Interessantes herausgefunden. Zoschke hat mir vorhin im Vorbeigehen einen Namen zugeworfen: Jurij Gwernok.«

»Ja, das ist der, der das alte Tagebuch von Mila kaufen wollte.«

»Ich hab ihn einfach mal durch die Internet-Suchmaschinen gejagt, dann durch die Datenbanken, und danach habe ich noch ein bisschen telefoniert. Hat sich gelohnt.« Sie war sich der Aufmerksamkeit der Kollegen sicher, als sie einen Ausdruck hervorholte, um die Fakten davon abzulesen. »Jurij Gwernok ist neununddreißig Jahre alt, die Adresse in Mannheim ist ja bekannt. Aber sein Job ist bemerkenswert: Er arbeitet als Assistent der Geschäftsführung bei der SLT GmbH in Ludwigshafen. Ein Kunststoff verarbeitender Betrieb, Zulieferer der Automobilindustrie, etwa zweihundert Mitarbeiter, solide wachsend seit gut zehn Jahren.«

Sandras Hang zu dramatischen Kunstpausen, die die Spannung erhöhten, war eines ihrer – zugegeben nicht sehr zahlreichen – Laster.

»Mach's nicht so spannend«, forderte Horndeich sie auf.

»Die Firma gehört zur Wergo-AG. Das ist eine Holding verschiedener Firmen, die alle im Kunststoffbereich agieren. Und fünfundsiebzig Prozent der Aktien gehören – Galina Plawitz.«

»*Der* Plawitz? Der Frau vom Darmstädter Plawitz?« Margots Furche auf der Stirn zeigte Zweifel und Erstaunen. Das war bereits das zweite Mal, dass die Frau an diesem Tag in ihren Ermittlungen auftauchte.

»Ja, genau dieser Plawitz. Ihr Gatte höchstselbst ist der Geschäftsführer der SLT GmbH und Gwernok quasi seine rechte Hand. Er kommt heute Nachmittag aus Rumänien zurück – und steht morgen um neun hier auf der Matte. Aber das wisst ihr ja schon.«

»Wenn Gwernok und Plawitz so eng miteinander arbeiten, mimt Gwernok vielleicht den Strohmann, wenn Plawitz was für seine Sammlung von Hinterlassenschaften der Zarenfamilie erwerben will«, folgerte Horndeich.

»Aber warum hat Plawitz dann gestern behauptet, von Marina Lirowas Tagebuch nicht zu wissen?«

»Wieder eine neue Frage statt einer neuen Antwort. Aber

das kann uns dann morgen Gwernok sicher sagen. Oder der gute Plawitz höchstselbst.«

»Ich freu mich, dass du gekommen bist«, begrüßte Sebastian Rossberg seine Tochter und gab ihr einen Kuss auf die Stirn. »Leg doch ab.«

Es war Margot nicht leichtgefallen, pünktlich zu erscheinen; Föhnen und Schminken hatten ihr einfach nicht gelingen wollen. Auf der Hinfahrt hatte sie endgültig beschlossen, Coras Rat zu ignorieren: Sie würde nicht auf Rainer zugehen. Er war es, der auf Abstand zu ihr gegangen war. Den konnte er haben. Sie hatte es nicht nötig, vor ihm zu Kreuze zu kriechen. Wahrlich nicht!

Margot hängte den Mantel an die Garderobe, und ihr Vater führte sie ins Esszimmer. »Darf ich euch bekannt machen. Das ist Doktor Horst Steffenberg, Schirmherr unserer bescheidenen Zarengold-Ausstellung. Margot Hesgart, meine Tochter.«

Steffenberg wirkte auf Margot wie ein Bruder ihres Vaters. Er repräsentierte die gleiche Art des zurückhaltenden Gentlemans, begrüßte sie mit einer Verbeugung und einem Handkuss. »Ich bin sehr erfreut, Ihre Bekanntschaft zu machen.«

Ihr Vater kredenzte nach einem kleinen Salat Tagliatelle mit Gorgonzolasauce. Er liebte es, vermeintlich triviale Gerichte durch eigene Zutaten oder Varianten in kulinarische Offenbarungen zu verwandeln.

Sebastian Rossberg erzählte im Duett mit Steffenberg, wie sie sich kennengelernt hatten, damals, an der Universität in Frankfurt. Steffenberg hatte dort Geschichte studiert, Margots Vater Jura. Sie waren beide in der studentischen Selbstverwaltung aktiv gewesen, hatten dort eine enge Freundschaft geschlossen und nie den Kontakt zueinander verloren. Zwei Jahre zuvor hatte Steffenberg ihren Vater gebeten, doch an der geplanten Ausstellung mitzuwirken, sozusagen als Mann vor Ort. Denn es war erklärtes Ziel gewesen, die Ausstellung in der Heimatstadt der letzten Zarin zu eröffnen.

Zum Nachtisch gab es Zabaglione, von der sich Margot sogar noch eine zweite Portion geben ließ. Für wen solltest du jetzt noch auf deine Figur achten?, ermunterte sie ihre innere Stimme, die sich einfach nicht knebeln ließ.

Nachdem ihr Vater auch noch den perfekten Espresso serviert hatte – den sie als Espresso Corretto mit einem guten Schuss Grappa genossen hatte –, zeigte Steffenberg den Katalog der Ausstellung. Diese folgte den Lebenswegen des Zaren und der Zarin und zeigte, wie sie aufgewachsen waren, Bilder der Eltern, Geschwister und Verwandten und Faksimiles von frühen Briefen. Ein ganzes Kapitel beleuchtete die von beiden Elternpaaren missbilligte Verbindung zwischen Nikolaus und Alexandra, die sich jedoch nicht hatten beirren lassen und ihre Liebe hatten leben wollen.

Es folgten Bilder vom Schmuck, darunter ein Brillenetui der Zarin, zwei goldene Gürtelschnallen und auch die Haarkämme, die Margots Vater am Tag zuvor beim Mittagessen erwähnt hatte.

Kostbarstes Stück war ein Fotorahmen mit einem späten Bild Alexandras. Er war aus Gold, verziert mit Brillanten und Rubinen. »Dieser Rahmen ist wahrscheinlich so viel wert wie der gesamte Rest der Ausstellung«, erklärte Steffenberg. »Wir haben ihn von einem Amerikaner leihen können. Und die Diebstahlsicherung kostet sicher die Hälfte unseres Etats.«

Margot lächelte ihren Vater an. »Keine Fabergé-Eier.«

»Kommt noch, mein Schatz, kommt noch.«

Ein weiteres Kapitel widmete sich den guten Geistern, die die Zarenfamilie umgaben. »Es gibt nicht viele Fotos, auf denen Bedienstete zu sehen sind. Ein Foto zu machen war damals teuer, und es brauchte so seine Zeit, um die Protagonisten in die rechte Position zu rücken.«

»Wenn jetzt bei eBay ein Tagebuch angeboten wird, das von einer Zofe der Zarin stammt«, warf Margot ein und war sofort wieder eifrig ermittelnde Kommissarin, »wie wahrscheinlich ist es, dass es sich um ein echtes Tagebuch handelt?«

Steffenberg betrachtete Margot zunächst mit ungläubigem Staunen, dann eroberte ein Lächeln sein Gesicht. »Wenn jemand das Tagebuch einer Zofe am Zarenhof anbietet, dann ist er ein Aufschneider. Viele Wichtigtuer haben schon versucht, vermeintlich authentische Tagebücher an den Mann zu bringen. Aber meistens wurden diese Betrüger schon dadurch enttarnt, dass die vermeintlichen Autoren nie am Zarenhof gearbeitet haben.«

»Sagt Ihnen der Name Marina Lirowa etwas?«

Steffenbergs Lächeln verschwand so schnell wie eine Kakerlake, wenn das Licht angeknipst wird. »Marina Lirowa? Ja, der Name sagt mir allerdings etwas. Sie war eine Zofe der Zarin. Deutschstämmig. Was der Zarin behagte. Sie hatte Russisch gelernt, aber sie war froh darüber, sich auch in Russland manchmal in ihrer Muttersprache unterhalten zu können. Marina war eine kleine Bedienstete – bis sie Alexandras Sohn vor einem Sturz bewahrte. Sie wissen, Alexej litt an der Bluterkrankheit; jeder Stoß konnte innere Blutungen auslösen. Im besten Fall litt er dann tagelang unter Schmerzen. Im schlimmsten Fall hätte so ein Sturz für ihn tödlich sein können.«

Steffenberg nahm einen Schluck Wein. Während er die vorherigen Schlucke bewusst genossen hatte, diente dieser nur dazu, seine innere Erregung zu besänftigen. »Alexej stolperte auf der Treppe, doch Marina Lirowa fing ihn auf und bewahrte ihn vor einem Sturz über dreißig Stufen, und daraufhin stieg sie die Karriereleiter hinauf. Es gibt viele unbestätigte Gerüchte über Marina. Sogar, dass sie nach der Februarrevolution eine enge Vertraute der Zarin wurde, denn sie konnten sich ja auf Deutsch unterhalten, so dass man ihre vertraulichen Gespräche nicht verstehen konnte.«

Margot nickte und entschied sich, die Bombe platzen zu lassen: »Bei eBay wurde ein Tagebuch von Marina Lirowa angeboten.«

»Ihr Tagebuch?« Steffenberg schüttelte zuerst den Kopf, dann aber dachte er kurz nach und sagte: »Es gibt das Tagbuch einer anderen Zofe der Zarin, in der diese in einem Satz erwähnt, dass auch Marina Tagebuch geführt habe. Seitdem kursieren Gerüchte, dass es dieses Tagebuch tatsächlich gibt. Doch es ist bisher nie aufgetaucht. Was wohl auch daran liegt, dass sich die Spur von Marina Lirowa 1917 verliert. Sie war nicht bei den Bediensteten, die den Zar und seine Familie im August 1917 in die Verbannung ins sibirische Tobolsk begleiteten. Fritz Stellwart, ein Freund von mir, glaubt, dass sie von den Revolutionären aus dem Palast in Zarskoje Selo verschleppt wurde, in dem die Familie des Zaren bis zur Verbannung lebte.«

Margot entschloss sich, Steffenberg alles zu erzählen. »Das Tagebuch wurde von Marina Lirowas Urenkelin angeboten.«

Steffenberg brauchte eine Weile, bis er darauf antworten konnte. »Frau Hesgart, ich weiß nicht, was ich sagen soll«, begann er, sichtlich darum bemüht, die richtigen Worte zu finden. »Wenn das wahr ist ... Wenn es sich wirklich um das Tagebuch von Marina Lirowa handelt, dann ... dann ist das eine Sensation!«, brachte er mit vor Erregung vibrierender Stimme hervor. »Die Menschen, die damals lebten ... die sind alle tot. Neunzig Jahre nach dem Ende der Romanows rechnet kaum mehr einer mit neuen echten, authentischen Dokumenten aus dieser Zeit und ...«

Er sprach nicht weiter. Es hatte ihm tatsächlich die Sprache verschlagen.

Das Tagebuch war also eine Sensation. Und Plawitz wusste angeblich nichts davon? Wieder einmal passte nichts zusammen. Aber das war ja nichts Neues in diesem Fall.

Margot verabschiedet sich schließlich, und ihr Vater begleitete sie zur Tür. »Danke für den schönen Abend.«

»Danke für das ausgezeichnete Essen«, erwiderte Margot lächelnd. »Ciao, Papa.«

»Ciao, meine Beste.«

Margot war bereits über die Schwelle getreten, als ihr Vater plötzlich sagte: »Margot, ich habe versucht, Rainer anzurufen ...«

Sie drehte sich erstaunt und auch leicht erschrocken nach ihm um.

»... aber ich konnte ihn nicht erreichen. Nicht zu Hause, nicht auf dem Handy. Und an der Uni rückten sie auch nicht raus mit der Sprache. Was ist los? Ist alles okay?«

»Ja, alles ist okay«, zwang sich Margot zu sagen. Alles ist okay, dachte sie. Alles ...
Nein. Nichts, aber auch gar nichts war okay!

## Mittwoch, 21.12.

»Ja, ich habe für das Tagebuch einer Zofe der russischen Zarin mitgeboten.«

Jurij Gwernok trank einen Kaffee aus der ehemals schlechtesten Kaffeemaschine der Welt. Er trug Anzug und Krawatte, und seine Schuhe waren blitzblank geputzt. Er war die Verkörperung der professionellen rechten Hand des Chefs: Assistent, Chauffeur, Bodyguard, Handlanger – alles in einer Person.

»Aber Sie wollten vorher prüfen, ob das Tagebuch auch echt war, richtig?«, fragte Horndeich.

»Ja, ich sollte das Buch für meinen Auftraggeber begutachten lassen, von einem Spezialisten.«

»Sie haben das Buch also nicht für sich selbst ersteigert?«

Gwernok, ein Mann mit ausgezeichneten Manieren, zögerte.

»Nein, ich habe das Buch nicht für mich kaufen wollen.«

»Wer war Ihr Auftraggeber?«, wollte Horndeich wissen.

»Diskretion gehört zu meinem Job.«

»Was Ihr Chef Caspar Plawitz besonders schätzt«, ergänzte Margot.

Gwernok antwortete nicht, doch Margot wusste, dass ihre nächsten Worte den Tresor entweder öffnen oder endgültig verschließen würden.

»Wir wissen, dass Herr Plawitz Memorabilien der Zarenfamilie sammelt. Wir wissen, dass Sie sein Assistent sind. Und wenn wir eins und eins zusammenzählen, kommen wir auf einen vorläufigen Näherungswert von zwei. Also, nochmals: Sie wollten das Buch für Caspar Plawitz erwerben?«

Gwernok nickte nur.

»Ist das ein Ja?«
»Ja, das ist es.«
»Das Buch wurde nicht wie bei eBay üblich gehandelt. Wissen Sie mehr darüber?«
»Ja.«
Horndeich seufzte theatralisch. »Herr Gwernok, lassen Sie sich doch nicht jedes Wort aus der Nase ziehen. Wir werden Sie so lange befragen, bis wir wissen, was wir wissen wollen – und wenn es bis Neujahr dauert. Wie wäre es, wenn Sie uns einfach gleich alles erzählen, dann können Sie die ganze Prozedur für uns alle abkürzen. Wir puzzeln uns die Fakten dann schon zusammen. Was hat es mit dem Tagebuch auf sich? Was war mit der Verkäuferin?«

Gwernok nahm einen weiteren Schluck aus dem Becher. »Guter Kaffee«, meinte er, und über Horndeichs Miene huschte ein Lächeln; er konnte nicht umhin, sich gebauchpinselt zu fühlen. Dann rückte Jurij Gwernok endlich heraus mit der Sprache: »Ich arbeite seit sechs Jahren für Herrn Plawitz. Und da ich aus Kasachstan komme und Russisch und Deutsch meine Muttersprachen sind, hat Plawitz mir den Auftrag gegeben, die Augen nach interessanten Stücken für sein kleines Zaren-Museum offenzuhalten. Ich klappere Auktionshäuser ab, checke immer wieder Internet-Anbieter und durchforste eben auch die eBay-Angebote. Nun, dort stößt man selten auf Wertvolles; echte Kostbarkeiten werden eher über ›Sotheby's‹ verkauft. Dennoch schaue ich mir hin und wieder auch die eBay-Seiten an. Als ich dort das Tagebuch entdeckte, gab Herr Plawitz sofort grünes Licht – ich sollte mitbieten. Aber natürlich wollte ich das Buch genau prüfen lassen, bevor ich Herrn Plawitz' Geld möglicherweise für eine plumpe Fälschung ausgab.«

»Sie haben Ludmilla Gontscharowa am 22. November getroffen – ist das richtig?«, fragte Margot.

»Es war ein Dienstag, Ende November. Wenn der Zweiundzwanzigste ein Dienstag war, dann stimmt das. Wir haben uns in einem Café getroffen, am Luisenplatz. Mila nannte sich anfangs Hildegard Willert.« Der Luisenplatz mit der über dreißig

Meter hohen Ludwigssäule war der Mittelpunkt von Darmstadt, über den fast alle Straßenbahn- und Buslinien führten.

»Aber es war diese Frau, richtig?« Horndeich schob ihm das Foto von Mila über den Tisch.

»Anfangs nicht«, meinte Gwernok.

»Wie bitte?«, fragte Horndeich, der sich ein »Häh?« gerade noch hatte verkneifen können.

»Anfangs hatte sie lange blonde Haare.«

Die blonde Perücke aus Milas Schrank war also auch hier zum Einsatz gekommen, dachte Margot.

»Ich hatte Mila allerdings früher schon mal gesehen, und bei diesem Anlass hatte ich außerdem ihren Bruder kennengelernt.«

Auch Gwernok nannte sie »Mila« – das fiel sowohl Margot als auch Horndeich sofort auf. »Ich hatte Caspar Plawitz damals auf den Darmstädter Weihnachtsmarkt begleitet. Im Hausmann-Zelt tranken wir einen Glühwein, und da war Mila. Herr Plawitz kannte sie und auch ihren Bruder. Tja, und solch eine Frau vergisst man eben nicht so leicht. Ich sagte ihr auf den Kopf zu, dass ich sie wiedererkannt hatte, und noch im Café zog sie die Perücke ab und nannte ihren richtigen Namen, den ich mir nicht gemerkt hatte. Dann gab sie mir das Buch, und ich blätterte darin.«

»Was können Sie uns zum Inhalt des Buches sagen?«

»Nicht viel. Ich erinnere mich nur, dass die erste Eintragung vom Juli 1912 stammte, die letzte aus dem Jahr 1920. Mila wusste so gut wie nichts über den Inhalt. Als ich sie fragte, ob sie das Buch denn nicht gelesen habe, schüttelte sie den Kopf und erklärte, dass sie es von ihrer Uroma geerbt habe. Würde sie es lesen, könne sie es wahrscheinlich nicht mehr verkaufen, denn dann würde sie es bestimmt nicht mehr übers Herz bringen. Das konnte ich verstehen. Ich fragte sie, wieso sie es überhaupt verkaufen wolle. Und sie antwortete, dass sie das Geld brauche und dass es sicher im Sinne ihrer Uroma sei, wenn diese wüsste, wofür sie das Geld verwenden wolle.«

»Und wie wollten Sie sich davon überzeugen, dass das Buch echt ist?«

»Herr Plawitz unterhält Kontakt zu einem Professor an der Darmstädter Universität, dessen Steckenpferd die Papierfabrikation ist. Herr Plawitz meinte, es ließe sich ohne Weiteres feststellen, wenn für dieses Tagebuch modernes Papier verwendet wurde, und kündigte uns bei dem Professor an. Also sind Mila und ich zur Uni gefahren. Mit dem Tagebuch. Der wissenschaftliche Mitarbeiter des Herrn Professors wusste Bescheid, teilte uns jedoch mit, dass wir das Ergebnis erst am nächsten Tag erhalten könnten. Daraufhin habe ich Mila dann eröffnet, dass ich nur im Auftrag handelte und befugt sei, bis zu 2000 Euro für das Buch zu zahlen, wenn es sich als echt herausstellte.«

»Sagten Sie ihr, für wen Sie arbeiteten?«, fragte Horndeich. Gwernok schüttelte den Kopf. »Das war nicht nötig. Sie erinnerte sich an den Abend auf dem Weihnachtsmarkt, und Herr Plawitz hatte mich damals als seinen Assistenten vorgestellt. Da Milas Bruder ja bei Herrn Plawitz wohnte, wusste sie auch von seiner Sammlerleidenschaft.«

»Und war das Buch echt?«, wollte Margot wissen.

»Die von der Uni sagten, dass das Papier auf jeden Fall entsprechend alt sei. Ich persönlich hatte keinen Zweifel an der Echtheit, auch ohne chemische Analysen.«

»Weshalb nicht?« Margot fand den Mann sympathisch. Anfangs war er sehr distanziert und zurückhaltend aufgetreten, doch inzwischen strahlte er eine warme Herzlichkeit aus.

»Naturwissenschaft ist das eine, Gespür das andere«, antwortete Jurij Gwernok. »Wir mochten uns, Mila und ich, waren einander sympathisch. Nach dem Besuch an der Universität fragte ich sie, ob sie noch Verpflichtungen habe, sie telefonierte zweimal und sagte dann, sie habe Zeit. So fuhren wir nach Frankfurt und verbrachten dort einen schönen Tag, bummelten, aßen zusammen, gingen abends noch ins Kino. Mila hat mir nicht viel über ihr Leben erzählt, aber sehr viel über ihre Urgroßmutter Marina. Als Kind hatte sie bei der alten Dame Wärme tanken können. Und sie vermisste ihre Urgroßmutter sehr, als ihre Eltern mit ihr nach Deutschland umsiedelten. Mehr als ihren Bruder, wie sie mir gestand. Und auch viel mehr als ihre Großmutter Nadja. So offen, wie sie über diese Menschen sprach, war mir klar, dass sie keine Betrügerin sein konnte, niemand, der eine Fälschung anbot.«

Wenn du wüsstest, dachte Margot, die an die falschen Ringe und Rolex-Uhren dachte, die Mila über eBay angeboten und versteigert hatte.

»Womit ich natürlich nicht ausschließen konnte, dass jemand anderes das Buch gefälscht hatte«, fuhr Jurij Gwernok fort. »Aber das war unwahrscheinlich. Und ich bin fast der Meinung, das die 2000 Euro viel zu wenig für dieses Tagebuch waren.«

»Und am Ende des Tages?«, fragte Horndeich.

Gwernok sah den Kommissar direkt an. »Da habe ich sie nach Hause gefahren und am nächsten Morgen wieder abgeholt. Wir gingen frühstücken, dann fuhren wir zur Uni. Und als das Ergebnis vorlag, gab ich ihr 2500 Euro. Ich war sicher, dass Herr Plawitz damit würde leben können, und erfahrungsgemäß würde es ihn nicht stören.«

»Hat Ihnen Mila noch irgendetwas erzählt, was uns helfen könnte, ihren Mörder zu finden?«

»Nein, wirklich nicht.«

»Haben Sie Mila danach noch mal gesehen?«

»Nein. Ich wollte es, und ich fragte sie, ob sie am Wochenende mit mir essen gehen wolle. Sie sagte mir, dass sie mich gern wiedersehen wolle, aber sie müsse zunächst ein paar Sachen regeln; dann sei ihr Kopf wieder frei für andere Dinge.«

»Das war Ihr letzter Kontakt zu Mila?«

»Nicht ganz. Ich hatte ja gespürt, wie viel ihr das Buch bedeutet hat. Deshalb ließ ich es fotokopieren und binden. Zusammen mit einer Rose schickte ich ihr die Kopie – mit einem kleinen Brief.« Gwernok stockte, dann fügte er mit leiserer Stimme hinzu: »Ich wollte ihr dieses Erinnerungsstück an ihre geliebte Urgroßmutter nicht gänzlich nehmen.«

»Und das Original?«, fragte Margot.

»Das habe ich anschließend natürlich Caspar Plawitz übergeben. Aber ...« Er verstummte.

»Aber?«, hakte Margot nach.

»Dabei hatte ich das Gefühl, einen Fehler zu begehen. Ich habe schon sehr viel für Herrn Plawitz erstanden, aber dieses Mal war ich mir sicher, dass es sich um etwas wirklich Wertvolles handelte. Und mein Gefühl sagt mir noch immer, dass es ein Fehler war, das Buch Mila abzukaufen und es Herrn Plawitz zu übergeben.«

»Wann genau haben Sie das Buch Plawitz gegeben?«

»Zwei Tage, nachdem ich es erstanden hatte. Ja, genau, es war ein Freitag. Denn direkt danach bin ich nach Konstanz gefahren, einen Freund über ein langes Wochenende besuchen. Jährliches Junggesellentreffen. Wir sind eine Gruppe von sechs – angeblich – eingeschworenen Junggesellen. Meinem Freund habe ich dann erzählt, dass ich mich hier in Darmstadt in ein Mädchen...« Er stockte erneut, schüttelte den Kopf und wischte sich hastig über die Augen.

»Haben Sie Plawitz gesagt, wer Hildegard Willert in Wirklichkeit war?«

»Ich weiß es nicht mehr. Aber ich glaube nicht.«

Unmittelbar nachdem Jurij Gwernok das Präsidium verlassen hatte, fuhren Margot und Horndeich zu Plawitz' Anwesen. Der hatte das Tagebuch genau einen Tag vor dem Einbruch in die Russische Kapelle erhalten. Russisches Tagebuch, russische Sammlung, Russische Kapelle – insgesamt ein bisschen viel russisch, um nur Zufall sein zu können. Vielleicht hatte Plawitz ja etwas mit dem Einbruch zu tun – oder sogar mit dem Mord an dem Wachmann.

Vielleicht ...

Horndeich hatte es auf den Punkt gebracht. »Vielleicht sind wir auch alle nur Gestalten im Traum eines Aliens. Wir brauchen Beweise, Fakten.«

Also hatten sie sich entschlossen, Plawitz auf den Zahn zu fühlen. Was sie nun taten. Mit dem Drillbohrer voll auf die Karies.

»Warum haben Sie gestern behauptet, nichts von Marina Lirowas Tagebuch zu wissen?«, begann Margot, kaum dass Plawitz sie begrüßt hatte. »Sie haben es doch sogar gekauft.«

Plawitz trat erschrocken einen Schritt zurück. Dann sammelte er sich, bat sie ins Wohnzimmer und ließ sie erst einmal Platz nehmen.

Margot erkannte, dass er die Zeit nutzte, sich eine Ausrede zurechtzulegen, und als sie im Wohnzimmer saßen, erklärte er: »Wissen Sie, ich habe dem Buch keine wirkliche Bedeutung beigemessen. Mein Assistent hat mir gesagt, jemand biete das Tagebuch einer Zofe der Zarin an, und ich dachte, dass dies sicherlich ein nettes Geschenk für meine Gattin wäre. Sie hat im Januar Geburtstag. Also bat ich ihn, das Buch prüfen zu lassen, und wenn es in Ordnung sei, dann solle er es kaufen. In meinem Kopf war das Buch unter ›Tagebuch der Zofe‹ gespeichert, aber Sie fragten mich nach dem Tagebuch einer ... wie hieß sie noch gleich?«

»Marina Lirowa«, sagte Margot, die ihm kein Wort glaubte. »Und an den Namen konnten Sie sich nicht erinnern?«

»Bestimmt hat Gwernok ihn erwähnt, aber ich erinnerte mich nicht daran. Es war mir nicht wichtig. Ein Geschenk für meine Frau, fertig, das war alles.«

Der Bohrer surrte wieder: »Aber Sie wussten, wer das Tagebuch angeboten hat, oder?«, hakte Horndeich nach.

Treffer. Man sah es Plawitz an, und hinzu kam, dass er nur ausweichend antwortete: »Ich verstehe nicht, was für eine Rolle dieses Tagebuch plötzlich spielt.«

Horndeich legte den Bohrer nicht mehr aus der Hand. »Würden Sie bitte meine Frage beantworten!«

»Mein Gott, ich glaube, es war eine Frau. Ihr Name war Wilbert oder so ähnlich. Aber da kann Ihnen Gwernok sicher genauere Auskünfte geben.«

»Mit dem haben wir bereits gesprochen«, sagte Horndeich.

»Haben Sie keinen Kontakt zu der Verkäuferin gehabt?«, fragte Margot, bevor Plawitz etwas darauf erwidern konnte.

»Nein. Wozu? Solche Sachen erledigt Gwernok für mich. Ich bin ein vielbeschäftigter Mann.«

Gewiss, gewiss, dachte Horndeich. Deshalb treffen wir dich auch um elf Uhr vormittags zu Hause an ...

»Der Zar ist nur mein Hobby, nicht mehr«, erklärte Plawitz.

»Mich kümmern ausschließlich die Exponate meiner Sammlung, nicht ihr Erwerb.«

»Wussten Sie, dass die ermordete Ludmilla Gontscharowa das Tagebuch angeboten hat?«

»Mila? Mein Gott – nein, das wusste ich nicht.«

»Es war das Tagebuch ihrer Urgroßmutter.«

»Ich dachte, die Verkäuferin hieße Willert – ja, genau, Willert, nicht Wilbert. Jetzt verstehe ich auch Ihr Interesse an dem Buch.«

»Gwernok hat Ihnen nicht gesagt, dass Willert ein falscher Name war?«

»Nein. Wahrscheinlich kannte er die echte Identität der Anbieterin selbst nicht.«

»Doch, er hat sie gleich erkannt«, offenbarte Horndeich.

Margot setzte sofort nach. »Kennen Sie den Inhalt des Tagebuches?«

Der Bohrer schien auf einmal außerhalb des empfindlichen Bereichs zu agieren. Plawitz' Züge entspannten sich. »Nein, ich habe es nur kurz durchgeblättert. Wie gesagt, ich will es meiner Frau zum Geburtstag schenken. Und deshalb wäre ich sehr dankbar für Ihre Diskretion. Wollen Sie das Buch sehen?«

Horndeich setzte zu einem Ja an, doch Margot war schneller. »Nein danke, ich kann mir nicht vorstellen, dass es uns in dem Fall weiterbringt. Schließlich liegen die Erlebnisse der Zofe ja neunzig Jahre zurück.«

Als sie wieder zurück nach Darmstadt fuhren, schwieg Horndeich. Erst als der Wagen die Landskronstraße hinauffuhr, fragte er: »Sag mal, weshalb hast du dir das Tagebuch nicht zeigen lassen? Meiner Meinung nach könnte es wichtig sein.«

Margot nickte. »Klar. Ich glaube auch, dass es wichtig ist.«

»Ich versteh dich nicht. Wir hätten das Ding einfach mitnehmen sollen.«

»Sicher. Aber es ist doch ein Geburtstagsgeschenk. Und nun stell dir mal vor, er kann seiner Gattin – die ihn übrigens betrügt – kein Präsent überreichen. Das wäre doch fürchterlich. Vielleicht rettet dieses wunderbare Geschenk seine Ehe.«

Horndeich verstand kein Wort mehr. Und noch mehr irritierte ihn, dass Margot einfach am Polizeipräsidium vorbeifuhr. »Erde an Frau Hesgart, hallo! Kannst du mir mal erklären, was du da redest? Und wo du hin willst?«

»Gwernok hat doch erzählt, dass er das Buch kopiert hat. Also müsste es sich noch in Milas Wohnung befinden.«

»Wenn du es lesen willst, warum hast du dir nicht von Plawitz das Original geben lassen, verdammt?«

»Ich traue diesem Plawitz nicht. Ich kann mir nicht vorstellen, dass er sich den Namen von Milas Uroma nicht gemerkt hat. Und selbst wenn, ich glaube ihm auch nicht, dass er nicht wusste, dass Mila die Verkäuferin war. Und deshalb bin ich der Meinung, dass Plawitz nicht wissen sollte, dass wir wissen, was in dem Tagebuch steht.«

»Wissen wir doch auch nicht.«

»Sobald wir die Tagebuchkopie gefunden haben, schon.«

Gemeinsam betraten sie Milas Wohnung.

»Hast du 'ne Idee, wo das Buch sein könnte?«, fragte Margot.

Horndeich nickte nur, denn nach dem Spurt durchs Treppenhaus rang er immer noch nach Atem. Er hatte sich keine Blöße geben und zeitgleich mit Margot die Wohnungstür erreichen wollen, doch das war ihm nicht geglückt. Der Aufzug schien jedes Mal Expresslift zu spielen, sobald er sich nicht in der Kabine befand, und so hatte ihn Margot – wie schon beim letzten Mal Zoschke – bereits oben erwartet.

Horndeich steuerte zielstrebig auf das kleine Regal im Wohnzimmer zu. Er hatte in der Wohnung ja schon mal nach dem Tagebuch gesucht, doch da hatte er nach dem Original mit abgegriffenem Einband und vergilbten Seiten Ausschau gehalten.

Sein Blick streifte nur kurz über die Buchrücken, dann griff er nach einem Band in knappem DIN-A-5-Format. Das Buch war zwischen zwei schwarzen Pappdeckeln aufwändig gebunden. Offenbar hatte sich Gwernok sein Geschenk an Mila etwas kosten lassen.

Horndeich schlug das Buch auf. Die Kopie war gut lesbar – was die Qualität betraf. Doch obwohl Horndeich die kyrillische

Druckschrift bei seinem Studium der russischen Sprache schnell gelernt hatte, konnte er die entsprechende Schreibschrift kaum entziffern. Sie wirkte auf ihn wie das sanfte und gleichmäßige Auf und Ab von Ostseewellen. Er versuchte sich noch am ersten Satz, genauer gesagt am ersten Wort des ersten Satzes, aber er wusste nicht einmal zu sagen, ob es ihm misslang, das Schnörkelgewirr richtig zu entziffern, oder ob er das Wort, das sich dahinter verbarg, schlichtweg nicht kannte.

»Kannst du damit was anfangen?«, fragte Margot, obwohl sein angestrengtes Stirnrunzeln eigentlich Antwort genug war.

»Nein.« Er klappte das Buch zu.

»Na, vielleicht finden wir ja jemanden, der es lesen und übersetzen kann.«

»Gib's mir mit«, sagte Horndeich. »Ich frage Anna heute Abend. Sie ist ganz gut im Schriftenentziffern. Schließlich muss sie mit der Klaue ihres Chefs zurechtkommen.«

»Ja«, stichelte Margot, »und es ist ihr auch gelungen, deine Briefe zu entziffern.«

An der leichten Rötung, die auf einmal in Horndeichs Wangen stieg, erkannte Margot, dass sie voll ins Schwarze getroffen hatte. Sie hatte sich bis dahin einen Horndeich, der bei Kerzenlicht und Rotwein Liebesbriefe verfasste, gar nicht vorstellen können. Eine wahrlich neue Erkenntnis.

Margot saß am Schreibtisch und massierte sich die Schläfen. Die Luft war raus. Sie merkte es daran, dass ihre Kopfschmerzen wieder aus dem Exil zurückgekehrt waren. Immer, wenn sie besonders angespannt war, wanderte der Schmerz von den Schultern über den Nacken bis unter die Schädeldecke, um sich dort wie eine Amöbe auszubreiten. Der Fall machte ihr zu schaffen. Und ihr Privatleben ebenso. Inzwischen wechselte sich beides darin ab, ihr Albträume zu bescheren. Und beides lag in Scherben vor ihr. Der einzige Unterschied: Während der Fall in Hunderte von Teilen zersprungen war – und sie immer, wenn sie gerade drei Fragmente zusammengeklebt hatte, noch irgendwo ein neues fand –, bestand der Scherbenhaufen ihres Privatlebens aus zwei großen Bruchstücken. Vielleicht dreien, wenn man ihren Sohn hinzurechnete. Der hatte ihr am Morgen eine SMS geschickt, ob er am Nachmittag um vier mit ihr sprechen könne. Das war in einer Stunde. Wahrscheinlich nährten ihre bösen Vorahnungen den Kopfschmerz.

Und was den Mordfall Ludmilla Gontscharowa betraf, hatte sie das Gefühl, die Scherben nie zusammensetzen zu können. Als ob einige von ihnen beim Zerspringen durch ein Prisma geglitten wären und nun spiegelverkehrt auf dem Boden lagen – nichts passte zusammen. Ganz abgesehen davon, dass irgendein Witzbold noch weitere Bruchstücke dazugelegt hatte, die gar nicht dazugehörten.

Im Fall Bender waren sie keinen einzigen Schritt weitergekommen, im Fall Gontscharowa drehten sie sich im Kreis, denn jeder Schritt führte in eine Sackgasse. Horndeich kümmerte sich gerade um eine richterliche Genehmigung, damit sie sich auch Ulrich Peters' Konto anschauen konnten. Sie wollten vor allem erfahren, ob der Bankangestellte größere Beträge abgehoben hatte. Das wäre ein Indiz dafür, dass Mila ihn erpresst hatte. Womit auch immer.

Zoschke kam herein und war erstaunt, seine Chefin im Büro vorzufinden. »Oh, ich dachte, ihr seid noch auf Tour.«

»Nein, schon wieder da.«

»Ich wollte dir gerade einen Zettel hinlegen. Da hat ein Kollege Schlüter aus Mainz angerufen. Wegen Herrn Ulrich Peters. Du sollst dich bei ihm melden.« Er reichte Margot den Zettel mit der Nummer. Margot bedankte sich und tippte schon auf die Tasten. Vielleicht war das ja eine Spur, die nicht vor einer Wand endete.

»Schlüter«, meldete sich der Kollege.

»Hesgart, Kripo Darmstadt. Mein Kollege sagte mir gerade, dass ich Sie zurückrufen soll.«

»Das ist richtig. Sie haben doch vor zwei Tagen bei uns angerufen und nach Ulrich Peters gefragt. Ich habe da noch was gefunden.«

»Da bin ich gespannt.« Margot spürte, wie sich ihr Puls

beschleunigte, die Nackenhärchen stramm standen und der Kopfschmerz den Rückzug antrat.

»Der Gute ist bei uns doch kein Unbekannter. Er wurde einmal angezeigt, aber es kam zu keiner Verhandlung und damit auch zu keiner Verurteilung. Eine Kollegin in der Bank, in der er arbeitete, beschuldigte ihn der sexuellen Nötigung. Doch zwei Tage später verweigerte sie konsequent jede weitere Aussage. Peters bestritt die Tat. Es gab auch keine weiteren Zeugen. Alles ziemlich wackelig. Das Ermittlungsverfahren wurde eingestellt, bevor es zum Prozess kam.«

Margots Nackenhärchen gefiel die momentane Position offenbar, denn sie weigerten sich, sich wieder an die Haut zu schmiegen. »Wie hieß das Opfer? Ich möchte mit der Frau sprechen.«

»Anke Körner, wohnt in Mainz-Hechtsheim.« Der Beamte gab noch die private Telefonnummer und die Adresse durch, dann verabschiedete er sich.

Margot wählte die Nummer der Bankangestellten, doch es meldete sich nur der Anrufbeantworter. Margot hinterließ eine Nachricht und ihre Handynummer, dann machte sie sich auf den Weg nach Hause, um zu hören, worüber ihr Sohn mit ihr reden wollte.

Als sie das Büro verließ, hatte die Härchen im Nacken wieder die Kraft verlassen, und der Kopfschmerz gewann erneut Oberhand.

Sie hatte einen Tee mit Mandelaroma aufgesetzt – eine echte Alternative zu Marzipan, wenn man nicht zunehmen will. Neben der Kanne stand eine Porzellanplatte mit drei Stücken gedecktem Apfelkuchen – zu dem gab es einfach keine Alternative.

Als ihr Sohn klingelte – nur der Höflichkeit halber, denn er hatte einen eigenen Schlüssel – und sie ihm öffnete, merkte sie sofort, dass etwas nicht stimmte. Ben wirkte niedergeschlagen – und gleichzeitig so, als ob in seinem Innern eine Schlacht der Orks gegen die Zwerge tobte.

»Hallo, Ben! Komm rein!«, sagte sie und begleitete ihn in

die Küche, in der Hoffnung, dass der Apfelkuchen seine Mundwinkel wieder ein bisschen nach oben richten würde. Gedeckter Apfelkuchen war eine der wenigen Leidenschaften, die Mutter und Sohn teilten.

Margot schenkte Tee ein und reichte ihrem Sohn ein Stück Kuchen, nicht ohne es mit einem adretten Sahnehäubchen zu krönen. Und fieberhaft überlegte sie, was Ben ihr wohl sagen wollte. Das Studium würde er sicher nicht wieder schmeißen. Vielleicht hatte er finanzielle Probleme. An Beziehungsschwierigkeiten glaubte sie eher nicht. Immer wenn sie Ben und Iris sah, spürte sie einen kleinen giftigen Stachel Neid. Sie wirkten so verliebt und dabei so vertraut miteinander. Aber so hatten sie und Rainer wahrscheinlich auch gewirkt. Sollte bei den beiden etwa das Gleiche passiert sein wie bei ihr und Rainer?

»Ich muss mit dir reden. Es ist wegen Iris«, eröffnete Rainer das Gespräch.

Margot traute ihren Ohren nicht. »Wegen Iris?«

»Ja. Ich … ich weiß nicht, wie ich es dir sagen soll.«

»Hast du dich in eine andere verguckt? Und jetzt weißt du nicht, wie du es Iris schonend beibringen kannst?«

»Nein, es ist nicht so, wie du denkst.«

Nicht so, wie sie dachte! Oh, wie sie diesen Satz hasste! Irgendwo in ihrem Innern brannte der Schmelzdraht einer Sicherung durch. Wahrscheinlich lag es daran, dass sie ebendiesen Satz vor nicht allzu langer Zeit schon einmal gehört hatte. Es war der dämlichste Satz, den sie sich vorstellen konnte, ein Satz, den sie den Drehbuchschreibern billiger Schundfilme am liebsten um die Ohren geschlagen hätte. Und ganz besonders dem Drehbuchschreiber ihres Lebens. Denn in achtundneunzig Prozent der Fälle kam das Gedachte der Wahrheit sehr nahe.

»Der Apfel fällt also nicht weit vom Stamm, mein Sohn, nicht wahr?«, polterte sie los. »Dein Vater betrügt deine Mutter, und du setzt folgsam die Reihe fort!«

»Mama!« Er schaute sie erschrocken an.

Sie winkte ab, stand auf, ging zweimal in der Küche auf und

ab und sagte schließlich: »Sorry, bei mir kannst du dich nicht ausweinen. Ich kenne da eine gute Adresse in Kassel, da bekommst du wahrscheinlich bessere Tipps. Zeig Iris doch einfach die Neue. Das sorgt für klare Verhältnisse.«
Bens Stimme war ruhig, als er sagte: »Ich wusste ja, dass es schwer wird, mit dir darüber zu sprechen, aber ...«
»Warum bist du dann zu mir gekommen? Du hättest gleich zu deinem Vater gehen können. Was willst du hier bei mir? Absolution?«
»Du siehst immer nur, was du sehen willst, Mama. Keine Ahnung, wer diese Scheuklappen an deine Schläfen genagelt hat. Wenn du das Rainer gegenüber genauso abziehst, kann ich ihm nicht verübeln, dass er lieber in Kassel bleibt.«
Margot schnappte nach Luft. Was nahm sich Ben da heraus? Sie wollte eine harsche Erwiderung vorbringen, doch sie fand keine passenden Worte.
Auch Ben stand auf und stellte sich vor sie. Er war gut einen halben Kopf größer als sie. »Ich wollte dir eigentlich sagen, dass ich Heiligabend mit Iris und ihrer Familie verbringen will. Ich wusste, das wird dir nicht gefallen, weil dir so viel an diesem gemeinsamen Weihnachtsabend liegt. Aber ich möchte dieses Weihnachten mit Iris feiern, nachdem letztes Jahr Rainer und du dran waren. Iris hat eine riesige Familie, es werden rund zwanzig Leute da sein.«
Margot schien zwei Zentimeter ihrer Körpergröße zu verlieren. Ihr selbst kam es vor, als würde sie gleich im Boden versinken.
»Ich dachte, es wäre eine schwere Entscheidung«, setzte Ben noch eins drauf, »aber du machst sie mir unglaublich leicht.«
Er verließ die Küche. Margot folgte ihm durch den Flur.
»Ben!«
Ihr Sohn griff nach seinem Mantel.
»Ben, geh nicht so. Entschuldige. Es tut mir leid. Ich ...«
»Ich bin sicher, du hast nicht einmal mit Rainer über das gesprochen, was du ihm vorwirfst!« Das waren die letzten Worte, die ihr Sohn sagte, bevor die Haustür ins Schloss fiel. Kein »Auf Wiedersehen«, kein Kuss, nichts.

Sie hatte es gründlich verbockt. Definitiv. Das weihnachtliche Fazit: Kein Rainer, kein Ben, keine Iris.

Mach dir doch mit deinem Vater einen gemütlichen Heiligabend – so der beißende Kommentar der inneren Stimme.

Aber in einem hatte Ben unrecht. Sie wollte ja mit Rainer sprechen, hatte es ja versucht. Doch er weigerte sich. Stattdessen bat er um Zeit.

Auch wenn es ihr schwerfiel, es zuzugeben: Cora hatte recht gehabt. Sie würde nochmals einen Versuch starten müssen, mit Rainer zu reden. Und dieses Mal würde sie sich nicht so einfach abspeisen lassen. Und wenn er gerade einen ganzen Harem zu Besuch hatte.

Margot stand vor der Haustür, den Blick auf das Klingelbrett gerichtet. Ihr Finger fror in stiller Solidarität mit ihrer Nase. Licht brannte hinter den Fenstern von Rainers kleinem Apartment. Sie musste nur den kleinen weißen Knopf drücken.

Auf der Fahrt nach Kassel hatte es wieder angefangen zu schneien. Fast war Margot dankbar dafür gewesen, dass sie kaum schneller als achtzig fahren konnte. Denn sie wusste, dass an diesem Abend eine Entscheidung fallen würde. Keine Bedenkzeiten mehr. Keine weiteren Halbheiten. Ein Ja oder ein Nein. Ein Weiter oder ein Stopp. Zu oft waren sie vom gemeinsamen Weg abgekommen, als dass sie es noch ein weiteres Mal erleben wollte. Vor über einem Vierteljahrhundert waren sie als Schüler das erste Mal zusammen gewesen – der erste Freund, die erste große Liebe –, um in den kommenden Jahren jeweils nacheinander mit anderen Partnern verheiratet zu sein und doch nicht voneinander lassen zu können.

Sie wollte kein Auseinanderbrechen mehr, das nur neues Hoffen gebar. Gemeinsam oder getrennt, aber keine Optionen mehr auf spätere Entscheidungen.

Die Autobahn war ein Meer der Lichter gewesen. Gelbe Blitze von entgegenkommenden Fahrzeugen, rotes Leuchten an den Wagen vor ihr, immer wieder gebrochen und tausendmal reflektiert in den weißen Schneeflocken. Weihnachten, hatte sie gedacht. Eine passendere Kulisse war kaum denkbar.

Im Radio hatten sie gesagt, dass es eine weiße Weihnacht geben würde in diesem Jahr. In drei Tagen. Und nichts schien weiter entfernt als Weihnachten. Samstag war der Name, der diesen Tag viel besser beschrieb.

Margot hauchte in die Hände und trat von einem Fuß auf den anderen. Und wenn er zugibt, eine andere zu haben?, dachte sie. Oder gab es für den Rauschgoldengel, den sie mit eigenen Augen gesehen hatte, eine plausible Erklärung jenseits ausgelebter Testosteronattacken?

Nun, in beiden Fällen war anschließend klar, ob es zwischen ihnen weitergehen würde oder nicht. Margot fürchtete sich viel eher vor der dritten Möglichkeit: Es gab eine andere, und unter Tränen der Reue gelobte Rainer, diese andere zu verlassen. Inklusive der Standardlitanei von »Es hatte keine wirkliche Bedeutung« und – noch schlimmer – »Es hat mir gezeigt, dass ich in Wirklichkeit nur dich liebe«. Was dann?

Sie würde sich auf ihr Gefühl verlassen müssen, aber ganz gewiss eine Entscheidung fällen. Das jedenfalls nahm sie sich ganz fest vor.

Ihr Finger schien beinahe erleichtert, als er schließlich den Klingelknopf drücken durfte und wenig später ein zweites und dann ein drittes Mal.

»Ja?« Rainers Stimme.

»Ich bin's«, sagte sie und fügte in Anbetracht der eventuell veränderten Lebenssituation hinzu: »Margot.«

Der Lautsprecher schwieg. Der Türsummer ebenfalls.

Wieder drückte Margot auf den Klingelknopf.

Keine Reaktion.

Einen großen Vorteil hatte die Wut, die langsam wieder in Margot wuchs. Sie wärmte. Oder ließ sie zumindest die Kälte nicht mehr spüren.

Sie trat zurück, überquerte die weiße Straße und stellte sich auf den Bürgersteig, den Fenstern seiner Apartmentwohnung gegenüber.

»Mach endlich auf, du Feigling!«, rief sie.

Sie glaubte einen Moment, die Silhouette seines Körpers

hinter dem Fenster wahrzunehmen. »Mach endlich die verdammte Tür auf!«

Keine Reaktion.

»Mach auf!«, schrie sie – was bereits den ersten Nachbarn auf den Plan rief.

Das Fenster unter Rainers Wohnung wurde geöffnet. »Geht das vielleicht ein bisschen leiser? Ich kann auch die Polizei rufen!«

»Ich *bin* die Polizei, du Idiot!«, rief sie zurück. Und hielt inne.

Nachdem sie dann die letzen zwei Minuten ihres Lebens nochmals vor ihrem inneren Auge hatte ablaufen lassen, fühlte sie nur noch eines: Scham. Sie stand nachts auf einer Straße und schrie nach ihrem Typ, der sie doch ganz offensichtlich abserviert hatte. Welchen Rat würde sie jener Frau geben, die sie da gerade in ihrem kurzen Filmchen gesehen hatte? »Vergiss ihn!« Das war die Quintessenz ihrer mit zahlreichen Schimpfworten garnierten Gedanken.

Doch niemand sollte anschließend sagen, sie hätte ihm keine Chance gegeben. Ihr Vater nicht und auch ihr Sohn nicht. Also ein letzter Versuch.

Sie stampfte durch den immer dichter fallenden Schnee zur Haustür und klingelte noch einmal.

Der Türsummer tat, wofür er geschaffen worden war: Er summte. Margot trat ein.

Als sie Rainers Etage erreichte, stand die Wohnungstür offen.

Rainer saß auf dem Sofa, das Gesicht in den Händen verborgen. Als er sie wahrnahm, schaute er auf. Er hatte in der vergangenen Woche sicher zehn Pfund abgenommen. Sein Gesicht wirkte eingefallen, eher asche- als hautfarben. So jedenfalls sah kein Casanova aus, der sein Treiben genoss. Oder er war so hin und her gerissen zwischen ihr und der anderen, dass es ihn nahezu zerriss. Variante drei, die schlechteste von allen.

Auf dem Tisch in der Mitte des Raums lagen zwei Pizzaschachteln.

Zwei.

Variante zwei: Rauschgoldengel, die neue Frau an seiner

Seite. Und – das musste die innere Stimme natürlich hinzufügen – auch in seinem Bett!

Margot legte den Mantel ab und schloss die Wohnungstür. Sie nahm in einem der Sessel Platz, dem Sofa gegenüber. »Ich frage dich heute Abend zum letzten Mal, Rainer: Was ist hier los, verdammt? Ich kann mit allem umgehen, werde mit allem fertig, aber nicht mit diesem Schweigen. Oder – das ist vielleicht treffender ausgedrückt – mit diesem kindischen, dummen Versteckspiel. Wie heißt sie?«

Rainer sah sie direkt an. Sie konnte diesen Blick nicht einordnen. Er war kalt und fremd, und doch wirkte Rainer unglaublich verletzlich.

»Wie heißt sie?«, wiederholte sie. Noch während der letzten Silbe erkannte sie, dass sie auf der völlig falschen Spur war. Ihr Blick fiel wieder auf die Pizzakartons. Die Polizistin in ihr machte selten Feierabend. Die Kartons stammten von verschiedenen Bringdiensten. Also keine Party zu zweit, sondern zwei Mahlzeiten. Und ein weiteres Puzzleteil: Rainers Wohnung war unordentlich. Und Unordnung war etwas, was er hasste. Rainer ließ sich gehen. Rainer war…

»Ich habe keine Geliebte, Margot«, flüsterte er. »Ich habe einen gottverdammten Tumor in der Lunge.«

…krank.

Eine Träne rann ihm aus dem Augenwinkel. »Ich habe eine Angst, wie ich sie nie in meinem Leben gekannt habe.«

Sie stand auf. Ganze Romane schossen ihr durch den Kopf. Texte von Entschuldigung, Texte von Trost, Texte von Angst, Berge von Buchstaben, Wüsten voller Worte. Sie setzte sich neben Rainer. Legte nur die Arme um ihn. Und während er an ihrer Schulter haltlos weinte, begriff sie, was für einer riesengroßen Selbsttäuschung sie erlegen war: Sie hätte an diesem Abend keine Entscheidung gegen ihn getroffen.

Sie hätte um ihn gekämpft.

Horndeich machte diesmal zeitig Feierabend. Er rief Anna an und erzählte ihr von dem Tagebuch. Daraufhin bat sie ihn, sie abzuholen, dann würde sie ihm helfen, das Buch zu übersetzen. Keine halbe Stunde später machten sie es sich auf

Horndeichs Couch gemütlich. Horndeich hatte einen Mandeltee zubereitet – guter Tipp von seiner Kollegin – und Apfelkuchen gekauft.

»Sie hat eine sehr akkurate Handschrift«, meinte Anna, nachdem Horndeich ihr erklärt hatte, was es mit dem Tagebuch auf sich hatte.

»Ich würde gern noch den Wetterbericht schauen«, sagte Horndeich und schaltete den Fernseher ein. Im hessischen Rundfunk verschwand gerade der Nachrichtensprecher aus dem Bild, und eine Wetterkarte wurde eingeblendet. Eine attraktive Blondine erschien, die mit vielen Worten und Gesten verkündete, dass es in Deutschland auch in den nächsten Tagen und an Heiligabend auf jeden Fall weiß und kalt bleiben würde.

Horndeich schlug sich mit der flachen Hand gegen die Stirn. »Daher kenne ich diese Frau!«

Soeben wurde der Schriftzug »Andrea Salto« am unteren Bildrand eingeblendet.

»Welche Frau kennst du?« Annas Stimme hatte schon einmal liebevoller geklungen, wie sich Horndeich erinnerte.

Er zeigte mit dem Finger auf das TV-Gerät. »Sie war im Hamelzelt mit von der Partie, und sie war auch bei eurem Treffen in der ›Bockshaut‹ mit dabei.«

»Hm«, machte Anna. »Vielleicht mischt sie ja ebenfalls bei den Städtepartnerschaften mit.«

»Das glaub ich nicht«, murmelte Horndeich, den Blick weiterhin auf den Bildschirm gerichtet.

Anna trat zwischen Fernseher und Freund und schaltete das Gerät aus. »Ich dachte, wir wollten eine Lesestunde machen!«

»Ich bin schon ganz Ohr.« Horndeich ließ sich zurück in die Sofapolster fallen.

Anna lehnte sich an ihn, versteckte die Füße unter einer Decke und begann, Marina Lirowas Aufzeichnungen zu lesen und zu übersetzen, zunächst noch etwas stockend, dann immer flüssiger. Marina Lirowa berichtete von ihrer Ankunft am Zarenhof: Zunächst war sie eine der niederen Bediensteten, doch als sie – mehr aus Zufall – den Thronfolger Alexej vor einem Treppensturz bewahrte, wurde Zarin Alexandra auf die junge Dienerin aufmerksam, insbesondere da diese ebenfalls Deutsch sprach. Auch Marina Lirowa hatte nämlich hessische Vorfahren, die allerdings schon im achtzehnten Jahrhundert nach Sankt Petersburg ausgewandert waren ...

Nach einer Stunde harter Übersetzungsarbeit bat Anna um eine Pause. Gemeinsam bereiteten sie in der Küche einen Salat zu und tranken dazu einen Rotwein, bevor Anna mit ihrer Lesung fortfuhr.

Es fehlt nur noch ein Kamin, dachte Horndeich, als Anna sich an ihn kuschelte und ihre Übersetzertätigkeit wieder aufnahm.

Marina schilderte ihren Tagesablauf, ihre Pflichten, ihren Aufstieg in der Dienstbotenhierarchie. Schließlich unterhielt sich die Zarin ganz vertraut mit ihr, immer dann, wenn Ihre Majestät mal wieder ihre Muttersprache sprechen wollte. Hin und wieder äußerte Marina in ihrem Tagebuch den Wunsch, mit einem netten jungen Mann eine eigene Familie zu gründen, und im Februar 1916 schließlich lernte sie einen der Palastwächter näher kennen, Piotr. »Vielleicht mag auch er mich ein bisschen«, schrieb sie am 22. Februar. Dann folgten zwei leere Seiten.

Der nächste Eintrag stammte vom 15. Mai: »Nichts ist mehr, wie es war«, begann sie.

»Ich kann nicht mehr«, sagte Anna und schloss das Buch.

Horndeich strich ihr liebevoll übers Haar. »Anstrengend, nicht wahr?«

»Ja, auch. Aber ...« Sie wandte ihm das Gesicht zu. »Da ist noch etwas.«

»Ja?«, fragte Horndeich und befürchtete bereits, dass ihm Anna den Rest des Tagebuchs aus welchen Gründen auch immer nicht mehr übersetzen wollte.

Stattdessen küsste sie ihn zunächst zärtlich, dann ein wenig leidenschaftlicher.

Mein Gott, wer braucht schon einen Kamin! Das war sein letzter Gedanke, bevor dem Gehirn das nötige Blut für weitere intellektuelle Prozesse entzogen wurde.

## Donnerstag, 22.12.

Ihr Wagen schwamm im Strom der Blechlawine über die A5 nach Süden und war schon an Gießen vorbei. Über die Freisprechanlage sprach Margot zuerst mit Horndeich, und der teilte ihr mit, dass er die richterliche Erlaubnis erhalten hatte, sich Ulrich Peters' Konten anzusehen. Außerdem habe ihm Anna am Vorabend etwa die Hälfte des Tagebuchs der Marina Lirowa übersetzt, doch sei ihnen nichts aufgefallen, was jemanden interessieren könnte, der nicht zur Gilde der Historiker gehörte. Er habe auch beim LKA hinsichtlich der DNA-Probe von Ulrich Peters nachgefragt, doch man hatte ihm gesagt, dass sich die Darmstädter Kollegen noch ein wenig gedulden müssten, denn das Ergebnis lag noch nicht vor. Nur im Fernsehen gelang es den Experten, innerhalb von Minuten DNA-Proben zu analysieren. Und zwischen TV und Realität lagen leider die Gesetze von Chemie und Physik.

Danach telefonierte Margot mit Anke Körner, der Bankangestellten aus Mainz. Sie hatte noch am späten Abend des Vortages auf Margots Mailbox gesprochen; die aber hatte ihr Handy, noch bevor sie das erste Mal an Rainers Haustür geklingelt hatte, ausgeschaltet. Sie verabredete sich mit Frau Körner in einem kleinen Café in Mainz unweit des Hauptbahnhofs.

Margot beendete das Gespräch und programmierte das Navi. Danach hing sie ihren Gedanken nach, und die hatten mit dem Mordfall Ludmilla Gontscharowa nichts mehr zu tun.

Sie und Rainer hatten gemeinsam auf der Ausklappcouch genächtigt. Und zuvor hatte Rainer ihr erzählt, was los war: Bei seinem letzten Routinecheck waren einige Blutwerte nicht so gewesen, wie sie hätten sein sollen, und auch die Lunge hatte durchs Stethoskop nicht wirklich gesund geklungen. Und dass er in letzter Zeit häufiger hustete, war auch Margot schon aufgefallen. Also war Rainer am Montag der vergangenen Woche zu einem Röntgenspezialisten gegangen, und der hatte ihm den Tumor sozusagen schwarz auf weiß gezeigt. Rainer hatte daraufhin Ingrid Wallenstein angerufen, eine Freundin seines Cousins und anerkannte Thoraxchirurgin. Ingrid hatte im Kasseler Krankenhaus Belegbetten und ihn kurzfristig schon am Dienstag unters Messer genommen, um eine Gewebeprobe zu entnehmen. Am Freitag hatte er sich dann selbst entlassen, und am Samstag hatte Ingrid ihn in seinem Apartment aufgesucht, um nochmals nach ihm zu schauen, unmittelbar bevor Margot bei ihm geklingelt hatte. Sie untersuchten zurzeit die Gewebeproben, die man Rainer entnommen hatte. Aber es würde noch Tage dauern, bis geklärt war, ob er Lungenkrebs hatte. »Und wenn es so ist, und es ist noch möglich, wird Ingrid mich operieren«, hatte er gesagt.

Nach der Diagnose am Montag war er in ein bodenloses Loch gefallen. Krebs – das war etwas, was nur andere traf. So hatte er gedacht. Oder zumindest ein irrationaler Teil von ihm. Er hatte nicht darüber reden wollen, bevor feststand, ob es tatsächlich Krebs war. Er hatte Margot nicht auch noch verrückt machen wollen, zumal er keine Ahnung gehabt hatte, wie er es ihr und Ben hätte erzählen sollen. Und er hatte ihre Reaktionen nicht erleben wollen, hätte die Mischung aus Mitleid und dem Funken Erleichterung, selbst nicht betroffen zu sein, nicht ertragen können. »Ich hätte mich bei dir gemeldet, sobald das Ergebnis der Untersuchung vorgelegen hätte«, hatte er ihr versichert, denn die quälende, zermürbende Unsicherheit, die ihn rasend gemacht hatte und dies noch immer tat, die hatte er ihr ersparen wollen.

Margot hatte ihn reden lassen, wenig gesagt und ihn festgehalten, während er gesprochen hatte. Und sie hatte gespürt, dass dies das erste Mal war, dass sie ihm Halt hatte geben müssen und nicht umgekehrt.

»Komm nach Hause«, hatte sie ihm kurz vor dem Einschlafen noch zugeflüstert. Sie hatte geglaubt, er hätte es gar nicht mehr gehört. Doch am Morgen hatte er zu ihr gesagt, dass er abends wieder in Darmstadt sein würde. Er hatte sie gebeten, Ben nichts zu sagen. Er würde das selbst machen, sobald er den Befund hatte. Dann also, wenn das Urteil über ihn gefällt war.

Es fiel Margot schwer, all die dunklen und dunkelsten Gedanken zu verdrängen, die Fragen, was das Urteil Krebs bedeuten würde. Ein Leben ohne Rainer? Sie drehte das Radio an und suchte den Sender mit der härtesten Rock-Musik, den sie finden konnte.

Etwa zehn Lieder später parkte sie den Wagen vor dem Mainzer Café, in dem sie mit Anke Körner verabredet war. Ulrich Peters' ehemalige Kollegin hatte ihr gesagt, sie trage ein rotes Kostüm, und daran erkannte Margot sie sofort. Sie war blond, langhaarig – eine schöne Frau.

Margot stellte sich ihr vor und nahm Platz. »Es ist sehr nett, dass Sie sich die Zeit nehmen, mit mir zu reden. Ich sagte Ihnen bereits, dass ich in Darmstadt einen Mordfall untersuche. In diesem Zusammenhang möchte ich Ihnen ein paar Fragen stellen, zu einem unangenehmen Thema. Es geht um die Anzeige, die Sie vor zwei Jahren gegen Ulrich Peters erstattet haben.«

Panik flackerte in den Augen der jungen Frau auf, und für einen Moment befürchtete Margot, ihre Gesprächspartnerin könnte aufspringen und davonlaufen.

»Ich habe die Aussage verweigert.«

»Ja, das weiß ich. Dennoch möchte ich … *muss* ich wissen, was damals passiert ist.«

Eine Bedienung fragte nach ihren Wünschen. Anke Körner bestellte einen Kaffee, Margot einen Cappuccino.

»Ich habe damals nichts mehr gesagt, weil ich nicht mehr an diese schmutzige Sache denken wollte.«

»Womit Peters seiner Strafe entging.«

»Womit ich eine Schlammschlacht vermieden habe, die ich verloren hätte. Es stand Aussage gegen Aussage, und es gab keine DNA-Spuren, nicht mal blaue Flecken, keine Zeugen. Welche Chance hätte ich gegen Peters gehabt? Keine. Also habe ich das Angebot angenommen.«

»Welches Angebot?

»Ich muss nicht mit Ihnen reden, das weiß ich.«

»Ja. Und ich weiß das auch. Aber ich bitte Sie, mir zu helfen. Ich habe Ihre erste Aussage gelesen. Sie haben damals behauptet, Peters habe Sie, als sie gemeinsam in den Tresorraum gingen, versucht zu vergewaltigen. Er hingegen sagte, er habe Sie nur geküsst, und Sie hätten dies auch gewollt, weil Sie sich seit langem gemocht hätten.«

»Kennen Sie den Film ›Rashomon‹?«

»Nein«, gestand Margot, irritiert über den Themenwechsel.

»Ein Klassiker von Akira Kurosawa, dem berühmten japanischen Regisseur. Der Mord an einem Samurai wird aus der Perspektive aller Beteiligten und Zeugen erzählt. Heraus kommen vier unterschiedliche Geschichten.«

»Ich würde gern die Ihre hören.«

Die Bedienung brachte die Getränke. Anke Körner gab etwas Milch in ihren Kaffee und nahm einen Schluck. »Peters und ich arbeiteten seit zwei Jahren in der Bank«, begann sie, nachdem sie die Tasse zurück auf den Unterteller gestellt hatte. »Ich hatte gleich den Eindruck, dass er für mich schwärmte. Mir war das unangenehm. Seine Blicke, seine Gesten, seine Worte ... Nichts, was die Grenze überschritten hätte. Aber es reichte, dass ich mich nicht wohl fühlte. Ich hatte keine Angst vor ihm, aber seine Gegenwart war mir unangenehm. Meine Kolleginnen machten schon Witze. Einige hielten ihn für eine gute Partie, andere rieten mir zur Vorsicht. Ein Vierteljahr vor der ... vor dem Vorfall, da hatte ich den Eindruck, dass ich manchmal verfolgt wurde. Ich konnte zwar nie jemanden entdecken, aber ich hatte ihn in Verdacht. Das war das erste Mal, dass ich daran dachte, mir eine andere Stelle zu suchen. Zumal ich mich einen Monat zuvor von meinem Freund getrennt hatte. Wenn Peters mir nachspionierte, dann wusste er, dass ich allein lebte und solo war. Aber wirklich sicher bin ich mir natürlich bis heute nicht.«

Margot rührte in ihrem Cappuccino, nachdem sie den halben Löffel Zucker dazugegeben hatte. Kurz blitzte wieder die Erinnerung an Rainers Krankheit in ihr auf. Sie legte noch einen ganzen Löffel nach.

»Fakt ist nur, dass er am 28. November mit mir in den Tresorraum ging, und wir waren gerade unten angekommen, als er mich gegen die Wand presste und versuchte, mich zu küssen. Und nicht nur das: Er grabschte mir an den Busen, seine andere Hand fasste mir in den Schritt.« Ankes Hand zitterte, als sie die Tasse hob, um noch einen Schluck zu trinken, dann fuhr sie fort: »Ich sagte ihm, er solle aufhören. Er zerriss meine Nylons und meinen Slip, faselte, dass er mich liebe und ich ihn doch auch und dass er meine Blicke und Gesten sehr wohl verstanden habe. Mich überkam Panik, und ich versuchte, ihn von mir wegzudrücken. Als mir das nicht gelang, wollte ich schreien, aber er hielt mir den Mund zu. Da zog ich das Bein an und rammte ihm das Knie zwischen die Beine. Er stöhnte auf; es muss ihm höllisch weh getan haben. Er ging zwar nicht zu Boden, aber er ließ von mir ab. Auf einmal war er völlig verändert, nahm wie selbstverständlich das Geld, das wir holen sollten, und ging nach oben. Ich richtete mein Äußeres, dann folgte ich ihm. Zuerst ging ich auf die Toilette und übergab mich. Und als ich zurück in den Verkaufsraum trat, mied Peters meinen Blick. Ich weiß nicht, ob er es bereute. Ich habe ihn seit diesem Tag nicht mehr gesehen. Ich meldete mich krank, und am Montag darauf erstattete ich Anzeige.«

»Warum haben Sie dann nach zwei Tagen jegliche weitere Aussage verweigert?«

»Zwei Tage später rief mich ein Anwalt an und sagte mir, dass ein Prozess kaum Erfolg haben würde, da es keine Zeugen gab. Ich hatte den Slip und die Strumpfhose noch am Freitag weggeworfen und das Kostüm auch. Alles, was mich an diese Minuten erinnerte. Es gab auch keine Verletzungen. Keine äußeren jedenfalls. Ich fragte den Anwalt, ob er allen Ernstes erwarte, dass ich die Anzeige zurückziehen würde. Doch er sagte mir, dass ich Peters einer Straftat bezichtigte. Da könne ich gar nichts mehr zurückziehen. Ich könne nur konsequent jede weitere Aussage verweigern.«

»Dieser Anwalt, der Sie anrief«, fragte Margot, »war das der Anwalt von Ulrich Peters?«

Anke Körner schüttelte den Kopf. »Wohl kaum. Er bot mir 15 000 Euro als Entschädigung an, die sicherlich vom Inhaber der Bank kamen. Die Mainzer Kreditanstalt ist eine der letzten kleinen Privatbanken. Ich denke, mein Chef hatte Angst, so ein Skandal könnte seine Bank ruinieren. Dieser Anwalt gab mir auch indirekt zu verstehen, dass ein solcher Skandal meinen eigenen Arbeitsplatz gefährdete und den aller Kollegen. Er erklärte aber auch, dass Peters nicht mehr in der Bank arbeiten würde, und wenn sich ein Verfahren vermeiden ließe, sei das doch für alle Beteiligten die beste Lösung.«

»War das auch für Sie die beste Lösung?«, hakte Margot nach.

Die Antwort war ein Achselzucken. »Ich wollte nicht, dass jemand seinen Job verliert. Also ging ich zur Polizei und erklärte, dass ich nichts mehr sagen würde. Die glaubten wahrscheinlich, ich hätte die ganze Geschichte schlichtweg erfunden und nun Angst, dass man mich wegen Verleumdung drankriegen würde. Ich befolgte den Rat des Anwalts, sagte nichts mehr, kassierte das Geld, und das war's.«

»Und danach arbeiteten Sie weiter in der Bank?«, fragte Margot erstaunt.

»Ja, aber nur kurz. Denn die Kollegen hielten jetzt wohl mich für die Schuldige. Neugierig waren sie alle, einige aber auch feindselig, weil sie dachten, ich hätte den armen Peters in die Pfanne gehauen. Ihre Blicke hielt ich nicht länger aus. Also habe ich mir kündigen lassen. Betriebsbedingt, mit Superzeugnis. Wahrscheinlich fast identisch mit dem von Peters. Jetzt arbeite ich bei der Dresdner Bank.« Anke machte eine längere Pause, bevor sie fragte: »Hat er sich wieder an einer Frau vergriffen?«

»Wir wissen es nicht«, antwortete Margot wahrheitsgemäß.

»Hat die Geschichte eigentlich irgendwie die Medien erreicht? Wissen Sie, ob andere Menschen davon erfahren haben?«

»Die Sache ging via stille Post durch die ganze Bank. Inwieweit es nach außen gedrungen ist, weiß ich nicht. In den Zeitungen stand natürlich nichts darüber. Drei oder vier Kolleginnen haben es sicher auch außerhalb der Gebäudemauern breitgetreten. Aber ansonsten blieb die Angelegenheit intern.«

Versuchte Vergewaltigung, dachte Margot und schüttelte innerlich den Kopf, interne Angelegenheit einer Privatbank ...

»Ich bin auf etwas Interessantes gestoßen – etwas, was den Ablauf des Geschehens unten im Keller etwas stimmiger erscheinen lässt.«

»Ich auch«, erwiderte Horndeich.

Margot fuhr über die A67 in Richtung Darmstadt und sprach wieder über die Freisprechanlage. »Da gibt es etwas, mit dem man Peters erpressen kann. Ich habe eine Frau aufgetan, die er fast vergewaltigt hätte. In Mainz, in der Bank, in der er früher gearbeitet hat.« Mit knappen Worten erzählte sie ihrem Kollegen von Anke Körner.

»Das passt prima zu seinen Kontoauszügen«, sagte Horndeich, »und die wiederum untermauern die Erpressertheorie: Einen Tag vor Milas Ermordung hat er 10 000 Euro von seinem Tagesgeldkonto abgehoben. In bar. Und gestern hat er das Tagesgeldkonto und sein Girokonto ganz geleert.«

»Dann haben wir ihn, oder?«

»Jepp. Wenn uns die DNA-Analyse keinen Strich durch die Rechnung macht«, schränkte Horndeich ein. »Ich melde mich, wenn das Ergebnis vorliegt.«

Beinah konnte sie es nicht glauben: Peters, ein Mörder? Der Gedanke beschäftigte sie, bis die Abfahrt Darmstadt angekündigt wurde.

Gleichzeitig klingelte ihr Handy.

»Hesgart.«

»Hundert Punkte: Die DNA unter Milas Fingernägeln stammt eindeutig von Ulrich Peters. Er ist unser Mann. Großer grüner Haken.«

»Wunderbar. Dann fahre ich gleich bei ihm vorbei und nehme ihn mit.«

»Soll ich nicht lieber ein paar Kollegen in Uniform schicken?«

»Ich denke, das ist nicht nötig. Er hat dir die Speichelprobe freiwillig gegeben. Er weiß genau, dass es aus ist.«

Wenige Minuten später stoppte Margot den Wagen vor dem Haus in der Lichtenbergstraße und klingelte. Der Türsummer wurde betätigt, und die Haustür schwang unter Margots sanftem Druck nach innen auf. Sie erklomm die Treppen bis in den zweiten Stock. Peters öffnete die Wohnungstür.

»Herr Peters?«
»Ich habe Sie schon erwartet.« Er hielt die Arme nach vorn, damit sie ihm Handschellen anlegen konnte.

Ulrich Peters' Miene war aschfahl, und er hätte jeder Fliege den Preis streitig gemacht im Wettbewerb um den ausdruckslosesten Gesichtsausdruck, als er sich auf den Stuhl im Vernehmungsraum setzte.

»Herr Peters«, begann Margot, »Sie haben gestern alle Ihre Konten leergeräumt. Wollten Sie vielleicht fliehen?«

Peters hatte den Blick auf die Tischplatte gesenkt. Margot fiel sofort auf, dass er nicht mehr mit dem Bein wippte. Er nickte stumm.

»Warum sind Sie dann nicht geflohen?«, wollte Margot wissen.

Seine Stimme war leise. »Ich habe mich nicht getraut. Sie hätten mich ohnehin irgendwann gefunden. Ich spreche kaum Englisch und kenne mich nur mit Zahlen aus. Und ich hätte gar nicht gewusst, wo ich hätte hin sollen.« Er hob den Blick und schaute Margot an, und um seine Lippen huschte die Andeutung eines Lächelns. »Ich bin froh, dass es zu Ende ist.«

»Was ist passiert, Herr Peters?«

»Ich wollte sie nicht töten«, erklärte er, und er sprach ganz ruhig und sehr konzentriert. »Ich wollte ihr niemals auch nur weh tun. Ich ... Schon als ich sie das erste Mal sah, wusste ich, dass wir füreinander bestimmt waren.«

»Wie auch bei Anke Körner, nicht wahr?«, hakte Horndeich nach.

Peters schaute auf einmal wie ein wundes Tier. Er schüttelte den Kopf. »Nein, das mit Anke war anders. Ich habe einen Riesenfehler gemacht. Ich war dumm. Es ist über mich gekommen. Es ... Bei Mila war es anders.«

Es ist nicht so, wie du denkst, ging es Margot durch den Kopf. Aber denk daran, dass es in achtundneunzig Prozent aller Fälle eben doch so ist, ermahnte sie sich.

»Ich hätte alles für sie getan. Sie war ... mein Engel.«

Horndeich fragte sich, ob Peters überhaupt erahnen konnte,

wie fürchterlich sich sein Gesülze anhörte. Doch er zwang sich, dem Mann zuzuhören.

»Als sie sagte, sie wolle meinen Kurs besuchen, da wusste ich, dass ich gewonnen hatte. Dass sie sich für mich interessierte. Dass sie etwas für mich empfand und nur ähnlich schüchtern war wie ich. Dass sie private Nachhilfe von mir wollte, war ein weiteres Zeichen. Ich spürte es. Aber ich wollte ihr Zeit geben.«

Ob dieser Mann tatsächlich glaubte, was er da von sich gab? Horndeich fand keine Antwort auf diese Frage, aber die Darmstädter Gerichte beschäftigten ja ein paar gute Psychologen.

»Ich habe sie beobachtet, in den vergangenen Monaten. Habe mir immer wieder mal einen Tag Urlaub genommen und geschaut, wie sie ihre Tage verbrachte. Ich war glücklich, wenn ich nur in ihrer Nähe war.«

»Wie bei Frau Körner«, sagte Margot.

»Nein. Ja.« Peters schüttelte den Kopf. »Mila war mit Anke nicht zu vergleichen. Mila war … Sie war die Königsklasse.«

Nun vergleicht er die Frauen schon mit Fußballligen, dachte Horndeich. Der Mann wurde ihm von Satz zu Satz unsympathischer.

»Und dann, Donnerstag vor zwei Wochen, kam sie wieder zur Nachhilfe«, fuhr Peters fort, »aber auf einmal sagte sie, sie könne sich nicht konzentrieren, und fragte mich, ob ich vielleicht einen Schluck Wein hätte. Sie wirkte so verletzlich.«

»Wussten Sie da noch nicht, dass es Mila war, die sie wegen der Sache mit Anke Körner erpresste?«

»Erpresst?« Peters klang ehrlich erstaunt. Er glotzte Horndeich aus weit aufgerissenen Augen an. »Nein, mich hat niemand erpresst. Wie kommen Sie denn darauf?«

»Aber Mila wusste von der Sache mit Anke?«, wollte Margot wissen.

»Nein. Woher denn? Deshalb bin ich ja nach Darmstadt gegangen, damit ich das hinter mir lassen konnte. Deshalb bin ich ja sogar in ein anderes Bundesland gezogen.«

»Okay«, sagte Horndeich, »wie ging es also weiter?«

»Sie benahm sich … seltsam. Sie hat mir erzählt, dass sich

ihr Leben verändert habe, dass sie bald ihren eigenen kleinen Laden führen würde. Etwas Geld fehle noch, aber dann – dann würde ihr Leben endlich schön werden. Ich fragte sie, wie viel Geld ihr fehle. Sie sah mich an und nannte 10 000 Euro. Aber sie würde das Geld schon zusammenbekommen.« Er nickte, als wollte er seine eigenen Worte im Vorfeld bestätigen, bevor er fortfuhr: »Es war das erste Mal, dass sie etwas über sich selbst erzählt hatte. Sie lachte mit mir, stieß mit mir an. Ich konnte mein Glück kaum fassen.«

Peters verstummte plötzlich, machte eine kurze Pause, nachdem er diesen für ihn so glücklichen Moment noch einmal in Gedanken durchlebt hatte. Dann sackten seine Mundwinkel nach unten, was darauf schließen ließ, dass nun der nicht so schöne Teil kam.

»Ich Idiot dachte, der richtige Augenblick wäre gekommen, ihr meine Gefühle zu gestehen. Ich dachte, sie würde sie ohnehin kennen. Ihre Offenheit wäre die Brücke, die sie mir gebaut hätte. Ich stammelte also herum, dass ich sie liebe, dass wir vielleicht gemeinsam diesen Laden haben könnten, dass wir vielleicht eine Familie gründen könnten, dass ich ihr auch das Geld, die fehlenden Zehntausend, geben könne.«

Peters wandte den Blick von Horndeich zu Margot, als hoffte er, dass sie ihn besser verstehen könnte. »Ich sah, wie alle Freude aus ihrem Gesicht wich. Und da begriff ich, dass sie in mir nur den Lehrer, den Kneipenkunden und vielleicht auch noch den Kumpel sah. Sie stellte das Glas ab und ging, ohne Abschied. Ich hatte es vergeigt.« Er schüttelte den Kopf wie ein Mensch, der die Welt um sich herum nicht mehr richtig begriff. Trotzig stieß er hervor: »Und dennoch – Mila musste schon sehr einsam sein, wenn ihr Lehrer und Kneipenkumpel der Einzige war, dem sie von ihren Zukunftsplänen und dem Laden erzählte, den sie kaufen wollte. Ich konnte nicht aufhören, an sie zu denken. Ich meldete mich krank, und ich begann, sie zu verfolgen. Ich wartete am nächsten Morgen auf sie, als sie das Haus verließ, und ich kam mit ihr abends wieder nach Kranichstein zurück. Während sie im ›Grenzverkehr‹ arbeitete, hob ich die 10 000 Euro ab, die ihr fehlten. Ich wahrte immer eine gewisse Distanz, aber ich war dennoch stets in ihrer Nähe.«

So hast du auch Anke verfolgt, dachte Margot. Und sie begriff, wie gefährlich dieser Mann war, wenn er nicht bekam, was er wollte. Wie ein kleines Kind. Nur dass deren Wutausbrüche selten tödlich waren.

»Am nächsten Tag, am Samstag – an *dem* Samstag –, folgte ich ihr auch. Es hat die ganze Zeit heftig geschneit. Mittags, so gegen zwölf, habe ich etwas Komisches beobachtet: Mila fuhr mit ihrem Auto auf den Parkplatz am Lucasweg vor der Fachhochschule, holte aus dem Wagen vier Ständer und rot-weißes Absperrband und errichtete eine Art Absperrung um einen Kanaldeckel im Hoetgerweg. Sie hantierte da herum, verschwand im Kanal, kam wieder heraus. Sie wirkte wie ein echter Kanalarbeiter, trug Blaumann und Schutzweste und auch einen dieser organgefarbenen Plastikhelme. Das Ganze dauerte sicher eine Stunde. Ich saß in meinem Wagen am anderen Ende des Parkplatzes.« Er seufzte theatralisch. »Mein nächstes Auto wird auf jeden Fall eine Standheizung haben, das kann ich Ihnen versichern. Ich hab ziemlich gefroren.«

Wenn du jemals wieder in Freiheit gelangst, dann gehört eine Standheizung wahrscheinlich längst zur Standardausstattung, dachte Horndeich.

»Anschließend fuhr sie zurück zu ihrer Wohnung, blieb dort noch eine Stunde, stieg wieder in den Wagen und fuhr zurück. Diesmal nicht auf den Parkplatz, sondern in den Fiedlerweg ganz in der Nähe. Zu Fuß ging sie die hundertfünfzig Meter zum ›Lokales‹.« Das »Lokales« war *die* Darmstädter Pizzainstitution, unweit des Eingangs zu den Katakomben gelegen. »Sie aß dort eine Pizza mit Meeresfrüchten. Ich setzte mich weit hinten an einen Tisch, von dem aus ich sie beobachten konnte, ohne dass ich von ihr entdeckt wurde. Bis halb vier saß sie dort, trank noch eine Cola oder zwei, danach ging sie zu ihrem Auto, holte einen Rucksack und eine dicke Taschenlampe heraus. Dann folgte ich ihr zu der Tür. Als sie nach eine Viertelstunde nicht wieder da war, ging ich zu der Tür, und siehe da, Mila hatte ein kleines Holzstück zwischen Tür und

Rahmen geklemmt, so dass die Tür nicht ins Schloss fallen konnte. Ich dachte, sie hätte vielleicht doch gemerkt, dass ich sie beschattete, und das Holzstück in die Tür geklemmt, damit ich ihr folgen konnte, während sie mich unten erwartete. Ich hatte eine kleine LED-Taschenlampe am Schlüsselbund. Damit leuchtete ich und stieg die Treppen nach unten. Als Mila mich sah, unten im großen Kellergewölbe, erschrak sie, schrie mich an, was ich denn dort wolle. Ich wiederholte, dass ich sie liebe, erklärte ihr, dass ich einen Fehler gemacht hätte, erzählte ihr davon, dass ich Geld gespart hätte, sagte ihr, dass sie ihren Blumenladen eröffnen könne und wir glücklich sein würden. Ich holte die 10 000 Euro hervor und zeigte sie ihr, aber sie fuhr mich an und sagte, ich solle verschwinden. Zuerst verstand ich nicht, dann brüllte sie, ich solle sofort abhauen.«

Peters' Stimme wurde zunehmend jammernder. »Ich fiel vor ihr auf die Knie. Sie zog mich hoch, fasste mich an den Schultern, drehte mich in Richtung Ausgang und erklärte, sie erwarte jemanden. Da erst begriff ich, dass ich einer Illusion erlegen war: Sie war dort unten mit einem anderen Mann verabredet! Als ich sie beobachtet hatte, musste ich irgendetwas übersehen haben. Ja, sie hatte mich ausgetrickst! Seit Wochen, seit Monaten hatte sie einen anderen Kerl. Da ... da brannten bei mir die Sicherungen durch.«

Wie bei Anke Körner, dachte Margot.

»Ja, wie bei Anke Körner«, sagte Peters, als hätte er Margots Gedanken erraten. »Ich konnte die Vorstellung nicht ertragen, dass sie mit jemand anderem ... Dort unten ... Ich drehte mich wieder um, versuchte Mila zu küssen, obwohl ich wusste, dass alles zu spät war, alles umsonst, dass sie alles tun würde, um mich nie wiederzusehen, dass dies unser letzter gemeinsamer Moment sein würde. Doch ich wollte zumindest diesen Kuss, wollte ein einziges Mal ihre Lippen berühren, von denen ich mir so oft vorgestellt habe, wie weich sie sein müssten. Aber sie – sie kratzte mich, biss mich, schlug auf mich ein. Da habe ich sie gewürgt. Damit sie aufhört. Und dann habe ich sie von mir gestoßen. Sie stolperte, fiel – und knallte mit dem Kopf auf diesen Stein. Das Geräusch werde ich nie vergessen. Dieses laute Knacken ... Sofort breitete sich eine Blutlache um ihren Kopf herum aus. Ich kniete neben ihr, schlug sie auf die Wangen, tastete nach ihrem Puls. Aber da war nichts mehr. Sie war tot. Ich ... ich hatte sie getötet.« Er schluchzte auf und wischte sich fahrig mit einer Hand über die Augen. »Ich saß gut eine Minute lang neben ihrem reglosen Körper, dann packte mich die Panik. Ihr Handy war aus der Tasche gefallen, ich nahm es an mich, damit man meine Nummer nicht herausbekommen konnte, denn sie hatte mich ja ein paarmal wegen der Nachhilfe angerufen. Ich hatte Glück, es war eine Prepaid-Karte darin, so dass man – so hoffte ich – meine Nummer nicht zurückverfolgen konnte.«

Margot schwieg, ebenso Horndeich.

»Ich ging. Nach Hause. Und dort ging ich wie ein Tiger im Käfig in meinem Wohnzimmer auf und ab. Dann fuhr ich nochmals zu den Katakomben, doch die Tür war wieder geschlossen. Ich konnte mir das nicht erklären, ich hatte das Stück Holz nicht entfernt. Ich dachte, dass Mila vielleicht doch nicht tot war, dass sie sich aus den Katakomben hatte schleppen können. Also beobachtete ich ihre Wohnung, klingelte sogar. Aber sie war nicht da. Kein Licht in ihrer Wohnung, abends nicht, auch am Sonntag nicht. Und am Montag habe ich anonym bei der Polizei angerufen. Wenn sie nicht tot war, dann wären Ihre Kollegen halt umsonst runtergegangen. Aber sie war tot. Ich habe sie geschubst, und sie ist mit dem Kopf auf dem Stein aufgeschlagen. Ich habe das nicht gewollt.«

»Das sehe ich etwas anders«, murmelte Horndeich.

»Nein, ich habe das nicht gewollt«, wiederholte Peters mit heulender Stimme. »Ich wollte ihr doch nichts tun. Mein Gott, ich habe sie doch geliebt!«

»Sie wurden erpresst«, sagte Horndeich und beugte sich Ulrich Peters entgegen. »Jemand hat Ihnen damit gedroht, Ihr kleines Anke-Geheimnis Ihrem Chef zu stecken. Und der hätte es sicher nicht gut gefunden, ständig Angst um seine weiblichen Angestellten haben zu müssen. ›10 000 Euro. Samstag. Vier Uhr in den Katakomben. Geld hinlegen und verschwinden!‹ So lautete die Forderung, nicht wahr?«

»Ich habe sie doch so geliebt ...« Peters' Stimme war nur noch ein Winseln.

»Sie haben am Tag vor Milas Ermordung die 10 000 Euro abgehoben«, fuhr Horndeich gnadenlos fort. »Aber Sie hatten ja Mila beobachtet, und Sie konnten kaum glauben, dass sie es war, die in den Katakomben verschwand, wohin die Erpresserin Sie bestellt hatte. Nicht nur, dass sie Ihre Liebe verschmähte, nein, sie wollte Sie auch noch ausnehmen. Das Geld hätten Sie ihr gegeben, aber dass Mila Sie auf diese Weise erniedrigte, das war zu viel.«

Peters weinte leise, sagte aber nichts mehr.

»Sie folgten ihr in die Katakomben und stellten sie, bevor sie sich hatte verstecken können. Sie waren außer sich. Die Frau, die Ihnen so viel bedeutete, erpresste Sie schamlos und hatte noch die Unverschämtheit, mit Ihnen auf ihren Laden anzustoßen. Sie warfen sie zu Boden, und sie stieß mit dem Kopf auf den Stein. Aber sie war nicht tot. Deshalb nahmen Sie einen anderen Stein und schlugen ihn ihr auf den Kopf. Dann rissen Sie ihr die Kleider vom Leib, um das Ganze als Sexualverbrechen zu tarnen.«

Horndeich knallte die unretuschierten Tatortbilder, die Milas zertrümmertes Gesicht in Großaufnahme zeigten, vor Ulrich Peters auf den Tisch. »Sie erzählen uns die ›Variante light‹, um zu vertuschen, was für ein Monster Sie sind!«

Peters sprang auf, machte einen Satz auf Horndeich zu und heulte auf wie ein angeschossener Wolf. »Das war ich nicht!«

Fehlt nur noch, dass er mir seine Zähne in die Kehle schlagen will, dachte Horndeich, bevor er Peters mit drei schnellen Bewegungen in den Polizeigriff nahm und seinen Oberkörper auf den Tisch drückte.

Die Tür wurde aufgestoßen, und zwei Uniformierte, von Peters' Schreien alarmiert, stürmten in den Raum.

»Abführen!«, befahl Horndeich und ließ Ulrich Peters los.

»Sagt mal, was ist jetzt eigentlich mit der hier los?«, Sandra Hillreich hielt eine blaue Kaffeemaschine mit großem rotem Knopf in den Händen.

Margot lächelte: »Schenk ich dir. Wir haben ja wieder unsere alte, die beste Kaffeemaschine der Welt.«

»Dank euch«, sagte Sandra und schaute Horndeich an.

»Aber sie ist nicht ganz stubenrein«, erklärte dieser. »Man muss sie noch erziehen.«

»Und?«, fragte Sandra, spontan das Thema wechselnd. »Habt ihr ihn festgenagelt?«

»Die DNA-Probe ist ein stichhaltiger Beweis«, meinte Horndeich. »Und er hat auch so eine Art Geständnis abgelegt. Wenn er auch versucht, seine Schuld kleinzureden.«

»Er hatte ja zwei Tage Zeit, seine Geschichte vorzubereiten«, sagte Margot und zuckte mit den Schultern. »Na ja, um die kleineren Details wird sich die Staatsanwaltschaft kümmern, die die Anklage vorbereitet.«

»Er versucht, den Mord an Ludmilla Gontscharowa als Unfall darzustellen«, ergänzte Horndeich. »Und er weigert sich zuzugeben, dass er sie entkleidet hat. Erst dann sehen ihn die Leute nämlich als das Monster, das er ist.«

»Wie ein eiskalter Mörder sieht er aber nicht aus«, meinte Sandra.

»Wenn Mörder wie Mörder aussähen und brave Bürger wie brave Bürger hätten wir nicht mehr viel zu tun«, sagte Horndeich.

»Auch wieder wahr.« Sandra zuckte mit den Schultern. »Tja, ich hab den Rest des Jahres frei. Schöne Weihnachten. Und danke für die Kaffeemaschine. Die stelle ich mir untern Weihnachtsbaum.«

»Ja, schönes Fest wünsche ich«, sagte Margot. »Und einen guten Rutsch!«

Und schon war Sandra entschwunden.

»Endlich ist sie weg!«, sagte Horndeich und klatschte zufrieden in die Hände. Als er Margots irritierten Blick bemerkte, fügte er erklärend hinzu: »Ich meine die Kaffeemaschine, nicht Sandra.«

»Ach, hatte mich schon gewundert«, murmelte Margot und sagte dann: »Sandra sehen wir erst im nächsten Jahr wieder.«

»Dann werden wir auch den Fall Bender lösen«, äußerte Horndeich eine leise Hoffnung.

»Ja, nächstes Jahr wird alles besser«, sagte Margot und dachte: Ich wäre schon zufrieden, wenn's nicht noch schlimmer würde.

Tee und Kuchen – daran könnte man sich gewöhnen, fand Horndeich, während er sich an seine Freundin kuschelte, die das Tagebuch der Marina Lirowa an der Stelle aufschlug, an der das Lesezeichen zwischen den Seiten klemmte. Sie las den Satz, mit dem sie am Vortag aufgehört hatte, noch mal. 15. Mai. »Nichts ist mehr, wie es war ...« Marina Lirowa schilderte im Folgenden, wie die Familie des Zaren seit der Februarrevolution lebte. Im März hatte der Zar abgedankt. Seitdem war er nicht mehr Zar Nikolaus der Zweite, sondern Herr Romanow, Gemahl von Alexandra Romanowa und Vater von fünf gewöhnlichen Kindern. Sie waren eingesperrt im Alexander-Palais von Zarskoje Selo, südlich von Sankt Petersburg gelegen. Viele der Bediensteten waren verschwunden, die verbliebenen übernahmen deren Aufgaben mit. Man bat Marina Lirowa sogar, die Kinder in Deutsch zu unterrichten, und die Zarin selbst übernahm den Religionsunterricht, der Zar Arithmetik, Russisch und Geschichte. Alexandra konnte das, was um sie herum geschah, absolut nicht verstehen ...

Anna unterbrach sich und sagte: »Das kann ich nicht genau lesen.« Sie zeigte Horndeich die entsprechende Stelle. Es war die Datumsangabe der nächsten Eintragung. »Eine Träne?«, fragte Anna und deutete auf die verwischte Schrift.

»Ja, kann sein.«

»Okay«, sagte Anna, »also irgendwann im Mai 1917.« Sie las und übersetzte parallel weiter: »Er war es, ganz sicher! Ich musste an der Tür aufpassen, während die Zarin mit diesem unbekannten Mann im Zimmer dahinter sprach. Ernie nannte sie ihn. Und er sprach sie mit Alix an. Ihr Bruder Ernst Ludwig! Er wird uns retten! Wenn Gott es will, gelingt der Familie die Flucht nach Deutschland. Nach Hessen, zum Bruder der Zarin. Ich verstand nicht alles, was sie sprachen, aber immer wieder viel das Wort ›Frieden‹. Vielleicht kann der Großherzog wirklich etwas erreichen. Vielleicht hat die Angst bald ein Ende.

Als eine der Wachen kam, stolperte ich ungeschickt gegen die Tür, damit die Zarin gewarnt war. So hatte sie es mir aufgetragen, und es funktionierte auch: Unsere Aufseher schöpften keinen Verdacht …«

»Wenn das echt ist, ist es eine kleine Sensation«, bemerkte Horndeich, als Anna eine kurze Pause einlegte. Im selbstauferlegten Einbürgerungsprogramm für Zugezogene in Darmstadt hatte er Niebergalls »Datterich« gelesen, das Lokaltheaterstück, das – so hatte es fast den Anschein – nahezu jeder Darmstädter auswendig rezitieren konnte. Und er hatte eine Biografie über den letzten Großherzog Ernst Ludwig gelesen, weil ihn die Mathildenhöhe schon immer fasziniert hatte, deren Gründer Ernst Ludwig war.

»Warum?«, erkundigte sich Anna.

»Ich habe darüber gelesen. Es wird sehr viel spekuliert, ob Alexandras Bruder nach der Februarrevolution nach Zarskoje Selo gereist ist, um seiner Schwester und deren Familie Hilfe anzubieten. Offenbar scheint es zu stimmen.«

Rainer war wieder da. Arm in Arm gingen Margot und er über den verschneiten Richard-Wagner-Weg. Es war früher Abend, aber es war bereits dunkel, und Schneeflocken tanzten im gelben Schein der Straßenlaternen.

Rainer hatte entschieden, das Wort »Tumor« nicht mehr in den Mund zu nehmen, bis das Ergebnis der Untersuchung vorlag, und Margot hatte es akzeptiert, auch wenn alles in ihrem Kopf um eine einzige Frage kreiste: Was wäre, wenn?

Um sich abzulenken, erzählte sie Rainer auf dem Weg durch den Schnee alles über den Fall Ludmilla Gontscharowa, der sich an diesem Tag überraschend aufgeklärt zu haben schien.

»Zufrieden klingst du aber nicht«, sagte er, als sie geendet hatte.

»Nein. Irgendwie habe ich das ungute Gefühl, dass immer noch nicht alles passt. Peters hat nicht alles zugegeben, zumindest nicht, dass er ihr mit dem Stein den halben Kopf zertrümmert hat.«

»Wenn ich dich richtig verstehe, hat er einen Totschlag im Affekt zugegeben. Die Alternative dazu ist vorsätzlicher Mord. Da würde ich mir auch ganz genau überlegen, was ich gestehe und was nicht.«

»Sicher. Aber woher hat Mila von der versuchten Vergewaltigung gewusst? Und warum besucht sie ihn dann noch zwei Tage vor der Geldübergabe?«

»Na, es wäre wohl verdächtiger gewesen, wenn sie ihn nicht besucht hätte.«

»Aber sie hat sich nicht dementsprechend verhalten. Unauffällig wäre gewesen, wenn sie weiterhin ihre Nachhilfe genommen hätte.«

»Ich denke, eure Indizienkette ist stark genug für eine Anklage. Und so, wie du mir Peters geschildert hast, wird er spätestens während des Prozesses einknicken. Hast du nicht gesagt, dass er immer nur genau so viel zugibt, wie ihr ihm ohnehin nachweisen könnt? Nehmt euch die ehemaligen Angestellten der Mainzer Bank vor, und ihr werdet bestimmt herausfinden, woher Mila die Sache mit Anke Körner wusste.«

Margot nickte und schmiegte sich an Rainers Seite. »Und dennoch werde ich das Gefühl nicht los, dass ich etwas übersehen habe. Dass ich irgendetwas falsch interpretiere.«

»Die Geschichte vom Wald und den Bäumen.«

»Genau. Alle Bäume sind da, aber ich sehe den Wald nicht mehr.«

Sie hatten die Eisenbahnbrücke erreicht, die über die Trasse der Odenwaldbahn zu den Studentenwohnheimen im Alfred-Messel-Weg führte. Margot sah auf ihre Armbanduhr. Viertel vor acht.

»Danke«, sagte Rainer.

Sie sah ihren Freund an. *Ihren Mann.* Denn nichts anderes war er. Er sah immer noch schlecht aus, aber um Längen besser als am Tag zuvor.

»Danke, dass du gestern so hartnäckig warst. Ich war ein Idiot.«

Das war sicher der höchste Grad an Selbsterkenntnis, den sie verbal von Rainer erwarten durfte. Aber immerhin. Sie hatte kaum damit gerechnet, dass der Riesenidiot wenigstens zugeben würde, ein Idiot zu sein.

Rainer beugte sich zu ihr nach unten, seine Lippen berührten ihren Mund und seine warme Nasenspitze wirkte auf die ihre wie ein elektrisches Wärmekissen. Sie erwiderte seinen Kuss, während die Luft erfüllt war vom Rattern des nahenden Zuges.

Ihre Zungenspitzen berührten sich, als Margot plötzlich die Erkenntnis traf wie ein Blitz. Sie zuckte zurück und rief: »Scheiße! Jetzt weiß ich, was ich übersehen hab! Komm!«

Sie ergriff Rainers Hand, der nicht wusste, wie ihm geschah. »Was ist denn in dich gefahren? Wo willst du denn auf einmal hin?«

»Der Zug!«, rief sie keuchend. »Ich glaube, ich habe einen riesengroßen Fehler gemacht!« Sie zog ihn weiter mit sich, den Weg »Am Breitwiesenberg« hinauf. Dort stoppte sie vor dem Haus mit der Nummer fünf und klingelte am Türschild mit der Aufschrift »Günzel«. Schon praktisch, wenn die Zeugen quasi vor der Haustür wohnten.

»Ach, die Fraa Owwerkommissarin. Wolle Se ned reikomme?«, fragte die alte Dame, während sie auf das Tor vor dem kleinen Hof zuging.

»Nein, Frau Günzel, ich habe nur eine Frage: Der Zug, den Sie am Samstag bemerkt haben, kurz bevor Sie den Mann gesehen haben, von wo kam der?«

»Der Zug? Na, vom Nordbahnhof. Isch saach der Ihne, aach mit dene neue Ziesch werd des ned leiser!« Sie musterte Rainer von Kopf bis Fuß, doch bevor sie auch nur die Gelegenheit ergreifen konnte, nach Rainers Namen zu fragen, bedankte sich Margot schnell und verabschiedete sich.

Sie zog Rainer den Berg wieder hinunter.

»Warum hast du es jetzt so eilig?«

»Ich habe einen Fehler gemacht. Ich habe damals gefragt, wann auf der Strecke Erbach–Frankfurt gegen sechzehn Uhr ein Zug fährt. Um diese Zeit hatte die Günzel den Mann gesehen. Ich bin gar nicht auf die Idee gekommen, dass auf dieser

Bummelstrecke vielleicht nur wenige Minuten später ein Zug in die Gegenrichtung verkehrt. Doch wenn dem so ist, dann hat die Günzel einen anderen Mann gesehen als der erste Zeuge. Und dann erzählt uns Peters vielleicht die Wahrheit.«

»Du meinst, es gab keine Erpressung?«

»Doch, die gab es. Vielleicht. Aber nicht Peters wurde erpresst. Der liebeskranke Trottel ist in ein Szenario hineingestolpert, das ihn gar nichts anging. Mist, ich war so blind!«

Noch im Mantel fuhr Margot im Arbeitszimmer ihres Hauses den Rechner hoch. Wenige Minuten später hatte sie den Fahrplan der Odenwaldbahn auf dem Bildschirm. Und sie wurde leichenblass.

»Sechzehn Uhr acht ab Ostbahnhof in Richtung Nordbahnhof. Sechzehn Uhr vierzehn Ankunft Ostbahnhof aus Richtung Nordbahnhof. Das rote Auto war wirklich ein Japaner. Wir müssen morgen noch mal mit der Günzel sprechen. Und wir müssen herausfinden, ob der Sechzehn-Uhr-vierzehn-Zug wirklich pünktlich war oder Verspätung hatte.«

»Aber das alles müssen wir erst morgen herausfinden, oder?« Rainer half Margot aus dem Mantel. Und aus dem Pullover. Und aus der Bluse. Für den Rest benötigte sie keine Hilfe mehr.

Das Datum auf der nächsten Seite im Tagebuch der Marina Lirowa war der 31. Juli.

»Warum hat sie so lange nicht geschrieben?«, fragte sich Horndeich. Der Tee war längst kalt geworden, der Kuchen vertilgt. In einer kleinen Pause hatte Horndeich eine Flasche Rotwein geöffnet, und Anna und er nippten hin und wieder an ihren Gläsern.

Anna beantwortete Horndeichs Frage mit einem Achselzucken und begann wieder zu übersetzen: »Ich bin in Darmstadt, in Deutschland. Und ich habe Angst. Seit dem Tag, an dem Alexandra vom Großherzog besucht wurde, ist mein Leben aus den Fugen geraten. Wenige Tage, nachdem ihr Bruder wieder weg war, rief mich Alexandra zu sich. Sie sprach Deutsch mit mir, fragte mich, ob ich eine wichtige Aufgabe übernehmen könne: Es gehe darum, ihre Familie zu retten. Sie sprach davon, dass es den Kräften, die sich gegen die Revolution stellten, sicherlich gelingen würde, die Macht zurückzugewinnen. Doch für den Fall der Fälle, dass dies nicht gelänge, dann müsste sie ihre Familie absichern. Deshalb sollte ich Schmuck nach Deutschland schmuggeln. Er würde in mein Kleid eingenäht: Zwei dieser kostbaren Emaille-Eier, zwei wertvolle Rubinbroschen und ein Ring. Dieser Ring sollte mein Lohn sein. ›Übermorgen wirst du fahren, es ist alles vorbereitet‹, sagte die Zarin zu mir. ›Du bist die Einzige, die diese Sachen zu meinem Bruder bringen kann. Du kannst Deutsch und bist unverdächtig.‹«

»Lies das noch mal, bitte!«, unterbrach Horndeich seine Liebste. »Das mit den Eiern.«

Anna tat es: »Deshalb sollte ich Schmuck nach Deutschland schmuggeln. Er würde in mein Kleid eingenäht: Zwei dieser kostbaren Emaille-Eier …«

Horndeich runzelte die Stirn. »Was sind das für Eier?«

»Mal sehen.« Anna las weiter. Auf den folgenden Seiten beschrieb Marina Lirowa den strapaziösen Weg nach Deutschland. Er führte sie über Finnland nach Schweden, dann nach Dänemark, und sie mied die Gebiete, in denen noch gekämpft wurde. Zug- und Schiffsfahrkarten waren bereitgelegt, die Reise gut organisiert, und schließlich erreichte sie Darmstadt. »Ich begab mich zum Neuen Palais, bei mir die Depesche der Zarin an ihren Bruder. Doch der war nicht da. Er war im Felde, an der Westfront, wie mir der brummige Diener versicherte. Ich solle in vierzehn Tagen wieder vorstellig werden …« Anna unterbrach sich, schaute auf und sagte: »Die Arme. Wo ist denn dieses Neue Palais?«

»Dort, wo heute das neue Staatstheater steht. Es ist im Zweiten Weltkrieg niedergebrannt.«

Anna nickte, dann widmete sie sich wieder der Übersetzung des Tagebuchs: »Die Zarin hatte mir ausdrücklich aufgetragen, das Kleid mit den Schmuckstücken nur dem Großherzog persönlich auszuhändigen. Sollte das aber nicht möglich sein, sollte ich den Schmuck an einem bestimmten Ort verstecken.

Also trennte ich in der Kammer des kleinen Gasthofs, in dem ich untergekommen war, die Nähte des Kleides auf und holte die Schmuckstücke daraus hervor. Der Schmuck war unbeschreiblich schön, die Rubine der Broschen glitzerten herrlich, und die Eier waren faszinierend. Eines war lila emailliert und mit goldenen Herzen verziert. Das zweite war noch schöner, mit einem goldenen geschwungenen Fuß und Brillanten. Als ich es ungeschickt anfasste, öffnete es sich, und heraus fiel eine Miniaturbüste aus Gold. Zuerst war ich erschrocken, denn ich dachte, ich hätte es kaputtgemacht. Doch dann erkannte ich, dass das Ei so konstruiert war, dass es sich öffnete, wenn man an bestimmten Stellen gleichzeitig drückte.

Ich holte auch einen Schlüssel aus dem Saum meines Kleides. Er passte zum Schloss der Tür, die in die Loge der Russischen Kapelle auf der Mathildenhöhe führt. Dort sollte ich den Schmuck in einem Fach hinter der Holzverkleidung an der Wand verstecken. Das Versteck ist nur der Familie des Zaren bekannt und dem Großherzog, wie mir die Zarin versicherte. In der folgenden Nacht versteckte ich den Schmuck an der angegebenen Stelle ...«

Horndeich setzte sich aufrecht hin. »Schreibt sie etwa von solchen Eiern, wie wir sie in Moskau gesehen haben, in dieser Rüstkammer, diese Eier von dem berühmten Juwelier?«

»Carl Fabergé. Wenn sich diese Eier öffnen lassen, könnte es sich tatsächlich um Fabergé-Eier handeln. Die sind dann sicher eine Stange Geld wert.«

Horndeich sprang auf. »Das mit der Russischen Kapelle, lies das noch mal, bitte!«

»Ich holte auch einen Schlüssel aus dem Saum meines Kleides. Er passte zum Schloss der Tür, die in die Loge der Russischen Kapelle auf der Mathildenhöhe führt. Dort sollte ich den Schmuck in einem Fach hinter der Holzverkleidung an der Wand verstecken ...«

»Das ist die Loge, in die eingebrochen wurde!«, rief Horndeich. »In der es angeblich nichts zu stehlen gab. Aber es gab was zu stehlen, etwas sehr, sehr Wertvolles sogar!«

»Und wer wusste davon?«

»Plawitz!«, entfuhr es Horndeich. »Der hat das Originaltagebuch. Und er ist ein Mann.«

»Ein Mann?«, wunderte sich Anna. »Natürlich ist er ein Mann. Was hat das damit zu tun?«

»Der Einbrecher hat sich geschnitten und seine DNA an der kaputten Scheibe hinterlassen«, erklärte Horndeich und rieb sich vor Freude die Hände. »Ich glaube, wir haben soeben den Mord an Bender gelöst.«

»Und der Typ, von dem du erzählt hast, der das Tagebuch in Plawitz' Auftrag gekauft hat?«

»Gwernok? Der war am Tag, als Bender ermordet wurde, mit einer ganzen Hand voll Kumpels am Bodensee.«

»Also dieser Plawitz.«

»Ja.« Horndeich schaute auf die Uhr. »Aber erst morgen. Lies fertig, es sind nicht mehr viele Seiten!«

Und Anna las und übersetzte wieder. Dass Marina Lirowa nach Russland zurückgewollt hatte, doch dass ein Bediensteter aus dem Neuen Palais, der ihr auch den Gasthof vermittelt hatte und Hans Zetsche hieß, ihr ausdrücklich davon abgeraten hatte; sie sollte abwarten, bis in Russland wieder Frieden eingekehrt sei. Und so wartete Marina Lirowa, bis sie erfuhr, dass sich die Zarenfamilie nicht mehr in Zarskoje Selo aufhielt, sondern nach Sibirien deportiert worden war. Für Marina brach eine Welt zusammen. Sie würde die Zarin nie wiedersehen.

Zetsche hatte Verwandtschaft in der deutschen Aussiedlerkolonie Mukatschewe, und als er Marina bat, seine Frau zu werden, sagte sie Ja und siedelte mit ihm dorthin um. Mit dem Geld, das der Verkauf des Rings ihr gebracht hatte, konnten sie sich ein wenig Land kaufen.

1920 folgte die letzte Eintragung. Auf Deutsch: »In zwei Monaten kommt mein erstes Kind auf die Welt. Gott beschütze es, wie er mein Leben beschützt hat.«

»Das ist der letzte Satz«, sagte Anna. Und schenkte dem schlafenden Horndeich einen zärtlichen Blick.

## Freitag, 23.12.

»Wir müssen die Günzel noch mal herbestellen.« Mit diesen Worten begrüßte Margot am Morgen den Kollegen Horndeich.
»Weshalb das denn?«
»Ich habe einen Fehler gemacht. Bei den Zügen.«
»Ich glaube, die Günzel muss warten. Ich weiß, wer Bender umgebracht hat.«
Margot machte große Augen. »Ach? Woher weißt du das denn? Keine Albträume mehr, sondern nächtliche Eingebungen?«
»Willst du mich denn nicht fragen, wer es gewesen ist?«
Margot seufzte theatralisch. »Wer hat Bender umgebracht?«
»Caspar Plawitz.«
»Klar doch.« Margot nickte. »Und wie kommst du darauf?«
Horndeich erzählte ihr, was er am Vorabend herausgefunden hatte.
»Hast du eine Beschreibung dieser Eier?«, fragte Margot, die sich zwischenzeitlich hinter ihrem Schreibtisch niedergelassen hatte.
»Ja. Anna hat es mir heute Morgen noch mal aufgeschrieben.«
»Dann geht es jetzt in die Erbacher Straße«, entschied Margot. »Wenn uns jemand auf die Schnelle sagen kann, ob es sich um Fabergé-Eier handelt, dann ist das mein Vater.«
Zehn Minuten später saßen sie an Sebastian Rossbergs Wohnzimmertisch. Horndeich hatte ihm einen knappen Abriss von Marina Lirowas Geschichte gegeben. Sebastian Rossberg studierte den Zettel und las Annas Übersetzung vor:
»Eines war lila emailliert und mit goldenen Herzen verziert. Das zweite war noch schöner, mit einem goldenen geschwungenen Fuß und Brillanten. Als ich es ungeschickt anfasste, öffnete es sich, und heraus fiel eine Miniaturbüste aus Gold ...«
»Mein Gott!«, entfuhr es Sebastian Rossberg, und er ließ

sich auf seinem Stuhl zurücksinken. »Hier in Darmstadt, seit fast neunzig Jahren. Ich glaube es nicht!«

Das Buch über die berühmten Fabergé-Eier lag geschlossen vor ihm.

»Was ist denn jetzt?«, fragte Margot ungeduldig. »Kannst du mal nachschauen, ob es sich tatsächlich um Eier von Fabergé handelt?« Sie konnte sich kaum noch im Zaum halten. Warum war ihr Vater nur immer so umständlich?

»Da brauche ich nicht nachzuschauen. Seite 205, Seite 213: Das Malven-Emaille-Ei und das Alexander III-Gedenk-Ei. Das Malven-Emaille-Ei ist das mit dem Herzen drin, das dir so gut gefallen hat.« Er stöhnte auf. »Ich glaube, ich brauch jetzt erst mal einen Kognak. Werter Herr Horndeich, wären Sie so nett, mir einen einzuschenken. Da hinten ist die Bar. Und dann sollte ich Horst Steffenberg anrufen. Wenn ihr Caspar Plawitz' Haus auf den Kopf stellt, sollte vielleicht jemand dabei sein, der weiß, wie man solch wertvolle Kunstgegenstände behandelt.«

»Wissen wir doch auch«, sagte Margot und lächelte. »Wie ein rohes Ei.«

»Plawitz steigt mit der Leiter in die Fürstenloge der Kapelle ein«, sagte Margot, während sie zu Plawitz' Haus fuhren. »Er stolpert, muss Kisten rücken, aber er gelangt ans Ziel: Er raubt die Eier und wahrscheinlich auch die Broschen und macht noch ein bisschen Tohuwabohu, um vom wahren Motiv abzulenken. Als er jedoch die Leiter wieder nach unten klettert, trifft er auf den Wachmann, mit dem er bei zehn Grad minus um halb drei Uhr morgens nicht gerechnet hat. Es kommt zum Gerangel, Plawitz wirft ihn zu Boden, nimmt dessen Schlagstock und haut zu – leider zu doll. Er packt seine Leiter ein und geht.« Sie wandte kurz den Blick von der Straße und schaute Horndeich an. »Was hältst du von der Theorie?«

»Da es meine ist, sind wir offenbar einer Meinung.«

Sie stoppten den Wagen auf Plawitz' Anwesen. Die Sekretärin in seiner Firma in Ludwigshafen hatte ihnen mitgeteilt, dass er an diesem Morgen zu Hause arbeite.

Doch niemand öffnete auf ihr Klingeln. Ans Telefon ging er

auch nicht, und als sie seine Handynummer wählten, meldete sich nur die Mailbox.

»Wo steckt der Knabe?«, grummelte Margot.

»Ich glaube, ich weiß, wo«, sagte Horndeich. »Bei Andrea Salto.«

»Wer, zur Hölle, ist denn das?«

»Je mehr ich darüber nachdenke, desto mehr glaube ich, dass nicht nur seine Frau etwas nebenher laufen hatte, sondern dass der Mustergatte selbst eine Affäre hatte.«

»Und wer ist diese Andrea Salto? Und woher kennst du sie?«

»Sie ist die Frau vom Wetterbericht im Hessischen Rundfunk«, erklärte Margot. »Ich habe sie zweimal mit Plawitz gesehen. Beide bemühten sich, so zu wirken, als würden sie sich nicht kennen. Plawitz zeigte in dieser Hinsicht die bessere schauspielerische Begabung.« Horndeich nickte entschieden, als wollte er seine nächsten Worte im Voraus bestätigen. »Ich fresse einen Besen, wenn die Salto nicht seine Geliebte ist.«

Margot telefonierte mit dem Revier und fragte nach der Adresse der mutmaßlichen Konkubine. »Taunusstraße 14 in Gräfenhausen«, wiederholte sie laut, was ihr gerade mitgeteilt worden war.

»Na denn, los geht's«, sagte Horndeich. Sie stiegen wieder in den Wagen, und die Kommissarin lenkte den Vectra auf die Heidelberger Landstraße in Richtung Stadt.

»Und warum willst du die Günzel heute noch mal sehen?«, nahm Horndeich das morgendliche Thema wieder auf.

Margot erzählte Horndeich kurz von ihren Erkenntnissen über den Fahrplan der Odenwaldbahn. »Und jetzt machen auch die unterschiedlichen Zeugenaussagen Sinn. Rössler hat behauptet, er habe den Mann um zehn nach vier gesehen, die Günzel meint, es sei Viertel nach vier gewesen. Und die Günzel hat ja klar gesagt, Peters sei nicht der Mann, den sie gesehen habe. Der sei älter gewesen. Ich kann mir durchaus vorstellen, dass Peters nicht gelogen hat. Er hat Mila auf den Boden gestoßen, aber es passt nicht zu ihm, dass er sie anschließend mit einem Stein erschlägt.«

»Ach, warum nicht?«, fragte Horndeich verwundert.

»Er ist ein testosterongesteuerter Spinner«, sagte Margot, »aber ein Killer ist er nicht. Als Mila fällt und sich nicht mehr rührt, ist er erschrocken und rennt weg. Kaum vorstellbar, dass er vor Entsetzen zum eiskalten Mörder wird.«

Horndeich zuckte mit den Schultern. »Er hat gestanden.«

»Den Totschlag, ja.«

»Wir wissen aber nicht sicher, ob Rössler und die Günzel wirklich zwei verschiedene Männer gesehen haben.«

»Deswegen will ich sie ja auch heute noch mal befragen. Aber wenn ich an die beiden Phantombilder denke, drängt sich mir immer mehr der Verdacht auf, dass es tatsächlich zwei waren.«

»Und wenn ich an die Brillengläser der Günzel denke, dann halte ich ihre Beschreibung des mutmaßlichen Täters für so real wie die des imaginären Hasen Harvey.«

»Gut, nehmen wir uns erst einmal Plawitz vor«, sagte Margot. »Und dann gehen wir die Fakten in Milas Fall noch einmal Stück für Stück durch.« Denn sie wurde das Gefühl nicht los, noch irgendetwas übersehen zu haben, etwas Wichtiges, etwas Entscheidendes.

Sie erreichten das Haus, in dem Andrea Salto wohnte. Neubau, teuer, erkannte Horndeich. Sie klingelten, wurden eingelassen und stiegen die Treppen in den ersten Stock hinauf.

»Sie wünschen?«, begrüßte Frau Salto die beiden Polizisten.

»Wir möchten gern mit Herrn Plawitz sprechen«, erklärte Margot.

»Ich kenne keinen Herrn Plawitz.«

»Aber ich kenne Sie und weiß, dass Sie Plawitz kennen«, entgegnete Horndeich, der seinen Dienstausweis vorzeigte. »Also?«

Die Salto machte sich breit, was ihr bei der schmalen Figur nicht sonderlich gut gelang. Horndeich hörte ein Rumpeln aus dem Innern der Wohnung und schob die Dame des Hauses einfach zur Seite. Durch die offene Balkontür wehte ihm ein kalter Luftzug entgegen. Den hatte es noch vor wenigen Sekunden nicht gegeben.

Horndeich trat an die Brüstung, beugte sich vor und sah Plawitz, der bereits durch den Schnee rannte und durch die Hecke in Richtung Feld sprang. Horndeich, der sich vorkam wie Starsky und Hutch in einer Person, schwang sich über die Balkonbrüstung, hielt sich fest, nahm Maß, ließ sich fallen und rollte sich im weichen Schnee ab. Dann setzte er Plawitz hinterher.

Der hatte vielleicht fünfzig Meter Vorsprung. Wahrscheinlich überschlug er gerade seine Chancen, sein Auto zu erreichen und damit abzuhauen. Offensichtlich standen sie ziemlich schlecht, denn er rannte einfach weiter geradeaus.

Horndeich holte allmählich auf. Vor ihnen lag nichts als verschneite Felder.

Er kann nirgendwohin fliehen, dachte Horndeich. Denn die Felder endeten an der Autobahn. Und Horndeich kam Stück für Stück näher heran. Bald trennten ihn nur noch gut zwanzig Meter von Plawitz.

»Horndeich!«, hörte er plötzlich eine Stimme hinter sich, und er schaute kurz über die Schulter. Margot folgte ihm, ebenfalls in einem Abstand von gut zwanzig Metern. Offenbar hatte auch sie die Abkürzung über den Balkon genommen und bewies, dass sie in Topform war.

Horndeich konzentrierte sich wieder auf Plawitz und hastete an einer Gruppe Bäume vorbei.

Margot beglückwünschte sich dazu, wenigstens einmal im Monat mit Cora durch den Wald zu joggen oder Badminton zu spielen. So war sie entsprechend fit und geriet nicht so leicht aus der Puste, auch wenn die klirrend kalte Luft in ihren Lungen stach.

Als sie an der Baumgruppe vorbeilief, sah sie aus den Augenwinkeln eine Leiter an einem der Stämme lehnen, die wohl jemand nach der Apfelernte im Herbst dort vergessen hatte.

Die Leiter!, schoss es ihr durch den Kopf – und sie übersah den Stein, der aus der Schneedecke ragte. Sie stolperte darüber, schrie auf und landete der Länge nach im Schnee.

Horndeich hatte ihren Aufschrei gehört und wandte sich

kurz um, wodurch Plawitz wieder ein paar Meter Vorsprung gewann. Margot gab ihrem Kollegen ein Zeichen, dass alles okay sei und er die Verfolgung fortsetzen solle, doch Horndeich war das Rennen leid, zog seine Pistole und gellte den Polizeispruch, den Kinder schon mit drei Jahren beherrschen: »Stehen bleiben – oder ich schieße!«

Er wusste nicht, ob es die Drohung war oder Plawitz' Erkenntnis, dass er nicht so einfach über die Autobahn würde rennen können. Jedenfalls blieb er stehen.

Als Horndeich ihn erreichte, ihn zu Boden zwang, ihm das Knie in den Nacken stemmte und ihm Handschellen anlegte, leiste er keinerlei Widerstand mehr. »Caspar Plawitz, ich verhafte Sie wegen des Mordes an Peter Bender.«

Sie gingen den Weg zurück, Plawitz in Handschellen. Margot erwartete sie in der Nähe der Baumgruppe, hatte sich den Schnee von der Kleidung geklopft und hielt ein Handy in der Hand. »Die Kollegen sind schon unterwegs.«

»Wir haben DNA-Spuren, die vom Täter stammen, an der zerbrochenen Fensterscheibe sichern können. Sie können uns also jetzt gleich sagen, was passiert ist.«

Caspar Plawitz schaute Margot an, als könne er unter den vier möglichen Antworten auf die Eine-Million-Quizfrage die richtige nicht finden. Er wandte den Blick Horndeich zu.

»Sie blufft nicht, Plawitz«, bestätigte ihm dieser. »Wir haben das Tagebuch gelesen und die Fabergé-Eier identifiziert. Geben Sie auf. Das ist für Sie das Einfachste.«

Bis zu diesem Zeitpunkt hatte Caspar Plawitz noch kein Wort gesagt. Er holte tief Luft, stieß sie wieder aus, und als wäre sie es gewesen, die ihm noch Halt und Festigkeit gegeben hatte, sank er in sich zusammen.

»Das Tagebuch«, murmelte er, »es erschien mir wie ein Ticket ins Glück.«

Nach einer kurzen Pause fuhr er ein wenig gefasster fort: »Ich habe es noch an dem Tag gelesen, als Gwernok es mir brachte. Ich war von der Geschichte fasziniert, hielt das Buch aber nach wie vor nur für ein zumindest originelles Geburtstagsgeschenk.«

Noch eine Pause, dann sprudelten die Worte aus Plawitz hervor wie Funken aus einem Tischfeuerwerk: »Dann las ich über den Schmuck, und nachdem ich in meinen Büchern ein wenig nachgeforscht hatte, wusste ich, was für ein Schatz in der Kapelle auf mich wartete. Dieser Schatz würde mir die Freiheit schenken. Raus aus dem goldenen Käfig einer Ehe mit einer machtgierigen und kaltherzigen Frau. Ich würde ihr eines der Eier geben und als Gegenleistung die Scheidung und eine Abfindung einfordern. Das zweite Ei wäre meine Altersversicherung. Ein fantastischer Gedanke: Noch einmal neu anfangen, ohne Sorgen, mit einer Frau an meiner Seite, die mich vergöttert. Und wenn es nur ein paar schöne Monate wären, es war den Versuch wert. Ich habe mir eine besonders leichte und schmale Leiter besorgt. Die Mathildenhöhe war nachts um halb drei und besonders bei diesen Temperaturen wie ausgestorben. Ich kletterte hoch, zertrümmerte die Scheibe, ging zielstrebig auf die Holzvertäfelung zu. Es war unbeschreiblich einfach: Ich rüttelte an den Verkleidungen, und schon die zweite ließ sich hochschieben. Dahinter lag ein Stoffsäckchen. Das war alles. Ich schmiss noch ein paar Kisten um, um einen ziellosen Einbruch vorzutäuschen, und verschwand. Ich wusste, dass ich den Alarm ausgelöst hatte, aber ich hatte mindesten drei Minuten. Doch da stand auf einmal dieser Wachmann. Er muss wohl zufällig gerade in der Nähe gewesen sein, ich weiß es nicht.«

»Aber Sie hatten eine Lösung«, sagte Horndeich mit strenger Stimme. »Sie haben ihn einfach umgebracht.«

»Nein, das wollte ich nicht. Ich wolle nur flüchten. Wir starrten einander an. Ich hatte eine schwarze Skimaske über den Kopf gezogen, er konnte mein Gesicht also nicht erkennen. Ich täuschte einen rechten Haken an, und er hob einen Arm zum Schutz, während ich ihm die Linke in den Magen rammte. Er klappte zusammen. Ich fingerte nach dem Schlagstock und wollte ihn bewusstlos schlagen. Ich traf ihn am Kopf, packte die Leiter und verschwand. Erst am Morgen habe ich gehört, dass er tot war.« Plawitz starrte Horndeich flehendlich an. »Das habe ich nicht gewollt.«

»Woher wussten Sie, dass vor Ihnen niemand die Eier schon geholt hatte? Schließlich hätte es sein können, dass der Großherzog oder Ludmilla Gontscharowa sie an sich genommen hatten?«

»Ich wusste es nicht und ließ es darauf ankommen. Zu verlieren hatte ich ja nichts. Und ich hatte Glück.«

Horndeich stand schon auf, wollte wohl den Kollegen sagen, dass sie Plawitz abführen konnten.

Doch Margot gab ihm ein Zeichen zu warten. »Und dann kam der Erpresserbrief«, sagt sie zu Plawitz.

»Welcher Erpresserbrief?«

»Der Erpresserbrief, in dem stand, dass Sie beobachtet worden waren. Beobachtet, wie Sie in die Kapelle eingestiegen waren und den Wachmann erschlugen. Zunächst wussten Sie nicht, von wem der Brief stammte. Die Forderung war auch nicht besonders hoch, vielleicht 20 000 Euro.«

Plawitz antwortete nicht, aber Horndeich sah ihm an, dass Margot voll ins Schwarze getroffen hatte. Sein Gehirn arbeitete fieberhaft, als er überlegte, was seine Kollegin wusste und ihm entgangen war.

»Die Geldübergabe sollte am Samstag um sechzehn Uhr stattfinden«, fuhr Margot fort. »Sie sollten das Geld in den Keller der Katakomben legen, die Tür würde nicht abgeschlossen sein, und Sie sollten danach schnell wieder verschwinden.«

Ludmilla Gontscharowa hatte Plawitz erpresst, so viel verstand Horndeich. Aber woher wollte Margot das wissen? Oder bluffte sie einfach und schoss mit geschlossenen Augen in die Luft, in der Hoffnung, dass ein Moorhuhn vom Himmel fiel?

»Wir haben eine Augenzeugin«, erklärte Margot. »Und wir werden in den Katakomben vielleicht auch noch Spuren von Ihnen sichern können.«

Wieder stieß Plawitz Luft aus seinen Lungen und schien noch ein Stückchen mehr in sich zusammenzusinken. »Ich wollte das nicht«, sagte er tonlos, diesen Satz, den Horndeich auch am

Vortag schon gehört hatte. Warum nur brachten die Menschen einander um, wenn sie es nicht wollten? Er stellte den philosophischen Aspekt seiner Arbeit zunächst zurück.

Tränen rannen aus Plawitz Augenwinkeln.

Horndeich schaute den Mann ungläubig an. Hatte Plawitz Mila den Stein ins Gesicht geschmettert? War er wirklich der Mörder?

Plawitz fasste sich wieder. »Am Montag lag der Brief im Kasten. Von Hand eingeworfen. Die Fotokopie eines Computerausdrucks. Ich fiel aus allen Wolken, als ich las, dass der Einbruch beobachtet worden war. Doch der Erpresser wollte nur 30 000 Euro. Das war nicht allzu viel, zumal ich ja die Eier hatte. Also war ich bereit, das Geld zu bezahlen. Ich fragte mich nur, wie mich der Erpresser erkannt hatte. Vielleicht war es jemand, der mich kannte, aber ich hatte ja die Skimaske getragen.«

Er fuhr sich durchs Haar. »Als ich nach unten in die Katakomben stieg, ging mir noch durch den Sinn, dass dies ein komischer Ort für eine Geldübergabe war. Aber auch das war mir egal. Ich wollte nur das Geld ablegen und verschwinden. Dann sah ich Leonids Schwester Mila auf dem Boden liegen, blutend. Leonid hatte mir Fotos von ihr gezeigt, und ich hatte sie auch schon ein paarmal persönlich gesehen. Es dauerte einen Moment, bis ich die Tragweite begriff. Auf dem Boden lag meine Erpresserin. Sie hatte mich bei dem Einbruch nicht erkannt, aber sie wusste, was in dem Tagebuch stand, und sie wusste, dass ich das Tagebuch hatte. Ich fragte mich nur, warum sie sich die wertvollen Eier nicht selbst geholt hat.«

Das war eine Frage, die Margot ihm leicht beantworten konnte. »Gwernok hat ihr eine Kopie geschenkt, und erst die hat sie gelesen. Als sie sich dann entschloss, den Schmuck zu holen, und die Mathildenhöhe mit ihrer Leiter erreichte, waren Sie schon am Werk.«

Und woher weißt du das alles?, fragte Horndeich seine Kollegin stumm.

Sie erwiderte seinen Blick und ließ ein Fingermännchen die linke Hand hinauflaufen.

»Ich erkannte Mila«, fur Plawitz fort. »Sie war wohl ausgerutscht und hatte sich am Kopf verletzt. Da war überall Blut. Und mir wurde klar, dass ich hier und jetzt handeln musste. Sie wusste ja nicht nur von dem Einbruch, sie wusste auch von den Fabergé-Eiern. Wenn man sie dort unten fand, schwer verletzt, würde die Polizei sie befragen, und dann würde sie wahrscheinlich mit der Wahrheit herausrücken. Und wenn nicht, wäre ich ihr für den Rest meines Lebens ausgeliefert gewesen. Mit 30 000 Euro fing es an. Und was würde sie danach fordern?«

Plawitz machte eine längere Pause, doch gerade, als Margot ihn auffordern wollte weiterzusprechen, ergriff er von selbst wieder das Wort und fuhr fort: »Sie bewegte sich leicht. Und ich sah den Stein. Es war wie ein Reflex. Ich hob ihn auf, ließ ihn auf ihr Gesicht niedersausen, und sie hörte auf zu atmen, bewegte sich nicht mehr. Dann zog ich ihr die Klamotten aus, damit es wie ein Sexualverbrechen aussah. Ich verließ die Katakomben, kickte den kleinen Holzkeil fort, ließ die Tür ins Schloss fallen und ging. Ich dachte, dass man sie erst im Frühjahr oder Sommer finden würde.«

Wieder fing Plawitz an zu weinen. Doch weder Margot noch Horndeich konnten Mitleid mit ihm empfinden.

In Margot kämpften zwei Gefühle miteinander: Erleichterung, dass beide Fälle gelöst waren, und Trauer um diese junge Frau. Alles vermischte sich und erzeugte in ihr ein Gefühl der Leere.

Horndeich starrte Plawitz an, und fast hätte er ihn geschlagen. Sein rechter Arm zuckte kurz, und es war nicht die Vernunft, die ihn innehalten ließ. Es war die Erkenntnis, dass nichts Mila wieder lebendig werden ließ. Sie würde ihren Blumenladen nie bekommen. Sie würde nie wegen ihrer eBay-Betrügereien zur Rechenschaft gezogen werden. Sie würde nie einen neuen Freund haben und auch nie Kinder bekommen. Er hätte Plawitz verprügeln können, so lange und so heftig er wollte, es hätte an der grausamen Realität nichts geändert. Aber so war nun mal ihr Job: Sie fingen immer erst an, wenn es für die Opfer längst zu spät war.

Horndeich wandte sich ab. Beruhigend wenigstens, dass Plawitz nicht mit Totschlag davonkommen würde. Wahrscheinlich nicht. Aber darüber würden andere entscheiden.

Auch er fühlte sich plötzlich sehr müde. Und das erste Mal in seinem Leben richtig alt.

Als Margot die Tür öffnete, führte er Plawitz aus dem Raum. Er würde sich gleich die Hände waschen.

Am anderen Ende des Flurs stand ein Kollege, sichtlich genervt, und wiederholte sicher nicht zum ersten Mal: »Wenn Sie bitte warten würden!«

Frau Günzel wetterte: »Vielleischd kennde Se ja mal alle Fraache an aam Schdigg schdelle. Vielleischd muss isch dann ned immer widder hierher.«

Sie wandte den Kopf und erblickte Plawitz. »Ei, da isser doch! Sie hawwe den Mann doch schon! Was wolle Se dann da noch von mir?«

»So«, sagte Margot, »das werden wir jetzt noch mal in einem sauberen Protokoll festhalten.«

Horndeich hielt sie am Ärmel fest, während die Kollegen Plawitz abführten. »Kannst du mir jetzt mal erklären, wie du die ganze Geschichte auf einmal durchschaut hast?«

»Es war die Leiter«, sagte sie.

»Was für eine Leiter?«

»Da stand doch eine an einem der Apfelbäume, an denen wir vorbeigerannt sind, als wir Plawitz verfolgt haben. Deshalb bin ich im Schnee auch hingeknallt, denn mir fiel wieder die Sache mit der Aluleiter ein, die Mila im Baumarkt gekauft hat. Warum hat sie die gekauft, und das gleich zwei Mal?«

»Warum?«, fragte Horndeich neugierig.

»Weil sie die erste Leiter an der russischen Kapelle zurückgelassen hatte«, erklärte Margot. »Sie hatte nämlich selbst dort einbrechen wollen, um sich die Fabergé-Eier zu holen, doch da sah sie, dass Plawitz ihr zuvorgekommen war. Sie versteckte sich im Gebüsch, beobachtete Plawitz, und nachdem der den Wachmann erschlagen hatte, ließ sie die Leiter im Gebüsch liegen, um sich unbemerkt aus dem Staub machen zu können.«

»Und warum kaufte sie dann die Leiter zwei Mal?«

»Für den Fall, dass die Polizei die Spur dieser Leiter bis zu ihr zurückverfolgt und sie mit dem Einbruch und dem Tod des Wachmanns in Verbindung gebracht hätte. Sie hat damals einfach die neue Leiter vorgezeigt, vom gleichen Fabrikat, und behauptet: ›Hier ist meine Leiter. Die Leiter im Gebüsch an der Kapelle kann nicht meine sein, denn meine steht hier!‹«

»Du hast also daraus geschlossen, dass es Milas Leiter war, die man im Gebüsch fand. Demnach war Mila am Tatort, weil sie selbst in die Kapelle einbrechen wollte, und dabei beobachtete sie Plawitz, der ihr nur um Minuten zuvorgekommen war.«

»Richtig«, bestätigte Margot. »Und da sie natürlich wusste, was in dem Tagebuch stand, wusste sie auch, was Plawitz in der Kapelle gesucht hatte.«

Horndeich nickte. »Und wegen des Fluchtwegs aus den Katakomben, den Mila für sich vorbereitet hatte, sind wir ja davon ausgegangen, dass sie jemanden erpressen wollte. Und dieser Jemand war Plawitz.«

»Jetzt hast du voll den Durchblick.«

Horndeich grinste. »Und du bist darauf gekommen, weil du eine Leiter an einem Apfelbaum gesehen hast. War das jetzt eine ganz besondere Art von Logik oder weibliche Intuition?«

Margot hob den Zeigefinger und antwortete: »Kriminalistischer Spürsinn – eine Mischung aus beidem!«

»Dann werde ich's wohl nie zu was bringen«, sagte Horndeich und lachte. Er wurde wieder ernst und fragte besorgt: »Geht's wieder mit dem Fuß?«

Margot hatte ihn sich leicht verstaucht, als sie über den Stein gestolpert war

»Ja«, sagte sie, »nächstes Jahr kann ich wieder rennen und springen.« Und bis dahin waren es ja nur noch neun Tage.

»Meine Mutter«, erklärte Horndeich, »hat immer gesagt: ›Bis du heiratest, ist es wieder gut.‹«

Was nicht unbedingt der Satz war, den Margot hatte hören wollen.

# Epilog
# Heiligabend

Es war ihre Entscheidung gewesen, und sie hatte sie gefällt, obwohl sie sich nicht sicher war, ob die Idee wirklich gut war. Das aber würde sich zeigen.

Margot hatte in dem Hotel, in dem sie zwei Wochen zuvor übernachtet hatten, ein Zimmer reserviert, am Fuße der Alpen. Nach Weihnachtsbaum und Kerzenschein waren weder ihr noch Rainer zumute. Sie hatte am vergangenen Abend mit Ben gesprochen, sich für ihre blöde Reaktion entschuldigt, und sie hatte ihm anhören können, wie froh er darüber war, dass sie und Rainer Weihnachten zusammen verbringen würden.

Gemeinsam fuhren sie auf der Autobahn gen Süden. Den Abend wollten sie einfach nur im Hotel verbringen und am nächsten Morgen dann auf die Zugspitze fahren. Das Wetter sollte dort angeblich herrlich sein. Klarer blauer Himmel, worauf die graue Wolkendecke über ihnen derzeit nicht schließen ließ.

Rainer fuhr gemächlich. Eines der kleinen Dinge, die zeigten, dass sich etwas verändert hatte. Noch zwei Wochen zuvor wäre ihm alles unter hundertsechzig Stundenkilometern wie Stop-and-Go erschienen.

Margot schaute ihren Freund – *ihren Mann* – von der Seite her an. Seine Züge waren eingefallen, wirkten verhärmt. Wäre es ihr anders ergangen mit einer tickenden Zeitbombe im Körper? Sie hatte die letzte Zigarettenpackung weggeschmissen. Erst im Nachhinein war ihr aufgefallen, dass auch Rainers Wohnung nicht mehr nach kaltem Rauch gerochen hatte.

Ist das hier Urlaub?, fragte sich Margot, als sie das erste Mal »München« auf einem der blauen Schilder las. Wohl nicht. Denn Urlaub entsteht zu allererst im Kopf, und leider kann man seine Gedanken nicht einfach zu Hause lassen. Sie schlüpften immer mit in die Koffer, auch wenn darin für kein weiteres Taschentuch mehr Platz war.

Rainers Handy klingelte kurz. Die schrille Piepsmelodie – inzwischen schon ein Oldie unter den Klingeltönen – wurde durch den Stoff des Jacketts gedämpft.

»Haben wir nicht ausgemacht, dass die Handys daheim bleiben?« Der Rest der mühsam herbeigeredeten Urlaubslaune war bei dem Geräusch davongehuscht wie ein erschrecktes Karnickel.

»Sorry«, entschuldigte sich Rainer. »Ich hab nicht dran gedacht. Ist ohnehin nur eine SMS.«

»Willst du nachschauen?«

»Nein, sieh du nach. Und stell's dann ab.«

Margot lehnte sich nach hinten und fingerte das kleine Gerät aus der Jacke, die auf der Rückbank lag.

Sie drückte auf die Menütaste: »SMS lesen«.

Sie las die Mitteilung. Wortlos starrte sie auf die Buchstaben.

»Was ist? Wer schickt mir einen Weihnachtsgruß?«, fragte Rainer. »Dein Vater? Die Uni? Der Weihnachtsmann?«

Margot schüttelte schweigend den Kopf, während eine Träne über ihre Wange rann. Dann griff sie nach Rainers Arm.

Der konzentrierte sich weiterhin ausschließlich auf den Verkehr – eine Eigenschaft, die sie sehr schätzte. »Mach es nicht so spannend.«

Und Margot rezitierte den Text, den sie schon nach dem ersten Lesen auswendig konnte. Durch den Wasserfilm auf ihren Augen hindurch konnte sie die Buchstaben ohnehin nicht mehr sehen. »Kein Krebs. Frohe Weihnachten. Ingrid.«

Vielleicht würde sie ihm ja auf der Zugspitze die Frage stellen, die er ihr vor zwei Wochen nicht gestellt hatte.

## Nachwort

Ja, die verschollenen Fabergé-Eier gibt es wirklich. Oder vielmehr gab es sie. Ebenso den Weihnachtsmarkt in Darmstadt, die Mathildenhöhe, die Krippe mit Esel, die Katakomben und die meisten Plätze, Straßen und Gässchen, die in diesem Roman erwähnt wurden. Zwei fiktive Orte aber sollten auch als solche genannt werden: Die Sparkasse Darmstadt hat nur in meiner Fantasie eine Filiale in der Lichtenbergstraße, weshalb eine Diskussion darüber, ob Glaswände und -tische für den Geschmack der Filialleiter sprechen, überflüssig ist. Auch die Kneipe »Grenzverkehr« ist meinem Hirn entsprungen, ebenso rote Haare in Risotto und Bier. Und auch die Personen des Romans, die habe ich mir ausgedacht. Zwar danke ich Ludmilla und Oxana aus unserer Partnerstadt Uschgorod für die schönen Momente, in denen sie als Königinnen der Nacht unsere Seelen mit ihrer Musik wärmten. Das ist – abgesehen vielleicht von ihrer Schönheit – aber auch das Einzige, was sie mit den erfundenen Figuren Tatjana und Irina Steschtschowa gemein haben.

Dann gibt es natürlich auch ein Schattenkabinett an Personen, die in der aktiven Handlung nicht vorkommen, ohne die aber Margot und Co. nicht existieren würden. Es sind die Menschen, die mich mit ihrer Fachkenntnis unterstützt haben, unendliche Geduld beim Beantworten meiner Fragen bewiesen und denen ich hier danken möchte. Wenn Sie, lieber Leser, es bis hierhin geschafft haben, würde ich mich freuen, wenn Sie auch die letzten Zeilen noch »mitnehmen«. Dank gebührt folgenden Menschen: Dr. Geza von Habsburg versorgte mich mit Informationen zu den Fabergé-Eiern – insbesondere zu den verschwundenen. Dr. Hanna R. Güllner-Laarmann half mir, mich in der Welt der Tumore zurechtzufinden. Michael Mahr von der Volksbank Darmstadt unterstützte mich dabei, Milas Jonglierkunst mit diversen Konten zumindest nicht gänzlich ins Reich der Fantasie abdriften zu lassen; ganz so leicht dürfte es einer echten Mila nicht fallen, das Konto einer Toten weiterzuführen – meine Geschichte handelt aber auch nur von Möglichkeiten, nicht von Wahrscheinlichkeiten. Markus Münzer weihte mich in die Kunst der Goldprüfung ein und erklärte mir, worin der Unterschied zwischen einer echten und einer Plagiat-Rolex besteht; jetzt weiß ich wenigstens, warum die Teile so teuer sind. Die Darmstädter Brauerei versorgte mich mit Informationen über die frühe Nutzung der Katakomben, Jens Becker führte mich durch die Gewölbe. Das Büro für Städtepartnerschaften um Bernd Schäfer und sein Team erzählte mir alles über diese Verbindungen. Axel Scheer versorgte mich mit Informationen über Handelsbeziehungen zwischen der Ukraine und Deutschland. Karl-Dieter Weber erklärte mir anschaulich, wie ich einen Blumenladen kaufen kann. Gert Wolf hat mir, dem Wahldarmstädter, geholfen, den hessischen Dialekt *wegglisch lesba zu mache*. Klaus Gedeon und seine Kollegen der Abteilung K10 der Darmstädter Kriminalpolizei – bei der ich mir die Freiheit nahm, sie als Mordkommission zu bezeichnen –, haben mir geholfen, grobe Fehler bei der Schilderung der Polizeiarbeit zu vermeiden – oder sie wenigstens absichtlich zu begehen. Richter Joachim Becker beriet mich zu juristischen Problemen. Anja Rüdiger und Peter Thannisch haben an das Buch geglaubt und mir geholfen, die bestmögliche aller Zarengold-Varianten zu schreiben. Auch den Mitarbeitern der Stadtbücherei Darmstadt und der Landes- und Hochschulbibliothek gebührt Dank, da sie neugierigen Menschen wie mir mit Rat und Tat zur Seite stehen; der Wert von Bibliotheken kann auch in der Zeit von Google und Wikipedia gar nicht hoch genug eingeschätzt werden. Dank auch den Menschen, die bei der Entwicklung der Story als Sparringspartner geholfen haben – und Logikfehler in den frühen Versionen wie Spürhunde fanden: Marion, Jochen, Jeannie, Matthias und Martin – der geht an euch.

Besonderer Dank gebührt meiner musikalischen Muse.

Auch wenn du mich nicht kennst: Ohne deine Musik, werte Юta (Juta), wäre dieses Buch nicht geschrieben worden.

All diese Menschen haben mir für dieses Projekt ihr Wissen und ihre Zeit geschenkt oder mich inspiriert. Um eines ganz deutlich zu machen: An Fehlern ist der Autor schuld und nicht seine Helfer. Und auch diesmal bleibt mir nur zu sagen: Sollte ich jemanden vergessen haben, tut es mir leid. Es gilt aber immer noch die gleiche Währung zur Entschädigung: Ein Bier im »Pueblo«.

**PIPER**

# Frank Schmitter
## *Späte Ruhestörung*

Ein Krefeld-Krimi. 288 Seiten. Broschur

Von den herrschaftlichen Villen der Krefelder Textilbarone in den düsteren Sumpf des Verbrechens.
Als morgens um halb sieben die Spurensicherung anruft und ihn in den Wald beordert, fürchtet der Krefelder Kommissar Tristan Lage schon, daß ihm kein romantischer Spaziergang bevorsteht. Tatsächlich erwartet ihn in den sumpfigen Niepkuhlen die Leiche des Oberbürgermeisters. Dabei galt dieser seit über dreißig Jahren als beliebter Lokalpolitiker, und niemand ahnte sein dunkles Geheimnis...
Krefeld, die Metropole der Seidenindustrie, der Ort der längsten Straßenmodenschau der Welt und der Sitz des Deutschen Krawatteninstituts. Doch wird in der beschaulichen Stadt am Niederrhein auch schmutzige Wäsche gewaschen, und was ist schon ein Menschenleben wert, wenn es eine glänzende Fassade zu erhalten gilt.

**PIPER**

## Teresa Solana
### *Mord auf katalanisch*

Ein Barcelona-Krimi. Aus dem Katalanischen von Petra Zickmann. 288 Seiten. Broschur

Wenn ein Ehemann in dem Katalog eines berühmten Auktionshauses seine Frau auf einem ihm bisher unbekannten Gemälde entdeckt, ist das überraschend. Wenn dieser Ehemann jedoch der sicherste Anwärter auf die Präsidentschaft Kataloniens ist, ist das heikel. Da wendet man sich doch am besten an ein exklusives Unternehmen, das bitte absolut diskret herausfindet, was die Gattin so treibt. Die geeignete »Detektei« ist schnell gefunden, denn der edle Name Borja Masdéu-Canals Sáenz de Astorga flößt Vertrauen ein. Dahinter verbergen sich die heimlichen Zwillinge Pep und Eduard und ansonsten mehr Schein als Sein. Und nun beschatten die beiden Zufallsdetektive die extravagante Gattin des Politikers und schlittern dabei in ein Verbrechen, das Barcelonas bester Gesellschaft das blaue Blut in den Adern gefrieren läßt. Shopping auf dem Passeig de Gràcia, eine Erfrischung im Café Zurich, ein Aperitiv im Sandor – und zum Nachtisch ein kleiner Mord unter Freunden. Ein herzerfrischender katalanischer Krimi und die spannendste Art, zum Barcelona-Kenner zu werden.

**PIPER**

# Jason Goodwin
## *Die Weisheit des Eunuchen*

Historischer Kriminalroman. Aus dem Englischen von Ulrike Wasel und Klaus Timmermann. 368 Seiten. Broschur

Yaschim, der Eunuch des Sultans, auf der Jagd nach einem gerissenen Mörder – Konstantinopel im Jahr 1836: Eine mysteriöse Mordserie bedroht die Ruhe im osmanischen Reich – Yaschim Togalu, der kluge, weltgewandte Eunuch des Sultans, muß den Mörder finden, bevor die Macht seines Herrn ins Wanken gerät!

»›Die Weisheit des Eunuchen‹ ist ein herausragender Kriminalroman. Intelligent und pointiert geschrieben, bereitet er ein Lesevergnügen, wie man es selten hat.«
*The Times*

»Eine packende Geschichte, großartig geschrieben und mit einem wundervoll verführerischen und äußerst originellen Detektiv.«
*Kate Mosse*

01/1635/01/R